得好别人称赞我们，那仅仅是因为我们干得好，而不是因为我们事先已经有了被称赞的优势。我们希望真价实的工作赢得尊重，我们也不拒绝别人的帮助。自尊不意味着拒绝别人的好意。只想帮助别人而一概拒绝别人的帮助，那不是德行，那其实是一种心理的残疾，因为事实上世界上没有任何人不需要别人的帮助。

我们既不应忘记残疾朋友，又应该勇敢走出残疾人的小圈子，怀着博大的爱心，自由自主地走进全世界，这是克服残疾、超越局限

史铁生作品全编

·增订版·

· 5 ·

中短篇小说

(1988—2000)

人民文学出版社

图书在版编目(CIP)数据

史铁生作品全编. 5, 中短篇小说. 1988—2000 / 史铁生著. -- 增订版. -- 北京：人民文学出版社, 2025.
ISBN 978-7-02-019083-6

Ⅰ. I217.2
中国国家版本馆 CIP 数据核字第 20248TT504 号

·史铁生像·

本 卷 说 明

本卷收入1988年至2000年发表的中短篇小说,共13篇。

目　录

草帽 ································· 1
小说三篇 ····························· 3
一种谜语的几种简单的猜法 ············· 28
钟声 ································ 57
第一人称 ···························· 69
中篇1或短篇4 ························ 83
《务虚笔记》备忘 ···················· 134
别人 ······························· 194
关于一部以电影作舞台背景的戏剧之设想 ··· 212
老屋小记 ··························· 281
死国幻记 ··························· 300
两个故事 ··························· 319
往事 ······························· 329

草　帽

她说:"我等待了这么多年,到底是把你等来了。"

他说:"我好像从一生下来就开始找你,找得我已经有点信心不足了,却忽然找到了你。"

她说:"我简直不敢相信命运之神会把你赐给我。我简直不敢相信我会这样幸福。"

他说:"我们真是应该感谢命运之神,那天要不是他点拨了我们,我们肯定又互相错过了。很可能互相再也找不到了。"

她说:"真的,真是多亏了那个老人,多亏他那天戴了一顶草帽,多亏了那阵风。"

那阵风已经不存在了。他们决定去谢谢那个老人。那个老人在黄昏的时候总是独自坐在湖边,瞭望那片大湖,瞭望远处的树林和天空。那天他们走过老人身边,她朝南走,他朝北走,正当他们就要擦肩而过的时候,一阵风把老人的草帽刮掉了。草帽沿着湖岸滚,她去追,可是草帽落进了湖中。他跑到湖边看看,挽起裤腿下到水里,把草帽捡回来。这样他们认识了。后来,他们各自发现对方正是自己寻找和等待了多年的人。现在他们已是夫妻。

他们又来到湖边,见那个老人仍坐在夕阳中静静地瞭望。他们恭敬地向老人说明了来意。老人闭目沉思片刻,问道:

"你们总是要有孩子的吧?你们的孩子也是要有孩子的,你们孩子的孩子总归也是要有孩子的吧?"

他们说:"是。"

老人说:"可我不能担保他们一代一代总都是幸福的人,我想是不是就把这顶草帽埋在这湖边,让他们之中随便哪一个不幸的人,也能到这儿来寻找他们不幸的最初原因?"

1988 年

小说三篇

一　对话练习

女的说:"不,别开灯。先别开灯。"

"该开灯了。"男的说,"这昏昏暗暗的好吗？什么也看不清。"

"好,就这样最好。"女的说,"你还坐到这儿来。"

"就这样,"女的说,"让光线一点点儿暗下去到什么也看不见。你不觉得这样好吗？"

她说:"我现在还能看见你,慢慢地让天完全黑了我们谁也看不见谁。"

男的说:"行啊,听你的。"

"你觉不觉得这样好？你自己觉不觉得好？"

"行,就这样吧。"

"别凑合。好,还是不好？"

"一定得让我把好字说出来,是不是？"

"我怕你觉得不好。你真的觉得好吗？"

"所以你什么时候都不能轻松一下。"

女的停了一会儿,笑笑,然后说:"好啦,你继续讲吧。"

"能轻松一下的时候,人就应该尽可能轻松一下。"

"好啦,你继续讲吧。"

"你越是怕这个怕那个,不管什么事,结果反而会更糟。"

"我是这样。"她说,"我也知道我是这样。"

两个人都停了一会儿。

"可我没办法,"女的又说,"我总觉得要出什么事,就快要出点什么事了。"

"什么事?会出什么事吗?!"

"你别喊。我也不知道会出什么事。你别老对我喊行吗?"

男的声音放轻:"告诉我,你为什么总觉得要出什么事?"

女的想了一会儿,说:"你别笑我。"

"当然。不笑。"

"你笑我也没关系,可你别冲我喊。"

"既不喊也不笑。"

女的又想了一会儿。男的认真地等待着。

"没事了。"女的说,"我现在又觉得不会出什么事了。"

"老天爷,你可真行!"男的说。

女的说:"咱们不说这事了。"

她说:"不说这事了好吗?"

"好啊,听你的。"

"继续讲你们招生的事吧。"女的说,"后来怎么了,到底要谁不要谁?"

"还没最后定。反正初试通过的这九个人里最后只能留七个,得刷掉两个。"

"刷掉哪两个?"

"现在还不知道。总之得有两个被刷掉。"

"要是让你来决定呢?"

"这事不能完全由我决定。"

"假如完全由你决定呢?"

"你怎么对这件事这么有兴趣?"

"不是兴趣。我总想着那九个比我还年轻的小伙子和姑娘,不知最后是哪两个倒霉。"

"有五个已经定了。其中五个肯定录取了。现在是剩下的四个当中到底刷掉哪两个。"

"这四个当中注定有两个要倒霉了。"女的说,并且连连叹气。

男的说:"什么事你都能用来折磨自己。"

男的说:"到底是哪两个倒霉还说不定。"

"九个你们就都要了算了。"

"你没懂我的意思。我是说,是被刷掉的两个倒霉还是被录取的两个倒霉,很难说。"

"嗯?为什么?"

"也许没被录取的倒是一辈子过得轻轻松松自自由由,没那么多奢望。也许没被录取倒是一件好事。也许没被录取将来的痛苦感倒要少一点。这是件说不准的事。"

"是。"女的说。

"是,"她说,"是很难说。"

"所以谁也说不准倒霉的是哪两个,或者走运的是哪两个。"

"其实我早就这么想过。唉——"

"你别又这么认真好不好?"男的说,"你这人总这么缺乏幽默感。"

"你看,"男的说,"现在这四个里头有三个女的一个男的。假如我们最后录取了两个女的,那样我们就很可能是拆散了一对好夫妻。你想是不是有可能?"

女的笑笑:"是,是有可能。"

"但也可能相反,结果会在另外的时间和地点成全了一对好夫妻。你仔细想想。"

女的笑着:"嗯,也有可能。"

"如果我们录取了一个女的一个男的呢?这样他们俩就认识了,很可能结果成了恋人。不是没有这样的可能。如果这个男的是个很坏的恋人呢?不,不,最好不说哪个很坏,这样的事很难用好坏来判断。如果这个女的因为这个男的而一生都很痛苦呢?这不是不可能的。这是有过的。"

"你肯定不是这样的人。"女的说。

"我是说那四个考生。"男的说。

"可我相信你不是那样的人。"女的说。

"嗯,你相信得可能有道理。"

两个人同时笑起来。

男的说:"如果那个女的没被录取,她可能就永远也没机会认识那个男的,她的一生就肯定是另外一个样,大概倒会很幸福,她说不定会遇到一个非常好的男人,会在某一天遇到一个她非常满意的男人。"

"我绝对相信你不是你先说的那种男人。"

"那还得看你是不是那种太挑剔的女人。"

"我不是!"

"我没说你是。"男的说。

"行了行了,我没说你是。"男的说。

"我不过是打个比方。"他说。

"我确实不是那种很挑剔很专制的女人。我不是那种啰里啰嗦的女人。难道你不知道我也讨厌那种女人?"

"我们不是一直在说我们表演系招生的事吗?我是说那四个考生,被不被录取,你都弄不清意味着什么。录取不录取,之后都有无数种可能。但录取与不录取,结果肯定不一样。"

"我说过我对你绝对满意。"女的说。

"我是不是说过?"女的问他。

"你说过。"他说。

"你信不信我对你绝对满意?"

"我信。不过别用'绝对'这个词,这个词压得我喘不过气来。"

"我并没有反过来要求你也得对我绝对满意,我只希望你相信我对你绝对满意,这行不行?"

"不管怎么,别用'绝对'这个词。"

"那好,我以后不用这个词。"

"用'相当',用'相当'就足够了。"

"好吧,那以后就用'相当'。"

"哎,你可千万别这么唯命是从。"

"行,我以后尽量不唯命是从。"

"老天爷,你好起来可真让人招架不住。"

"我从来都好。"

"咱们把灯开了吧。"男的说。

"不,别,别开灯。"

"你看,"女的说,"只剩下天边那儿还有一点儿亮了。"

"你看,"还是女的说,"空地的那边是树林,树林的上头还有一点儿亮。树林的后头是山,山和天相连的地方还有一线光亮,山后边呢,是海,亮光就是从那儿过来的。"

"你说得真简单,你这么几句话就说出几千里去了。"男的说。

"那光亮在海上,走过海,走过山,走过树林,走过那片空地,走到我们这儿。"

"你说的真容易。你实际去走走看。"

"走到我们这儿把我们显现出来,我才看见了你,你才看见了我。"女的说,"你不觉得这太奇怪了吗?"

"本来并没有你,也并没有我,后来就有了你也有了我。"女的问他,"你不觉得这太奇怪了吗?"

"我这时候看你是这样,另一个时候看你又是另一个样。"女的说,"这真是太奇怪了。"

男的一直不回答她。

"你看我这裙子漂亮吗?"

"还好。"

"你看我的发型要不要变一下?"

"也可以。"

"你这样逆光看我,觉得好吗?"

"不错。"

"你就是不说'真好'。"

"要说还不容易吗?"

"可你就是不这么说。"女的说。

"你从来不这么说。"她又说。

"你很少这么说。"她说。

"反正你总是想尽办法苦恼自己。"男的说,"在任何又高兴又轻松的时候,你都能想办法把它变得又痛苦又紧张。这方面你是天才。"

"那你觉得现在好吗?"

"本来很好。"

"要是我不说刚才那几句话,你真的觉得特别好吗?"

"总归你是得让我把'真好'呀、'特别好'呀什么的都说出来才行。"

"是不是?到底是不是?"

"是!"男的说,但他很快又把声音放轻些,尽量柔和些,说,"是。"

"我知道。"女的说,"我的毛病我知道,可是没办法。"

她又说:"不知道为什么,我总觉得要出什么事。你别又冲我喊。我自己也不知道。"

"你想想,有什么事好出嘛!"

"你别在意。这完全是我自己的问题,你千万别在意。我知道不会出什么事。可我总感觉就要出点儿什么事了。"

"把灯打开好吗？"

"不，你别。"

"这么暗，简直什么也看不清。"

"你别开灯。来，还坐到这儿来。"

"你是不是哪儿不舒服？"

"没有，我觉得非常好。"

"你躺下吧，你躺一会儿。"男的说。

过了一会儿，男的又说："以往的痛苦，除了把它忘掉，没别的办法。"

"这我知道。不是因为这个。"

"我们都有自己的历史，我们都得尽力去忘掉一些事。"

"这我懂。绝对不是因为这个。"

"你总喜欢用'绝对'这个词。"

"真的不是，真的。"

"那到底为什么？"

"这不过是一种感觉。我不过随便说说。你别在意，一会儿就会过去。"

"也许咱们出去走走？"

"不不，就这样最好，就这样，我们俩，这样一直待到天黑，待到什么也看不见。就这样，多好。"

"告诉我，"男的低声问她，"你觉得会出什么事？"

"我也不知道。"女的低声回答他，"我只是觉得太好了，最近我一直太顺利了，我总觉得不太可能是这样。"

男的如释重负般地出一口长气。

女的低声说："所以大概要出点什么事了。很久了，一直这么顺我觉得不大可能。"

她说："你看现在多好。天边那一缕亮也没了。天完全黑了，差不多完全黑了。"

她继续低声说,慢慢地像是自语:"我们谁也看不见谁了。可我感觉得到你是坐在我身边。你闻没闻到这周围的气味?你看不见可你闻得到,你数不清这都是什么气味聚合成的气味。你一旦闻不到它了你简直都不能回忆起它来。这气味除非你自己也闻到了,否则别人就没法告诉你,你也没法告诉别人。"

她继续说着,渐渐地如同梦呓:"如果要形容它,我最先想到的是动物饼干的气味,然后是月亮下一只小板凳的气味,是夏天雨后长满青苔的墙根下的气味。还有一棵大树,一棵非常大的树的气味。以后,它会是天慢慢黑下去的气味,以后一到天黑我肯定就要闻到这气味。"

男的说:"你躺好,躺好一点儿吧。"

"你再听听到处有多安静,"女的还在说,"天黑下去的时候就是这声音。光亮从那片空地那片树林上退去的时候,就是这么安静,就是这样的声音。光亮退到树林后面去的时候,退到山的后面再退到海上去的时候,总是带着这样的声音。你说不清这里面有多少种声音。这里面有所有一切的声音。你很少能听到世界上的所有声音,因为你总不喜欢这样一直待到天黑,你总是要把灯打开看看明白。"

"你躺好吧,你躺好好不好?"

"嘘——别说话,握住我的手。"

很久,两个人不再说什么。

两个人很久不出声。

然后,男的轻轻问:"你睡着了?"

女的回答:"我一直都睁着眼睛。"

"想什么?"

"我想你们不是在招生。"

"嗯?"

"你们简直是在分配那几个孩子的命运。上帝借你们,在给那几个人分配命运。"

"蛛,你说的真对。"

"可他们并不知道自己分到的是什么。分到了,也还是不知道自己分到的是什么。"

"对,是的,不知道。你这个比喻真妙。"

"他们以为是什么,实际上多半正相反。"

"实际百分之九十九不是他们想的那样。"

"可你们到底根据什么要谁不要谁呢?"

"这你应该知道。"男的说,"我们是表演系,我们是教表演的。我们是培养演员的。表演,这很难说。你喜欢他,可我喜欢另一个。"

"就因为喜欢不喜欢?就根据这个?"

"我现在选中一个,但这可能是我的错觉,过一会儿我发现这是错觉,我就选择了另一个,但是谁来担保这一次不是错觉呢?"

"可他们的命运就这样被决定了。"

"你以为怎么决定呢?"

"他们就各有各的前程了。"女的说。

"可不是吗?他们就各演各的角色。"

"那回我碰巧遇见你,"女的说,"我看你很面熟,我就追上去问你。"

"我们的命运也是被别人决定的。"他说。

"我那时候真是胆子大,"女的说,"我就跑过去问你是不是一个演员。你记不记得?"

"别人决定了我,我又去决定别人。"

"不知道为什么那一回我的胆子特别大,我说,嘿!您是演员吧?其实我的胆子平时并不大。"

"决定了我的那个人当初也是被别人决定的,被我决定的那个人将来再去决定别人。"

"然后我们就认识了,到现在。"

"否则我现在就不是我,我就不是我现在。"

"是的,你当年要是不被表演系录取,我们就谁也不会认识谁。"

"我现在就在放羊。我现在就在打鱼。我现在就是个卖鱼的,你对我来说顶多是个买鱼的。可上帝决定借一个人分给我另外一种命运。"

"就因为他喜欢或不喜欢?"

"归根结蒂是因为这个。到头来你找不出更严肃的理由。"

她轻松地叹一口气。女的轻轻地叹一口气然后说:"但愿上帝喜欢我们。"

"可你不知道上帝喜欢的含义是什么。你怎么也不知道。人就像个瞎子。喂,把灯开开好吗?"

"不,你别。你别开,别开灯。"

"太黑了该开了。这么黑谁也看不见谁。"

"这多好,谁也看不见谁有多好。"

"你就这么喜欢谁也看不见谁?"

"对了,我喜欢。这样才真实,否则你能看见什么呢?"

"你怎么有点儿发抖?"男的说。

女的说:"没有。搂紧我。"

"对,对了,就这样,"女的说,"搂紧我。"

"你别又胡思乱想,"男的说,"你别总以为要出什么事,不会再出什么事了。"

"我宁愿你这样骗骗我。"

"不是骗你。"

"管它是不是,我愿意听你这样说。搂紧我。反正我也愿意听你这么说。"

"我骗过你吗?我从来没有骗过你。"

"我不是说你。我是说我自己。我愿意相信一切都是真的,管它呢?反正我宁愿相信一切都是真的,好了好了,跟我说点儿别的事吧。"

"说什么?"

"随便说点儿什么。"

男的想了一会儿,说:"但愿明天他们六个人里有人会改变主意。"

"哪六个?"女的问。

"我们教研室除了我其余的六个。究竟录取哪两个刷掉哪两个,现在他们的意见是三比三,现在这事倒真的要由我来决定了。"

"可我发现我的感觉都不对,都是错觉。"

"但愿他们六个人里有一个改变主意。如果出现了四比二就好了。那样我就可以弃权了。"

二 舞台效果

黎明漫散得无比广阔。在最近的地方,一片叶子飘摇垂落,没弄清它最初的来路,把寂静触动一下,轻轻一响混同到所有安卧的落叶中去,十分稳当。微明中一排黑色的大树,浓密的树冠在空中与天尚划不出界线,天是钢蓝的,越往下越浅一些。微明便是从一棵棵粗大的树身之间透过来。墙一样的树身上斑斑驳驳长了菌类,几十年前被人刻过的地方现在是意义不明的疤结。走远一些,走得脚下没有了落叶响,再回身去看那排大树,发现它们不过在广阔的黎明中占了很小的部分。因为人占着更小的部分。

两个人有时就像是齐步走那样走着,但他们并没特别去要求这一点,所以现在是两只脚两只脚同时落地的声音,过一会儿就是四只脚分别落地的声音,一会儿再变回去,交替重复。空气中的味道越来越让人有清晰的盼望,让人不想去说什么。

那是城市和湖。现在一边是还没有喧闹起来的城市,一边是渐渐变亮着的一片大湖,中间这条路继续向纵深延展并且开始分岔了。他们走到这儿有些徘徊。两个人都上了年纪。男人身材颀长,虽已瘦削但高大的骨架还在那里。女人的腰身已明显宽满,但被剪裁精确的衣裤严格控制住,让所有人都先去想她年轻时的风韵。逐年膨胀的城市把触角伸到湖的边缘,才有所收敛。城市巨大的黑影和湖水无际的白光都凝然不动,唯蓝色雾气如幕景般层层垂挂飘摆,带动起湖岸上成熟草木的气息。两个老人把行囊从背上卸下来,让它躺倒在脚边。两个人面向城市惊讶地望了一会儿。男人便去附近走了一遭,这时路上仍不见有行人。女人把一张地图展开。男人回来,把两个行囊都提着,朝离他们最近的湖岸那儿去。女人展开那张地图就像展开一份熟悉的报纸,就像在熟悉的报纸上立刻就能找到自己喜爱的栏目那样,她找到了自己要看的部分并且埋头进去,然后又像核对账目那样把地图与远处的城市对照。当她转身要跟男人说什么的时候,这清晨的路上只有一个捧了地图的兴奋的女人,她发现男人和那两个行囊都在远处湖岸的长堤上。

从一个抓不住的瞬间,清晨开始有了色彩。绿色湖水铺展得平稳辽阔,托起浩荡的紫色雾气,向高天弥漫,向湖的银灰色的四周涌溢。长堤朦胧成一条细线,上面有两个老人的小小身影。

男人沿着长堤向前走几十米,站住点了一支烟,又往回走,走走停停,来来回回在那长堤上走。女人坐在堤上,打开行囊,找出一些吃的东西来;她先把男人的一份调配好放在一边,然后又调配好自己的一份慢慢吃起来。男人还在离她几十米远的地方抽着烟踱步。她不去麻烦他,单是自己望着眼前这座城市出神,像在琢磨它的来龙去脉,像在边读边猜一面残断的碑文,像是在听一种未必是所有人都能听到的声音。湖水在她背后有节奏地撞着堤岸。墨绿的水草在将出未出水面的地方牵缠成网,时而被湖水贴上堤壁,时而又被收容回去。男人抽完了一支烟回来,在女人身旁坐下,拿起女人为他预备好的那份食物看看,挑几块好吃的玩意儿悄悄放到女人的那一份中去,才开始大口吃起来;目光却一直追随着女人的目光去。城市也开始从灰暗中鲜明出来,如雾散的港湾里一条辉煌的巨型客轮。

　　路那边的一座小房子里走出来一个少年男孩儿,他端着一个很大的搪瓷杯,走出几步去蹲下来刷牙。他刷牙的姿势很夸张,把牙刷在嘴里横横竖竖斜斜地使劲刷,想必他很珍视自己的牙齿,整个身体都在用着劲儿,喀嚓喀嚓的响声直传到湖边来。两个老人望着那个男孩儿,先是惊异于他的刷牙方式,继而又怀疑这样激烈的动作不见得没有另外的目的,最后他们明白了,两人互视一笑。有一只母鸡走到男孩儿面前,也惊奇地看他,用这只眼睛看了又用那只眼睛看,心想男孩儿嘴中的白沫能不能分一点给自己作早餐。男孩便跟那只母鸡玩起来,满嘴里是白沫并且含定那根牙刷,追到母鸡把它抱起来往高里抛,母鸡飞下来他再抓到它往高里抛。母鸡的叫声惊动了男孩儿的母亲,小房子里有人骂他,也可能是他的姐姐。男孩儿慌忙回到原处,用清水漱了口,钻回小房子里去。母鸡走到男孩儿待过的地方,试着在地上啄几下,终不明白那么好的白沫怎么会转瞬即逝。

　　两个老人直看着小房子后面的炊烟淡尽了,一个男人出来骑上车走了,一个妇女出来也骑上车走了,然后那个男孩儿和他的姐姐从小房子里出来,步行着上了路;小房子和小房子前面的空地都染上霞光。远远的湖岸上响起钟声,钟声在湖面上朗朗地流传。

　　这时没有了湖。闻不到湖水的气味了才感到远离了那片湖。城市里的白天永远是过节一样,尤其是这座城市又太大太老太深,每条街道上都像是出了什么不同寻常的事件,到处都像在传播一个紧急的谣言。两个老人站在路边,神情却似面对一条陌生的激流。女人不觉中抓紧着男人的上衣后摆。男人在看那张地图,女人抓住他上衣的后摆怕他会走进那条激流中去。有个歌星满天满地唱着爱情留下的创伤,开始听去像是个女人在唱,听到后来就不排除那也可能是个男人;一遍一遍地唱,唱不幸的心和一棵往日的树木。老人在这样的一片歌声中走过马路。

走上对岸他们都松一口气;女人不大够用的眼睛才顾上看一下男人,紧张的脸上才舒开一个淡淡的微笑,并顺势察看一下男人背上的两个行囊。但是他们立刻又要准备过一条马路了。他们注定还要过很多这样的激流。谁让他们不小心又闯进了这座大都市呢?它本来就是这样日久年长纵纵横横构筑起来的,这是它的本能。倘作鸟瞰,就会相信这是多么精妙而且必要的设计,试想若抹去这些纵横交错层层盘绕的格子会怎么样呢?兴致勃勃的人群定会突然呆若木鸡,瞬息失却其全部秘密。那是上帝和他的仆人的一个棋局。男人改变了主意,他把行囊让女人照看,自己捧了那份地图再度消失到人群中去探问。

女人先是站在路口,惊愕于眼前的一切;她几次把脚下的行囊挪一挪,川流不息的行人好几次绊在上面,使她满心满脸都是歉意。后来她就拎起行囊找到一间电话亭旁站下,这儿好一些。远远的马路对面是一家装饰花哨的发廊,里里外外都有彩色金属的闪光,那个歌星就悬挂在发廊的门框上不知疲倦地唱呀唱。她靠在电话亭上闭一会儿眼,平定一下心神,或许便把那歌声当真听一听。现在唱到了风,东南风或者西北风不管什么风吧,唱歌的人声称不管是刮什么风总归于他都是快乐的。然后他又说他也不知道。一阵心动过速般的鼓点响过,他又说他不知道,"我不知道我不知道我不知道",他说事实上他什么也不知道,并且反复强调这一点。女人睁开眼睛,想起从电话亭的玻璃上审视自己的形象,拢一拢散开的头发,使底层的白发尽量得到掩盖,抽下一只发卡,咬开,再推回到原来的位置上去。在她这一系列动作的过程中,她的表情渐渐起了一点变化。她看见电话亭里有个身着风衣正在打电话的人。她愣愣地盯着这背影好久,突然快步转到电话亭的另一侧到那个人的正面。这时她脸上的表情一震。她几乎就要伸手去敲电话亭的玻璃就要喊出一个人的名字了,那个人向她抬起脸来不解地看一看她。她不掩饰自己的窘色,只作了个手势向那人致歉,那人并没在意或者根本就没明白发生了什么。她慢慢走回到那两只行囊旁,垂下头想了一会儿。那个人打完了电话走出来,走过她身边,走过马路去。她再望望那背影,那是个步履轻盈矫捷的青年人。街上差不多都是青年人,都是陌生的面孔,都不注意到她的归来,单把各色艳丽的时装在她眼前飘转跃动的如涌如潮。

男人从滚滚人流中费力地钻出来,额头的皱纹里很多汗水,站到女人面前时兀然地显出苍老。女人赶忙掏出手帕来给他。男人擦着汗,向女人汇报他的侦察结果,他很兴奋,东指西指,差不多指了一圈。女人听着,目光随着他手指的方向迷茫眺望,思绪潜到这看不见底的城市深处去。然后他们急急忙忙背起行囊,涉过一条又一条激流去,你拉着我我拉着你,像两个赶着去上学的孩子。

到了最繁华的一条商业街上,也是最著名的一条。他们仰头看那路牌,把那块路牌读了很久。这当儿人流把他们冲得转了好几个圈,仿佛他们恰好是两个旋涡,有一次男人被一个姑娘的长发卷了很远去——那是他行囊上一个搭扣的作用,他好不容易向那姑娘解释清楚了才又回到路牌底下。他们把那路牌读了很久,才相信那几个熟悉的字是完全可能跟一条不再相识的街放在一起的,然后两个老人互相笑笑,笑对方和自己的痴呆。他们便随了潮流往前走,像是宽广的河流忽然灌入了狭窄的河道,他们几乎不能停下来。现在他们不再是两个旋涡,而是顺流漂浮的两片树叶。路旁的橱窗一个紧挨着一个,白色和茶色的宽大玻璃连成一道凹凸起伏的墙,从中看这熙来攘往的世界也并无异样,唯偶尔于中发现了自己倒觉得诧异觉得陌生。人很少有机会看见自己行走的样子。橱窗里琳琳琅琅,五颜六色的遮阳棚更应该算作招牌或者旗帜。歌星们现在是蜂飞蝶舞,落得到处都是了。男人只顾往前走。女人掉在后头,她仍不断从橱窗的玻璃上观察自己,有几次她想看到自己没有观察自己时自己到底是什么样子,但这似乎办不到;结果她把前面人的鞋踩掉了。男人听见她在向人家道歉,转回身来停下,也不无歉意地向人家报以和蔼的微笑。女人追上来,两个老人再度肩并肩地走,保持住同样的速度。有机会女人还是往橱窗的玻璃上瞅,现在可以看见她和他两个人在一起走,两个人一起在人群中走,人群中两个人走在一起,那样子又奇怪又动人。男人全没理会这些事,他急着往前去,急着要到他们本来想到的地方去;到那儿去必须穿过这条又长又热闹的街,然后再乘汽车。

在一座高耸入云的大楼的拐角处,或者说是在一条被埋没了的小胡同口上,两个老人终于有可能歇一下喘口气了。好似两只在波涛里搏斗了很久的小船,不意被一个浪头推上了河滩。这儿要相对安静得多,人少得多,汹涌的大河在外面喧嚣,这儿是它的一条细小又安稳的支流。他们卸下行囊,身体贴靠在大楼雪白的墙上,仰头去看一线蓝天;阳光在那儿很是灿烂,并有鸽群悠悠飞过。男人把外衣的扣子都解开,示意女人也不妨这样做;女人并不,女人单是把男人从头到脚审视一番,从他的毛衣上择下一根草棍儿,把那草棍儿在两指间捻一捻然后让它飘落地上。今生今世那草棍儿很少可能再与他们重逢。忽然,两个老人差不多同时欢呼了一声,离他们十几步远的地方有一个卖传统小吃的商摊,一面飘扬的旗幡与往昔一般无二——紫红的粗布上缝了几个白色大字。他们不顾一切地冲过去,随后又想起那两个行囊,男人只好又回来取;男人在往返之际已把钱夹掏出来拿在手上。紫铜大锅里酱红色卤汤咕嘟咕嘟翻着气泡,古老的浓香几乎把两个老人变成贪嘴的孩子。他们不问价钱,急忙递了一张面额很大的钞票上去,站在摊前目光不离开那只大锅,不离开摊主人的勺子和摊主人一系列熟练的动作,那动作令他们感动至深。他们买了两碗,一人一碗,面对面捧了碗喝。那东西很烫,他们不得不一口一口喝得很慢,喝得冒汗,喝得脸上大放光彩,隔着升腾的热气看对方,看见对方和自己一样喝得贪婪,不免忍俊不禁险些把嘴里的东西漏到地上,然后神情又转而肃穆,深情而且响亮地喝。摊主人的小孙子扒着柜台看这两个老人,两个老人笑他也笑,两个老人不笑他也不笑,两个老人认真地喝时他便认真地看他们的脖子。摊主人低头数钞票,低头搅动那卤汤,抬头叫卖两声,又四处张望着找他的孙子,但很快发现他的孙子不声不响地就站在他腰下。两个老人喝罢那东西离开时,摊主人的小孙子开始胡七乱八地唱起歌来,其中有一句是,"不,我们还是不要见面,还是不要见面吧",唱得颇具神韵。

接近中午的时候发生了一件事,使两个老人互相丢了一会儿,好在后来又互相找到了。他们排队等电车,排了很久,车来了人们却不再按顺序,一下子都拥上去拼命往车上挤,把他们挤得离车门越来越远。第一辆车他们没上去。第二辆来了还是这样,第三辆还是这样。第四辆车来了,两个老人总算挤到了车门前,可是男人好不容易把女人推进车门,车门就关了;一个在车上喊,一个在车下喊,但电车不管这些事径自开走了。男人知道女人准会在下一站下来,便急急地往那里赶,他没料到女人会有那么大本事——她竟然又挤上了返程的车回到原来的地方。女人回到原来的地方,看见男人已不在那儿,心里一阵空,但她立刻醒悟到再不能离开这里了,她就站在一个最显眼的地方站在太阳底下,等男人回来。男人走了一站没找到女人,就又往前走了一站,还没有找到就又往前走,走了五六站远他才想到可能发生了什么事。待男人回来时,女人还是站在太阳底下站在那个最显眼的地方一步也不曾移动;阳光在到处飞扬炫耀,唯栖落在她的周围时变得恬淡安详,仿佛一支亢奋的乐曲中忽然呈现一段平静的吟唱。女人常常比男人伟大,否则在浩瀚如许的世界上人们更易互相丢失了。两个老人决定不再坐什么车,此行不单是要找很久以前的那两间老屋,也是要来重新看看这座城市,不妨就这么慢慢地走着看它吧。

中午,他们总算走到了原想乘车要到的地方。男人在路边的果皮箱上铺开那张地图,两个人都戴上老花镜细细地看,知道离他们此行的目的地不远了,他们要找的那两间老屋应该就在附近。他们互相点点头,再从老花镜的上缘向四周望出去,记忆中的标志却一个也没有,处处是新建的楼群,层叠环绕的立交桥像一个豪华玩具或一个非常大的几何图案的一部分。那两间老屋所在的地方,当初就是一条在所有的地图上都不被标明的小胡同,时光改变了一切,不知它如今还存不存在,简直想象不出它在这巍然壮丽的楼阵中会怎样存在着。两个老人摘下老花镜时互相祈祷般地望了一会儿,知道心里仍不能放弃那个由来已久的希望,也知道那希望是多么脆弱多么容易在瞬间彻底破碎以至永远消失。他们用紧张而又镇静的目光互相提醒:他们知道他们知道,此行也许是为了实现那个希望,也许单是为了千里迢迢来让它永远销声匿迹。但是他们不想让它过早地破灭,因此两个人只按着自己的记忆去走,只按着自己的直觉去走,把那张地图折好收在行囊里,不再向任何人打听。大街上还是沸沸扬扬热烈的人们,而他们两个便就近拐进一片楼群中去。随着各式各色的楼房错错落落的排列,他们曲曲折折地走,方向是不会错的,至于结果则另当别论。

天上开始堆起了灰白的云,云差不多擦着楼顶走,走得平稳也汇集得潇洒,把阳光的温度降低,把阳光变的淡薄。楼群深处渐渐地安静,有人在缓缓地吹一把圆号,号声与那些游走的云彩合拍,浑厚沉稳得足以把喧嚣的市声推开得很远。某座楼房的一层的一间是一家小饭馆,两个老人走进去,累了也饿了,应该正正经经地吃一点饭。他们在靠窗的地方坐下来,把行囊推到桌下去。店主人是一对青年夫妇,可能是一对青年夫妇;小伙子赶忙奔到厨房里去,姑娘走到两个老人桌前。他们点了几个菜要了两罐饮料。小饭馆的面积只有十四五平米,摆了四张桌,另外三张空着。菜上来的很快,味道却绝不像它的名字,但两个老人实在是饿了,吃得很香。而且他们非常喜欢这儿的安静,非常喜欢这时外面的天空已经变为一色均匀的铅灰,非常喜欢那时隐时现的圆号声,非常喜欢正在厨房里忙着的小伙子的身影和在昏暗的角落里默坐着的姑娘。两个老人不断回头去看那小伙子和姑娘,不断环视这间小店。他们很快吃光了饭菜,舒舒服服地几乎是躺在椅子里,女人慢慢地喝着饮料,男人慢慢地喝着饮料并且慢慢地抽着烟。女人轻轻挥开飘在她面前的烟缕,闭上眼睛。男人正好面对窗户,便望见平坦的铅灰色的天下飞着的一群白鸽,在天色衬照下它们显得奇异的洁白,白的发亮令人心惊,他长久地望着它们,望着它们盘旋盘旋盘旋,望着它们散开了又聚拢散开了又聚拢,最后消失不知落在谁家的屋顶上去了。男人看看女人,女人趴在桌上睡了。

  女人做了很多梦,醒来已近黄昏。外面下着雨,她睒睁了一会儿,上下左右看看,弄清了自己是在哪儿,然后发现男人不在她身旁。店主人那对青年夫妇一起走过来,告诉她男人说他去附近走走,告诉她男人说他不会走远让她等他。她谢过这两个青年人,起身到门外,在屋檐下看雨,雨很细很密没有声音,天如质密的灰色塑料铸成,参差的楼房都被雨淋得暗,路面却让水染得亮。她缩缩肩,返身回来从行囊里取了件外套穿上,想了想又抽出折叠伞,她请那对青年夫妇照看一下桌下的行囊,便出门走入雨中。小伙子跑出来指给她男人去的方向,她就朝着那个方向走。呜呜的号声还在响,号声仿佛不能冲出沉重的天去便被压得在楼群中流,呜呜地把路流得很长很曲折。她拐了几个弯,忽见一片夺目的金黄,一棵孤零零的非常高大的银杏树矗立在一块空地上,满树满地都是金黄的叶子。男人打着雨伞站在树下,他没有发现女人的到来,他把背紧贴在树上,然后迈开大步计着步数走,向正北走了七步转身九十度再向正西走了二十一步,他停在一家店铺门前。这是一家新开张不久的店铺,门窗上的油漆都还新鲜,几个红色大字写在玻璃上,写的是:加工墓碑。男人又走回到大树下,这时他看见了女人,但他顾不上跟她打招呼,他再次向北量出七步向西量出二十一步,结果仍旧停在那家店铺门前,他转过身来向女人点了点头。女人早已经全明白,那儿就是他们此行的目的地就是很久以前的那两间老屋,那棵大银杏树曾经是个标志现在还是个标志。女人走过去,到男人身旁;两个人对着那店铺仔细察看寻找往日的痕迹。往日的痕迹丝毫也没有,这是两间新盖的房,这儿只是那两间老屋曾在的位置;他们再转身望望那棵大树,相信这儿确凿就是当年那两间老屋的位置。两个老人在这店铺门前站了一会儿犹豫了一会儿,之后推门进去。屋里有个人正猫着腰给一方墓碑上的碑文着色:并排两个人的名字,一个是金色,一个是红色。那个人的周围摆满了各式墓碑。屋子里堆满了青的或者白的墓碑的石料,几乎无边无际,在昏暗的光线下放着青的或者白的光。那个人专心致志地在给碑文着色:两个人的名字,一个是金色,一个是红色。

晚上,两个老人又到了城外。他们找到一家紧靠湖边的旅馆。负责登记住宿的人问:"一个房间?"男人看看女人,女人装作没听见,去看墙上的一幅司空见惯的水墨画。男人说:"都行。"负责登记住宿的人问:"有结婚证吗?"男人说:"没有。"负责登记住宿的人问:"她是谁?"男人说:"两个,要两个房间。"这当儿女人装作不在意地走开,在卖烟的地方买了一包烟。负责登记住宿的人扔出两个房间号给男人。

不久之后,女人洗了澡,坐在自己的房间里抽烟。这时男人敲门进来。男人说:"怎么,你也抽烟了?"女人说:"抽,偶尔。"男人在她对面坐下,拿起那包烟来看看牌子,抽出一支叼在嘴上,点燃。女人说:"我对墓碑的事不怎么懂,为什么一个人的名字是金色的,另一个是红色的?"男人说:"金色的那一个已经死了,红色的这人暂时还活着。"

三　脚本构思

全能的上帝想要办到什么就立刻办到了什么,因而他独独不能做梦。因为,只是在愿望没能达到或不能达到时才有梦可做。

不过上帝他知道,要想成为名副其实的全能的上帝,他就必须也能做梦。做什么梦呢?上帝他知道,既然他唯一不能的是做梦,那么:他唯一可能做的梦就是梦见自己在做梦了。

可他要是能做梦了,他还会去做做梦的梦吗?要是他还不能做梦,他又怎么能梦见自己在做梦呢?就算这样的问题不难解决,但是上帝他知道,接下来的问题对他来说几乎是致命的:那个梦中梦又是梦见的什么呢?不能总是他梦见他梦见他梦见他梦见……吧?那样他岂不是等于还是不能做梦吗?上帝他知道,他最终必须要梦见一个非梦他才能真正做成一个梦,从而成为名副其实的全能的上帝。然而,一旦一个真实的事物成了他的梦,可怜的上帝他知道,那时他必定就不再是那个想办到什么就立刻办到了什么的全能的上帝了。上帝曾一度陷入了这样的困境中。

无梦的日子是最为难熬的日子。无梦的日子令他寂寞、无聊、孤苦。无梦的日子使他无法幻想,无从猜测,弄不清自己的愿望,差不多就要丧失掉创造的激情和身心的活力了。他在空旷而苍白的天庭里行走,形单影只,神容憔悴,像一个长久的失眠症患者,萎靡不振。但他心里明白,以后的日子无尽无休。他心里明白,如果没有梦的诱惑,无尽无休的日子便仅仅意味着无与伦比的苦闷。

幸而他心里明白,他宁可把一切连同他自己都毁掉,也决不能容忍这无梦的监牢。幸而他渴望梦的心还未萎缩还未肯罢休,创造的激情便还没有完全熄灭,这给他留下一线生机。这样他才想到,他虽不能做梦,但除做梦之外他是全能的;他不能从梦中见到真实,但他可以在真实中创造梦的效果,他自己不能做梦,但他可以令万物入梦,那便是一个如梦的玩具了,他就能够参与一个如梦的游戏了,他观赏万物之梦(假如天庭里也有瓜子,他可以一边嗑着瓜子),尽管他不能做梦也就一样有了梦的痴迷与欢乐了。想到这儿上帝他激动不已,他看透这是唯一的出路了,他定要尽他上帝的全部智慧来做好这件事了,否则他将或者因苦闷而发疯,或者因麻木而变成一具行尸走肉。

  上帝的主意已定。他静静地坐了一会儿,让心落稳。他先为这个如梦的游戏和玩具起了名字,叫做:戏剧。随后他开始考虑脚本。

  当然了,这个戏剧中的所有角色都不要像他一样是全能的,否则他们也将无梦可做,那样的话这个戏剧就无法开展,他也就无从观赏梦的过程并动情于梦的效果了。于是上帝明确了他首先要做的是什么:他要在这些角色们的面前布置一个永恒的距离。这无疑是英明的。但是如何布置呢?在驴的头前吊一捆草,驴追草走,草走驴追,这种杂耍只可作为舞台边缘的一个小演出,驴的梦境过于敷衍过于拘泥,不足以填补上帝心中偌大的空白。上帝想,舞台中心的角色们应当更聪明,也应当更狡猾,应当想象力更丰富并且欲壑难填,应当会做五光十色的离奇古怪的变化万千的梦才好,不能也不应该像对付驴那样来对待他们。虽然如此,这个关于驴的设想还是给了上帝一个启发,他确信,一个永恒的距离势必要布置在这些角色们的能力与欲望之间。继而他又想,如果这个永恒的距离,是以欲望总也不能实现的方法来布置,这些聪明的角色们怕是不能被骗过,那样一来他们迟早也要失去做梦的能力,无所能与无所不能一样要导致绝望。看来应该让他们具有实现欲望的能力,但要让这种能力有个限度。好吧,问题又来了:限度?多大限度?不管多大限度只要是限度,这个戏剧就肯定有演烦的一天有演完的一天。(一当达到那个限度,他们又是无所能了,梦完了戏还不完吗?若一个相同的戏剧反反复复演下去,不烦吗?)上帝想到自己的日子是无尽无休的,为在这样的日子里能够享有无穷的梦的效果,这个戏剧是不能让它演烦也不能让它演完的。那么怎么办呢?难道要让这些角色们实现欲望的能力也是无限的吗?不行,那样他们岂不又是全能的了?在这个问题面前上帝他居然想了好久,最后他幡然醒悟,笑自己竟这么糊涂。所谓有限度的能力,不是就空间而言,也不是就时间而言,而是就他们的欲望而言。有限的能力造就了无限的欲望,无限的欲望再引诱他们去不断地开拓扩展以使空间成为无限,不停地运动变化以使时间成为无限,这样的戏剧就不会演烦也不会演完了。这下上帝有了个好主意了:不是不让他们的欲望实现,而是让他们每一次欲望的实现都同时是一个至一万个新欲望的产生!就是说,不是不让他们得到谜底,而是使任何一个谜底都又是一个至一万个谜面。对了,上帝想,这样一来,一个永恒的距离就巧妙地布置在他们的能力与欲望之间了。

  上帝松了一口气,稍稍歇一会儿。他默默地在心里盘算:那个驴的乏味在于它不能有更多的梦想,它为什么不能有更多的梦想呢?

  使一个谜增殖为若干个谜的方法是这样:譬如说一个角色是一个谜(A),两个角色却不止是两个谜(A、B),而是三个谜(A、B、AB)了。三个角色呢?不是四个而是七个谜(A、B、C、AB、BC、CA、ABC)。那么一万个角色呢?五十亿个角色呢?所以,上帝只需使这些角色们互相感兴趣就行了，他们就有千变万化的梦好做了，上帝就有丰富多彩的戏剧好看了。驴不行，驴就是太呆板，驴就是互相之间太冷漠，结果千万个驴还等于一个驴等于一个猜厌了的谜，所以上帝想，驴就让它是驴吧，让它是一个警告。

事实上，这种使一个谜增殖为若干个谜的方法，也就是使若干个谜变成无限个谜的方法。如果每一个角色身上都带了所有角色的信息，也就是说每一个角色都是由所有的角色造就的，那么每一个谜底不仅要引出若干个谜面，而且会引出无限个谜面。因为，要想猜破任何一个谜，都必须猜破所有的谜，而要想猜破所有的谜，都必须猜破这一个谜，这一个谜中有所有的谜，所有的谜中都有这一个谜，所有的谜面都是谜底，所有的谜底都是谜面。好极了！上帝想到这儿由衷地笑了，他知道他差不多快要把一个了不起的戏剧设计好了，他知道凭这些角色们的聪明他们是不会不对这些游戏着迷的，凭他们的聪明他们也绝发现不了这个玩具的漏洞，他们将玩下去玩下去玩下去玩下去……直至永永远远。他们如醉如痴，上帝乐不可支。

剩下的事就比较简单了。

大体说来还剩下三件事。

一是要让角色们永远坚持对这个脚本的新奇感，准确地说，是要永远保持若干对这个脚本有新奇感的角色。当一些角色乏了、腻了、老了，果真看透了这是个无目的的戏剧，就要及时撤换他们，让他们消失让一批尚不知天高地厚的角色们出现，或让他们去渡一条河，在那儿忘记以往的一切，重新变得稚嫩变得鲜活，变成激情满怀踌躇满志的角色。

第二件事是，倘若上帝一时疏忽，忘记撤换某些看透了上帝企图的角色，这怎么办？这并不难办，在他们等候上帝来撤换他们的这段时光里，可以让他们有另外两种选择，当然也只可以有这两种选择:或者退到舞台边缘去临时成为一个驴;或者仍在舞台中心,更加有声有色地纵情歌舞,并慢慢体会上帝最初不得不作此脚本的苦衷。这两种选择都是可以的,都能等到上帝来撤换他们。但是,这几个被上帝一时忘记撤换的角色若把他们看透的事四处声张,这可又怎么办?这会导致这个脚本过于清澈而对无论哪一个角色都失去魅力。为了防止这样的事发生,上帝令其余的角色都绝不相信这几个角色的话。

第三件事,也是最后一件事。当一切都安排停当了,上帝还有这最后一件事要做,那就是闭上眼睛把他创造的这个舞台摇一摇,把所有角色的位置都摇乱,像抽签儿之前要摇一摇签筒那样,像玩牌之前要先洗牌那样,让每一个角色占据的位置都是偶然的,让他们之间的排列是随意性的。上帝他知道,没有悬念的戏剧是不好看的,看了开头可以推算出结尾的戏剧是不好看的,预先泄露了细节的戏剧是不好看的,不好看的戏剧是不会有梦的效果的。

现在上帝的事做完了,剩下的是角色们的事了。角色们也许不相信事情是这样的,那就对了,上帝为了获得最佳的梦的效果,令他们不信。

1988 年

一种谜语的几种简单的猜法

X

有一部很老的谜语书,书中收录了很多古老的谜语。成书的具体年月不详,书中未注明,各类史书上也没有记载。

这是现存的最老的一部谜语书,但肯定不是人类的第一部谜语书,因为此书中谈到了一部更为古老的谜语书,并说那书中曾收有一条最为有趣而神奇的谜语。书中说,可惜那部更为古老的谜语书失传已久,到底它收了怎样一条有趣而神奇的谜语,业已无人知晓。

书中说,现仅知道这条谜语有三个特点:一、谜面一出,谜底即现;二、已猜不破,无人可为其破;三、一俟猜破,必恍然知其未破。

书中还说,这似乎有违谜语的规则,但相传那确是一条绝妙的、非常令人信服令人着迷的谜语。

书中在说到这似乎有违谜语的规则时还说,人总是看不见离他最近的东西,譬如睫毛。

那究竟是怎样一条谜语呢?——便成为这部现存最老的谜语书中收录的最后一条谜语。

A + X

要想回答譬如说——世界是从什么时候开始的？——这样的问题,我想最大的难点就在于:我只能是我。因为事实上我只能回答——世界对我来说开始于何时？——这样的问题。因为世界不可能不是对我来说的世界。当然可以把我扩大为"我",即世界还是对一切人来说的世界,但就连这样的扩大也无非是说,世界对我来说是可以或应该这样扩大的。您可以反驳我,您完全可以利用我的逻辑来向我证明:世界同时也是对您来说的世界。但我说过最大的难点在于我只能是我,结果您的这些意见一旦为我所同意,它又成了世界对我来说的一项内容了。您豁达并且宽厚地一笑说:那就没办法了,反正世界不是像你认为的那样。我也感到确实是没有办法了:世界对我来说很可能不是像我认为的那样。

如果世界注定逃脱不了对我来说,那么世界确凿是开始于何时呢？

奶奶的声音清清明明地飘在空中:"哟,小人儿,你醒啦？"

奶奶的声音轻轻缓缓地落到近旁:"看什么哪？噢,那是树。你瞧,刮风了吧？"

我说:"树。"

奶奶说:"嗯,不怕。该尿泡尿了。"

我觉到身上微微的一下冷,已有一条透明的弧线蹿了出去,一阵叮唓唓的响,随之通体舒服。我说:"树。"

奶奶说:"真好。树——刮风——"

我说:"刮风。"指指窗外,树动个不停。

奶奶说:"可不能出去了,就在床上玩儿。"

脚踩在床上,柔软又暖和。鼻尖碰在玻璃上,又硬又湿又凉。树在动。房子不动。远远近近的树要动全动,远远近近的房顶和街道都不动。树一动奶奶就说,听听这风大不大。奶奶坐在昏暗处不知在干什么。树一动得厉害窗户就响。

我说:"树刮风。"

奶奶说:"喝水不呀?"

我说:"树刮风。"

奶奶说:"树。刮风。行了,知道了。"

我说:"树!刮风。"

奶奶说:"行啦,贫不贫?"

我说:"刮风,树!"

奶奶说:"嗯。来,喝点儿水。"

我急起来,直想哭,把水打开。

奶奶看了我一会儿,又往窗外看看,笑了,说:"不是树刮的风,是风把树刮得动唤儿了。风一刮,树才动唤儿了哪。"

我愣愣地望着窗外,一口一口从奶奶端着的杯子里喝水。奶奶也坐到亮处来,说:"瞧风把天刮得多干净。"

天。多干净。在所有的房顶上头和树上头。只是在以后的某一时刻才知道那是蓝。蓝天。灰的房顶和红的房顶。树在冬天光是些黑的枝条,摇摆不定。

奶奶扶着窗台又往楼下看,说:"瞧瞧,把街上也刮得多干净。"

街。也多干净。房顶和房顶之间,纵横着条条炭白的街。

奶奶说:"你妈就从下头这条街上回来。"

额头和鼻尖又贴在凉凉的玻璃上。那是一条宁静的街。是一条被楼阴遮住的街。是在楼阴遮不住的地方有根电线杆的街。是有个人正从太阳地里走进楼阴去的街。那是奶奶说过妈妈要-从那儿回来的街。玻璃都被我的额头和鼻尖焐温了。

奶奶说:"太阳快没了,说话要下去了。"

因此后来知道哪是西,夕阳西下。远处一座高楼的顶上有一大片整整齐齐灿烂的光芒。那是妈妈就要回来的征兆,是所有年轻的妈妈都必定要回来的征兆。

奶奶指指那座楼说:"你妈就在那儿上班。"

我猛扭回头说:"不!"

奶奶说:"不上班哪儿行呀?"

我说:"不!"

奶奶说:"哟,不上班可不行噢。"

我说:"不——"

奶奶说:"嗯,不。"

那楼和那样的楼,在以后的一生中只要看见,便给我带来暗暗的怆惶;或者除去楼顶上有一大片整齐灿烂的夕阳的时候,或者连这样的时候也在内。

奶奶说:"瞧瞧,老鸹都飞回来了。奶奶得做饭去了。"

天上全是鸟,天上全是叫声。

街上人多了,街上全是人。

我独自站在窗前。隔壁起伏着当当当奶奶切菜的声音,又飘起爆葱花的香味。换一个地方,玻璃又是凉凉的。

后来苍茫了。

再后来,天上有了稀疏的星星,地上有了稀疏的灯光。

世界就是从那个冬日的午睡之后开始的。或者说,我的世界就是从那个冬日的午后开始的。不过我找不到非我的世界,而且我知道我永远不可能找到。在还没有我的时候这个世界就已存在了——这不过是在有我之后我听到的一种传说。到没有了我的时候这个世界会依旧存在下去——这不过是在还有我的时候,我被要求同意的一种猜测。

就像在那个冬日的午后世界开始了一样,在一个夏天的夜晚,一个谜语又开始了。您不必管它有多么古老,一个谜语作为一个谜语必定开始于被人猜想的那一刻。银河贯过天空,在太阳曾经辉耀过的处处,倏而变为无际的暗蓝。奶奶已经很老,我已懂得了猜谜。

奶奶说:"还有一个谜语,真是难猜了。"

我说:"什么?快说。"

奶奶深深地笑一下,说:"到底是怎么个谜语,人说早就没人知道了。"

我说:"那您怎么知道难猜?"

奶奶说:"这个谜语,你一说给人家猜,就等于是把谜底也说给人家了。"

我说:"是什么?"

奶奶说:"你要是自个儿猜不着,谁也没法儿告诉你。"

我说:"您告诉我吧,啊?告诉我。"

奶奶说:"你要是猜着了呢,你就准得说,哟,可不是吗,我还没猜着呢。"

我说:"那怎么回事?"

奶奶说:"什么怎么回事?就是这样儿的一个谜。"

我说:"您哄我呢,哪有这样的谜语?"

奶奶说:"有。人说那是世上最有意思的一个谜语。"

我说:"到底是什么样儿的呢,这谜语?"

奶奶说:"这也是一个谜。"

我和奶奶便一齐望着天空,听夏夜地上的虫鸣,听风吹动树叶沙沙响,听远处婴儿的啼哭,听银河亿万年来的流动……

好久好久,奶奶那飘散于天地之间的苍老目光又凝于一点,问我:"就在眼前可是看不见,是什么?"我说:"眼睫毛。"

B + X

多年来我的体重恒定在五十九点五公斤,吃了饭是六十公斤,拉过屎还是回到五十九点五公斤。我不挑食,吃油焖大虾和吃炸酱面都是吃那么多,因为我知道早晚还是要拉去那么多的。吃掉那么多然后拉掉那么多,我自己也常犯嘀咕:那么我是根据什么活着的?我有时候懒洋洋地在床上躺一整天,读书看报抽烟,或者不读书不看报什么事也不做光抽烟,其间吃两顿饭并且相应地拉两次屎,太阳落尽的时候去过秤,是五十九点五公斤。这比较好理解。但有时候我也东跑西颠为一些重要的事情忙得一整天都不得闲,其间草率地吃两顿饭拉两次屎,月亮上来了去过秤,还是五十九点五公斤。就算这也不难解释。可是有几回我是一整天都不吃不喝不拉不撒沿着一条环形公路从清晨走到半夜的,结果您可能不会相信,再过秤时依旧是五十九点五公斤。

还有一件奇怪的事就是,我每天早晨醒来的时间总是在六点三十,不早不晚准六点三十,从无例外。我从不上闹钟。我也没有闹钟。我完全不需要什么闹钟。如果这一夜我睡着了,谁也别指望闹钟可以让我在六点三十分以前醒。那年地震是在凌晨三点多钟,即便那样我也还是睡到了六点三十才醒。醒来看见床上并没有我,独自庆幸了一会儿发现完全是扯淡,我不过是睡在地上,掸掸身上的土爬起来时看出房顶和门窗都有一点歪。如果我失眠了一直到六点二十九才睡着的话,我也保证可以在六点三十准时醒,而且没有诸如疲劳之类不好的感觉。人们有时候以我睡还是醒来判断时光是在六点三十以前还是以后。

因此我对这两组数字——595和630——抱有特殊的好感,说不定那是我命运的密码,其中很可能隐含着一句法力无边的咒语。

譬如我决定买一件东西,譬如说买拖鞋、餐具、沙发什么的,我不大在意它们的式样和质量,我先要看看它们的标价,若有五块九毛五的、五十九块五的、五百九十五块的,那么我就毫不犹豫地买下。再譬如看书,譬如说是一本很厚的书,我拿到它就先翻到第六百三十页,看看那一页上究竟写了些什么,有没有什么不同寻常的暗示。我一天抽三包香烟，但最后一支只抽一半，这样我一天实际上是抽五十九点五支。除此之外我还喜欢在晚饭之后到办公室去嗑瓜子，那时候整座办公大楼里只亮着我面前的一盏灯，我清晰地听到瓜子裂开的声音和瓜子皮掉落在桌面上的声音，从傍晚嗑到深夜，嗑五百九十五个一歇，嗑六小时三十分钟之后回家。总之我喜欢这两个数字，我相信在宇宙的某一个地方存在着关于我和这两个数字的说明。再譬如我听相声，如果我数到五百九十五或六百三十它仍然不能使我笑，我就不听了。

所以有一次我走到一座楼房的门前时我恰恰数到五百九十五，于是我对这楼房充满了幻想，便转身走了进去。我感到一种从未有过的激动，我相信我必须得做一件不同凡响的事情来记住这座楼房了。我在幽暗的楼道里走，闭上眼睛。我想再数三十五下也就是数到六百三十时我睁开眼睛，那时要是我正好停在一个屋门前的话，我一定不再犹豫一定不管三七二十一就敲门进去，也不管认不认得那屋里的主人我一定要跟他好好谈一谈了。六百三十。我睁开眼睛。这儿是楼道的尽头，有三个门，右边的门上写着"女厕"，左边的门上写着"男厕"，中间的门开着上面写着"隔音间"。右边的门我不能进。左边的门我当然可以进，但我感觉还不需要进。我想中间这门是什么意思呢？我渐渐看清门内昏黑的角落里有一部电话。我早就听说有这样的无人看管的公用电话。我站在第六百三十步上一动不动想了五百九十五下，我于是知道该做一件什么事情了。我走进电话间，把门轻轻关上，拿起电话，慎重地拨了一个号码：595630，慎重得就像母亲给孩子洗伤口一样。这样的事我做过不止一次了。有两次对方是男的，说我有病，"我看您是不是有病啊？"说罢就把电话挂了。有两次对方是女的，便骂我是流氓，"臭流氓！"这我记得清楚，她们通过电话线可以闻到你的味儿。

"喂，您找谁？"这一回是女的。

"我就找您。"我还是这么说。

她笑起来,这是我没料到的。她说:"您太自信了,您的听力并不怎么好。我不是这儿的,我偶尔走过这儿发现电话在响没人管,这儿的人今天都休息。您找谁?"

"我就找您。"

她愣了一会儿又笑起来:"那么您以为我是谁?"

"我不以为您是谁,您就是您。我不认识您,您也不认识我。"

电话里没有声音了。我准备听她骂完"臭流氓"就去找个地方称称体重,那时天色也就差不多了,我好到办公室嗑瓜子去。但事情再一次出乎我的意料,她没有骂。

"那为什么?"她说,声音轻得像是自语。

"干吗一定要为什么呢?我只是想跟您谈谈。"

"那为什么一定要跟我呢?"

"不不。我只是随便拨了一个号码,我不知道这个号码通到哪儿。您千万别误会,我根本不知道您是谁,我向您保证我以后也不想调查您是谁,也不想知道您在哪儿。"

她颤抖着出了一口长气,从电话里听就像是动荡起一股风暴,然后她说:"您说吧。"

"什么?"

"您不是想跟我谈谈吗?您谈吧。"

"您别以为我是个坏人。"

"当然不会。"

"为什么呢?为什么是当然?"

"坏人不会像您这么信任一个陌生人的。"

多年来我第一回差点哭出来。我半天说不出话,而她就那么一直等着。

"您也别以为我是个无聊透顶的人。"

她说她也对我有个要求,她说请我不要以为她是那种惯于把别人想得很坏的人。她说："行吗？那您说吧。"

"可我确实也没什么有意思的话要说。我本来没指望您会听到现在的。"

"随便说吧，说什么都行，不一定要有意思。"

我想了很久，觉得一切有意思的话都是最没意思的话，一切最没意思的话才是最有意思的话，所以我想了很久还是犹豫不决难以启口。我几次问她是否等得不耐烦了，她说没有。最后我想起了那个谜语。

"有一个早已失传了的谜语，现在已经没有人知道那是怎么一个谜语了。现在只知道它有三个特点。您有兴趣吗？"

"哪三个特点？"

"一是谜面一出谜底即现，二是如果你自己猜不到别人谁也无法告诉你，三是如果你猜到了你就肯定会认为你还没猜到。"

"噢，您也知道这个谜语？"她说。

"怎么，您也知道？"我说。

"是，知道。"她说，"这真好。"

"您不是想安慰我吧？"我说。

"当然不是。我是说这谜语真绝透了。"

"据说是自古以来最根本的一个谜语。离你最近可你看不见的，是什么？是睫毛。"

"我懂真的我懂。您也知道这个谜语真是绝透了。"电话里又传来一阵阵小小的风暴。我半天不说话，多年来我就渴望听到这样的风暴。然后她在电话里急切地喊起来："喂，喂！下回我怎么找您？"

我说："别说'您'好吗？说'你'。"我说我们最好是只作电话中的朋友，这样我们可以说话更随便些，更自由更真实些。她说她懂而且何止是懂，这也正是她所希望的。

以后我就每星期给她打一次电话，都是在595630电话所在之地的人们休息的那一天。我从不问她姓什么叫什么,是干什么的,多大年龄了等等。她也是这样,也不问。我们连为什么不问都不问。我们只是在愿意随便谈谈的时候随便谈谈。第二次通电话的时候,她告诉我,男人到底是比女人敢干,她早就想干而一直不敢干的事让我先干了。我说:"你是怕人说你是臭流氓吧?"她听了笑声灿烂。第三次我们谈的是蔬菜和森林,蔬菜越来越贵,森林越来越少。第四次是谈床单和袜子,尤其谈了女人的长袜太容易跳丝,有一处跳丝就全完了。我说:"你挺臭美的。"她说:"废话你管着吗?"我说第一我根本不管,第二臭美在我嘴里不是贬义词。她便欣然承认她相当喜欢臭美:"但得是褒义词!"我说就如同我认为"臭流氓"是褒义词一样。第五次谈猫,二月正是闹猫的季节,于是谈到性。我没料到她会和我一样认为那是生活中最美的事情之一,同时她又和我一样是个性冷漠患者。"这很奇怪是吗?""很奇怪。"第六次谈狗,我说可惜城市里不让养狗,我真想搬到农村去住,那样可以养狗。她说:"是吗?那我真搬到农村住去。"我说:"算了吧,我们都是伪君子。"第七次说到钱,钱是一种极好的东西,连拉屎撒尿放屁都得受它摆布。她笑得喘不过气来:"你夸张了,怎么会管得了最后一种?"我说:"你想要是你能住到高级饭店去你还敢随便放屁吗?""干吗要随便?""所以我说钱是好东西。"第八次我们自由自在地骂了半天人,骂得畅快淋漓。第九次谈到上帝和烩猪肠子,她说:"吓,那东西多脏啊!"我问她是指上帝还是指猪肠子?她说你知道那是装什么的吗?我说你是说上帝还是说猪肠子?她说:"算了算了,和你这人缠不清。"第十次谈到宇宙、飞碟、特异功能、四维时空、测不准原理和蚂蚁。第十一次我们一块唱了好多真正的民歌,真正的民歌都是极坦率极纯情又极露骨的情歌。第十二次是说气候、季节、山野河流、鹿的目光与释迦牟尼何其相似,以及她的一只非常好看的扣子挤汽车时挤丢了,而我昨天差点让煤气罐给炸死。第十三次说到了爱情,她说这是说不清的事。我说什么是说得清的事呢？她说就连这也说不清，我们不过是在胡说八道。我说有谁不是在胡说八道呢？她便又笑声灿烂。我说我冒了被骂为臭流氓的危险就是为了能胡说八道和能听到纯正的胡说八道。她听了许久无声然后哭声辉煌经久不息，使我振奋不已。她说她骨子里非常软弱。我说你别怕，我也一样。她说她外强中干其实自卑极了。我说我也一样，你别在意。她的哭声便转而娇媚。我说我何止于此，我还是个枯燥乏味的人。她说她也是。我说我还很庸俗简直无聊透顶。她让我别急，她说这下就好了她也是个俗不可耐的人。我说我无才无能一无可取之处。她让我别急，她说她也一样没有一点吸引人的地方。她不哭了，问我："你是个好人吗你觉得？"我说我觉不出来，你呢？她说她就是因为不知道怎样才能觉出自己是不是个好人，所以才问我的，可惜我也不知道。我说要是这样说，我大概是个灵魂肮脏的人。她说为什么呢？我便给她举一些实例，讲我当着人是怎样说，背着人是怎样想，讲我所做过的一切事情，讲我所有的一切念头，讲我白天的行为，也讲我黑夜的梦境，直讲到口干舌燥气喘吁吁，直讲到我自己也很难不承认自己是个臭流氓时，我才害怕了不讲了。类似这样的害怕是最可怕的事，好在我知道她不知道我是谁，不知道我在哪儿，即便在街上擦肩而过她也认不出我而我也认不出她，这样我才不害怕了。我说："嘿，怎么样，我是个坏人吧？"她说她不知道。我说那你究竟知道什么呢？她说她只知道她多年来一直在找我这样的人。"找我干什么？""找你，然后嫁给你。"于是我们约定在晚六点三十见面，在一条环形公路的五百九十五公里处，她穿一身白，我穿一身黑。

我提前赶到了那里，这个提前很可能是个绝大的错误。我找到了五百九十五公里处的小石碑，并且坐在上头。我相信这个数字很吉利而这个姿势又很保险，但我没想到会在这儿碰上了我的妻子。我想不出有谁能告密。大概这是因为我提前来了，因为我没有恪守630这个数字。我们相距差不多有二十米至二十万光年远。我把帽子压得低些,我见她也把围巾围得高些。这说明我们都已发现了对方,并且都不想让对方发现自己。我想这也好,何必不这样呢?但她并不离开,当然我也没离开。她想监视我,那好吧,我正好可以抓住她监视我的证据,免得她过后又不承认。这样过了有十几分钟,到了六点三十。我坦荡地朝四周望望,我看见她也在朝四周望而且毫不加掩饰。这时我发现她穿了一身白,她正朝我走来。

她说:"我怎么没听出来是你?"

我说:"可不是吗,我也没听出是你。"

我们相对无言,很久。公路上各种车辆从我们身边呼啸而过。

她看看我,看我的时候仍然面有疑色。她说:"你再把那个谜语说一遍行吗?"

我说:"我不知道那个谜语,既不知道它的谜面也不知道它的谜底,只知道它有三个特点,第一……"

"行了,别说了。"她说,"看来真的是你。你的声音跟多年以前不一样了。"

我说:"你也是。"

她说:"你要是在电话里打打呼噜就好了,像每天夜里那样。那样我就知道是你了。"

我说:"我听见你夜里总咬牙。我给你买了打虫药一直没机会给你。"

我们就在小石碑旁坐下,沉默着看太阳下去,听晚风起来。

"我们明天还能那样打打电话吗?"

"谁知道呢?"

"还那样随便谈谈,还能那样随便谈谈吗?"

"谁知道呢?"

"试试行吗?"

"试试吧,试试当然行。"

然后我们一同回家,一路上沉默着看月亮升高,看星星都出来。快到家的时候我顺便去量了量体重,不多不少五十九点五公斤,我便知道明天早晨我会在六点三十醒来。

C + X

她向我俯下身来。她向我俯下身来的时候,在充斥着浓烈的来苏味的空气中我闻到了一阵缥缈的幽香,缥缈得近乎不真实,以致四周的肃静更加凝重更加漫无边际了。

她的手指在我赤裸的胸上轻轻滑动,认真得就像在寻找一段被遗忘的文字。我把脸扭向一旁,以免那幽香给我太多的诱惑,以免轻轻的滑动会划破我濒死的安宁。

我把脸扭在一旁。我宁愿还是闻那种医院里所特有的味道。这味道绝非是因为喷洒了过多的来苏,我相信完全是因为这屋顶太高又太宽阔造成的。因为墙壁太厚,墙外的青苔过于年长日久。因为百叶窗的缝隙太规整把阳光推开得太远。因为各种治疗仪器过于精致,而她的衣帽又过于洁白的缘故。

她的手指终于停在一个地方不动。我闭上眼睛。我感到她走开。我感到她又回来。我知道她拿了红色的笔,还拿了角尺,要在我的胸上画四道整齐的线。笔尖在我的骨头上颠簸,几次颠离了角尺。笔和尺是凉的硬的,恰与她纤指的温柔对比鲜明。轻轻的温柔合着幽香使我全身一阵痉挛。我睁开眼睛,看见四道红线在我苍白嶙峋的胸上连成一个鲜艳的矩形,灿烂夺目。

然后她轻声说:"去吧。"

然后她轻声问:"行吗?"

我就去躺到一架冰冷的仪器下面,想到室外正是五月飞花的时光。

我问1床:"也是她管你吗?"

1床眯起浑浊的眼睛看我:"怎么样,滋味不坏吧,咪?"

我摸摸胸上的红方块。我说:"不疼。"

"我没说这个。"1床狡黠地笑起来,"她。刚才我们说谁来着?"他在自己身上猥亵地摩挲一阵,"咪?滋味不坏吧?"

3床那孩子问:"什么?什么滋味不坏?"

我对那孩子说:"别理他,别听他胡说。"

1床哧哧地笑着走到窗边,往窗外溜一眼,回身揪揪那孩子的头发:"真的2床说得不错,你别理我,我眼看着就不是人了。"

"你现在就不是!"我说。

那孩子问:"为什么?"

"眼看着我就是一把灰了。"1床说。

那孩子问:"为什么?"

1床又独自笑了一会儿。

柳絮在窗外飘得缭乱,飘得匆忙。

1床从窗边走回来,眼里放着灰光,问我:"说老实话,那滋味确实不坏是不是?"

"我光是问问,是不是也是她管你。"

"你这人没意思。"他把手在脸前不屑地一挥,"你这年轻人一点不实在。"

3床那孩子问:"到底什么呀滋味不坏?"

1床又放肆地笑起来,对我说:"我情愿她每天都给我身上多画一个红方块,画满,你懂吗?画满!"

那孩子笑了,从床上跳起来。

"用她那暖乎乎的手,你懂吗?用她那双软乎乎的手,把我从上到下都画满……"

3床那孩子撩起了自己的衣裳,喊:"她今天又给我多画了一个！你们看呀,这个!"

　　1床和我整宿整宿地呻吟,只有3床那孩子依旧可以睡得香甜。只有3床那孩子不知道红方块下是什么。只有他不知道那下面是癌。那下面是癌,但他不知道。他不知道。但确实是癌。他说是他爸爸说的,那不是癌。他说他妈妈跟他说过那真的不是癌。他妈妈跟他这样说的时候,用乞求的目光看着我和1床。他的父母走后,他看看1床的红方块,说:"这不是癌。"他又看看我的红方块,说:"你也不是癌。"我说是的我们都不是癌。

　　"那这红方块下是什么呀?"

　　"是一朵花。"

　　"噢,是一朵花呀?"

　　是一朵花。一朵无比艳丽的花。

　　月亮把东楼的阴影缩小,再把西楼的阴影放大,夜夜如此。在我和1床的呻吟声中,3床那孩子睡得香甜。我们剩下的生命也许是为盼望那艳丽的花朵枯萎,也许仅仅是在等待它肆无忌惮地开放。

　　细细的风雨中,很多花都在开放。很多花瓣都伸展开,把无辜的色彩染进空中。黑土小路上游移着悄无声息的人。黑土小路曲折回绕分头隐入花丛,在另外的地方默然重逢。

　　掐一朵花,在指间使它转动,凝神于它的露水它的雌蕊与雄蕊,贴近鼻尖,无比的往事便散漫到细雨的微寒中去。

　　把花别在扣眼上,插在衣兜里,插在瓶中再放到床头去,以便夜深猛然惊醒时,闪着幽光的桌面上有一片片轻柔的落花。

　　3床的孩子问:"就像这样的花吗?"

　　"兴许比这漂亮。"我说。

　　"那像什么?"

"也许就是这样的花吧。"

孩子仔细看自己小小肚皮上的红方块,仔细看很久,仰起脸来笑一笑承认了它的神秘:"它是怎么长进去的呢?"

1床双目微合,端坐花间。

"他在干吗?喂!你在干吗?"

"他在做梦。"

"他在练功?"

"不,他在做梦。"

1床端坐花间,双手叠在丹田。

"今天会给他多画一个红方块吗?"

"你别信他胡说。"

"你呢?你想不想让她多给你画一个?"

"随她。"我说。

"你看那不是她来了?"

她正走上医院门前高高的白色的台阶,打了一把红色的雨伞,在铅灰色的天下。

1床端坐花间,双手摊开在膝盖上掌心朝天。天正赐细细的风雨给人间。

每天都有一段充满盼望的时间:在呻吟着的长夜过后,我从医院的东边走到西边,穿过湿漉漉的草地和阳光和鸟叫,走进另一条幽暗的楼道,走进那个仪器林立的房间,闻着冰冷的金属味和精细的烤漆味等她。闻着过于宽阔的屋顶味和过于厚重的墙壁味,等她。室内的仪器仿佛旷古形成的石钟乳。室外的青苔厚厚地漫上窗台。

所有仪器的电镀部分中都动起一道白色的影子,我渐渐又闻到了缥缈的幽香。

她温柔的手又放在我赤裸的胸上。她鬓边的垂发不时拂过我的肩膀。我听见她细细的呼吸就像细细的风雨,细细的风雨中布进了她的体温。我不把头扭开。我看见她白皙脖颈上的一颗黑痣。我看见光洁而浑实的她的脊背,隐没在衬衫深处。隐没了我从未见过的女人的躯体,和女人的花朵……她又走开。她又回来。在我的胸上,把褪了色的红方块重新描绘得鲜艳,那才是属于我的花朵。

然后她轻声说:"去吧。"

然后她轻声问:"行吗?"

然后她轻盈而茁壮地走开,把温馨全部带走到遥远的盼望中去。我相信1床那老混蛋说得对,画满!把那红方块给我通身画满吧,无论出于什么样的原因。

1床问我:"你怎么没结婚?"

我说:"我才二十一岁。"

1床浑浊的眼睛便越过我,望向窗外深远的黄昏。

3床那孩子在淡薄的夕阳中喊道:"我妈跟我爸结过婚!"

1床探身凑近我,踌躇良久,问道:"尝过女人的味了没有?"

我狠狠地瞪他,但狠狠的目光渐渐软弱并且逃避。"没有。"我说。

3床那孩子在空落的昏暗中喊道:"我妈跟我爸结婚的时候还没有我呢!"

1床不说话。

我也不说。

那孩子说:"真的我不骗你们,那时候我妈还没把我生出来呢。"

1床问我:"你想看那个女人吗?"

"你少胡说!"

1床紧盯着我,我闭上眼睛。

很久,我睁开眼睛,1床仍紧盯着我。

我说:"你别胡说。"却像是求他。

我们一齐看那孩子——月光中他已经睡熟。月光中流动着绵长的夜的花香。

我们便去看她。反正是睡不着。反正也是彻夜呻吟。我们便去看她,如月夜和花香中的两缕游魂。

1床说他知道她的住处。

走过一幢幢房屋的睡影,走过一片片空地的梦境,走过草坡和树林和静夜的蛙声。

1床说:"你看。"

巨大的无边的夜幕之中,便有了一方绿色的灯光。灯光里响着细密柔和的水声。绿蒙蒙的玻璃上动着她沐浴的身影。幸运的水,落在她身上,在那儿起伏汇聚辗转流遍;不幸的便溅作水花化作迷雾,在她的四周飘绕流连。

1床说:"要不要我给你讲些女人的事?"

"嘘——"我说。

水声停了。那方绿色的灯光灭了。卧室的门开了。卧室中唯有月光朦胧,使得那白色的身影闪闪烁烁,闪闪烁烁。便响起轻轻的钢琴曲,轻轻的并不打扰别人。她悠闲地坐到窗边,点起一支烟。小小的火光把她照亮了一会儿,她的头发还在滴水,她的周身还浮升着水气。她吹灭了火,同时吹出一缕薄烟,吹进月光去让它飘飘荡荡,她顺势慵懒地向后靠一靠,身体藏进暗中,唯留两条美丽的长腿叠在一起在暗影之外,悠悠摇摆,伴那琴声的节拍。

1床说:"你不会像我,你还能活。"

"嘘——"我说。

她抽完了那支烟。她站起来。月亮此刻分外清明。清明之中她抱住双肩低头默立良久,清明之光把她周身的欲望勾画得流畅

45

鲜明。钢琴声换成一段舞曲。令人难以觉察地,她的身体缓缓旋转,旋转进幽暗,又旋转进清明,旋转进幽暗再旋转进清明,幽暗与清明之间她的长发铺开荡散她的胸腹收展屈伸,两臂张扬起落,双腿慢步轻移,她浑身轻灵而紧实的肌肤飘然滚动,柔韧无声。

1床说:"你不会死,你才二十一岁。"

"嘘——"我说。

她转进幽暗,很久没有出来。月光中只有平静的琴声。

她在哪儿?在做什么?她跳累了。她喘息着扑倒在地上,像一匹跑累了的马儿在那儿歇息,在那儿打滚儿,在那儿任意扭动漂亮的身躯,把脸紧贴在地面闭上眼睛畅快地长吁,让野性在全身纵情动荡,淋漓的汗水缀在每一个毛孔,心就可以快乐地嘶鸣……

她从暗影中走出来,已经穿戴齐整,端庄而且华贵而且步态雍容。她捧了一盆花,走到窗前,把花端放在窗台。她后退几步远远地端详,又走近来抚弄花的枝叶,便似有缥缈的幽香袭来。然后,窗帘在花的后面徐徐展开,将她隐没,只留花在玻璃和窗帘之间,只留满窗月色的空幻。

1床说:"我给你讲一个谜语。你不会死你还年轻,听我给你讲一个谜语。"

一个已经没人知道了的谜语。没人知道它的谜面,也没人知道它的谜底。它的谜面就是它的谜底。你要是自己猜不到,谁也没法告诉你。你要是猜到了,你就会明白你还没有猜到你还得猜下去。

我躺在冰冷的仪器下面等她,她没有来。我们去看她,她的窗户关着,窗帘拉得很严。那盆花在玻璃和窗帘之间,绿绿的叶子长得挺拔。

1床又给3床的孩子讲那个谜语。

"那到底是个什么样的谜语呀?"孩子问。

"嗷,这一样是个谜语。"

我闻着医院里所特有的那种味道,等她,她还是没来。去看她,窗户关着窗帘还是拉得很严。那盆花在玻璃和窗帘之间,在太阳下,冒出了花蕾。

1床用另一个谜语提醒3床的孩子。

"就在眼前可是看不见的,你说是什么?"

"是什么?"

"眼睫毛。"

她一直没来。她的窗户一直关着。她的窗帘一直拉得很严。玻璃和窗帘之间已绽开鲜红的花朵,鲜红如血一样凄艳。

那孩子一直在猜那个谜语。

"你敢说那不是你瞎编的吗?"

"竦,当然。传说那是所有的谜语中最真实的一个谜语。"

有一天我们去看她,她的住处四周喻喻嘤嘤挤满了围观的人群。

据说她在死前洗了澡,洗了很久,洗得非常仔细。据说她在死前吸了一支烟,听了一会儿音乐,还独自跳了一会儿舞。然后她认真地梳妆打扮。然后她坐到窗边的藤椅中去,吃了一些致命的药物。据最先发现她已经死去的人说,她穿戴得高雅而且华贵,她的神态端庄而且安详,她坐在藤椅中的姿势慵懒而且茁壮。

她什么遗言也没留下。

她房间里的一切都与往日一样。

只是窗台上有一盆花,有一根质地松软的粗绳一头浸在装满清水的盆里另一头埋进那盆花下的土中。水盆的位置比花盆的位置略高,水通过粗绳一点点洇散到花盆中去,花便在阳光下生长盛开,流溢着缥缈的幽香。

D + X

我常有些古怪之念。譬如我现在坐在桌前要写这篇小说,先就抽着烟散散漫漫呆想了好久:触动我使我要写这篇小说的那一对少年,此时此刻在哪儿呢?还有那个上了些年纪的男人,那个年轻的母亲和她的小姑娘,他们正在干什么?年轻的母亲也许正在织一件毛衣(夏天就快要过去了),她的小姑娘正在和煦的阳光里乖乖地唱歌;上了年纪的那个男人也许在喝酒,和别人或者只是自己;那一对少年呢?可能正经历着初次的接吻,正满怀真诚以心相许,但也可能早已互相不感兴趣了。什么都是可能的。什么都不确定。唯一可以确定的是,就在我写下这一行字的同时,他们也在这天底下活着,在这宇宙中的这颗星球上做着他们自己的事情。就在我写下这一行字的时候,在太平洋底的某一处黑暗的珊瑚丛中,正有一条大鱼在转目鼓腮悄然游憩;在非洲的原野上,正有一头饥肠辘辘的狮子在焦灼窥伺角马群的动静;在天上飞着一只鸟,在天上绝不止正飞着一只鸟;在某一片不毛之地的土层下,有一具奇异动物的化石已经默默地等待了多少万年,等待着向人类解释人类进化的疑案;而在某一个繁华喧嚣城市的深处,正有一件将要震撼世界的阴谋在悄悄进行;而在穷乡僻壤,有一个必将载入史册的人物正在他母亲的子宫中形成。就在我写下这一行字迹的时候,有一个人死了,有一个人恰恰出生。

那天我坐在一座古园里的一棵老树下,也在作这类胡思乱想:在这棵老树刚刚破土而出的时候,我的爷爷的爷爷的爷爷的爷爷是不是刚好走过这里呢?或者他正在哪儿做什么呢?当时的一切都是注定几百年后我坐在这儿胡思乱想的缘由吧?我这样想着的时候,落日苍茫而沉寂的光辉从远处细密的树林间铺展过来,铺展过古殿辉煌落寞的殿顶,铺展过开阔的草地和草地上正在开花的树木,铺展到老树和我这里,把我们的影子放倒在一大片散落的断石残阶上面,再铺开去,直到古园荒草蓬生的东墙。这时我看见老树另一边的路面上有两条影子正一跃一跃地长大,顺那影子望去,光芒里走着一男一女两个少年。我听见他们的嗓音便知道他们既不再是孩子了也还不是大人。说他是小伙子似乎他还不十分够,只好称他是少年。另一个呢,却完全是个少女了。他们一路谈着。无论少女说什么,少年总是不以为然地笑笑,总是自命不凡地说"那可不一定",然后把书包从一边肩上潇洒地甩到另一边肩上,信心百倍地朝四周望。少女却不急不慌专心说自己的话,在少年讥嘲地笑她并且说"那可不一定"的时候,她才停下不说,她才扭过脸来看他,但不争辩,仿佛她要说那么多的话只是为了给对方去否定,让他去把她驳倒,她心甘情愿。他们好像是在谈人活着到底是为什么,这让我对他们小小的年纪感到尊敬,使我恍惚觉得世界不过是在重复。

"嘿,那儿!"少年说。

他指的是离老树不远的一条石凳。他们快步走过去,活活泼泼地说笑着在石凳上坐下。准是在这时他们才发现了老树的阴影里还有一个人,因为他们一下子都不言语了,显得拘谨起来,并且暗暗拉开些距离。少女看一看天,又低头弄一弄自己的书包。少年强作坦然地东张西望,但碰到了我的目光却慌忙躲开。一时老树周围的太阳和太阳里的一对少年,都很遥远都很安静,使我感到我已是老人。我后悔不该去碰那样的目光,他们分明还在为自己的年幼而胆怯而羞愧。我只是欣喜于他们那活活泼泼的样子,想在那儿找寻永远不再属于我了的美妙岁月;无论是他的幼稚的骄狂,还是她的盲目的崇拜,都是出于彻底的纯情。这时少女说:"我确实觉得物理太难了。"少年说:"什么?噢,我倒不。"过了一会儿少女又说:"我还是喜欢历史。"少年说:"噢,历史。"不不,这不是他们刚才的话题,这绝不是他们跑到这儿来想要说的,这样的话在一定程度上是说给我听的。我懂。我也有过这样的年龄。他们准是刚刚放学,还没有回家,准是瞒过了老师和家长和别的同学,准是找了一个诸如谈学习谈班上工作之类的借口,以此来掩盖心里日趋动荡的愿望,无意中施展着他们小小的诡计。我想我是不是应该走开。我想我是不是漫不经心地转过身去,表示我对他们的谈话丝毫不感兴趣最好。这时候少年说:"嗬,这儿可真晒。"少女说:"是你说的这儿。"少年说:"我没想到这儿这么晒。"少女说:"我去哪儿都行。"我想我还是得走开,这初春的太阳怎么会晒呢?我在心里笑笑,起身离去,我听见在这一刻他们那边一点声音都没有。我猜想他们一定也是装作没大在意我的离去,但一定也是庆幸地注意听我离去的脚步声。没问题,也是。世界在重复。

太阳更低垂了些,给你的感觉是它在很远的地方与海面相碰发出的声音一直传到这里,传到这里只剩下颤动的余音;或许那竟是在远古敲响的锣鼓,传到今天仍震震不息。

世界千万年来只是在重复,在人的面前和心里重演。譬如,人活着到底是为什么?人应该怎么活,人怎么活才好?这便是千万年来一直在重复的问题。有人说:你这么问可真蠢真令人厌倦,这问不清楚你也没必要这么问,你想怎么活就去怎么活好了。就算他说的对,就算是这样我也知道:他是这么问过了的,他如果没这么问过他就不会这么回答,他一刻不这么问他就一刻不能这么回答。

我走过沉静的古殿,我就想,在这古殿乒乒乓乓开始建造的时候,必也有夕阳淡淡地照耀着的一刻,只是那些健壮的工匠们全都不存在了,那时候这天下地上数不清的人,现在一个都没有了。自从我见到那一对少年,我就知道我已经老了。我在这古园里慢慢地走,再没有什么要着急的事了,稀奇古怪的念头便潮水似的一层层涌来,只不过是毫无用处的乐趣。也可以说是休息,是我给我自己这忙忙碌碌的一生的一点酬劳。一点酬劳而已。我走过草地,我想,这儿总不能永远是这样的草地吧,那么在总要到来的那一天这儿究竟要发生什么事呢?我在开花的树木旁伫立片刻,我想,哪朵花结出的种子会成为我的孙子的孙子的孙子的孙子的面前的一棵大树呢?我走在断石残阶之间,这些石头曾经在哪一处山脚下沉睡过?它们在被搬运到这儿来的一路上都经历过什么?再譬如那一对少年,六十年后他们又在哪儿?或者各自在哪儿呢?万事万物,你若预测它的未来你就会说它有无数种可能,可你若回过头去看它的以往你就会知道其实只有一条命定之路。

这命定之路包括我现在坐在这儿,窗里窗外满是阳光,我要写这篇叫做小说的东西;包括在那座古园那个下午,那对少年与我相遇了一次,并且还要相遇一次;包括我在遇见他们之后觉得自己已是一个老人;包括就在那时,就在太平洋底的一条大鱼沉睡之时,非洲原野上一头狮子逍遥漫步之时,一些精子和一些卵子正在结合之时,某个天体正在坍塌或正在爆炸之时,我们未来的路已经安顿停当;还包括,在这样的命定之路上人究竟能得到什么——这谁也无法告诉谁,谁都一样,命定得靠自己几十年的经历去识破这件事。

我在那古园的小路上走,又和少年少女相遇。我听见有人说:"你不知道那是古树不许攀登吗?"又一个声音喏嚅着嘴犟:"不知道。"我回身去看,训斥者是个骑着自行车的上了些年纪的男人,被训斥的便是那个少年。少女走在少年身后。上了些年纪的男人板着面孔:"什么你说?再说不知道!没看见树边立的牌子吗?"少年还要说,少女偷偷拽拽他的衣裳,两个人便跟在那男人的车边默默地走。少女见有人回头看他们,羞赧地低头又去弄一弄书包。少年还是强作镇定不肯显出屈服,但表情难免尴尬,目光不敢在任何一个路人脸上停留。

世界重演如旭日与夕阳一般。

就像一个老演员去剧团领他的退休金时,看见年轻人又在演他年轻时演过的戏剧。

我知道少女担心的是什么,就好像我记得她曾经跟我说过:她真怕事情一旦闹大,她所苦心设计的小小阴谋就要败露。我也知道少年的心情要更复杂一点,就好像我曾经是他而他现在是我:他怎么能当着他平生的第一个少女显得这么弱小,这么无能,这么丢人地被另一个男人训斥!他准是要在她面前显摆显摆攀那老树的本领,他准是吹过牛了,他准是在少女热切的怂恿的眼色下吹过天大的牛皮了,谁料,却结果弄成现在这副狼狈的模样。

我停一停把他们让到前面。我不远不近地跟在他们身后走。我有点兔死狐悲似的。我想必要的时候得为这一对小情人说句话,我现在老了我现在可以做这件事了,世界没有必要一模一样地重复,在需要我的时候我要过去提醒那个骑车的男人(我想他大概是古园的管理人):喂,想想你自己的少年时光吧,难道你没看出这两个孩子正处在什么样的年龄?他们需要羡慕也需要炫耀,他们没必要总去注意你立的那块臭牌子!

我没猜错。过了一会儿,少女紧走几步走到少年前边走到那个男人面前,说:"罚多少钱吧?"她低头不看那个男人,飞快地摸出自己寒碜的钱夹。

"走,跟我走一趟,"那个男人说,"看看你们到底知不知道自己是哪个学校的。"

我没有猜错。少年蹿上去把少女推开,样子很凶,把她推得远远的,然后自己朝那个男人更靠近些,并且瞪着那个男人并且忍耐着,那样子完全像一头视死如归的公鹿。年轻的公鹿面对危险要把母鹿藏在身后。我看见那个男人的眼神略略有些变化。他们僵持了一会儿,谁也没说话,然后继续往前走。

我还是跟在他们身后。如果那个男人仅仅是要罚一点钱我也就不说什么,否则我就要跟他谈谈,我想我可以提醒他想些事情,也许我愿意请他喝一顿酒,边喝酒边跟他谈谈:两颗初恋的稚嫩的心是不能这么随便去磕碰的,你懂吗?任何一个人在恋爱的时候都比你那棵老树重要一千倍你懂吗?你知不知道你和我是怎么老了的?

三个人在我前面一味地走下去。阳光已经淡得不易为人觉察。这古园着实很大,天色晚了游人便更稀少。三个人,加上我是四个,呈一行走,依次是:那个上了些年纪的骑车的男人、少年、少女和我。可能我命定是个乖僻的人,常气喘吁吁地做些傻事。气喘吁吁地做些傻事,还有胡思乱想。

渐渐的,我发现骑车的男人和少年之间的距离越拉越大了。我一下子没看出这是怎么回事。只见那距离在继续拉大着,那个男人只顾自己往前走,完全不去注意和那少年之间的距离。我心想这样他不怕他们乘机跑掉吗?但我立刻就醒悟了,这正是那个男人的用意。噢,好极了!我决定什么时候一定要请这家伙喝顿酒了。他是在对少年少女这样说呢:要跑你们就快跑吧,我不追,肯定不追,就当没这么回事算啦,不信你们看呀我离你们有多远了呀,你们要跑,就算我想追也追不上了呀——我直想跑过去谢谢他,为了世界在这个节骨眼上没有重演。我心里轻松了一下,热了一下,有什么东西从头到脚流动了一下,其实于我何干呢?我的往事并不能有所改变。

但少年没跑。他比我当年干得漂亮。他还在紧紧跟随那男人。我老了我已经懂了:要在平时他没准儿可以跑,但现在不行,他不能让少女对他失望,不能让那个训斥过他的男人当着少女的面看不起他,自从你们两个一同来到这儿你就不再是一个人了你就不再是一个孩子,你可以胆怯你当然会胆怯,但你不该跑掉。现在的这个少年没有跑掉,他本来是有机会跑的但他没有跑,他比我幸运。他紧紧跟着那个男人。现在我老了我一眼就能看得明白:他并非那么情愿紧跟那个男人,他是想快快把少女甩得远远的甩在安全的地方,让她与这事无关。这样,他与少女之间的距离也在渐渐拉大。

少女慢慢地走着,仿佛路途茫茫。她心里害怕。她心里无比沮丧。她在后悔不该用了那样的眼色去怂恿少年。她在不抱希望地祈祷着平安。她在想事情败露之后,像她这样小小的年龄应该编一套什么样的谎话,她心乱如麻,她想不出来,便越想越怕。

当年的事情败露之后,我的爷爷问我:"你为什么要跑掉?"他使劲冲我喊:"你为什么要跑掉!"我没料到他不说我别的,只是说我:"你为什么跑掉!"他不说别的,以后也没说过别的。

我跟在少女身后,保持着使她不易察觉的距离。我忽然想到:当年,是否也有一个老人跟在我们身后呢?我竟回身去看了看。当然没有,有也已经没有了。我可能真是乖僻,但愿不是有什么毛病。

少女也没有跑掉。她一直默默地跟随。有两次少年停下来等她,跟她匆匆说几句话又跟她拉开距离。他一定是跟她说:"你别跟着你快回家吧,我一个人去。"她呢?她一定是说:"不。"她说:"不。"她只是说:"不。"然后默默地跟随。在那一刻,我感到他们正在变成真正的男人和女人。

那个上了些年纪的男人最后进了一间小屋。过了一会儿,少年走到小屋前,犹豫片刻也走进去。又过了一会儿少女也到了那里,她推了推门没有推开,她敲了敲门,门还是不开,她站在门外听了一会儿,然后就在门前的台阶上坐下。她坐下去的样子显得沉着。这一路上她大概已经想好了,已经豁出去了,因而反倒泰然了不再害什么怕,也不去费心编什么谎话了。她把书包抱在怀里,静静地坐着,累了便双手托腮。天色迅速暗下去了。少女要等少年出来。

我也坐下,在不惊动少女的地方。我走得腰酸腿疼。我一辈子都在做这样费力而无用的事情。我本来是不想看到重演,现在没有重演,我却又有点悲哀似的,有点孤独。

当年吓得跑散了的那一对少年这会儿在哪儿呢？有一个正在这儿写一种叫做小说的东西。另一个呢？音信皆无。自从当年跑散了就音信皆无。

我实在是走累了。我靠在身旁的路灯杆下想闭一会儿眼睛。世界没有重演，世界不会重演，至少那个骑车的男人没有重演，那一对少年也没有重演他们谁也没有抛下谁跑掉。这真好，这让我高兴，这就够了，这是我给我自己这气喘吁吁的一个下午的一点酬劳。那对少年不知道，他们永远不会知道，正像我也不知道当年是否也有一个乖僻的老人跟在我们身后。大概人只可以在心里为自己获得一点酬劳，大概就心可以获得的酬劳而言，一切都是重演，永远都是重演。我老了，在与死之间还有一段不知多长的路。大鱼还在游动，狮子还在散步，有一颗星星已经衰老，有一颗星星刚刚诞生，就在此时此刻，一切都已安顿停当。但在这剩下的命定之路上能获得什么，仍是个问题，你一刻不问便一刻得不到酬劳。

我睁开眼睛，路灯已经亮了，有个小姑娘站在我面前。她认真地看着我。看样子她有三岁，怀里抱着个大皮球。她不出声也不动，光是盯着我看，大概是要把我看个仔细，想个明白。

"你是谁呀？"我问。

她说："你呢？"

这时候她的母亲喊她："皮球找到了吗？快回来吧，该回家啦！"

小姑娘便向她母亲那边跑去。

$$Y + X$$

Y = 50 亿个人 = 50 亿个位置

Y = 50 亿个人 = 50 亿条命定之路

Y = 50 亿个人 = 50 亿种观察系统或角度

"测不准原理"的意思是:实际上同时具有精确位置和精确速度的概念在自然界是没有意义的。人们说一辆汽车的位置和速度容易同时测出,是因为对于通常客体,这一原理所指的测不准性太小而观察不到。

"并协原理"的意思是:光和电子的性状有时类似波,有时类似粒子,这取决于观察手段。也就是说它们具有波粒二象性,但不能同时观察波和粒子两方面。可是从各种观察取得的证据不能纳入单一图景,只能认为是互相补充构成现象的总体。

"嵌入观点"得出这样的结论:我们是嵌入在我们所描述的自然之中的。说世界独立于我们之外而孤立地存在着这一观点,已不再真实了。在某种奇特的意义上,宇宙本是一个观察者参与着的宇宙。

现代西方宇宙学的"人择原理",和古代东方神秘主义的"万象唯识",好像是在说着同一件事:客体并不是由主体生成的,但客体也并不是脱离主体而孤立存在的。

那么人呢?那么人呢?他既有一个粒子样的位置,又有一条波样的命定之路,他又是他自己的观察者。在这样的情况下要猜破那个谜语至少是很困难的。那个谜语有三个特点:

一、谜面一出,谜底即现。

二、已猜不破,无人可为其破。

三、一俟猜破,必恍然知其未破。

(此谜之难,难如写小说。我现在愈发不知写小说应该有什么规矩了。好不容易忍到读完了以上文字的读者,不必非把它当做小说不可,就像有些人建议的那样——把它当做一份读物算了。大家都轻松。)

1988年

钟　声

　　B还不到一岁的那年，父母就离开了这块大陆，连爷爷也不知道他们最终去了哪儿。当时爷爷说，你们得给我留条根。那时爷爷已经看出这绝不是通常的分别，所以坚持要他们给他留下一个孙子。爷爷知道除此之外都已成定局，所以从始至终只提了这一个要求。父母日夜犹豫，临走的那天早上才决定下来，把B留给爷爷。因为B的两个哥哥已经大到能够哭着喊着片刻不离他们的母亲了，而B还不到一岁，世界还没来得及给他什么具体的印象。又因为爷爷说死说活不愿离开这块土地。

　　这是多年之后B对我说的。

　　B跟着爷爷在北方农村的一个镇子上长到五岁。镇子很小，只有两条纵横交叉的街。有一条长不成鱼而只可供人们洗洗衣裳的细水，从远处悠悠流来，挨一挨镇子的边缘，便又流走到很远去了。两条街上，杂货店、小饭馆、肉铺、粉房、豆腐房、铁匠铺、车马大店等等各有一家。杂货店里有两架挂钟，弄不清是哪代开明或是糊涂的掌柜进的货，从无买主问津；一架已经坏了，另一架就为镇上的人提供了一个观赏和赞叹的机会，也给小店的生意带来了意想不到的好处。镇上没有电，没有学校，差不多没有新闻。终日不断的是粉房和豆腐房的石磨声，还有铁匠铺的打铁声。车马大店前永远站着几匹贪婪吃草的牲口。小饭馆门口则卧着一头肥硕无比的大狗，那狗自知全镇无敌，目光便不凶猛，而是流露了傲慢与昏愦，漠视并且蔑视那些四处流浪的同类。两条街的四端都伸入到不见边际的田地里去;冬天是褐色的不见边际的裸土,夏天是金黄闪耀不见边际的向日葵的花朵。小镇给 B 印象最深的就是那些向日葵,成百上千万素朴又肆无忌惮的花朵铺天盖地,天气晴朗时一派灿烂辉煌把小镇映照得愉快、安谧。遇到坏天气,所有的花朵一齐骚动癫狂起来,漫山遍野涌荡喧嚣,令种植它们的人也头晕目眩魄动心惊,整个镇子都随之惶惶然无所适从一般。

这都是多年以后 B 给我讲的,像是在讲述一个年代久远的传说。他说:"你哪年出生?"我告诉他:"五一年。"他说:"让我想想。哦,这么说我第一次跟爷爷收获向日葵的时候,你可能刚刚出生,也可能你还没出生呢。"他说,当那些向日葵一棵一棵成片成片地被砍倒时,他忽然大哭不止。"为什么?""不知道。"他说,"生命中本来有很多神秘的事。"

五岁的那年夏天,爷爷对 B 说:我带你到城市去。到县城去?不,可比县城大多了,也比县城远多了。爷爷给 B 和自己都带了几件换洗的衣裳,用一把老铜锁锁了门,爷孙俩便出了镇子,走在森林一样的向日葵地里了。干吗要到那儿去?去念书,你该念书了,你到了得念书的年龄了。向日葵的叶子大如蒲扇,层层叠叠,圈拢起燠热而沉重的葵花香,蚂蚱醉醺醺地趴在葵杆上昏睡,蝈蝈则到处发着梦呓。在那条细水穿流的地方,偶尔生出几丝风来,蛇一样分头钻进葵林,闹鬼似的嬉戏游逛,郁郁寡欢的花香便被惊扰得四处流窜满天漂泊一阵,干枯的花蕊借机脱离花盘,细密如雨,灌进 B 的衣领。我父母是不是在那儿?不,不在,他们没在那儿。他们在哪儿?爷爷从来没打算骗你,爷爷也不知道他们这会儿在哪儿。你跟着爷爷不好吗?可咱们到那儿去找谁?咱们就住在你姑家,还有你姑父,还有你的表妹和表弟。他们认识我?你姑和你姑父见过你,那时你生下来才几天你还不记事呢。

爷孙俩走了一个上午,还是没走出向日葵林。然后他们搭上了汽车,汽车开了一个下午,仍然随处可见盛开的向日葵花。直到第二天他们上了火车,B的注意力让火车里面的事物吸引了整整一个白天,那些向日葵才梦幻一般地消失了。当他又想起向日葵时,车窗外已是茫茫黑夜。姑知道我父母上哪儿去了吗?不,你姑也不知道。问过她了?问过了。他们是不是也坐火车走的?别再想这件事了,不再想这事了好吗?你说爷爷好不好?也许姑父会知道吧?咱们不说这事了,你该睡了,我担心这两天你要累病了呢,躺在爷爷腿上,对,睡吧。您没问问姑父?记住,以后不管谁问你,你就说,爷爷也不知道他们到哪儿去了。记住了吗?窗外夜黑如墨。在随后的梦里,B仍没能勾画出父母的模样,而是整宿都在绵延不断的凄艳的向日葵花中间徘徊。

B醒来火车已进入城市。就是我在其中出生、长大、并一直活到现在的这座城市。B的姑姑家离我家不算太远。从我家往东再往北,再往东再往北,走过大约四五条街,有一座教堂,B的姑姑家就住在那座教堂旁,在教堂东约三四十米的地方。B在那儿住了差不多七年,不过那时我们并不相识。

"但那时说不定我们迎面相遇过。"B说。很多年后B故地重游,在我家附近的一个冷饮店里,我们俩从午后一直坐到天黑。我说:"这很可能。"他说:"只不过我们不知道而已,结果我们就不把它算在内。"我说:"算在什么内?"他说:"你绝对数不清都是哪些事在对一个人的命运起作用。你不觉得生命中有很多神秘的事?"我点点头,不过说老实话我没太懂B的意思,我不知道他指的是什么。天气燥热,报纸上说已经连续九十几天没有降水了。我和B坐在冷饮店里一杯接一杯地喝着啤酒。太阳在外头隆隆作响,把路面烤变了形,树叶和纸屑被踩进黑亮刺目的沥青里去。B说:"你还记得那座教堂?"我说:"我光是听说过它。不过我记得它的钟声。"他说:"让我想。哦,你可能没见过它,你可能对那教堂还没什么印象那教堂就已经没了。"我说:"可我朦朦胧胧记得一种钟声,后来我长大了相信那肯定是一种钟声。那教堂是不是有钟声。""要是你相信你听到的是钟声,那肯定就是它的钟声。有,它有钟声,它一天当中要敲响好几遍钟声。""那声音缥缥缈缈,那声音至今给我一种安详的感觉。""你不觉得那声音很神秘吗?""你指什么?""同样的钟声,在清晨你会觉得那就是清晨的声音,在午后你会觉得那就是午后的声音,在黄昏你又觉得那就是黄昏本身所固有的声音了。别的任何声音都不可能这样。"我慢慢去回忆那钟声,一边喝着啤酒;而我觉得那是襁褓中一梦醒来时所固有的声音,是忽然展现的一片光亮和模糊景物(屋顶、窗口、窗外的树和我老祖母慈祥的面容)所随身携带的声音,是生命之初的声音。我没有见过那座教堂。在那教堂的遗址上后来盖起了一座红色的居民大楼。我问 B:"你到那教堂里去过吗?""当然,"B 说,"我姑父就是那儿的最后一任主讲牧师。"

姑父身材颀长,坐在一张很旧但是雕花的靠背椅上,坐在幽暗的排列如墙一般的书柜前面,白皙的脸和白皙的手臂又鲜明又沉寂,如同一幅悬挂于空室之中的古典派肖像。这印象的由来还在于,就在那一刻 B 平生第一次听见了那座教堂的钟声。那是晚祷的钟声。当然这些是后来 B 才知道的,包括知道什么是古典派肖像。还包括知道,在那个斯文而和蔼的姑父的身体里面并不乏火一样的热情。

姑站着刚好同姑父坐在椅子上一样高。姑蹲下来把 B 搂在怀里,一边说:唉唉,那时候你生下来才一个月,那回我们去看你正是你满月的那天,那天我们去得正巧,约摸你该满月了结果正巧就是那天。今年都三岁了吧?五岁。五岁?唉,可不是么。姑的怀里非常温柔,像早秋向日葵地里的风。姑身上有种 B 从没闻见过的味儿,跟爷爷身上的味儿完全不同,这味儿让 B 有点羡慕和惊慌。五岁啦,爷爷说,得上学啦。爷爷的目光在姑父脸上晃了一下,又定在 B 身上。镇子上没有学校,县城里的学校又远又不像个样子,想了又想,幸亏还有你这么个亲姑姑,和他的亲姑父,他得上学了。于是姑就流泪:上学,当然得上学,你就住在姑姑这儿上学。那爷爷呢?爷爷也不回去了,都在这儿,咱们在一块,咱们是一家人。爷爷叹了口气。姑站起身,后退两步坐在爷爷身旁,像端详一幅画那样端详详B:天哪可真像!鼻子以上像他妈,鼻子以下像他爸。他们还是没有消息吗?没有,一点音信也没有。唉唉,姑就又流泪。一时屋子里很静,那座教堂的钟声也已停歇。过了好一会儿,B忽然听见一个异常纯净圆柔的声音缓缓地说:他们本来不必走,他们根本不该走,他们真像那一对误入歧途失了乐园的人。B没料到姑父的嗓音那么好听,以至竟在屋子里寻找了一会儿,才相信那声音确是出自幽暗中那白皙的身影。随后姑父站起来走到屋子中间,说:看看这是多么可爱的家园!姑父就像在教堂里布道那样:上帝所应许的那个乐园正在实现,一个没有人奴役人,没有人挨饿,没有贫穷,没有战争、罪恶、暴行,甚至没有仇恨和自私的乐园就要实现了。姑父神采焕发白皙的脸上泛起红光,语调抑扬顿挫就像唱歌:他把这样的乐园最先赐予了我们,上帝把全世界梦寐以求的、把全人类自古以来梦寐以求的那个人间天堂最先给了我们的祖国。姑父停顿了一会儿,激动地在屋子里来来回回地走,然后猛地站住,痛心疾首地说:我真不懂得他们为什么一定要走?他们不该走实在是不该走呀!(后来,当B在学校里学到"痛心疾首"这个词的时候,立刻想起了姑父那时的样子,于是一点没费劲儿就理解了这个词的含义。)但当时B只是想:姑父可能知道父母到哪儿去了。

这都是很多年以后的那个下午B跟我说的,像是说着一个流传至今的故事。他说:"那天晚上姑父越说越兴奋越说越激动,直到爷爷靠在沙发上响起了鼾声,姑也不住地打哈欠。"他说:"都说了些什么我记不住了,那时我才五岁。但肯定说的是一个乐园就要实现了什么的,他一辈子都在说这件事。"B说,只有他却一直听着,他以为姑父最后一定会说到他的父母去了哪儿。

B和爷爷住一间屋,姑和表妹、表弟住一间屋,姑父一个人住一间屋。表妹和表弟都还太小,一个才两岁,另一个还不到一岁,他们似乎整天都在睡觉。夏日漫长的白昼寂寞无比。在B的印象里那些天表妹和表弟整天都在睡觉,他趴在他们身边久久地看着等着,希望他们能醒来跟他玩一会儿。教堂的钟声一遍遍响过,孤独又惆怅。姑偶尔走来,对B说:你像他们这么大的时候也是总在睡觉。姑父有时来和B说一会儿话。他很想问问姑父他的父母到底去了哪儿,但又不敢。姑父便又给他讲关于那个乐园的事:在那儿所有的孩子都是好孩子,都非常喜欢读书。B终于问:我就是像表弟这样睡着觉的时候,我的父母没叫醒我就走了吧?姑父半天没有回答,然后摸摸B的头说:表弟表妹和你一样,都是我们的孩子,你说是吗?B发现姑父一点都不可怕。

　　不久,姑带B到一所小学校去考试。那原是一座庙。院中有两棵参天的老柏树,浓荫洒满一地。很多孩子都由父母带着来考试。姑带B走进一间教室。教室是由荒残的殿堂改造而成,门窗上镶了玻璃并且涂了绿色的油漆。B走到一个中年女人面前,姑让B管她叫老师。老师就问他:你刚从农村来吧?B很奇怪为什么老师会知道。老师又问他几岁了、叫什么名字、住在哪儿、家里都有什么人、父母叫什么名字,然后老师又问:你父母在哪儿工作?这一问B没能马上回答,但他很快想起了爷爷教他的话:爷爷也不知道他们到哪儿去了。老师好像没注意到他的回答,跟姑走到教室外面去了。B独自在那儿站了一会儿,出神地看那黑板和一排排桌椅。姑还不回来,他就去找。姑和老师站在树荫里谈话。他听见姑说:是的是的,父母在他出生后不久就都去世了。老师叹了口气:这么说,他就只有你了?姑点点头又赶紧摇头:不不,他还有爷爷,他一直跟着爷爷。这时候他们看见了B,就都不再说话。后来老师摸摸B的头,说:来吧,开学就来吧,我看你准是个聪明的孩子。

那天夜里 B 又梦见了向日葵。向日葵被成片成片地砍倒,素朴而灿烂的花朵散落得漫山遍野到处都是,不知是因为害怕还是悲伤,他又哭起来。爷爷被惊醒了:怎么了?做什么噩梦了吧?我梦见了向日葵。啊,向日葵,向日葵有什么好怕的?睡吧,快睡吧。爷爷,您也会死吗?爷爷好半天没有回答,然后猛地翻身坐了起来:干吗问这个?你怎么想起来问这个?死了是不是就到谁也不知道的地方去了?死了是不是就再也回不来了?黑暗中,爷爷一声不吭一动不动。他们是什么时候死的,您干吗不告诉我?那个老师很有眼力,B 是个过于聪明的孩子。姑走了进来。我父母是不是死了,爷爷您干吗不说话?爷爷开了灯,愣愣地看着姑。姑父也来了。姑,是不是我父母在我生下来不久就死了?姑看看爷爷,爷爷低着头谁也不看也不说话。姑又看姑父,姑父没好气地说:我早说过,简直是多此一举。姑瞪了姑父一眼,走过来坐在 B 身边:爷爷没告诉你是因为你还太小。姑只说了这一句就又流起泪来。他们是怎么死的?病,姑说。他们一下子都得了病?姑的眼泪甚至也惊呆了流不动了。全家人不知所措地看着这个五岁的孩子。有一年所有的向日葵就一下子都病了,都死了,是不是爷爷?姑推了一下爷爷,爷爷像得了救似的:是,是,可不是吗,是。姑把 B 搂在怀里,什么也不说,很久很久,光是流泪光是一个劲儿叹气。姑父气哼哼地在屋里来回踱步,说:我不懂有什么必要这样。姑说:你出去。姑说:你快出去。姑对姑父说:你快走吧,这件事不能听你的。姑父一甩手走了出去。好了睡吧,姑说。这时教堂的晨钟响了。姑说,再睡一会儿吧。

"他们还是把我低估了。"B 说。"五岁已经能从别人的神态中感觉出些问题了,我看出姑父是说不了谎的人。"他说。我们喝着啤酒,那天下午真是热极了,没有风,大约短时期内仍然下不了雨。B 说:"我注意到了姑父说的话。我想我的父母可能没死,我以为爷爷骗我只是为了不让我再说这件事。"他说:"我就不再说这件事。但我想什么时候我一定得问问姑父。"

有一天B瞒着爷爷和姑姑独自去找姑父。他寻着钟声走,走进了一座很大很大的园子。推开沉重的铁栅栏门,是一片小树林,阳光星星点点在一条石子小路上跳耀。钟声停了,四处静悄悄,B听见自己孤单的脚步,随后又听见了轻缓如自己脚步一般的风琴声。矮的也许是丁香和连翘,早已谢了花。高的后来B知道那是枫树,叶子正红,默默地仿佛心甘情愿燃烧。他朝那琴声走,琴声中又加进了悠然清朗的歌唱。出了小树林,B看见了那座教堂。它很小,有一个很高的尖顶和几间爬满了斑斓叶子的矮房;周围环绕着大片大片开放着野花的草地。琴声和歌声就是从那矮房中散漫出来,荡漾在草地上又飘流进枫林中。教堂尖顶的影子从草地上向B伸来,像一座桥,像一条空灵的路。教堂的门开着,一个白发老人问他:你找什么,孩子?B不吭声。等到歌声停了,等到琴声也停了,B听见了姑父的声音,他没有看见姑父但他听见了那纯净圆柔的声音,那声音不是谁都能有的。姑父说要退出教会。姑父说要放弃圣职。姑父说他的信仰已无可挽回地改变:我们为什么要向这虚幻的天空呼吁?我们为什么要相信并感恩于那并不存在的上帝?我们千百年来祈望于他的他都置若罔闻。B循声走进正堂,躲在一个老太太背后。姑父站在讲台上,比那天晚上还要激动:现在,并不靠上帝的垂怜和恩赐,一个实实在在的乐园就要建成了!一个没有贫富贵贱之分的社会已经到来,所有的人都将丰衣足食,大家都是兄弟姐妹,我们千百年来的梦想已经实现!姑父低头沉思片刻,和蔼的微笑又回到他脸上:让那个无用的上帝安息吧。然后他走下讲台,穿过走廊,走出鸦雀无声的教堂。B看见他迈着长腿大义凛然地走在落日映照的草地上,看见那鲜明而沉寂的身影最后消失在火红的枫林中。(后来在学校,老师让B用"大义凛然"这个词造句时B便写道:那天我看见姑父大义凛然地走出了教堂。)

这些都是B亲口对我说的,在那个下午。而我当时总感觉是在听一个过于古老的传说。

那天B没找到机会向姑父问问自己的事。以后很多天他都没找到这样的机会。姑父总是很忙,白天不在家,晚上又有很多人来找他翻来覆去地摆弄一堆图纸。那些图纸有些是姑父画的,姑说他上大学时就是学的建筑,姑说他本来就不该改行。

有一天夜里,B又梦见了向日葵,梦见那些金黄的花朵像灿烂的液体一般,顺着岩石的缝隙洇开,顺着土地的裂纹洇开,顺着山峦间的沟壑和平原上的河谷洇开,就像正午的太阳融化着一切阴影,很快到处都是一派耀眼的辉煌了;从始至终便有一支迷迷欲醉的歌曲在花间游荡。B醒了。他看见姑父的书房里仍亮着灯并且听见姑父在轻声地哼唱。他没有惊动爷爷,便下床走到姑父的书房去。姑父喝着茶,闭目坐在那张很旧但是雕花的靠背椅上,面带微笑哼着一支令人睡意全光的歌;书桌上仍堆满了图纸。姑父的嗓音仍是那么圆润清朗与众不同。您画的这是什么呀?哦嗬,你问这个?这是一座大楼。这是一座真正的乐园。就是您常说的那个?差不多就是。姑父抽出一张最大的图纸,桌上铺不开就铺在地上。姑父好像把时间记错了,好像这不是深夜,好像他正盼着有人来听他讲讲关于这些图纸的事。你看,要有上万的人住在这楼里。你看这是公共食堂,这是公共浴室,这是公共娱乐厅和阅览室,这是公共电话间。那夜姑父的谈兴很高。什么是"公共"?噢,公共就是大家,公共的就是大家的。是我的么?不,不分你我;公共的财产不属于任何一个人但是属于所有的人。这座楼?对,这座楼里的一切都不分你我,都是大家的。您知道我父母到哪儿去了么?姑父被这突如其来的问题弄愣了,看看B又看看那张图纸,好像那图纸中有一个灾难性的错误让这孩子给看出来了。B一直望着姑父的眼睛等着回答。姑父走开,又走回来,B还望着他的眼睛。姑父再走开再走回来,B仍然望着他的眼睛。姑父在B

跟前蹲下,不看他,光看着那张图纸。听我说,你听我跟你说,你要相信我你就别害怕也别难过,在那个我给你讲过的乐园里,连所有的孩子也都是大家的孩子,连所有的父母也都是大家的父母,所有的欢乐和困难都是大家的欢乐和困难。你听我说,所有的人都尽自己的能力工作,不计较报酬,钱已经没用了,谁需要什么自己去拿好了。你听我说,在那儿所有的孩子都是兄弟姐妹,所有的人都是兄弟姐妹,你要是信得过我你就别担心,那个乐园马上就要实现了,所有的人都是一家人,劳动之余大家就在一起尽情欢乐……多年以后B才想到,那天夜里姑父可能喝的不是茶而是酒。姑父可能就是从那时开始喝酒的。

"你姑父说的就是那座红色的居民大楼吧？""对。不过那时候还只是一张图纸。""就是后来在那教堂的遗址上盖起来的那座？""就是那座。""怎么,它是你姑父设计的？""不完全是。但有他一份。不过现在没人承认这个。"

我记得几十年前当听说要盖那座大楼的时候,我家那一带的人们是多么激动。差不多整整一个夏天,人们聚在院子里,聚在大门前,聚在街口的老树下,兴致勃勃地谈论的都是关于那座大楼的事。年轻人给老人们讲,男人们给女人们讲,女人们就给孩子们讲,都讲的是关于那座神奇而美妙的大楼里的事,所讲的和B的姑父讲的大致相同。人们兴奋得寝食难安,嗓子沙哑了眼睛里也都有血丝,一有空闲就到街口的老树下去站着,朝那座大楼将要耸起的方向眺望;从白天到晚上,从日落到天黑,到工地上空光芒万丈把月亮也逼得暗淡下去,那老树下一直人群不断,人声和远处塔吊的轰鸣声片刻不息。我的祖母很高兴,她相信谢天谢地从此不用再围着锅台转了。我也很高兴,因为在那样一座大楼里,孩子们的游戏队伍将无可怀疑地得到壮大。我不知道别人都是为什么而兴奋而激动。但后来又有消息说,那座大楼再大也容不下所有的人,我家所在的那一带的人们并不能住进这座大楼。失望的人们就跑到工地上去看去问,便看出那楼确实容不下所有的人,但又听说像这样的大楼将要永远不断地盖下去直到所有的人都住上,人们这才又充满着希望回来。我跟着祖母也到那工地上去过,但这是后来听我的祖母说的,我自己却没有一点儿印象,这事很怪。

"你也不记得那儿有很多向日葵吗?""不记得,但这事我听人家说过。""怎么说?""据说有天夜里,在一场大暴雨中那教堂倒塌了,之后在它周围就莫名其妙地长出了许多许多向日葵,长得满园子里都是,长得茂盛无比密不透风。"B笑笑:"你说那教堂是因为下雨才倒塌的?""我不知道。所有的人都这么说。"B再喝光一杯啤酒,然后漫不经意地说:"在下那场雨之前只有我一个人在那园子里。你信吗?是随着那教堂轰隆一声塌下来才开始下起大雨的。"

是B亲口跟我这么说的;这是迄今为止我所听到的,关于那座教堂倒塌之因的唯一的不同说法。我只想说明这一点,并不想判断谁是谁非。况且,那天下午B是不是也把酒喝得过分了,我没有把握。或许是我们俩都多喝了一点。我有时候不是很清楚他确凿是在讲着关于谁的故事。那只是一个传说罢了,我想。至于是在那传说之后有了我们有了那个下午我们的喝酒和谈话,还是在我们喝酒谈话之中才有了那个传说,我不敢贸然确定。总之,你一旦出生你就进入了一个传说。

姑父退出教会的第二年冬天,教堂就关闭了。园门紧锁,除了黎明和黄昏时分一群群乌鸦在那儿聒噪着起落,园内终日一无声息。B不仅聪明而且胆大,他能够轻而易举地翻过园墙,独自到园中游逛。雪地上除了乌鸦和麻雀的脚印就是B的脚印。有一天,他弄开一扇窗户钻进教堂,教堂里霉味儿扑鼻,成群的老鼠吱吱叽叽地四散而逃把厚而平坦的灰尘糟蹋得一片狼藉。他爬上钟楼,用木棍敲响锈蚀斑斑的大钟。可惜他的力气还太小。但那微弱的仿佛是风吹响的钟声竟出人意外地温存而忧哀,在空旷的雪地上回旋,在寒冷的阳光里弥漫,飘摇溶解进深远巨大的天空。B已经确信他的父母并没死,他们不过是在很远的地方罢了,但他不懂他们为什么不能回来。B便常常在这种心境袭来之际偷偷到那教堂里去,让钟声按着他的愿望响起来。这件事在附近的居民中引起大大地疑惑,不久便有了很多令人毛骨悚然的谣言到处流传。冬天的末尾来了一群人,把那大钟卸下来装上汽车运走了;据说是为了炼钢铁。B像失去了一位朋友那样难过,很久不再到那园中去。然而令人心神不安的谣言却并不停止反而加剧,而且在春风呼啸的某个夜晚,所有的人都听见从那教堂里发出了像是喘息像是咳嗽像是刀砍斧劈的声音。那声音响得日甚一日,附近的居民便以此吓唬不听话的孩子,吓唬深夜不安心睡觉的孩子。B也很害怕,因为那奇怪的声音确凿无疑。爷爷,那是什么响?甭怕,那是风刮得门窗响。爷爷,那不像是门窗响了那是什么响?那是房檐下的木椽让风刮得响,是老树枝子让风刮得响。爷爷你听你再听,今天比哪天都响得厉害。睡吧这不关你的事,那是老鼠在打架在啃得房梁响。B终于忍不住了要自己去看看。春风和煦的傍晚他又翻墙跳进了园中。教堂尖顶的影子依然向他伸来,像一座桥,像一条荒凉的路。他看见教堂的所有门窗都不翼而飞。他看见它檐下的木椽和梁柱也残损不全。他看见它的桌椅和地板荡然无存,角落里只有几堆风干的粪便。教堂里空空如也,夕阳的黄光中唯有灰尘缓缓地飘浮;他试着喊了两声,回音震落了墙上一块灰皮。一只早来的蜘蛛仓皇而走,又停下来听一阵看一阵,终于再度落荒而逃。

"怎么回事?""喔,你知道那都是很好的木料。""那么那些向日葵又是怎么回事呢?你并没说那些向日葵。""那是个谜。不过我想那肯定是我爷爷种的。如果那是人种的就肯定是我爷爷种的。""他没告诉你?""没。就像他到底也没说我的父母去了哪儿。"

第一人称

那年秋天我分到了一套房子,房子不坏,就是太高了,在二十一层,而且远离市区。我请了半天假去看那房子,坐了将近两个钟头汽车,下车时已是下午四点多钟。我一眼就看见了那座楼,正如人家告诉我的那样,方圆几里地内只有那一座楼。楼是白的,有青砖的院墙围住。环境也好,三面都是树林,南边有一条河。河从西流向东,正如人家告诉我的那样,青砖的院墙齐岸而立,一座小桥直入院门。

尽管如此,当我走进院门时我还是想确定一下我是否找对了地方。挨近西院墙有棵巨大的梧桐树,一个姑娘背靠树干坐在安静的浓荫里。我走过去向她打听这是不是我要找的那座楼,我觉得我的声音并不是很低。她抬起头,像是看了我一眼,然后就又恢复到原来的姿势,垂目望着树荫中秋阳洒落的变幻不定的光点,那光景仿佛我已经不存在了。我站在那儿稍稍等了一会儿,听见她喃喃地说:"顺其自然。"声音虽轻,但一字一顿很清晰。我点点头,确信我已经不存在了;她的思绪仍在一个美妙的世界里,刚才不过是被一声凡俗的响动骚扰了一下罢了。我有些抱歉,有些自惭形秽,便倒退着转身,径直朝楼门走去。我想这座楼不会不是那座楼。

楼几乎是空的,还没有住户搬来。电梯没人开,都锁着。我的心脏多少有点毛病,但既然来了总不该看一眼楼梯就这么回去,只要不要求速度我想我爬到二十一层不会出什么问题。"顺其自然",那姑娘是这么说的,看来这是一个恰当的忠告,于是我沉了沉气,开始爬。爬到三楼,喘口气,我从窗口探出头去又看那姑娘,她依然坐在那儿,头微垂,两手随意地搭在膝盖上,出神入定,树影和太阳的光点在她素雅的长裙上离合聚散,无声无息。"顺其自然",她是这样说的,她这样说的时候,其实并没看见我,甚至根本就没听见那一声凡俗的响动,无视无闻,她正神思悠游不在物界。我看不见她的脸但我感觉到了她神容的宁和与陶醉。看不见的秋风掠过那棵巨大的梧桐树,发出柔软凝重的响声。在秋天,在太阳快要沉落的时刻,独自离开家,把渐渐涌起的黄昏关在屋子里,沿着野外的小路任意地走一走,寻着草木和泥土的气息任意地走一走,这是谁?走到一个僻静的所在,面对一座尚无人住的高楼,坐下,依靠着一棵百年大树,坐在它飘摇的浓荫里坐在它低吟般的声响里,使那儿成为自己的地方,她是谁?想一想很近的和很远了的事情,想一想很真切的和很缥缈的事情,身心沉入到自然的神秘中去……这样的人是谁?一个可羡慕的女人。

而我还是得继续爬我的楼。不知道自然的神秘是怎样安排了我的,譬如说爬楼;譬如说在二十一层上将有一套属于我的房子,这件事是在什么时候注定的?怎样注定的?四层、五层,我又得歇一下了。说老实话,歇一下是次要的,我一边爬一边片刻不忘那姑娘。我绝无歹意,我只想再看她一眼,我担心她已经离开了。我只是想再看看她,再看看她独自在那棵大树下沉思默坐的恬淡与悠然。我朝下望,她没走,她还是独自坐在那儿,还是那个姿势……可是,这时候我看到了另外一个人。

一个男人,在西院墙的外面,顺着院墙来来回回地走。刚才我没发现他,刚才有院墙挡着我不可能看到他,院墙挺高,这会儿我是在五层楼上,即便这样我也只能看到他的头和肩。他像是困在笼子里那样走来走去,走一阵就停下来,望着远处一口接一口地吸烟,然后再来来回回地走,然后再停下来使劲抽烟,望着远处的树林。我甚至听得见他的脚步声:烦乱,不安。我甚至听见了他划火柴的声音:划断一根又一根。他停下来的地方也是在那棵梧桐树的树荫中,只与那姑娘一墙之隔。这个男人的出现使我注意到,在离他们不远的地方,在院墙的西北角上有一扇小门。不用说,那扇小门一直就有,只是刚才被忽略了,现在它格外显眼。他是谁?他是她的什么人?一个在门里,一个在门外,四周没有别人,附近再没有别的人,怎么回事?男的心烦意乱焦躁不安,女的默然无语心神恍惚,出了什么事?他们之间发生了什么?一道斜阳从小门中间的缝隙穿过来,躺在墙根下潮湿的阴影里,又鲜明又凄艳。"顺其自然",姑娘是这样说的,她指什么?"顺其自然"是指什么?她只好离开他吗?不得不离开他?是呀是呀,不得不这样的话也就只有顺其自然。不得不,就是说,她依然爱着他,可她又无能为力。"顺其自然",可不是吗?她这样说的时候语调空空洞洞,眼中全是迷茫。她根本就没看见我,她当然不可能听出我问的是什么。她满腹愁肠,眼前只有往日的欢乐与辛酸,却终于没有了路。墙外的那一个呢?他发疯般地爱着她,想使她幸福,多么希望她会因为他而更加幸福,却没想到竟使她陷入了如此痛苦的境地。他没想到会是这样,他原以为他爱她同时她也爱他这就够了,他没想到世界是这样大,生活是这样千联万系。

"只要你觉得幸福就好。"他最后可能是这样说。

女人垂目坐在树下,男人在她身旁,在她周围,在她眼前,不安静地走。

"只要你觉得幸福,我怎么都可以。"他对她说。

"否则你就别怕,否则你就得拿出勇气来。"

"你说话呀?这么久了,你得给我一个肯定的回答。"

女人说不出话来。肯定和否定,不是这么简单的逻辑。

男人说:"我就等你一句话了,行,或者不行。"

男人说:"关键是你怎么想,关键是你自己觉得怎样才幸福。"

男人说:"我并不是要你马上决定,可我得知道你自己觉得怎么更好。"

女人什么话也说不出来。怎么更好?也许你我从来不认识更好,也许人从来不要去爱更好。从来不要有你这样一个人,从来不要有这样的秋天,这样空空落落的午后的阳光和这样大的一片树荫,都不要有,这样两条颀长而不能安稳的腿,这样一双瘦削而敏捷的脚,这样地把落叶碾碎,不要有,还有落叶碎裂时经久不息的声音,不要有,从来都不要有……

"你倒是说话呀!"男人说,"我不知道你什么话都不说是什么意思。"

"我不懂我的问题有什么难回答。"

"我不知道我还能怎么说,我还能怎么做。"

"好吧好吧,也许我不该再这么缠你,也许我应该知趣地走开。"

"好,我走。我没想到我会让你这么为难。我只再说一句:只要你能幸福,我怎么都行。"

他说完类似这样一些话转身走出那扇小门。她没有拦他,她实在没力气去拦他了。她听见他走出小门去,她绝望地听着那离去的脚步声,屏住呼吸听着,听着:那熟悉的声音并没有走远。她松了一口气;或者是相反,绝望得更加深重。她听见他一直都在墙外徘徊,听见他在吸烟,听见他在叹息,听见他的心在抽泣。她完全能想象出他的痛苦,但她完全不知道该怎么办,她所能得到的答案只剩了"顺其自然"。风在梧桐树浓密的阔叶间穿过,在远远近近的树林间穿过,响得像水声,像桨声,像不知所在的遥远的波流。为什么呢?父母反对?还会因为什么呢?哦,我还是爬我的楼去吧,我是来看我的房子的,我能做的是把自己送到二十一层上去。

不过，也许是她并不爱他？或者是她曾经爱他，现在已经不爱了？"可到底为什么？"那男人说，"我不想勉强你，可我得知道这究竟是为什么。"她不是不想告诉他，她真是不知道怎么说。好像有很多原因，但要说时却是都说不清，确实有很多原因，但要说时好像又找不到了。"顺其自然"，她是这样说的，她一直都是这样对他说的，现在她在心里还是这样对他说，也是对自己说。爱与不爱是无法求证的，只能顺其自然。男人便跑到墙外去。或者是悲伤，或者是愤怒，男人转身穿过那扇小门走到墙外去。或者是爱，或者又是恨，男人什么也不想再说就走出那扇小门去。但他毕竟离不开她，毕竟不想离开，神焦气躁一筹莫展，站在那里空茫四顾。太阳正接近着那片树林，灰喜鹊的叫声此起彼落。女人在墙这边担心地听着他的动静，她也不能离开，她怕他也许什么事都做得出来。可到底怎么办呢？毫无办法，只有顺其自然，只有默默地祈祷，只有这样是明智的，是正当的。

我爬到了七层。从七层望下去，视线越过近处的茂密的树梢，我看见那片树林里有一座墓碑，先是看见一座，然后是两座、三座，细看时，星罗棋布散立着很多，我才知道那儿是一片墓地。原来是这样，那男人一直是在望着那片墓地。哦，原来是这样，所以那女人是一身素净的装束。今天可能是死者的祭日，他们俩一起来这儿看看。死，一向是件最为神秘的事情。一个活生生的人没有了，一个活生生的灵魂，可以想可以说可以笑可以爱……却忽然没有了，曾经是那么亲近，你想什么时候见到他就见到他，有什么话你想跟他说你就可以跟他说，然而他死了，你永远看不见他了，假如你有句话忘记告诉他了你就永远不能告诉他了。直到很久以后，直到很多年以后，这个女人来到死者的墓地仍然不能接受这一事实。在坟前培一把土，在坟前洒一杯酒，安放一束野花，但是人呢？死了，没了，找不到了，哪儿也找不到了永远也找不到了。女人坐在那坟旁,身上,还有心里,一阵阵觉得冷。

男人劝她:"这是自然规律,你应该懂得这是必然的归宿。"

她看着那座确凿无疑的坟墓,依然不相信死竟是这样残酷。

"你别这样,好吗?别这样。"男人劝她的语气又温柔又谦卑,仿佛那是他的一个错误。

"活着,得学会忘记。"男人说。

女人看着那座坟墓,并且总在看见一个人活生生的音容笑貌,仍然想象不出死到底是怎么回事。

男人说:"你得想,他去了,他已经解脱了。你得想我们还活着。"

"我和你,"男人说,"我们在一起,我和你在一起。"

很久,女人离开那坟墓,在树林里盲目地走,长裙飘动得像是一缕游魂。她走出树林,这儿有一座白色的楼房,围着长长的青砖的院墙。她走进那扇小门,这儿好,这样一棵孤独的大树使人能够镇静些,仿佛有所依靠。"你让我一个人待一会儿,让我一个人待一会儿好吗?"她说。她并没有回头,她知道男人一直跟随在她身后。男人听话地走开,走出那扇小门。她靠着大树坐下,这儿好一些,一座空楼还没有人住呢。陌生的地方利于忘掉往事,轻轻滑动的树荫和悄然飘落的叶子正是悲伤的心的位置。顺其自然,顺其自然吧,她想,真的他说对了死并不一定那么可怕。"顺其自然",她轻声说,也许是以为男人进来了,也许是在对冥冥之中的死者说,她根本没看清我是谁,根本没明白我在问什么。男人守候在小门外,女人这个永久的伤心常常搞得他狼狈不堪。他不知道自己对那个死去的人是尊敬还是嫉妒,或者竟是有点儿恨,往往这时他甚至不知道自己是个善良的人还是个心胸狭窄的恶人。他陪她来了,他答应年年都会陪她来的,他知道自己说的话都会兑现,但他也知道而且只有他自己知道,他多么希望她把那个人忘掉,永远忘掉。他望着树林和树林中的那座坟墓,在祈求上苍给他保佑或者宽恕:就让那个人真正死去吧,他和她再也不到这儿来,再也别到这个地方来吧。

第九层了,傍晚的秋风有些紧了,要是今天夜里一场大风,明天树叶就会掉落大半。这时落日的光芒几乎是平射过来,我看见墙外那男人一只手遮在眉额上专注地朝树林里张望,还是他刚才所希望的那个方向,就是日落的方向。在那个方向,我看见树林里露出两条交叉的路,在有阳光的地方灰白的路面有些耀眼,一条东西走向,一条南北走向。我看见东西走向的那条路的远端(即西端)有一个市郊班车的站牌。我看见这时正有一趟班车开到,一些人从车上下来。墙外的男人正是朝那儿望着,一动不动地望着那些人。看样子他像是在等候什么人。然后车开走了,那些人散开各奔东西。大概都是来上坟的人,有的手里拿着鲜花。他的手慢慢放下来,摸出一支烟叼在嘴上,一边点烟一边开始来回走动,但这时他好像又发现了什么,抬起手搭在眉额上再朝那边望:有一个女人向这边走来。大概那女人刚才走差了路,现在返身朝这边来。雪白的风衣分外醒目,在树林中时隐时现。男人的头缓缓转动,视线一直追随着那个女人。可是那女人又停住了脚步,东张西望一阵折身向北去了,白色的风衣隐没在北面的树林里。男人这才开始抽烟。没问题,他肯定是在等什么人。在等谁呢?在等一个女人?喔嗬原来是这样,他在等另一个女人,他们约好了在树林东边的这座空楼下见面。"那楼是白色的,有一道青砖围墙。下了车往东,穿过一片树林穿过一片墓地。"

"一片坟地?"

"对,我在那儿等你。"

可能是在一条小街的街口;可能是在他们都忙着要去上班的时候;可能马路上已是车流人潮一片欢腾;也可能街上的行人寥寥可数,城市还在淡淡的蓝色之中。

"你说什么,旁边是一片坟地?"

"没事没事,一点都不可怕。"

可能是在星期六或星期日的晚上,在她的宿舍附近的车站上,在他们上次分手的时候。天空很暗,将要下雨,风一阵阵地迅猛,潮气在黑夜中漫延。也许是在雨后,阒无行人,湿漉漉的街道灯光辉映,像一条庆典之后依然盛装的河流。

"真的,不可怕。一片优美的墓地。"

"往东?远吗?"

"不,不远,你一下车就会看见它,那楼很高。"

也许是已近午夜,在一家夜餐店幽暗的角落里,街上偶尔有夜行者孤独的口哨声,小店就要打烊……

"那楼有二十一层,白色的。"

"青砖的院墙?"

"对,我在那儿等你。"

但是,墙里面这个女人呢?她是谁?她来干什么?也许她和墙外那个男人毫无关系?真的毫无关系吗?她坐在大树下一声不响,她坐在大树的后面,仔细注意会看出:她、那棵大树、那扇小门恰呈一条直线,从那扇小门的缝隙间正好不能看到她。为什么要这样?男人看不到她,可她却能够听见墙外的一切动静。再说,男人为什么不到车站去等他的朋友?为什么一定要躲在这儿费劲地张望?"顺其自然",女人是这样说的。要是她的丈夫爱上了另一个女人,要是她发现了这件事,她能怎样呢?痛苦,是的,她会痛苦,她会哭,会吵,会闹,但终于又能怎样呢?"没有的事,没有,"男人说,"根本就没有那回事。"可他这样说了之后,她知道他仍在与那个女人约会,又怎么办?"不!不!"她还会哭还会喊,"不,这不行!不行……""你怎么这么庸俗?"男人说,"你怎么这么狭隘?"男人说,"我没想到你会是这样,她不过是一个朋友,一个很普通的朋友。"可是,他与这个普通的朋友在一起的时间越来越比跟她在一起的时间多,他与这个普通的朋友在一起的时候有说有笑无比兴奋,而跟她在一起却是话越来越少,越来越沉闷,她能怎么办呢?"为了孩子。"她对他说。她不想再吵,也没力气再哭,她说:"你不想我,可你得想想我们的孩子。""好吧好吧,"男人说,"你既然一定要这样想,我可以不再与她来往。"可他这样说过之后却背着她继续与那个女人来往,要是这样,她还有什么办法呢?她可以去告他,她还可以闹得四邻皆知满城风雨,她可以走可以离开他,但是她爱他,爱是和死一样说不清楚的事,她不愿损害他,也不愿离开他,怎么办?这个痴迷的女人,她跟踪着他来了,她看见他在墙外走来走去焦急地等候着他那个普通的朋友。她悄悄绕到这座空楼的另一面,走过小桥走进大门,走到这棵大梧桐树下,听了一会儿,听见男人还在墙外,她不想让他发现,便躲在梧桐树粗大的树身后面。她在想自己到底想来干什么?也许向那个女人表明她的存在?也许当面跟那个女人谈谈?也许当场揭穿男人的谎言?但这又都有什么用呢?这又有什么意思呢?如果他已经不再爱你,如果他是如此渴盼着另一个女人,你对他还能有什么指望呢?只好顺其自然,随他去吧,只有随他去了。"顺其自然",她这样说的时候心中真像是一片墓地,她根本没注意到有人走来,根本不记得有人向她问过什么。太阳完全落到树林后面去了,晚风一阵阵地沉重,巨大的梧桐树下变得昏暗寂寥,那些飘摇跳动过的树影和光点就像是以往,就像是昨天,不知不觉中悄然而逝;当然明天它们还会在此处重演。走吧,去哪儿?回家去吧,家是什么?就这么待着?待到什么时候?无所谓?随便?也好也好,顺其自然。我可是得走了,我还有十几层楼要爬。

我的房子果然不坏,两室一厅,大的一间将近十六平米,长五米,宽三米一七,小的一间长五米,宽二米四,整十二平米。像我这样一个单身汉有这样一套住房,是个奇迹。厅七平米,厨房差不多五平米，总归我一个人做饭一个人吃，很够了。厕所居然是和洗漱间分开的，这出乎我的意料。壁柜很大，睡得下一个人。阳台呢？一米二乘二米一，是多少？从阳台上可以俯瞰那片树林。高深莫测的秋空下，树林正是五彩斑斓，枫叶已经红了，银杏全部金黄，松柏树绿得发黑，一座座白色的墓碑点缀其间。我想，将来我要不要一块墓碑呢？如果要立在哪儿？上面要不要刻些字？刻什么字？在很长的一段年月里，我的坟前会时常有一些人走来，在雨天，在风天，在雪天，在晴朗的日子里，他们走过我的坟前，念一遍碑上的字然后又走开，他们都是些什么人？他们会不会想一想坟中埋的是什么人，这个人都有过怎样的经历？他们会不会想到，坟中的这个人也曾经设想过他们的到来？可能有几个注定要从我的坟前走过的人现在已经出生了他们正在朝我的墓碑走来，当然在这之前他们还有很多路要走，还有很多事要依次发生，无法预测他们会经由哪条路走来，因为我现在还没死，一切时间地点都还无法确定，但这样的事必定要发生，一个必定要走过我的坟前的人已经启程了，他这会儿可能在非洲，也可能就在我视野所及的地方。我这样想着，忽然看见树林里有一个孩子。

　　那是一个婴儿，只有在二十一层上才可以看到他。他躺在一座墓碑的后面，躺在淡淡的夕阳的红光中，在他的身旁有一辆婴儿车，车里有一些五彩缤纷的玩具，他裹在粉红色的毛毯里只露出一张小脸。他睡得很熟很安静，看样子没有什么能打扰他。他是谁？是谁家的孩子？大人呢？他的父母到哪儿去了？怎么这么久还不回来？周围没有人，我站在二十一层上看得很清楚，远远近近没有一个人。孩子为什么不睡在车里，为什么睡在草地上？天哪！我懂了：弃婴！我一下子明白是怎么回事：墙外的那个男人！和墙里的那个女人！那男人原来一直是望着他的孩子，他在墙外走来走去远远地望着他的孩子，也望着那个车站，看看有谁来把他的孩子抱走。他不得不丢弃他的孩子，但他不放心,他要亲眼看看把孩子抱走的人是什么人。这是为什么,年轻的父亲?还有墙里的母亲,为什么要这样?母亲不忍心看这一幕,她躲开了,她走进那扇小门,连站的力气也没有了,坐在大树下如同坐在一个噩梦中,她在听孩子哭没哭,她在想给孩子带的玩具够不够,她在听着远处树林里的动静,她在想这孩子注定的命运是什么。是呀,她刚才看我时的目光多么惊惶,她没料到会有人从南面的大门走来。"顺其自然",她说这话的语气多么绝望。也许我这人看起来还像善良,但我并没有向那扇小门去,她又不能告诉我:"到树林里去,谢谢你了,替我们养大那个孩子",她无可奈何地想:"顺其自然,顺其自然吧。"天色越来越暗了,那个孩子还在做着香甜的梦。他会做梦了吗?他能梦见什么?不不!不能这样!我想,无论发生了什么事也不应这样。我下楼。我的心脏多少有点毛病,但下楼无论如何比上楼要好对付一些。十四层歇一歇,七层再歇一歇,到了楼下我觉得心脏除了跳得更活泼一点之外没有别的变化。

　　女人还在那里,两手放在膝盖上掌心朝天,闭目坐在大梧桐树下,一动不动。我在她身边站了一会儿,她似毫无觉察。我想男人还是去找男人谈谈吧。我走到那扇小门前,推了一下没推开,再拉一下,也没拉开,原来这门是锁着的从外面上了一把大锁。奇怪,那么这女人是怎么进来的呢?我的大脑和我的心脏一样,都不算很好,想了一会儿我才想起自己是怎么进来的。我跑向南面的大门,我想绕到楼的西面去,最好先到树林里看看那个孩子,天晚了又凉了,孩子别病了,然后我要去与年轻的父亲先谈一谈,要是可能再与孩子的母亲也谈谈。"你们这是干什么,干什么嘛!""有什么大不了的事?没结过婚?没结就赶快去结,来得及。""千万不要这样,你们俩当初的胆子不算小,现在怕什么?""什么也甭怕,让别人说去,'走自己的路让别人说去',这是一个大人物说的不会错。""你们看看,这孩子有多好,有多么乖,私生子都聪明将来也做得大人物,大人物是不应该扔在坟地里的。"但是,但是!南面的大门前是一条河,我几乎把它忘记了。这河是紧贴着青砖的院墙流的,在院墙与河之间没有距离,通过小桥只能走到南岸根本无法绕到院墙西面去。我过了小桥,往西走了很久,没找到能过河的地方。我又顺着河岸往东走,走了很久,仍然没有能过河的地方。这又是怎么回事?那院墙挺高,别说是女人,就是那男人也很难跳过去。我继续往前走,我想总得有能过河的地方。又走了很久,暮色已经浓重,仍不见有能过河的地方。我想,能过河的地方大概还是在西边,就再往回走。走了一会儿我碰见了一个女人,我说:"请问,哪儿可以过河?""过河?"她东西张望了一下。这时我看出她就是刚才坐在大梧桐树下的女人。

"往西,约五百米左右有座大桥。"她说。

我说:"你到哪儿去?"

她满腹狐疑地看我好一会儿,"回家呀!"

"那,他呢?"

"谁?"

"墙外的那个男人是谁?"

"男人?废话!你要干什么?"

"好吧不提这个。"我说,"那么孩子呢?"

"孩子?什么孩子?"

"在西边的树林里的那个孩子!"

她笑了,"你没病吧?"说罢转身要走。

"那儿有一个被丢弃的孩子!听我说,不管怎样天这么晚了我们得先去把孩子抱回家!你再说一遍,桥在哪儿?"

事实证明我的心脏还不错,我一路小跑到了那片树林里,心脏还在正常地工作着。我找到了那块墓碑,我敢保证就是那块,我发誓我没看错我不会认错。但墓碑前什么也没有,没有孩子,也没有婴儿车。我赶紧去看那个男人,他还在西墙外,他正在整理一堆画具,画笔呀,画箱呀,颜料呀,瓶瓶罐罐一大堆摊开在墙根下;一幅题为"林间墓地"的画作已经完成,立在一旁。我走近问他:"你没看见树林里有个孩子吗?""孩子?什么样?有多大?""很小,也就是一两个月吧。""好家伙你可真行,这么小的孩子你怎么把他弄丢呢,他自己又不会跑?"我们俩一齐朝树林里望。我顺着青砖的围墙从南到北从北到南来来回回走了几趟,看不见,从这儿完全看不见那块墓碑。这时候那个女人也来了,我对他们描述了一下我刚才看到的情景,我对他们说:"请你们相信,我身上最好用的器官就是眼睛了。"我对他们说:"真的,你们别这样盯着我看好像我有什么不正常似的。"我对他们说:"要是咱们处长了,你们就会坚信,我是所有正常人中的一个。"

我说:"你们愿意跟我一块再到那儿去看看吗?"

男人说:"我不怀疑您的诚实,但是您自己能证明您自己把周围的环境都看全了吗?对不起,我得回家了。"

女人说:"好吧我陪您去看一下。"我看出她只是对我的情况不大放心。

我们走进树林,走到那块墓碑前。是的,没有,什么也没有。我在墓碑旁坐下,我说:"您回家吧,您不是要回家吗?回去吧。"她在我身旁坐下。我说:"没关系,您不用担心我。我有点儿累了,想在这儿歇一会儿。"她伸手摸了摸我的脉搏。

我说:"也许画家说对了,可能孩子的父母就在近旁。"

她说:"但也许我们并没错,在我们去找那座桥的时候,孩子被人抱走了。"

我说:"要不,咱们再到附近看看?"

我们俩一块走遍了整个树林,走到天完全黑透了。

我说:"您想他会被什么人抱走呢?"

她说:"我想是个好人抱走了,您说呢?"

我说:"依您看那孩子命运怎样?"

她说:"顺其自然。"

这样我们认识了。谁料到呢?两年后她成了我的妻子,三年后她成了我儿子的母亲。

1990 年

中篇1或短篇4

边　缘

　　那湖,并不大,十几个足球场的样子。差不多,也就这样。

　　离开喧哗不息的市区几十公里,地势变化,起伏跌宕。山在前面大起来。能见度好的天气里,从市区也可以望见的那一脉远山,膨胀似的,大起来。山的各个部分,千姿百态相当复杂,山的整体却给人十分简单的印象。尤其是冬天。尤其在一夜罕见的大雪之后,到处是荒茫的白色,仿佛世界要回到初始的混沌。

　　前面的什么路段上交通发生故障。往山里去的车到这儿停下来,不走了。从山里来的车呢,一辆也没有。否则很少会有人在此逗留并注意到那一块小湖,不到中午也很少有人光顾路边的那家快餐店。

　　湖面,当然早已经冻硬。湖上、岸上、大路小路、山和快餐店的屋顶上,到处都盖着厚而且平坦的雪层。汽车孱弱地停在雪野里,被衬比得毫无尊严。旅客们纷纷朝那家快餐店走去,一路大声抱怨;嘴上的哈气一冒头,刚来得及抖一下,便被刺骨的严寒吞灭掉。雪,柔软洁白绵延无际,把一切嘈杂都压盖住或吸收去了,留下无比透彻的安静。但湖上似乎出了点事,接近对岸的地方有两棵并排的大树,有一堆人,远远地能看出其中有警察——一个或者两个穿警服的人;厚而平坦的雪层上明显画出一个大圆圈,不可能很圆,但很大,几乎把整个湖面都包括进去。

"这儿怎么啦?"最先进来的一个小伙子问。

"哪儿?说清楚。"快餐店的老板娘说。

"湖上,湖上不是出了什么事?"

"对了,是湖上,说清楚,不是这儿。"老板娘用指尖点一点她的柜台。

"怎么回事?"

"死了个人。"

"什么人?"

"喂,喝杯热咖啡,还是来点酒?"老板娘招呼随后进来的一群人。

有个五六岁的男孩儿站在后窗前的一把椅子上,举着一只小小的望远镜。刚才他可能正朝远处的湖面上瞭望,现在转过身数着进来的人:"一、二、三、四五六、七,没了。妈!七个!一共来了七个人!"

"知道了儿子,你跑一趟去叫你爸回来行不?"老板娘顾不上回头,又赶忙招呼围拢来的客人,"对不起啦各位,吃饭还得等一会儿。"她抬头看看钟,自语道:"还不到十点呢,谁想到今天人来得这么早!"

"嘿,我问你哪,"最先进来的那个小伙子说,"那个人是什么人?"

"您要是也不知道,这会儿就还没人知道呢。"老板娘扭开头,对他的语气明显地表示不满。然后她飞快地换成一副笑脸,向围在柜台前的其他人再说一声对不起:"快餐还得等一会儿,有各种饮料和各种酒。这么冷的天气,先都喝一杯吧。"

"好吧,"那个小伙子掏出一张钞票放在柜台上,"你给我来半升啤酒。"

老板娘量好半升啤酒,端给小伙子,目光中也带出一些歉意。

"请问死的是男的还是女的?"小伙子的语气客气了许多,但仍不免流露着焦虑。

"男的。一个老头。"

"有多大年纪?"一个戴眼镜的女人紧跟着问。

"那谁知道呢?"

"大概。"那女人往前两步,靠近柜台。

老板娘盲目地想一下。

戴眼镜的女人不眨眼地望着老板娘:"大概,估计一下,有多大岁数?"

"五六十?要不,七八十?"

那个小伙子已经松下心来,对老板娘笑道:"不愧是老板娘你真说得对,管他五十还是一百,只要是男的就都是老头。"

老板娘竟有些恼,红了脸:"我说了我不知道。我们那口子光告诉我是个老头。"

小伙子顾自哧笑着离开柜台,端着酒杯想找一个角落里的座位。但他发现两个最不惹眼的角落里都有了人,西北角上不声不响地坐着一个男人,东南角上同样静静地坐着一个女人,他们好像都对湖上的事缺乏兴趣。整个店堂呈正方形,有八九十平米,要在市区可以开一家大买卖。小伙子转了一圈,注意到后窗前的那个男孩,走过去。

一对温文尔雅的老人站在柜台前,面面相觑,望望窗外,又互相唏嘘。

老板娘:"还提呢!昨儿,天擦黑的时候,那会儿雪越下越大,看看不会再有人来了,我们那口子出去正要关门上板,就在这门口碰见一个老头。老头背了个大背包,呼哧带喘地往湖那边去。我们那位好心好意地问他,天这么晚了您这是要上哪儿呀?那老头头也不抬,说是去太平桥。哎哟喂老天爷我们孩子他爸说,上太平桥您怎么走到这儿来了？走错啦您,这儿方圆几十里没有我不知道的地方,哪有个太平桥哇!"

南方口音的男人:"那么,太平桥在哪儿?"

"不知道。"老板娘接着说昨天晚上的事,"可您猜怎么着？那老头破口就骂,说这条道儿我走了一辈子了他妈的用得着你管？说,你瞎啦前头这不就是太平桥了吗？还说,我乍走这条道儿的时候你他妈的还不知道是个什么呢？您瞧瞧您瞧瞧,好心当成了驴肝肺……"

温文尔雅的老两口连连摇头叹气:"唉,这个人哪!""这人可也真是老糊涂了。"

"也不知道他从哪儿来吗？"戴眼镜的女人问,脸色有些苍白。

"不知道。"老板娘继续说昨天晚上的事:"这您说我们那口子还怎么管？回来跟我说,我说随他去吧。我们那口子还直不放心,说你看这么大的雪。我说你缺骂啦？他到前头找不着太平桥他还死在那儿不成？嗨嗨,可谁想到真就……今儿天刚蒙蒙亮,我们孩子他爸一开门,雪停了,远远地就见湖上不知怎么回事划了个老大老大的圆圈儿,这么早,平展展的雪地上怎么会冒出来个大圆圈儿呢？跑去一看,有个人躺在对岸那两棵大树底下,推推他,您猜怎么着？死了。"

老板娘的儿子——那个五六岁的男孩,举着望远镜向湖上瞭望;后窗的玻璃被雪色辉映得白亮耀眼,把他小巧的身影衬照得虚虚暗暗。那个小伙子挨近男孩,也向湖上望。接近湖对岸的那一堆人缓缓蠕动指指划划,但听不见声音。

小伙子:"把望远镜让我看一下好吗？"

男孩不理他,也不朝他看一眼。

小伙子再说一遍:"把望远镜让我看看,行不？"

"不。"男孩一动不动地望着湖上。

戴眼镜的女人、那对老人、南方口音的男人,便离开柜台都到男孩这边来。

老板娘于是喊:"儿子!不是让你去叫你爸爸快回来吗?"

男孩不吭声,仍旧不动。

"我跟你说什么呢儿子,听见没有?"

男孩举着望远镜,连姿势也丝毫不变:"不也是你,不让我到湖上去吗?"

老板娘茫然地想一想,理屈词穷,走出柜台,也到后窗边来。除去角落里的那两个人,大家都聚在这儿向湖上张望。

云,渐渐地稀薄,变白,天地茫茫一色。风,在湖面上、湖岸上、山脚下和树丛间卷扬起层层雪雾,一浪一浪地荡开,散落。

南方口音的男人:"确实奇怪得很,到底为什么会有那么一个大圆圈嘛?"

"都是脚印,"男孩说,"那个大圆圈上面都是他的脚印。"

"都是他踩的,"男孩说,"踩成了一道沟。"

戴眼镜的女人:"谁?谁踩的?"

男孩不回答,神秘地笑了一下。

小伙子:"是那个老头?"

男孩松开手,让望远镜掉落在胸前,依然望着湖上:"废话,还能是谁?"

大家都愣了一会儿,然后"噢——"似乎有点明白。老板娘拍拍男孩的小屁股,得意于儿子的聪明,然后看看每一个人,但是没有谁去理会她的骄傲。

南方口音的男人:"给我用一用你的小望远镜好不好?"试图摸一下男孩的头。

"不。"男孩早有准备似的一弯腰,躲开他的手。

戴眼镜的女人:"我呢,给我用一下行吗?"这一回还不错,男孩总算扭头给了她一眼,但仍然是一个字:"不。"

老板娘更加骄傲起来,笑得厉害。

小伙子把酒杯倒过来扣在桌上,向门外走:"去看看。"

戴眼镜的女人望着小伙子的背影,紧紧张张地不能决定,直到店门在小伙子身后摆来摆去摆来摆去慢慢停住,她才慌慌地追上去:"哎,等我一下。"

男孩转过身,环顾店堂一周:"一、二、三四五,妈!还剩下五个人!"然后从望远镜中饶有兴致地看每个人的脸。

温文尔雅的老两口随便拣了个座位坐下,各自要了一杯茶。南方口音的男人把头探进柜台,眼睛几乎贴在货架上,像一匹警犬那样上下左右琢磨了很久,最后什么也没买,退几步在两位老人近旁坐下,抽自己的烟。老板娘在他身后狠狠地盯了一眼,转出柜台,重又堆起笑去招呼角落里的那两个人。

"这位先生,您喝点儿什么不?"

"喝什么?"西北角的男人仿佛一惊,站起身,"噢噢,一杯咖啡吧。"

老板娘再返身在店堂中走一条对角线:"您呢,想要点什么?"

东南角的女人说:"随便什么吧。好的,就要杯咖啡。"

店堂里一时安静下来,只有匙杯相碰发出的微细声响。只有茶杯轻轻地脱开桌面又落回桌面的声音。

老两口中的一个:"你也不记得太平桥在哪儿吗?"

老两口中的另一个:"不记得。"

"也没有印象,大概在什么方向吗?"

"我现在想,是不是真有那么个地方。"

老板娘给录音机接通电源,随手拣了一盘磁带装上,按下一个键。

"要我看,"老板娘说,"那老头准是碰上'鬼打墙'了。"

南方口音的男人:"是的是的,他在湖上有可能是'鬼打墙'了,但是在这之前呢,他说要去太平桥,他还说前面就是太平桥,这怎么理解?"

老板娘:"那,依您的高见呢?"

"我很怀疑,他到底看见了什么?"

钢琴声,似有若无。确实是钢琴声,轻轻的,缓缓的,一首非常悠久的曲子。窗外的雪地上有了淡淡的阳光。店堂里的光线随之明亮了许多,雪反射了阳光,甚至把窗棂的影子朦朦胧胧地印上天花板。钢琴声轻柔优雅,在室内飘转流动,温存又似惆怅,仿佛有个可爱但却远不可及的女人迈动起纤纤脚步。

后窗前的男孩忽然转回身,喊道:"妈!我害怕!妈——我害怕——"

几个人急步向窗边去,悚然朝湖上望。

"怎么啦儿子?"老板娘搂住男孩,觉出他在发抖。

湖上没有什么明显的变化。

老两口互视片刻,安慰男孩也安慰自己:"不怕,没有什么事,别怕。"

男孩:"把录音机关了,妈,你把它关上。"

"为啥呢倒是?"

"你把它关上,关上——!"

"这孩子今儿可真是怪了,平时你不是爱听它吗?"老板娘说着走过去关了录音机,再回到儿子身边来。男孩偎依在母亲怀里,安稳了些。

南方口音的男人眯起眼睛望着湖上,侧耳谛听很久。然后他弓下身,目光仍然不放弃白皑皑的湖面,在男孩耳边问道:"告诉我,你都看见了什么?"

过了差不多两小时,风大起来,前面的交通故障还不能排除。又一辆面包车在快餐店门前停下。

男孩举起望远镜。"一二三、四五六、七八、九。妈,妈——又来了九个!"现在他显得很快活,站在椅子上手舞足蹈,并且哼唱起一支古老的儿歌。后窗灿烂的光芒勾画出他幽暗的身形,就像个皮影。

九个人先后进门。老板娘团团转:"喂,有快餐盒饭,有荤的有素的。"

"听说那边大树下,死了个人?"

"对,一个老头。喂,有酒,还有各种饮料!"

"怎么回事呢,凶杀还是自杀?"

"请坐吧,都请坐吧。这么冷的天儿,先都喝杯热饮再吃饭吧。"

新来的几个人不急于落座,围着老板娘,围着那对温文尔雅的老人和那个南方人,询问湖上的事,叽里呱啦南腔北调一团嘈杂:……噢,是吗……昨天晚上?对,开始下雪了……太平桥。什么太平桥……不,不记得。真的有这么个地方……没人认识他?到底怎么回事呢……他从哪儿来……

老板娘冲出重围:"劳驾劳驾,怎么回事我也不知道。"这时她见那个小伙子和戴眼镜的女人回来了,就说:"要问就问他们吧,他们刚从湖上回来。"

"喂,怎么样了?"老板娘自己先问。

戴眼镜的女人好像把离开时的惶恐和焦虑都丢在湖上,微笑着,一边踢踢踏踏地跺脚一边擦眼镜上的水雾:"冷死啦冷死啦,湖上好大的风噢。什么?哦,让他先说。"她望一眼小伙子,那光景他们已经很是熟悉了。

小伙子:"不错,你那宝贝儿子说对了。那圆圈整个是那老头踩出来的。"

戴眼镜的女人:"他在湖上一圈一圈整整走了一宿,把那一圈雪踩得又平又硬。不不,不像是'鬼打墙'。"

小伙子:"不是'鬼打墙'。他不像是迷了路。他肯定是以为走到了他要去的地方,这才躺下来。喂老板娘,再给我一杯酒。"

戴眼镜的女人也要一杯。她很美,皮肤很白,带一副细边眼镜,很文雅。

小伙子:"他在湖上一圈一圈至少走了有四五十公里,最后在岸边看见了一块大石头。对,就在那两棵大树下。那石头两米多长一米多宽平平整整,邪门儿了,正好像一张床。看得出,他死前并没有迷了路的那种惊慌失措,他完全相信那是一张床。"

戴眼镜的女人:"他走到床前,他以为他走到床前,脱了鞋,还把一双鞋端端正正地摆好——想必这是他几十年里养成的习惯,然后爬上床,脱了棉大衣把棉大衣当被子,躺下,把自己盖好。就这样。"

"有条不紊,看不出他有过一点慌张。"

"睡之前他还吸了一支烟。就这样。"

"他身上、衣兜里,什么也没有。没有一点能说明他身份的线索。"

"发现时,他死了并不久。就这样。"

"是我们那口子最先发现的。"

"那时候天也就是刚刚亮,对吗?"

"天刚蒙蒙亮。"

戴眼镜的女人看看手表:"就这样。现在是一点,他死了七八个小时了。"

没有人说话。都望着后窗。

过了一会儿,小伙子也看看手表:"噢是吗?老板娘,给咱们开饭吧!"

"喂,都有哪位要快餐盒饭?该死的我们那口子怎么还不回来!"老板娘满腹怒气地朝湖上望望,顺手在录音机上换了一盘磁带,按下一个键,"有酒,也有烟,有各种饮料!"

这一回是一首提琴曲,开始的节奏急切、跳跃、断断续续,继而低回旋转、悠悠荡荡联成一气,反反复复地加强着同一个旋律。仿佛在一片大水之上,仿佛有一条船,仿佛是一个水手驾了一只木舟。窗外,丝丝缕缕的残云在天上舒卷斯缠,风刮起雪尘肆无忌惮地扬洒在空中,太阳把它们照耀得迷蒙灿烂。一只提琴孤独地演奏,拨弦,弓在弦上弹跳,似乎有些零乱,然后是一阵激动的和弦、变奏,渐渐又透出初始的旋律,缠绵如梦……仿佛有桨声,有水声,有船头荡破水面的声音,仿佛有喁喁的话语。

男孩又喊起来:"妈我害怕!妈——我害怕!我害怕——"

人们呼啦一下又都聚向后窗。除去西北角那个男人和东南角的那个女人。

"妈你把它关上!把它关上——"

"天哪可真是怪了,今儿这孩子是怎么了?"老板娘说,忧心忡忡地看着众人。

"关上!快把它关——上——"

老板娘赶紧过去关了录音机,回来,搂住瑟瑟发抖的儿子,轻轻抚摸他的头,攥住他冰凉的小手,大气不出地盯着湖上。

湖上仍然看不出有什么特别的变化。

新来的一个人问:"湖上那些人,他们在等什么?"

"可能在等新的线索。""可能,正与电视台联系,寻找老头的亲人。""等他的亲人,或者朋友。""也可能等运尸的车来。"

新来的人中有七个出了店门,到湖上去。

老板娘喊:"喂,见着我们那口子让他快回来!你们就问谁是快餐店的老板,对,那就是我们孩子他爸,让他马上回家来!"

南方口音的男人也走到门外,站在台阶上抽了一支烟,又回到店堂里。他看着男孩已经又在母亲的怀中玩耍了,便凑近来盯住男孩的眼睛问:"你看见湖上都有什么?别害怕,告诉我,你还看见了什么?"

文质彬彬的老两口颤颤地说:"别,别再问他。""你看他刚刚好些了。"

老板娘茫然无措,不知该听谁的。

男孩似乎把刚才的恐惧全忘了,又高兴起来,举起望远镜看屋子里的每一个人:"一、二、三……妈,现在还剩九个。"

一个新来的人:"把你的望远镜让我看一下,行吗?"

男孩端着望远镜看,不理他。

另一个新来的人:"给我看一下就还给你,怎么样,行不行?"

男孩从望远镜中看每一个人,对上述请求毫无反应。

最先来的那个小伙子喝着酒,笑笑:"你们休想。这孩子邪门儿了,老板娘你这儿子将来是个人物。"

"至少,"戴眼镜的女人说,"你这个儿子能把你的小店守得牢牢的。"

但这时男孩从母亲怀中挣脱出来,下地,径直朝东南角走去。他走到那个女人跟前,站下。东南角的女人仿佛很疲惫的样子,从始至终一声不响,让人担心她是不是病了。男孩站在她跟前注视了她好一会儿,她才发觉。

"噢你好!"她说,"有什么事吗?"

男孩:"你想不想用一用我的望远镜?"

"喔,当然好。可用它看什么呢?"

"湖上,你可以用它看看湖上。"

"对对。好,让我来看看。"

下午四点多钟,湖岸上又来了一辆警车。红色的警灯一闪一闪,灭了。几个警察再次围着死者拍照:全景,近景,局部。摄像机对准老头平静的脸,推近拉开,推近,拉开,然后摇拍远景。

鲜艳的落日挨住了山顶。山的某些被照耀的细部,更加复杂、真切。风把天空刮得非常干净,山的全景依旧十分简单,甚至抽象。大山的影子倒下来,渐渐淹没了那两棵大树的影子,像黑色的油那样缓缓浸染着雪层。湖面上一半晦暗阴郁,一半灿烂悦目。

雪层,和雪层上的那个大圆圈一点也不融化。

没有迹象表明前面路段上的交通故障可以很快排除。快餐店门前,有些汽车掉转头准备往回走了,发动机隆隆作响,排气管喷出一股股白烟。

"一、二、三、四、五、六、七,妈!走了七——个!"老板娘的儿子说。阳光斜进快餐店的窗口。窗棂的影子一条一道,起起伏伏落在店堂中央的地上、桌椅上,落在人的身上、脸上。

从湖上回来的人说,在一尺多厚的雪层下,找到了老头的那个大背包。

"怎么知道一定是他的呢?"

"背包里有一张他年轻时的照片。很旧了,已经发黄,表面布满了裂纹。"

"是他?"

"很明显,那是他,是他年轻的时候。"

"是从一张合影上剪下来的。"

"噢?"

"照片的一侧,残留了一个女人的肩膀。"

"肯定是一个女人?"

"看得出,她穿的是一件碎花旗袍。"

"他呢?"

"他嘛,看样子那时他有三十多岁,很普通,一张最容易被人忘记的脸。"

老板娘一次次到门外去,张望她的男人。"该死的,还想不想回来!到底是上哪儿去了……"

男孩又唱起那支古老的儿歌,唱得零零落落,不时向他的母亲报告湖上的情况。"妈,妈!他们把他抬上汽车啦。"

人们喝着酒,喝着咖啡和茶,漫不经心地扭转脸看一看窗外。往山里去的路还没有修好,往山里去的车无声无息还停在雪地里。

"没有他的地址吗?背包里有没有什么可以证明他身份的东西?"

"没有。"

"背包里有一袋米、一罐油、一盒糕点和一包糖果。就这些。"

"还有几只漂亮的发卡。就这些。"

"对啦,还有几个红色的纸袋,每个纸袋里一沓崭新的钞票,一元一张的,十张。"

"会不会是压岁钱?"

"是压岁钱,再有几天就过年了。"

"哦对,还有些烟花爆竹。再没了。"

"还有一个礼拜,就要过年了。"

"这条路常出故障吗?"

"但愿今天夜里咱们都能回到家吧。"

男孩像模像样地扭着胯,扭着小屁股,扭出欢快的节奏,把那支陈旧的儿歌唱出崭新的激情。阳光不知不觉地消逝,昏昏暗暗的后窗把男孩的身影融化进去,风更大了,风声很响。"汽车开啦,妈!他们把他运走了。"几乎分辨不出这声音是从哪儿发出的。

老板娘扭亮了灯,昏黄的灯光让人打不起精神。老板娘走近录音机,但偷看一眼她的儿子,踌躇片刻,又战战兢兢地走开。

天黑起来的时候,往山里去的路通了。一二三四五六七,有七个人站起来,依次出门,打算进山去。男孩从望远镜中看他们怎样走出去,看店门在他们身后怎样摆来摆去摆来摆去,看风怎样把碎雪从门隙间吹进来并且在门前化成水。男孩看见东南角上的那个女人还在,望远镜从那儿走一条对角线,男孩看见西北角里的那个男人也没走。

老板娘思虑良久,对男孩说:"我出去看看,不知你爸爸到底哪儿去了。"她看看角落里的两个人,把话甩给他们听,"我不会走远,我就到门前的大路上,绝不走远。"

"一、二、三。"男孩子把他自己也数进去,店堂里连他总共剩下三个人。

男孩从望远镜中看到:东南角的女人终于向西北角走去。

男孩看到:她走到西北角那个男人近旁停下脚步,站着,一言不发。

男孩看到:男人点了一支烟,吸了两口,才转过脸来,望着女人。

窗外一团漆黑,风声压倒一切。

男孩听见女人说:"这么久,你还没有认出我吗?"

男孩听见男人并不回答。男孩看见,男人的眼睛里和女人的眼睛里,都有一层亮亮的东西涌起,涌得厚厚的。

男孩悄悄溜进柜台,按响了录音机,躲在柜台后面。窗外,漆黑的雪地上走过漆黑的风声。然后是一把吉他,一把要命的吉他,响起来,颤抖着响起来……仿佛在那颤抖的琴声前面和后面,都有着悠久的时间。男孩像那琴声一样,颤抖着,蹲下,把双膝紧紧抱在怀里。

很久很久,男孩听见那女人对那男人说:

"我等你,我们一直都在等你。"

"我们等你,我们到处找你。"

"我们找你找了,一　万　年。"

局　部

我知道,这之前他们一直都在找我。

这么多年他们一直也没放弃找我。

我知道早晚他们会找到我。他们找到我就是把我杀了,说实在的,我嘛,我也没有什么好抱怨的,换了我是他们我又能怎么办呢?杀一个叛徒不像杀一个别的什么,无论怎么讲,于情于理都是讲得通的。

我是个叛徒。叛徒,我看不用再怎么解释了,叛徒这两个字家喻户晓。

不不,不是冤案。可能有些"叛徒"是冤案,我不是,真的我不是。没人冤我,没有,真没有。我真是叛徒,不骗你。唉,但愿还能有人信我的话,我希望不要因为我曾经是个叛徒,就再也没人肯相信我。相信我,至少我不是无赖。我认账。我罪恶深重我死有余辜,我都承认。我干过的事我一件都不抵赖。不翻案,我不翻案。

当然,也翻不了。

尽管如此我还是想说:该平反的平反,该翻案的翻案,我不浑水摸鱼;我知道自己是怎么回事。世上确实有冤狱,也确实有真正的叛徒,实事求是。从小,母亲,还有父亲,就希望我长大了至少做一个诚实的人,不管发生了什么都要实事求是。那时候,每逢过年,父亲给我买一些烟花爆竹,母亲给我一点压岁钱,我伸手去接,他们先不给我,他们先问我:在过去的这一年里你是不是一个诚实的孩子?我说是。他们说:再想一想,要实事求是。我再想一下,说是,或者说不是但明年我会是的,然后父母才把那些过年的礼物送到我手里。

我这么说,并不是要求宽恕。

自打我成了叛徒,多少年来——多少年了?有一万年了吧?我心里非常清楚,就剩下实事求是能让我保存住一点点良心了,也是我唯一的赎罪方式。只有这样,我偶尔才能睡一宿好觉;才能在夜深人静却无法入睡的时候喝杯酒,指望随后可以梦见那些唾弃了我却总让我想念的人;才能在每年的清明,为我的父母和被我所害的人烧几张纸;才能稍稍地舒一口气,才能活下去。

够多滑稽是不是?总能找到活下去的理由。我的一切罪恶就出在这儿:贪生怕死。

照理说,我还活个什么呢?

有很多年,我从这儿跑到那儿,从那儿跑到这儿,隐姓埋名怕有人认出我,怕他们找到我。想象他们找到我的情景,比想象他们怎样处决我,还可怕。与其让自己人把我处死,真不如当初死在敌人手里。当然,他们早就不把我当自己人看了。我不敢想象怎么面对他们,我不敢想象在哪一年哪一天,在什么地方、什么情况下,他们忽然找到我。但是每年每月每时每刻,我都强迫着作这样的想象。一种强迫症。理智上并非不知道应该怎么办;应该不想,或者,应该去死。清醒起来,我知道我不如尽快去死,像我这样的人只有死路一条早晚还不是一样?那么麻烦别人倒不如自己干还要光彩些。让自己人——我是说让那么多好人——恨着、骂着,蔑视、唾弃然后把你找到,就像找一只史前动物那样惊异于你怎么还能活着,与其这样,真不如自己知趣早早地去死了吧。活得没有一点让人看得起的地方,就不能死得勇敢一点至少爽快一点么?想是想得挺好,可一着手去做我就又害怕了,下不去手,自己下不了自己的手。刀子、绳子、河边、楼顶、毒药……办法是不少,决心也不小,关键是得真干哪。真要去干了这才看出我是个天铸地造的叛徒胚——贪生怕死,禀性难移。一个人像我这么怕死真是无可救药了,活到我这个份上还怕死,真让人失望。你有多怕死你就有多愚蠢,这是说我。人的怕死和人的愚蠢,你怎么估计都不过分;当然,并非所有的人都是这样,我是指我自己,并不是所有的人都像我这么废物。好人们看我活得就像条狗。我自己最明白,我活得未必比得上一条狗。我的那条狗活得比我有道理。我到这大山里来之后养了一条狗,我东躲西藏了好多年然后在这片大山里住下了,养了条狗,它活得比我有用比我自信。它无条件地跟着我,除了春天它不知跑到哪儿去疯一阵子它从不离开我,它除了离不开我就只醉心于那片大山,它每天望着四周的大山玩一会儿然后睡一会儿,活得坦然自在。唉,但愿来生吧。但愿那时我能做到宁死不屈,但愿来生我能有这样的品质,能够那么勇敢和那么明智。宁死不屈,确确实实是明智的:死了,是无比的光荣,没死呢,得到大家的尊敬和爱戴,自己也更信任自己,自己也更看得起自己。关键是你得经得住打,经得住各种刑法的折磨,不怕死。

那座城市,我已经有很多很多年没去过了。我在那儿出生,在那儿长大,又在那儿成了叛徒。自从我成了叛徒逃出那座城市,很多很多年里我没有回去过一次。起初我是觉得没脸见人,没有比叛徒更卑鄙更丑恶的东西了;我从小就知道,谁都是从小就知道。尔后我才意识到他们不会饶过我,他们必定在全力寻找我,在没有证据说明我已经死了之前他们不会放弃这样的努力。这是对的,这完全应该理解:当然不能让一个出卖了别人也出卖了自己的灵魂的人,就这么逍遥法外。我不敢回去。

不敢回去的原因还在于,我不想触景生情又回忆起我被敌人抓住,以及此后种种可怕的情形。我一心想到大山里去,到深山野林里去,越是荒凉偏僻越是人迹罕至越是交通闭塞风气不开,越好。到一个没人认识我的地方,开荒种地自食其力了此一生,我以为这样就能把一切都忘掉,把善与恶都忘掉,把所有的人都忘掉包括把自己也忘掉,统统忘掉。

事实上这办不到。除非去死,你什么也忘不了。良心的规则跟下棋的规则类似,即便是棋错一步满盘皆输,那你也不能悔棋。然而生命的规则却又不同于下棋,生命已经被开垦过了,除非去死你不可能重来一盘。可我正是因为怕死才成了叛徒的呀。实际情况很可能就是这样:你要是看重良心你就别怕死,你要是怕死你就别在乎良心。可是,你又牵挂着良心又舍不得性命,我是说我,像我这样的人可还有什么出路么?

很多年很多年以前敌人把我抓住,先是劝导我,说我年轻无知受了人家的骗。实事求是地说,那阵子我表现得很像回事。我一一驳斥敌人,历数他们的罪行,揭穿他们的谎言,以严谨而且精彩的逻辑证明他们的虚伪,我那时生气勃勃才思敏捷滔滔不绝——可不像现在这么没用,质问得敌人瞠目结舌理屈词穷。好歹我这一辈子也算大义凛然慷慨陈词过那么一回。那感觉真不错,觉得自己是那么崇高,真是一种幸福。我想,我那时看上去一定是非常勇敢。事实上不是那么回事。我想我有幸能够勇敢了那么一阵子,归根到底是因为我坚信我的信仰是对的。但正是因为这样,我才是一个货真价实的叛徒。或许有必要把叛徒的概念界定一下:一种情况是,经过劝导,你真的相信是你错了,你真的认为你是受了骗,于是你放弃了你原来的信仰,那么你不应该算叛徒,你只是改变信仰罢了,信仰和改变信仰那是一个人的自由不是吗?另一种情况是,敌人,譬如说用高官用金钱或用美色来引诱你,于是你就放弃了你原来的信仰,那么依我看你也不是叛徒,因为这说明你原来就谈不上有什么信仰,你只不过是找错了升官发财和享乐的途径,你本来就是个利禄熏心贪图享乐的人,现在你只是调整了你的经营方式你并没有背叛你的初衷。再一种情况也就是我的情况,我一点不怀疑我的信仰,我懂得那是唯一正确的道路,我至今都相信那是人间最最美好的理想,可是,在死的威胁下我放弃了它,背叛了它,为了活命我出卖了它,这就是彻头彻尾的叛徒。

铁案如山。

劝导无效,他们就打我。我是说敌人。敌人开始打我,给我用刑。

我不想说这些事,不想说那些细节。残酷残酷,无非是说那些刑法有多么残酷,说这些干吗?为自己开脱罪责?不管多么残酷,不是有人挺住了吗?那就是说人是可以挺得住的。人折磨人的方法,和人经受折磨的能力,都是能让人自己为之震惊的。我不想说那细节还主要不是因为这个,主要是因为那场面太让人觉得屈辱。他们就像揍一条畜生那么揍你,就像打一只苍蝇那样恨不能一下子就打死你,就像摔一堆破盆子烂罐子没头没脑地把你摔来摔去,就像猫摆弄一只耗子,他们一踹就把你踹得跪在地上,你好不容易又站起来那好他们再踹再把你踹得趴下,你别指望还能保持什么尊严,他们把你围在中间像轮奸似的那么轮流着揍你,东一鞭子西一棍子,揍得你满地乱滚,浑身是土是汗,满脸是血是泥,你不可能不呻吟不可能不把身子蜷缩起来,别相信电影里那些有分有寸的拍摄,你的衣裳不可能只是在肩膀上或后背上撕破那么一小块,你被打得连裤子全都掉下来这一点儿都不算新鲜,甚至那个最要命的玩意儿都哆哆嗦嗦的上面沾满了土,他们就用不管是鞭子还是棍子去拨弄它还他妈的笑着,你想想看那原本可是为了做爱的呀。这时候,你要是还能相信,你是人,说实在的,那也就不算是,一件很容易的事了。这时候,你要是还清醒,你会觉得以往的人间很可能全是幻觉,什么上学啦你要衣着整洁尊师爱友那些小时候的事,后来长大了又是什么要注意言谈举止彬彬有礼要尊重别人也要自尊,什么文明礼貌什么文雅潇洒风度翩翩什么讲究卫生注意营养还有什么什么——碰破块皮还要小心翼翼地上一点药?那全是假的,全是幻觉,是梦,要么就是谣言。人哪,真是神秘真是不可思议,任何时候你都不敢说你是在梦里还是从梦里醒来了,你在梦里是不是也可以再做梦呢?你醒来了是不是还可以再醒来呢?别再说这些事了,我怕我又糊涂了,又不知道自己这是在哪儿了。我一度精神不大正常。我老是得不时地这么掐一掐自己的大腿,感觉一下疼不疼,等一等看,会不会又醒过来。习惯了,其实没用。

我说我精神一度不大正常没别的意思。我不要求宽恕。请相信我。

其实在梦里你也能想起来掐一掐自己的大腿,你也能有疼的感觉,于是你欣喜若狂以为这一回不是梦了,可这么一欣喜若狂那才妙呢,忽悠一下你就醒了。有一回,我梦见我爱过的那个女人在大山脚下的那个小湖边把我找到了。我的那条狗把她领来,把我找到了。湖水清冽,波光潋滟,小时候读过的那篇古文中怎么说的?"近岸,卷石底以出,为坻,为屿,为嵁,为岩。青树翠蔓,蒙络摇缀,参差披拂。潭中鱼可数百头,皆空游无所依。日光下彻,影布石上,怡然不动;俶尔远逝,往来翕忽……"正是那样。绿草茵茵,山青水碧,轻风徐徐,树影婆娑,正是这样。湖岸上,她向我走来。我那条狗走在她前面,想必是它领她来的。她走到我跟前沉默着看了我很久,然后说:"我一直在等你,我们到处找你。"她含着泪对我说:"你不是叛徒,真的你不是,你弄错了。"可我干过的那些事呢?"那是假的,"她说,"那是梦,是你做过的一个梦。"可我怎么才能知道现在这不是梦呢?她叹一口气:"你看。"她让我看她身上那件碎花的旗袍。细细碎碎的小花真真切切,一团团一片片都带着她的体温和汗香,连贴边上密密的针脚我都一一看过。这是真的?这真是真的?她擦去泪水,微笑着:"你真是梦怕了。"我仍然不敢相信,就掐着自己的大腿,围着那片湖水满腹狐疑地走。她跟在我身后,说:"跟我回家吧,回太平桥去。"她这么一说,我想我倒得先验证一下她是否真是我爱过的那个人,我猛地转回身问她:"你还是在太平桥经营着那个小酒吧?"她点点头说:"这么久你都到哪儿去了?我们一直在等你回来。"我低头想了一会儿,心里盘盘绕绕的有点糊涂。她又说:"不信你看呀。"我寻着她所指的方向看去,看见我的父母、亲人一二三四五六七都来了,看见我的朋友,一二三四五六七八九,他们都来了,他们毫无恶意毫无轻蔑毫无仇恨地望着我,他们有说有笑互相随随便便地交谈着向我走来。真的这回真是真的啦我想,我再把他们一一从头到脚看个仔细,抓住他们的手抓住他们的胳膊抓住他们的衣襟这回错不了啦我想,这回到底是真的了我说,是真的当然是真的他们也都说。"回家吧,"他们说,"再有几天就要过年了。"我就在那边的一块大石头上坐下,痛痛快快地哭。我那条狗蹲在我身旁一会儿看看这个一会儿看看那个,嗓子里哼哼唧唧的,眼神也是那么又悲又喜似的,我想这还会错吗?我哭了又哭心里那个舒坦、那个轻松、那个庆幸、那个高兴呀……然后忽悠一下,醒了。还是醒了。就这么忽悠一下,睁开了眼,非常简单。

忽悠一下。一秒钟都没用。

甭提有多简单了。

醒了,还是那条结结实实的炕,还是那间空空落落的屋子,还是我,一个人,后窗外是那片湖,一片白,远处是大山,白茫茫天地一色,下雪了,下了一宿大雪这会儿已经停了,太阳出来,雪地上和山谷里,飘浮起空蒙寂寥的光芒。有个孩子的声音,也许一个也许几个,在说歌谣:一一、一二三,打江山;二二、二三四,写大字;三三、三四五,烤白薯;四四、四五六,亲骨肉;五五、五六七,七七四十九,九九八十一,捡个骡子当马骑!童谣,没人知道是什么意思。阳光照进屋里,门前两棵老树,树干的影子倒进来,斜着,把屋子分开成三块;早晨是西边的一块最小,中午有那么一会儿三块一样大,然后树影继续移动、延长,傍晚时东边的一块最小,越来越小变红变暗,每天都是这样。我的那条狗卧在院前,卧在两棵老树之间,每天都这样。它不叫,它已经老了,很少有什么事还能让它大惊小怪。并没有院墙,一直可以望到大山,四周连绵不断的大山,没有公路通到这儿。太阳东山出,西山落,每天这样。月亮圆了,月亮缺了,月影走过湖面,月月如此。那片湖并不大,几十个足球场的样子,差不多也就那样。山绿了山又黄了,湖水封冻了,湖水融化了,年年如此。沿湖岸,错错落落十几户人家,春种秋收生儿育女,祖祖辈辈就这样。

说实在的,严刑拷打我还是经受住了不少,有个把月我什么都没说。实事求是,我不是想要求宽恕。可是慢慢我明白了,就这么打下去非把我打死不可。最后无非两种结果:要么我招供;要么我以后的日子就只剩了坐牢和挨打,不打死我就不算完。敌人明确地说:"你别以为我们不敢打死你,你不算个什么重要人物。"这下我害怕了,我相信他们会的,会打死我,我无足重轻。

不知道为什么一听见死我就害怕了。只知道这一害怕,把我全毁了。

越害怕就越害怕,越想越怕。

我那时候二十一岁。我躺在牢房里越想越委屈,就这么就完啦?所有的愿望,所有的准备,所有的梦想令人激动的种种梦想,长大吧快点长大吧一天天盼着长大去实现那些梦想,终于长大了接近那些期待了,按捺不住的期待眼看着就来了……然后忽悠一下就这么全完了?再也没有了再也不可能有了?黑暗,无穷无尽的黑暗、虚无、无着无落,噢天哪那是什么?也许连黑暗连虚无都没有,那会是什么?什么也没有,谁都没有,自己也没有,没人知道你到哪儿去了,你死啦,死啦死啦死啦,死啦,什么也没有死啦,什么也看不见也摸不着什么也干不了,死了……这时候我才懂了活着有多么好,我才发现我是多么想活。

小时候,我这么想象过一回死,想到最后我赶紧跑到母亲身边偎依在母亲怀里:"妈,我害怕。"父亲走过来问我:"怕什么?你看见了什么?"我不回答,母亲搂住我我觉得安全了。我问母亲:"妈,死疼吗?"母亲愣一下,望望窗外,把我搂得更紧些,说:"想那个干吗,那还早着呢,还早着呢。"我想是呀还早着呢,还有好多好多年呢,这样,很快我就不去想它了。

可现在,死这么快就来了,没想到会这么快。我才二十一岁。我躺在牢房里委委屈屈地哭起来,一边哭我一边想到我甚至还没结过婚呢。我爱着一个女人,就是我梦见在湖边把我找到的那个女人。事实上,我还没来得及对她说过什么。我有把握她对我印象不错。在漆黑的牢房里我肆无忌惮地哭着,想着,越想越相信她对我印象不错,要是我对她表白她不会拒绝我。我真后悔为什么我早点没对她说,有什么可不敢对她说的呢,要是我知道我这么快就要死了我一定敢对她说。至少她不会一下子就拒绝我。有一次好几个朋友一起吃饭,她一定要挨着我坐,那不像是偶然的。人多,坐得很挤,我们俩几乎是紧挨着了,我先还尽量躲开一点,后来我发现她并不躲,好吧我也不躲试试看,结果我不躲她也没躲,那不像是无意的。我永远都记得她的体温和汗香。那一天有点让我神魂颠倒,夜里想起来觉得很紧张。她长得很美,皮肤很白,戴一副黑边眼镜很文雅,不不绝不是什么"情人眼里出西施",第一次见到她我就发现她很美,不是漂亮而是美,很美,而且很文雅。她年龄比我大,这并不重要。我第一次见到她是在长途汽车上,汽车在半路停下来,下着大雨,前面的什么路段上交通发生故障,汽车都停下来。旅客们都到路旁的一家咖啡店里去。咖啡店很小,所有的座位上都有了人,上帝的安排只有我和她没有座位。有一扇后窗,很高,很窄,窗台却很宽。我把咖啡放在窗台上。她走过来也把咖啡放在窗台上。雨很大,窗外是茫茫雨雾和隆隆的雷声。我和她站在后窗前,上帝的安排,我们必然要互相说些话。雨一直没停,前面的交通故障一直到天快黑时才排除,上帝的安排,我们俩先是站在后窗前,后来就轮流着在窗台上坐一会儿。她很美,很有文化很有思想,很有修养,又很有激情性格很开朗。我呢,我那时才思敏捷自命不凡,不管什么事一点就通,不仅理解得快还能加以引申,虽不免有穿凿附会之嫌但凭着机智总能跟上她的思路。她坐在窗台上。她身后的玻璃上,雨水一层层抖开、一浪一浪地铺落,闪电不时照亮那面玻璃,照亮她和我。我对她一见钟情。雷声雨声一刻都不减弱,为了听清我的话或是为了让我听清她的话,她一次又一次把头凑近我,我感到了她的呼吸,甚至听见唾液在她喉咙里纤柔地滚动。渐渐地,我头一次感到自惭形秽,感到自己才学疏浅却还自以为是,不懂装懂,真是可怜可笑。不过看来她挺喜欢我。天黑前我们成了朋友,我胆怯地问,我们可以做朋友吗?她说,当然。这是上帝的安排。正是她的引领和介绍,使我找到了我信奉的终生的理想……不不,是信而未奉,我是个叛徒。

有一回我到她的住处去。

晚上,她正在浴室里。她在浴室里喊:"请进!"

她在浴室里说:"你先在客厅里等一下。"水声,喷洒溅落的水声。她说:"你坐,我马上就好了。"

我坐下。水声不断。水落在地上的声音,和不是落在地上的声音,使我想入非非。那浴室的六面想必都应该是墨绿色的,墨绿的和雪白的,都挂了晶莹的水滴,灯光在水雾中尤其飘幻宁和,深暗的影子摇动着那墨绿的,和勾画出雪白的……我觉得身体里和灵魂里都一阵阵颤抖,慌忙地抽烟、看报纸,然后不得不跑到阳台上去,努力驱除对那色彩和对那些水声的渴望。我躺在昏暗的牢房里,铁窗外有几盏星光,心里又翻动起那样的渴望。"喂,你干吗呢一个人在阳台上?进来。"水声停了,她从浴室里出来,头发还是湿的,穿一件紫红色睡袍。她舒舒坦坦地坐下,散散漫漫地跟我谈话。我想,对啦,应该是紫红的,紫红的和雪白的,我眼前便出现那样的画面:紫红的、静的、浑然缥缈的,和雪白的、动的、真实的鲜活……我害怕我的眼睛里已经流露出了亵渎。"喂你怎么走哇?"我走了。我这辈子,什么都让这"害怕"二字给毁了。我成年累月地渴望那水声和那水声停下来的时刻,想象墨绿的、紫红的、和雪白的。躺在清冷的牢房里,晨鸟开始啼鸣,我知道如果不招供我也许都活不到夜鸟归巢的时候,我将死去,我将没有结过婚就死去,我将没有感受过女人就这么死去,我将没能对我所爱的女人表明我的心意就死去,永恒的黑暗和无边无际的虚无那是什么?天哪,那些墨绿的、紫红的,和雪白的……

第二天敌人再拷打我,那些刑具一摆出来我就哭了。这一下全完了,这是我毁灭的开始。这一下敌人知道他们很快就要赢了。他们更加自信了:就这么打下去,变本加厉地打,打下去,用不了很久他们就要赢了。果然,我没能让他们失望,就这样。

我只想到,我要是就那么死了我就再不可能得到她了。我竟然没想到,我叛变了我也一样不可能得到她了。事实上,当我疏忽大意地在那趟车上胡言乱语让敌人盯了梢的时候,这件事就已经注定了。当我走进那家小饭馆,还是那么放松着警惕,自命不凡地跟一群人高谈阔论的时候,一切就都安排定了,我已经再不可能得到她了。

敌人把我放出来的那天我才明白这一点。

那是个阴云密布的下午,看样子就要有一场大雪。我听见路上的人说,就快要过年了。敌人把我入狱时的那个大背包还给了我,里面还有一点钱,我买了一袋米、一罐油、一盒糕点和一包糖果,心想快过年了,回家去应该给父母买些年货。买了,这才想起父母每年都要问我的话:"在过去的这一年里你是不是一个诚实的孩子?"虽然我已经不是孩子了,但二十一年中这已成为父母向我祝贺新年的习惯。我这才想起我是不能回家了。

我出了城,无目的地沿着公路走。天快黑时下起雪来。

我独自在大雪中走了一夜,并不考虑方向。从我被敌人抓住的那一刻始,一切就都晚了,我无论如何都回不了家了。也许这件事决定得还要更早些。在我还没有看出保持警惕是多么重要、在我还没来得及改掉自命不凡的坏习惯就有了自己的信仰之时,这件事就已经决定了。

天蒙蒙亮时,雪停了。公路上有了汽车。我用尽身上所有的钱买了一张车票。售票的老头问:"去哪儿?"无所谓去哪儿,我想,越远越好。

我在东北的大森林里呆过几年,在那儿伐木。我到过南方的海岛,打过几年鱼。我还到过西北,黄土高原,贩过几年盐和牛。我跟着一个江湖医生学了些医道,先只是为了自己的保健(我一度病得厉害差点死在滇西的一个小寨子里),后来也给别人治治病,要一口饭钱,不多要,我是个罪孽深重的人。闲了闷了或是病倒在床上了,时间多得打发不完,我就读读医书,也读史书,什么书都读,找见了就读,并无计划,也无章法,不过是一种消磨光阴的方式。有《四郎探母》那么一出戏,我看了那么多书,只在那个戏本上发现有人给过叛徒一点儿同情。当然那不是一本好书。我这么说可没有别的意思,我说过了,我自己都不会宽恕自己,四郎虽也是贪生怕死,但他没出卖过别人。我山南海北地走了好多年,还是想念家乡,就又回来,在离那座城市几百里外的大山里住下了。

养了条狗,盖了间房,我们一起在大山里,一住几十年。

几十年中,数不清有多少次我想到那座久别的城市里去看看,但一次都没去。这真是糊涂。

我那条狗,可真是条长寿的狗。它老得连叫都懒得叫了,甚至到了春天它也不出去跑了。它整天整天就守着我,整天整天就趴在门前那两棵老树之间,永不厌倦地瞭望四周大山。它年轻时可不这样,一到春天,它就呜呜咽咽地叫几宿,我拍拍它的头说"你去吧",它就去上十几天,十几天我们不见面,夜里我偶尔能从风中听见它在山里跑,追着它的相好,漫山遍野地叫。十几天后它准回来。

每次它准时回来,我都感动得想哭,同时相信我不如一条狗。并不是说我不如它快乐,而是说我不如它忠诚不如它心怀坦荡。

如果,小时候,是因为离死还太远太远,在这漫长的时间里,你不知道会有什么美妙的事在等着你,所以,死虽然毕竟是你的方向,你也先不去理会它,你偶尔想它一下就把它抛在脑后一心一意去享受生,那是有道理的。

如果,二十一岁那年,你还太年轻,你还不知道命运早已决定,你爱着一个女人,一个美好的女人,至少你想得到一个女人的爱,因此你想活下去,即便你是被命运蒙蔽着而选择了不死,你也是有道理的。

可现在,谜底早已揭穿,终点也已经看得见了,从现在到终点的这段很短很短的距离中,肯定来不及出现什么奇迹了,一切都能够预见了,不过是取这几十年中的若干分之一再重复一下罢了,再这么怕死再这么怕他们找到我是没道理的。

不要再美化自己了。不要为自己的怕死找理由了。我就是常说的:怕死鬼。

树影消失了。门前那两棵老树,我越来越对它们怀着恐惧又对它们抱着希望,他们早晚会从那两棵老树后面转出身来,找到我,我害怕他们找到我因为我害怕看他们仇恨、轻蔑的眼睛,但我希望他们处死我,快些处死我。

尽管我自己还是下不了自己的手,但我对我的这个下场心悦诚服。

未来是什么且不去管它了。问题是过去无法更改。关键是,现在应该结束。

在所有我看过的那些书中,都没有叛徒的天堂。这我知道。即便是在《圣经》上,也没有,没有叛徒的天国之路。这我都明白。

那天,那是春天,奇怪,我的那条狗又呜呜咽咽地叫起来。它已经好多年不这样了。我想,说不定要有事了。我拍它的头说:"去吧。"它就去了。我明白,这是天意,肯定要出事了。它向暮色的山中跑去了。我很高兴不让它看见我被抓住,不让它看见我也许被处死。否则它会受不了的。

月亮出来了。月色下,那两棵老树的影子指向黑黝黝的大山。

他们是从左边这一棵后面出来,还是从右边这一棵后面出来,只剩下这个问题悬而未决。

到底我也没弄明白他们是从哪一棵后面来的。

我想,唯一的悲哀是等了这么多年,何必要白白等这么多年呢。自从我疏忽大意被敌人盯了梢的时候,或者再晚一点是我被敌人抓住的时候,或者再早一点,是我认识了我终生所爱慕着的那个女人的时候,我就注定应该去死了。或者更早一点,是那场大雨把前面的路冲坏了的时候,是我走进那家小咖啡店发现所有的座位上都有了人的时候,是我和她都看中了那扇又高又窄的后窗的时候,我已经非死不可了。

可供选择的仅仅是:一种死法可以上天堂,另一种死法只能下地狱。

这么多年来,我却怎么也回忆不起,那个大雨天,我坐了长途汽车,是要到哪儿去?

他们来了。他们早晚会找到这儿来的。

我点了一把火,烧了那间房子。这样,那条狗回来找不到我,也就不必总在这儿瞎等了。它会想明白。它没办法它总得离开这儿,到别处去度过它最后的生命。

构　成

甚至可以这样认为:你们不期而遇,你对她一见钟情,你至死不渝地爱着那个女人,这件事,还在你五岁那年就已注定。

你五岁那年的一天早晨,也许你还能记得也许你早已忘记,那时,太阳刚刚从对面的山梁上升起,你站在门前端着一只小小的望远镜,望着你的父亲爬上对面的山梁,望着你的父亲背着一个大背包,沿着唯一的羊肠小道爬上那道山梁,朝你们挥手。照理说你不会忘记,那时你问母亲,父亲他要到哪儿去?母亲摇摇头眼里有泪光,顾不上看你,说:"父亲,他要去找他想找的东西。"你再举起那只小小的望远镜:父亲不见了,父亲消失在那片苍茫的大山里。当然当然,这你忘不了。父亲那一走,就再没有回来。

就是在那时候,已经注定了,在你身后在人群密聚的城市里有一个小姑娘,未来她要使你坠入情网。

因为父亲再没有回来。因为,将来,某一天傍晚,会有一个人从大山里来,无意中给你带来父亲的消息。因为,那时候,母亲已经老了,你已经到了父亲当年的年龄,只好是你到大山里去跑一趟,证实那个消息。

但是现在你还看不见那个人,这时候你还看不见他。

你正在写你那篇小说,标题是:众生。但这时候那个人正朝你走来,带着有关你父亲的消息。

你坐在写字台前,面对敞开的窗户,窗外,阴凉的南墙上挂满了牵牛花浓绿的叶子,花已蔫萎,一批崭新的花蕾正在悄悄地膨胀。你并未注意那些花,但事后你会回忆起它们。房门在写字台左边,离你大约三米远,也敞开着。这座房子没有什么变化,跟若干年前一样,房门直对着那道山梁。那道山梁,是远方那一片峰峦叠嶂的大山的余脉。推敲词句的当儿,你有时朝山上望一眼,有时侧过脸,目光在那山上呆呆地停留很久。不管你看见了什么,你只能看见山的正面。你看不见它的背面。你看不见,在山的背后正有一个人在往山顶上爬,看样子他是要翻过这座山。

如果他翻过那座山,那,他就一定要从你门前经过。那山梁上,唯一蜿蜒而下的小路,穿过一大片水田,经过你的门前,然后连接起大路,连接起条条大路,通向市区。

阳光,曾经从敞开的门中,落在你近旁,然后不知不觉在地上转了一个弧,像一把折扇那样收拢,在门脚下收拢成一条线,退出门去。南墙下的阴影便展开,齐齐的一线向前推进,在一个由季节所规定的位置上停下来,犹豫片刻,转移角度又开始收缩。在这过程中,盛开的牵牛花渐渐凋残。你一直坐在写字台前写你那篇小说。这会儿,对面的山梁上全是夕阳橘红色的余晖了,满山的鸟啼虫鸣。水田里,蛙声渐渐高亢。

那个人,正在山的阴影里往上攀登。他要翻过这座山,尽管这件事尚未验证,但看不出他有其他企图。他显然是要翻过这座山,而且看不出他有改变主意的迹象。

一俟他翻过那座山,他别无选择,他就要从你门前的这条小路上走过。望着远处浩如烟海的城市,从山里来的这个人,他要向他遇见的第一个人问路,这再合情合理不过。一俟他翻过那座山,注定,他要向你问路,那时你也别无选择。他是个喜欢传播消息的人,一俟他翻过那座山这就是命运的选择,他永远不会想到,他的嗜好会给别的命运造成什么样的转折。

但这会儿你看不见他。这时候,他以及他将要带来的消息,对你来说还都不存在。他将告诉你一件在深山里已经发生了的事情,但这会儿对你来说,那件事尚未发生。

但只要山背后的那个人能够翻过那座山,你就会在天黑之前听说那件事。那件事将引得你做出一个决定:明天一早到山里去,乘长途汽车,到很远很远的深山里去。虽然这会儿你完全没有这样的打算,但只要山背后的那个人能够翻过那座山,你明天乘长途汽车到那片莽莽苍苍的大山里去——这件事,就正在发生。

他翻不过那座山的可能性,差不多没有。

与此同时,在你这间房子以西在喧哗不息的市区,在纵横交错密布如网的街道上,在林林立立的高楼中,在飞扬的歌声、蒸气、烟尘的笼罩下,在成群成片的蚁穴一般的矮屋里,和在一些相对幽静的地方,分布着十几个也打算明天到大山里去的人。明天,天一亮就动身。你们,你,和那十几个人,都已在这个世界上生活了很久,但素昧平生,明天,你们将有机会见面。除去其中的一个,那十几个人和你,你们互相说几句无关痛痒的话,那是你们一生中相距最近的时候。那十几个人,除外其中的一个,你们互相不会留下什么印象。正如天文学家有时候发出预言,一颗不知名的小彗星,什么时候,在什么方位,经过它离地球的最近点,然后离去,直到它毁灭再没有机会回来。

除外的那一个,就是那个女人。就是当年的那个小姑娘。只不过现在她长大了。等待了这么多年,她长成了一个美丽而且文雅的女人。

此时此刻在市区中心,在四周喧喧嚣嚣的包围之中,有一条安静的小街,小街上有一座更为安静的院落,院子里有两棵高大的梧桐,和一栋西洋式的小楼。红砖的楼墙,墙根下长满了绿苔,砖面有所剥蚀。窗框都是白色的,都有百叶窗,百叶窗也是白色的。门廊的台阶很高,一、二、三、四、五、六、七,七层,花岗岩廊柱的顶端有涡旋状翻卷的纹饰,沾染了斑驳的锈色。从楼门到院门之间,在梧桐树巨大的影子里,一条石子铺成的甬道,差不多呈 S 形。甬道两旁的土地,想必曾经是草坪,想必原来是绿茵茵的草坪并且时常开放几朵淡黄的野花,但非常遗憾,现在都裸露着。

她就在那儿,在其中的一扇玻璃窗后面。她一直就在那儿,这么多年过去,她从小姑娘长成了女人。

你和她之间,一条无形的路,早已注定,等了这么多年,这条路是否能够疏通?还要等一会儿看。

现在,她正在梳洗打扮。

夕阳照耀着你对面那道山梁的同时,也透进她的卧室,在紫红色的地毯上投下一块整齐的光芒。你窗外的那一墙牵牛花开始蔫萎的时候,她正在午睡。那时,有一只蝴蝶在院子里飞来飞去,在树荫里,在门廊下,在裸露的土地上,在她窗前,飞。然后在她的窗台上落下也睡了一会儿,在梦中翅膀仍然一张一合,一张一合。她醒来之前,那只蝴蝶飞走了。那只蝴蝶越过院墙,一直向东飞,这会儿飞近市区的边缘,在离你不远的一棵合欢树周围流连。合欢树上的那户人家,注定与你无关,无论山背后那个人打的什么主意,也不管未来和远方正在如何编排你的命运,此生此世你都不会与那一家人有任何关联,你们也许偶尔会离得很近,比如在市场上,但你们之间有一道无形的墙,你们相当于在两座相邻的但事实上没有出口的迷宫里,走着。

蝴蝶飞走后不久,那个女人醒了。她醒来的时候,正是你窗外南墙的阴影开始退缩的时候,你全神贯注于那篇小说——《众生》。一个长久以来的问题吸引着你,可是想不清:一旦佛祖普度众生的宏愿得以实现,世界将是什么样子?如果所有的人都已成佛,他们将再做些什么呢?这时候她醒了,她看看太阳,又看了看表,起身转进浴室。

墨绿色闪现一下,随即浴室的门关了。

隔着门,水细密地喷洒,像雨,水落在地上的声音像雨,水不是落在地上的声音令人想入非非。但是屋里没有别人。屋里有两盆盛开的瓜叶菊,分别安放在屋子的东南角和西北角,相距仿佛很远。屋里有一排书柜。书柜旁有一台落地式电风扇。中间的书柜里,有一只装上电池就又会叫又会翻跟头的小布狗。对面墙上挂了一幅很大很大的油画,画的是:湖岸;冰消雪化的季节,残雪之中可见几片隔年的枯叶;落日时分,背景上山峦起伏,山的某些被夕阳照耀的局部描绘得相当精细,山的整体晦暗不清只是一脉十分简单的印象。屋里,最不惹人注意的地方,有一只老座钟。当——声音沉重、深稳,当——当——当——当——当——当。七点。

七点,你正在城区的边缘,离那只蝴蝶不太远的地方,侧脸呆望那座山,沉浸在你自己编织的故事当中:设若有一天,佛祖的宏愿成为现实……

七点钟,水声停了。浴室的门轻轻推开,从墨绿当中脱颖出一缕如白昼般明朗灿烂的光彩,在幽暗的过道里活泼泼地跳了一下,闪进卧室。随之,很多人(以前有很多人,以后还会有很多人)的梦想就在紫红色的地毯上无遮无拦地呈现。乌黑的和雪白的、飘洒的和凝重的、真切地隆起和虚幻地陷落,都挂着晶莹的水滴,在那两盆盛开的瓜叶菊间走着对角线,时而迈过那块阳光,时而踩进那块阳光,打开电风扇,蜂鸣似的微风吹着真实抑或梦境的每一个细节,自在徜徉毫不经意,使很多人的梦想遭受轻蔑,轻蔑得近于残酷。

她戴上眼镜,坦然坐在床边,腹部叠出两条细细的折皱,修长的双腿绞在一起不给任何淫荡的联想留有余地。她摘下眼镜,在床单上擦一擦镜片,再戴上,看那幅很大很大的画。她的模样很美,很文雅,很沉静,久久地看着那幅画,目光生气勃勃。

七点,山背后的那个人爬到了半山腰。那儿有一块青条石,就像一条石凳。那个人卸下肩上的大背包,坐下来歇口气。

天空碧透,万里无云。远远近近高耸的山峰,顶部还留着一抹残阳,矮山全部沉暗了。山谷中暮霭缭绕,流漫着草木被晒烤后的苦热的味道。往低处听,掠着草叶或贴着地面听开去,是各种小虫子"唧唧吱吱嘟嘟"的聒噪,此起彼落如同那大山一般绵延不绝。往高处听,是千篇一律的蝉鸣和灰喜鹊的吵闹声。再往高处听,有一只布谷鸟独自飞着,飞一会儿便简单地唱一句,但弄不清它在哪儿。头顶上有一只鹰,稳健地盘旋,盘旋,盘旋……更为深远的高空,清清寂寂。

清清寂寂,但绝非无声无息,或许倒更是轰轰烈烈。但是你听不见。

七点钟,天空碧透万里无云。但这时候你看不见(至少还包括明天与你同车进山的那十几个人,其中当然有那个戴眼镜的女人,你们都看不见),在万里之外,"万里"是一种夸张,实际是在百里之外,在山区,在那峰峦叠嶂的大山脉的上空,你看不见,你们都看不见,在六公里以上的高度,那儿,出现了一层薄薄的白丝状的云彩。

这会儿它还称得上是一片美丽的云霞,夕阳和微风把它映照得吹拂得妩媚多姿。

但这是一个气旋,也叫低压。就是说,两小时之内,薄幕般的云层将布满整个天空。那时你在百里之外,你可能看见月亮周围有一圈朦胧的光晕,并且感到有凉爽的晚风吹来。那时在山区,在你明天将要经过的路上,风开始强劲,气压再度降低,天空中乌云滚滚而来,会越聚越厚,再过几个小时,到半夜,一场大暴雨在所难免。

当然你看不见。对此你一无所知。

未来的大暴雨将大到什么程度,人们无法料定。

那个气旋的形成,是多种因素的整体效果,是多种因素的随机构成,是上帝没有乐谱的即兴的演奏。多种因素,可能包括远古留存的一缕信息,也可能包括远方一只蝴蝶的扇动翅膀。这你当然无法知道。就在你专心致志地构想那篇《众生》,设想佛祖所许诺的那个没有痛苦的极乐世界的时候,在这颗星球上,在这个姑且被称之为地球的地方,已经有人接近猜到了佛祖的悲哀:一只蝴蝶的扇动翅膀,可以是远方一场大暴雨的最初原因。

是那只曾在那女人的窗台上睡过一会儿的蝴蝶吗?可以肯定,不是它。但那只蝴蝶,当它在窗台上落下,翅膀一张一合一张一合进入梦乡的时刻,它正在创造着什么,现在谁也不知道。

现在,那个女人穿一件碎花旗袍,走出楼门。不慌不忙,走下七级台阶,走上S形甬道,高大的梧桐树下,挺直粗壮的树干之间,碎花旗袍飘飘摆摆。你不久就要见到那件飘飘摆摆的碎花旗袍,并且,它要在你的眼前、心中和梦里,飘飘摆摆飘飘摆摆伴随你的一生。在她的房间里,电风扇还在循规蹈矩地转着,唯两盆花团锦簇的瓜叶菊响应它的吹拂。地毯上,阳光已经退尽,紫红色愈加浓重。书柜中的那只玩具狗,一双忠厚的眼睛,永不厌倦地瞭望对面墙上那幅油画:湖岸、残雪、远山。

阳光差不多没了,水田里的青蛙快活起来,愈唱愈烈。你偶尔发现,对面的山梁上冒出一个人来。这会儿你还看不出他的出现有什么重要。如果,你明天到大山里去并不需要过一条河,或者河上并不止那一座老桥,那,这个人的出现只不过是一件无关宏旨的小事,与一只飘然而到又飘然而去的蝴蝶没什么两样。

那个女人出了院门,往西走,看似离你越来越远了,事实上她正一步步走近你的命运。她能否走进你的命运,现在,决定于那座老桥了。

决定于那座老桥。决定于老桥一座桥墩上的一条裂纹。决定于一对青年恋人和一个老年养路工。

在那片美丽的云霞下面,一对青年男女正走向那座老桥,他们沿着河边走,一前一后,走下河堤,分开没膝的荒草,走到老桥底下。

这时候,那个养路工,那个老头,也正从河对岸朝老桥走来。

那对青年男女一走到桥下,什么都来不及说,就搂抱在一起。老桥有三座桥墩,他们靠着北边的一座,疯狂地亲吻,发出焦渴的叹息。那片美丽的云霞倒映在河中,给绿腻腻的河水添一片明快的色彩。在晴朗的日子,这条河一向很安稳,甚至是很沉闷,水流很柔弱、很浅、流速缓慢,但三座桥墩都很高,这说明它必是有奔腾咆哮狂暴不驯的时刻。正是这对恋人身旁的一座桥墩,在荒草掩盖的部分,有了一条裂纹,表面看并不严重,但这裂纹已经延伸进桥墩的内部很长也很深了。小伙子正年轻,有的是力气,他把姑娘抱起来,把头埋进她的怀里,姑娘目光迷离任他摆布。潺潺的流水声中,隐若可闻快乐的呻吟。

老年的养路工,那个老头,这时走到了桥上,他耳也不聋眼也不花,什么都看得见什么都听得着。他不想冲散这对痴男恋女,便在桥头坐下,心想等一等,等那两个孩子度完他们最要命的时刻。老头抬头看天,凭着几十年的经验,他相信头上这一缕美丽的云彩不是什么好兆,十有八九是要有一场大水了。他就是为看看这座老桥来的,看看它有什么问题,经不经得住洪涛巨浪;没想到会碰上桥下这两个小疯魔。"小疯魔",老头在心里说,笑笑,想起自己早年也那么疯魔过,一点不比桥下这两个来得规矩。老头抽了一袋烟,尽量不去偷听桥下的动静,桥下都是怎么回事老头一清二楚,时光如飞,他自己做那样的事仿佛就在昨天,现在他已经没兴致了,但他记得那对一个人来说是多么要命的时候。可是桥下娇声嗲气地开始有说有笑了,虽然那两个孩子以为他们的声音很轻,但含含混混的话语流进老头的耳朵都变得清清楚楚,老头极力忍住笑,驱逐开想往桥下看一眼的欲望。这两个孩子他认识,仿佛前两天还见他们为一只蝴蝶打架呢,怎么?老头愣愣地想,这么快他们就长大了?到了懂这种事的年纪了?老头掐指算了算,仰天叹一口气,习惯地在桥面上磕了磕烟锅儿。这一下,桥下的窃窃私语戛然而止。半天没有动静。

"谁呀?"小伙子的声音。

老头心里很抱歉,不言语。

"没人。"小伙子对姑娘说。

"有,肯定有。"姑娘的声音,很轻。

姑娘从小伙子怀里跳下来的声音。

"桥上有人吧?"小伙子又问。

老头屏住呼吸,不敢动。

"没人。"

"喔哟——吓得我……"

"怕什么?"

"我的心这会儿还咚咚跳呢。"

"是吗？我听听。"

"你听。去！别动……"

又没声音了。老头把烟锅插进腰间，慢慢站起身。这时桥下又传上来快乐的呢喃和呻吟，一阵一阵，娇痴或者蛮憨，一阵强似一阵，一阵长似一阵。老头看看天色，心说，我还是回家去吧。

老头走了，沿着河岸走了很久，融进暮色之中。这一来，年轻恋人身旁那座桥墩上的裂纹，在大暴雨到来之前就不可能被发现了。

这一来，你和那个女人之间的一条无形的路，就完全疏通了。这么多年来，一点儿一点儿，到那老头离开这座老桥，你们之间的阻碍才算全数排除了。

那场大雨一到，半夜，山洪就会下来。水从大山的每一条沟壑中蹿跃而来，灌进这条河，聚成浩荡洪流，掀起排天大浪，一路翻滚咆哮轰轰烈烈经过这座老桥，桥墩上那条裂纹被冲撞得不断延长、加深，顶多挨到拂晓那桥墩就挺不住了，老桥势必坍塌，往大山里去的路在这儿阻断。而你们，你和那个女人之间的路将彻底连通。你们一同乘坐的那趟汽车，在半路听说了河上的消息，停下来。路边有一家小饭馆。河上来的消息不太明确，只知道在前面的什么路段上交通出现故障。你和车上的十几个人都到那家小饭馆里去。那时你将发现，所有的座位上都有了人，只有你和那个女人站着。你们，你和那个女人，同时看中了那扇很高但是很窄的后窗，把烫烫的咖啡放在窗台上，站在后窗的两侧。她很美，她的皮肤很细很白，戴一副黑边眼镜，仍然穿着那件碎花旗袍……剩下的事你都知道了。

现在,山背后的那个人走到了你的门前。

"请问,太平桥怎么走?"他在门外问。

天黑下来,昏昏暗暗的你看不清他的面孔。

他把肩上的大背包放在台阶上,跟你要一杯水。

你的母亲在里间屋问:"谁呀?是谁来了?"

这个从山里来的人很爱说话,或者是孤零零的一个人走了这么久,很想找人说说话。他一边喝水,一边给你讲大山里发生的那件事。

你的母亲在里间屋问:"你在跟谁说话?"

暮色沉沉,你扶着门框站在门里,那个过路人坐在门外的台阶上,在晚风掀起的欢快的蛙鸣中,你们一起谈论大山里发生的事:

"这么说,他在那湖上整整走了一宿?"

"对。谁也不知道他从哪儿来。"

"他身上,没有什么能说明他身份的东西么?"

"背包里有一张他年轻时的照片。很旧了,已经发黄,表面布满了裂纹。"

"是他?"

"是他,是他年轻的时候。是从一张合影上剪下来的。"

"噢?"

"照片的一侧,残留着一个女人的肩膀。"

"肯定是个女人?"

"看得出,她穿的是一件碎花旗袍。"

"什么颜色?"

"墨绿色的衬底,紫红色的碎花。"

"他呢?"

"他吗?看样子那时他有三十多岁,一张最容易被人忘记的脸。"

山里来的这个人走后,你回到写字台前,看那篇已经接近完成的小说——《众生》。看了很久,反复看了几遍,然后你相信,除了其中的一句话,其余的都应该作废、重写。那句话是:终于有一天,弟子们会看见佛祖所处的两难境地。

南墙上层层叠叠的叶子在晚风中抖动。蔫萎的花朵缩得更小,将被半夜的狂风吹落。那些崭新的花蕾信心十足地生长,将在天明时的暴雨中开放。

你走进里屋,对母亲说:"明天我要进山去,天一亮就动身。"

众　生

一

[注] 此一节全文引自道格拉斯·R·霍夫施塔特和丹尼尔·C·丹尼特所著《心我论》第十八章"第七次远足或特鲁尔的徒然自我完善"中所引用的斯坦尼斯瓦夫·莱姆的一篇文字(《心我论》,译者陈鲁明,上海译文出版社出版)。

宇宙无限却有界,因此,一束光不管它射向哪一个方向,在亿万年之后,将会回到——假如这光足够强有力——它的出发点。谣言也同样,从一个星球到另一个星球,传遍每一处。有一天,特鲁尔听远处的人说,有两个力大无比的建造者兼捐助人,聪明过人,多才多艺,谁也不是他们的对手。他赶忙跑去见克拉鲍修斯。后者向他解释说,这两个人并不是什么神秘的敌人,而正是他们自己,因为他们已经遐迩闻名。然而,名声有一个缺点,即它对人的失败只字不提,尽管这些失败正是极度完美的产物。谁若是不信,就请回忆一下特鲁尔七次远足的最后一次,那次他没与克拉鲍修斯结伴同行,后者因有要事而不能脱身。

在那些日子里,特鲁尔非常自负,他接受了各种各样应得的荣誉和称号,这都是十分正常的。他驾着飞船向北飞去,由于他对这个区域不熟悉,飞船在渺无人烟的空间航行了好一段时间,途中经过了充满战乱的区域,也经过了现已变得荒芜寂静的区域。突然,他看见了一颗小星球,与其说是一颗星球,倒不如说是一块流失的物质。

就在这块大岩石上,有人在来回奔跑,奇怪地跳着脚,挥着手。对这个无比孤独、绝望、也许还是愤怒的人,特鲁尔感到惊讶,也感到关切,于是他立刻把飞船降落了。那个人就向特鲁尔走来。此人显得异常傲慢,浑身上下都是铱和钒,发出丁零当啷的金属碰撞声。他自我介绍说,他是鞑靼人埃克塞尔修斯,曾是潘克里翁和西斯班德罗拉两大王国的统治者。这两个王国的臣民一时疯狂而将他赶下王位,放逐到这颗荒芜的小星球上,从此他便永远在黑暗和流星群中飘游。

当这位被废黜的国王知道了特鲁尔的身份后,就一个劲地要求他帮助自己马上恢复王位,因为特鲁尔做起好事来也是个专家。那位国王想到王位,眼中燃烧着复仇的火焰,他那双高举的铁手紧握着,仿佛已经掐住了那些可爱的臣民的脖子。

特鲁尔并不想按照国王的要求行事,因为那样做会造成极大的罪恶和苦难,但他又想安慰一下这位蒙受耻辱的国王。思索片刻之后,他觉得事情还有补救的希望,因为完全满足国王的心愿还是可能的——而且不会让那百姓遭殃。想到这里,他卷起衣袖,施展出他的全部本领,给国王变出了一个崭新的王国。新王国里有许多城市、河流、山脉、森林和小溪;天空中飘着白云;军队骁勇无比;还有许多城堡、要塞和淑女的闺房;繁华的集市在阳光下喧嚣不止,人们在白天拼命干活,到了晚上则尽情歌舞到天明,男人们还以舞刀弄剑为乐。特鲁尔想得很细,还在这个王国里放进了一座大理石和雪花石膏建造的豪华首都。在这里,聚集着一群头发灰白的贤人;还配有过冬的行宫和消夏的别墅;这里也充斥着阴谋家、密谋者、伪证人和告密者;大路上奔驰着浩浩荡荡的骑兵队伍,红色的羽毛饰迎风招展。特鲁尔别出心裁,使嘹亮的号声划破天空,紧接着是二十一响礼炮,他还往这个新王国里扔进一小撮叛国者和一小撮忠臣,一些预言家和先知,以及一个救世主和一个伟大的诗人。做完这些之后,他弯下腰,发动起机关,并用微型工具做了最后的调整。他给那个王国的妇女以美貌,给男人以沉默与酒后的粗暴,给官吏以傲慢与媚骨,给文学家以探索星球的热忱,给孩子们以擅长吵闹的能力。所有这些都被特鲁尔有条不紊地装进一个盒子,盒子不太大,可以随身携带。他把这个盒子赠给可怜的国王,让他对它享有永久的统治权。他先向国王介绍了这个崭新王国输入和输出的所在,教他怎样编制关于战争、镇压暴乱、征税纳贡的程序,还向他指明了这个微型社会的几个关键之处,哪些地方最容易发生宫廷政变和革命,哪些地方则最少有这类变动。特鲁尔把一切有关的情况都作了仔细介绍,而国王又是统治王朝的老手,马上就领会了一切,于是在特鲁尔的监督下,他试着发布了几个号令,他准确地操纵着控制杆,控制杆上面雕刻着雄鹰和勇狮。这些号令一宣布,全国便处于紧急状态,实行军事管制和宵禁,并对全体国民征收特别税。王国里的时间过去了一年,而对在外面的特鲁尔和国王来说,还不到一分钟。国王为了赢得仁德之君的声名,用手指在控制杆上轻轻拨了一下,便赦免了一个死刑犯,减轻了特别税,撤销了紧急状态,于是,全体臣民齐声称谢,欢呼声如同小老鼠被倒提着尾巴时发出的尖叫。透过刻有花纹的玻璃你可以看到,在尘土飞扬的大道上,在水流缓缓的河边,人们在狂欢,齐声歌颂统治者的大恩大德。

  由于盒子里的王国太小,就像小孩的玩具,起先这位国王还颇不满意,但是当他透过盒子的厚玻璃顶盖看去,发现盒中的一切看上去都很大时,他慢慢地有所领悟,大小在此无关宏旨,因为对政府是不能用公尺和公斤来衡量的,对感情也同样,无论是巨人还是侏儒,他们的感情很难有高矮之分。因此他感谢了制造这个盒子的特鲁尔,尽管态度多少有点生硬。又有谁会知道这位狠毒的国王在想些什么呢？也许此刻他正在肚子里盘算着将他的恩人特鲁尔套上枷锁，折磨至死，杀人灭口，免得以后有人说闲话，说这位国王的王朝只不过是某个以四海为家的补锅匠的微薄施舍。

然而，由于他们大小悬殊，这位国王很明智，认为这是绝不可能的，因为还没等他的士兵抓住特鲁尔，后者放几个跳蚤便可将他们统统抓住。于是，他又一次冷淡地向特鲁尔点了一下头，把象征王权的节杖和圆球夹在腋下，双手捧起盒子王国，咕隆一声，走向那流放时住的小屋。外界，炽热的白昼与混沌的黑夜交替着，这位被臣民们认为是世界上最伟大的国王，根据这颗小行星的旋转节奏，日理万机，下达各种手谕，有斩首，也有奖赏，使得百姓对他忠心耿耿，百依百顺。

特鲁尔回到了家中，不无自豪地将这件事告诉了克拉鲍修斯，他将事情的经过一一讲出，说起他如何略施小计，既满足了国王的独裁欲望，又保障了他以前的臣民的民主愿望，言谈间不禁流露出得意之情。但令他吃惊的是克拉鲍修斯并没有赞赏他，反而脸上显出责难之色。

沉默片刻之后，克拉鲍修斯终于开口了："你是不是说，你把一个文明社会的永久统治权给了那个杀人不眨眼的暴君，那个天生的奴隶主，那个以他人的痛苦取乐的虐待狂？而且，你还对我说他废除了几个残酷的法令便赢来了一片欢呼声！特鲁尔，你怎能做出这样的事？"

"你是在开玩笑吧？"特鲁尔大声说道，"事实上，这个盒子王国才二英寸长，二英寸宽，二点五英寸高……这只不过是个模型……"

"什么东西的模型？"

"什么东西？当然是一个文明社会的模型，只不过缩小了几亿倍。"

"既然如此，你又怎么知道天下没有比我们大几亿倍的文明社会？如果真有的话，我们这个文明社会不就成了模型了？大与小有什么关系？在盒子王国中，居民们从首都去边远的省份不也要花几个月的时间吗？他们不也有痛苦，也有劳累，也会死亡吗？"

"请等一下，你很清楚，所有这些过程都是根据我设计的程序进行的，因此它们不是真的……"

"不是真的？你的意思是说盒子里是空的，里面发生的游行、暴力和屠杀都是幻觉？"

"不，不是幻觉，因为它们具有实在性，只是这种实在性完全是我通过摆弄原子而导致的微型现象，"特鲁尔分辩说，"问题的关键在于，那里发生的生生死死、恩恩怨怨，只不过是电子在空间的轻微跳跃，完全听从我的非线性工艺技术的安排，我的技术……"

"行了行了，别再吹了！"克拉鲍修斯打断了他，"那些过程是不是自组的？"

"当然！"

"它们是在无穷小的电荷中发生的？"

"你知道得很清楚，当然是的。"

"那么，那里发生的黎明、黄昏、血腥的战争都是因真实变量的相互作用而产生的？"

"正是的。"

"如果你用物理、机械、统计和微观的方法来观察我们这个世界，不也是些电荷的轻微跳跃吗？不也是正负电荷在空间的排列吗？我们的存在不也是亚原子的碰撞和粒子的相互作用的结果吗？尽管我们自己把这些分子的翻转感知为恐惧、渴望或静思。当你在白日里遐想时，在你大脑里除了相联与不相联环路的二进制代数和电子的不断游动外，还有什么呢？"

"你说什么，克拉鲍修斯？难道你认为我们的存在与那个玻璃盒里的模拟王国是一样的?"特鲁尔慷慨陈词,"不,不一样,这完全是风马牛不相及的!我只不过想制造一个国家的模型,这个模型只从控制论的角度来看是完美的,仅此而已!"

"特鲁尔!我们的完美正是我们的灾难,因为我们每前进一步,都将招致无法预料的后果!"克拉鲍修斯的声音越来越大。"如果一个拙劣的模拟者想要折磨人,会制造一个木偶和蜡像,然后使它大概有个人样,这样,不管他怎样拳打脚踢,也完全是微不足道的讽刺而已。但如果这场游戏有了一系列的改进,情况就会大不一样。比方说,有这样一个雕塑家,在他的塑像的肚中安装了一个放音装置,只要照准它的腹部打去,它就会惨叫一声。再比方说,要是一个玩偶挨了打会求饶,就不再是个粗糙的玩偶了,而是一个自稳态生物;如果一个玩偶会哭,会流血,知道怕死,也知道渴望安宁的生活,尽管这种安宁只有死亡才能带来!你难道看不出,一旦模拟者如此完美无缺,那么模拟和伪装就都变成真实了,假戏就会真做!特鲁尔,你想让多少个血肉之躯在一个残酷的暴君手下永远受折磨……特鲁尔,你犯下了一个弥天大罪!"

"这纯属诡辩!"特鲁尔厉声喊道,因为他此刻已感到了他朋友话中的含义,"电子不仅在我们的大脑里游动,它们同样也在唱片中游动,这并不能说明什么问题,当然也不能证明这种类推!那个魔鬼国王手下的百姓们被杀了头也确实会死,也知道伤心、战斗,还会爱,因为我建立的参数正是这样。但是,克拉鲍修斯,你不能说他们在这个过程中会有什么感觉,因为在他们大脑中跳跃的电子不会告诉你这方面的知觉!"

"但是,如果你窥视我的大脑,也只能看到电子,"克拉鲍修斯反驳说,"好,不要再装傻了,别假装不明白我的意思了,我知道你不至于那样愚蠢!你想想,一张唱片会听你差遣,会跪地求饶吗?你说你无法分辨那些臣民挨了打之后是真哭还是假哭,因为你不知道他们是因为电子在身内跳跃而发出尖叫,还是因为真的感觉到了疼痛而失声痛哭。这个区别好像很有道理,但是特鲁尔,痛苦是看不见、摸不着的,只要一个人的行为有痛苦的表现,那他就是感觉到了痛苦!你此时此刻请拿出证据给我一劳永逸的证明,他们没有感觉,没有思维,没有意识到他们在生前死后之间的这段空白。特鲁尔,你把证据拿给我看看,我就算服了你!你把证据拿出来,证明你只模拟了痛苦,而没有创造痛苦!"

"你心里太清楚了,这是不可能做到的。"特鲁尔平静地回答道,"即使当盒子里还一无所有,我还没拿起工具的时候,我就预料到有这样一种求证的可能性,我的目的是为了消除这种可能性。不然,那个国王迟早会发现他的臣民不是真人,而是一群傀儡,一群木偶。你应该理解,没有其他办法!一旦让国王发现半点蛛丝马迹,那就会前功尽弃,整个模拟就会变成一场机械游戏。"

"我明白,我太明白了!"克拉鲍修斯大声说道,"你有崇高的愿望,你只想建造一座能以假乱真的王国,鬼斧神工,没有人能辨出真假,我认为在这一方面你成功了!你虽然回来了才几个小时,但是对于那些被囚禁在盒子里的人们来说,几百年的光阴已经流逝了,有多少生灵遭到蹂躏,而这纯粹是为了满足那个国王的虚荣心!"

听到这里,特鲁尔二话没说,拔腿就向他的飞船跑去,并发现他的朋友也紧随其后。特鲁尔的飞船直驶太空,开足马力,朝远处两大团火光之间的那条彩虹飞去。在路上,克拉鲍修斯对他说:"特鲁尔,你真是不可救药。你做事总不三思而行。到了那儿之后,你打算怎么办呢?"

"我要把那个王国从那个国王手里夺回来!"

"夺回来以后又怎么处置呢?"

"毁了它!"还没等话说完,特鲁尔已经意识到这话的意思,赶紧住了口。最后他喃喃地说道:"我要举行一次选举,让百姓们从他们中间选举出公正的领袖。"

"你的程序把他们设计成为封建君主的顺民,选举又能解决什么问题?首先,你必须砸碎整个王国的结构,然后从头建立起一个新秩序……"

二

C:你首先要把这盒子里的"封建程序"删除,然后建立起诸如自由、平等、民主、解放等等新的程序。或许这两件事是要同时进行的,因为你千万不能使这个盒子里出现片刻的零值,出现零值就意味着毁灭。只有这样,盒子王国中的人民才能摆脱那个暴君的压迫,一个民主和法制的国家才能诞生。

T:你是说,盒子里的百姓会奋起推翻这个封建王朝?

C:是的。当然,这需要设计一整套相当复杂的程序。如果你要挽回你的过失,你就只有这样去做了。这盒子里现在已经遍布着生命和情感了,如果你毁了它,则无异于一场灭绝种类的大屠杀,你当然不能这么干。那么你就只好多费费心,向这个盒子里输入科学、哲学、文学艺术、一切灿烂的思想、不断更新的生产力、最最美丽的理想以及为此理想而奋斗的持久不衰的热忱,等等一整套复杂的程序。然后等待盒子里的百姓觉醒,自己起来推翻这个封建王朝。

T:这并不复杂。这对我来说轻而易举。但是,那个国王呢?

C:看来他最好的命运就是被废黜。

T:然后再把他流放到另一个荒无人烟的地方去?

C:除非他不再想复辟,否则怎么办呢?

T:但是这样我岂不是等于什么都没干?在我来到这儿之前,这样的事不是已经发生了吗?

C:你以为你多么伟大?你想要干什么?

T:难道没有一种办法可以拯救所有的生命和灵魂么?难道那个国王的痛苦就不是痛苦?你刚才说得对,只要一个人的行为有痛苦的表现,那他就是在痛苦着。

C:也许可以不流放他,但只允许他做一个与大家平等的公民,自食其力。

T:这也不难办到。但是你所说的那个"法制"到底意味着什么?它的存在,难道不说明仍然有罪恶、丑行、贫富之分、利害冲突存在,因而必然有痛苦存在么?连那个恶贯满盈的国王都知道——无论巨人还是侏儒,他们的感情没有高矮之分。如果我们仅仅是消灭了这样的痛苦,而依然保存了那样的痛苦,仅仅使这些人不再痛苦,而使另外一些人依旧痛苦,那我们岂不是等于什么都没做么?假如这个世界上还只剩一个人痛苦着,难道其他人就可以心安理得地享受快乐了吗?我们为什么不去设法消灭所有的痛苦呢?

C:T,我的好朋友!现在我真正理解你了,你虽然莽撞地闯下了大祸,但谁都应该看到你有一颗至善至美的心。

T:谢谢。但是我们现在怎么办?

C想了很久。

C:只有一个办法可以试试了。

T:什么?

C:佛法。使芸芸众生皈依佛法。

T:什么是佛法?

C:据说,佛祖为了寻求痛苦的解脱与人生的真理,曾抛弃了王位、财富和父母妻子,走遍了深山旷野,最后渡过连禅河,到了迦耶山附近的菩提迦耶,在一棵菩提树下,用草铺了一个座位,他就在这座位上坐下,并发出坚强的誓言:"我不成正觉,誓不起此座。"过了七日,佛祖的禅定中出现魔境的扰乱,魔王派遣魔女来诱惑他,并发动魔兵魔将来威吓他,但佛祖意志坚定,不为所动,终于把魔王降伏。这说明了佛祖达到无欲无畏的过程。降魔后,佛祖集中精神,思考大地人生的问题,终于在三十五岁那年的一个半夜,看见明星出现,豁然觉悟,完成了无上正觉,于是成佛。

佛祖所觉悟的真理就是佛法。简而言之,那是世界上最为圆满的真理,它说明了宇宙的真相、人生的意义、和道德的规则。佛说此法济度众生,使众生止恶行善,转迷为悟,离苦得乐,舍己利人。

T:所谓众生,是不是绝无例外地包括每一个人?

C:佛祖曾发宏愿,誓度一切苦恼众生。

T:这可办得到么?

C:佛祖在菩提树下初成正觉时,感叹道:奇哉,奇哉,大地众生,皆有如来智慧德相,但以妄想执着不能证得。若离妄想,则一切智慧皆得现前。后来,佛祖在涅槃之前又对他的弟子们说道:一切众生均有佛性,皆可作佛,绝无例外,就是断了善根的人也仍然有机会成佛。不能成佛的原因,是无名烦恼障蔽了佛性。所以,只要我们把佛法输入到这个盒子里去,使盒中众生皈依佛法,弘扬佛法,了悟缘起,断除无明烦恼,扫尽业感阻障,众生就都可以慧光焕发,佛性显现,内心清静,无欲无畏,解脱一切痛苦,进入极乐了。

T:那就请你先行行善事,把佛法输入这个盒子里去吧。这不是既可救助这盒子王国中的众生,也可以救助我,甚至救助你自己吗?

C:让我们试试看。

于是 C 和 T 动手把佛法输入盒中。并且设计了一套使每一个人不仅仅是可能成佛,而且必将成佛的程序,也输入盒中。

两个人自以为德行圆满大功告成,欢天喜地地回家去了。

三

但是不久之后,T 和 C 驾飞船在宇宙中逍遥自在地遨游,当他们又经过那颗小行星时,听见那只小盒子里静悄悄的一点声音都没有。他们觉得奇怪,便又一次在那小行星上着陆。在 T 和 C 想来,他们离开的这几天,小盒子中已经过了上万年,在那儿,即便佛祖的宏愿仍未完全实现,总也该是夜不闭户、路不拾遗、为官者不威不贪勤廉治政、为民者互爱互敬乐业安居、百业兴盛万事昌荣、笙箫管乐歌舞升平,几近乐土的一个世界了。怎么会一点声音也没有呢?

C有一种不祥的预感,跳下飞船,拼命向小盒子那儿跑去。

当T慢悠悠地走出驾驶舱来到C近旁时,发现C抱着那只小盒子一言不发,面如土色双目失神。

T:怎么了?

C仰望苍天,欲言无声。

T慌了,把C抱住:C!怎么了你这是?!

很久C才透过一口气,喃喃道:"天哪,这到底是为什么?"

T:出了什么事?

C:你自己看吧。盒子里的正值与负值、真值与假值、善值与恶值、美值与丑值……总之一切数值都正在趋近零,一切矛盾都正在化解,一切差别都正在消失。

T:难道这不是我们所期望的吗?

C:T,你真是秉性难改,你还是那样遇事不能三思。要知道,这样下去盒子里就要出现零值了!如果我们期望的是这个,我们当初何必费那么大力气呢?我们把这个盒子毁掉不就完了吗?零值!懂吗?一旦达到零值,盒子里的所有生灵就都要毁灭了!

T往盒中细看,也不禁大惊失色。盒子里的亿万众生都一动不动,脸上没有任何表情,身上没有一丝生气,呆若亿万朽木枯石,在他们的大脑里也几乎观察不到电子的跳跃了。

C:肯定是在哪一个环节上出了差错。

T:在哪一个环节?

C:天知道。

就在这时,从对面的山梁上走下来一个人。T和C举起望远镜,看见来者的模样很像昔日的那个国王,但肯定不是他,来者一身平常的装束,一副平常人的表情。来者走到T和C面前,站住。

T问:你是谁?

那人说:有人说我是好人,也有人说我是坏蛋。

C问:你从哪儿来?

那人说:有人说是从天堂,也有人说是从地狱。

C:你有什么事吗?

那人:当然,无事可做我就不存在了。

C心里忽然有所觉,便把那个盒子拿给他看。

那人把盒子托在掌心,笑道:噢嗬,一个没有了烦恼的世界。

C:它到底出了什么毛病?盒子里的众生为什么都一动不动?

那人:他们全都成佛了,你还要他们做什么呢?

C:要他们行一切善事,要他们普度众生。

那人又笑一笑:所有的人都已成佛,这盒子里还有什么恶事呢?他们还去度谁呢?没有恶事,如何去行善事呢?

T:至少他们的大脑应该活动吧?

那人:你要他们想什么呢?无恶即无善,无丑即无美,无假即无真,没有了妄想也就没有了正念,他们还能想什么呢?

T:也许他们可以尽情欢乐?

那人:你这位老兄真是信口开河,无苦何从言乐?你们不是为他们建立了消除一切痛苦的程序么?

C心里已经完全明白了,问:那么,我们应该怎么办?

那人:再输入无量的差别和烦恼进去,拯救他们。同时输入无量智慧和觉悟进去,拯救他们。至少要找一个(比如像我这样的)坏人来,拯救这些好人。要找一个魔鬼来拯救圣者。懂了吗?

T:可是,哪怕只有一个人受苦,难道亿万人可以安乐吗?佛法说,要绝无例外地救度一切众生,不是吗?

那人：你们忘了佛祖的一句至关重要的话：烦恼即菩提。普度众生乃佛祖的大慈，天路无极是为佛祖的大恶。

那人说罢，化一阵清风，不见了。

T：C，我们到底怎么办？

C：不知道。我只知道我们俩半斤对八两，不过是一对狂妄的大傻瓜。也许，唯有自然才是真正的完美。

1991 年

《务虚笔记》备忘

《务虚笔记》是我梦想的长篇。这句话可以理解为：这部长篇小说也许永远是个梦想；也可以理解为：这是我的梦想的长篇记录。怕这务虚的梦想在记忆中走漏，所以先做这务实的备忘。

但也有可能，这就是那部梦想的长篇——《务虚笔记》的局部。

备忘一

在我所余的生命中可能再也碰不见那两个孩子了。我想那两个孩子肯定不会想到，永远不会想到，在他们偶然的一次玩耍之后，他们正被一个人写进一本书中，他们正在成为一本书的开端。没问题，他们不会记得我了。他们将不记得那个平凡的夜晚，在一座古园中，游人差不多散尽的时候，在一条幽静的小路上，一盏路灯在夜色里划出一块圆区，有老柏树飘漫均匀的脂香，有满地铺散的杨树落叶浓厚的气味，有一个坐在路灯下读书的陌生人曾经跟他们玩过一会儿。男孩儿大概有七岁。女孩儿我问过她，五岁半——她说，伸出五个指头，随后把所有的指头逐个看遍，却想不出半岁应该怎样证明。当时我就想，这样的年纪，这些事他们将必不可免地忘记，无可挽回。即便这本书有幸能够出版，即便他们长大了凑巧看到了这本书,他们也不会认出这两个孩子是谁。不会,肯定不会。那些事在他们已是不存在了,如同从未发生。

在一片杨柏杂陈的树林之中,在一座古祭坛的旁边。我是那儿的常客。那是个读书和享受清静的好处所。两个孩子从四周的昏暗里跑来——我不曾注意到他们确切是从哪儿跑来的,跑进灯光里,蹦跳着跑进那片明亮的圆区,冲着一棵大树喊:"老槐树爷爷!老槐树爷爷!"不知他们在玩一个什么游戏。我说:"错啦,那不是槐树,是柏树。"噢,是柏树呀,他们说,回头看看我,便又仰起脸来看那棵柏树。所有的树冠都密密地融在暗黑的夜空里;但他们还是看出来了,问我:"怎么它没有叶子?怎么别的树有叶子,怎么这棵树没有叶子呢?"我告诉他们那是棵死树:"对,死了,这棵树已经死了。"噢,他们想了一会儿,可它什么时候死的呢?什么时候我也不知道,看样子它早就死了。它是怎么死的呢?男孩儿对女孩儿说:"我告诉你让我告诉你!有一个人,他端了一盆热水,他走到这儿,哗——,得……"男孩儿看看我,看见我在笑,连忙又说:"不对不对,是,是有一个人,他走到这儿,他拿了一个东西,刨哇刨哇刨哇,咔!得……"女孩儿的眼睛一直没有离开男孩儿,认真地等待着:"怎么了?"男孩儿略一迟疑,紧跟着扭起脸来问我:"它到底怎么死的呢?"他的谦逊和自信都令我感动,他既不为自己的无知所羞愧,也不为刚才的胡猜乱想而尴尬,仿佛这都是理所当然的。无知和猜想都是理所当然的。两个孩子依然以发问的目光望着我。我说:"可能是因为它生了病。"男孩儿说:"可它到底怎么死的呢?"我说:"也可能是因为它太老了。"男孩儿还是说:"可它到底怎么死的呢?"我说:"具体怎么死的我也不知道。"男孩儿不问了,望着那棵老柏树意犹未尽。

现在我有点懂了,他实际是要问,死是怎么一回事?活怎么就变成死了呢?这中间的分界是怎么搞的,是什么?死是什么?什么状态,或者什么感觉?

就是当时听懂了他的意思我也无法回答他。我现在也不知道怎样回答。对于这件事我(我想还有我们)就跟那两个孩子一样,不知道。我们只知道那是必然的去向,不知道那到底是什么,我们所能做的一点也不比那两个孩子所做得多——无非胡猜乱想而已。这话听起来就像是说:我们并不知道我们最终要去哪儿,和要去投奔的都是什么。

窗外下起了今年的第一场秋雨,下得细碎,又不连贯。早晨听收音机里说,北京今年旱情严重,从七月到现在,是历史上同期降水量最少的年头。水,正在到处引起恐慌。

我逐年养成了习惯,早晨一边穿衣起床一边听广播。然后,在白天的大部分时间里,若是没人来,我就坐在这儿,读书,想事,命运还要我写一种叫作小说的东西。仿佛只是写了几篇小说,时间便过去了几十年。几十年过去了,几十年已经没有了。那天那个女孩儿竟然叫我老爷爷,还是那个男孩儿毕竟大着几岁,说,是伯伯不是爷爷。我松了一口气,我差不多要感谢他了。人是怎样长大的呢?忽然有一天有人管你叫叔叔了,忽然有一天又有人管你叫伯伯了,忽然有一天,当有人管你叫爷爷的时候你做何感想?太阳从这边走到那边。每一天每一天我都能看见一群鸽子,落在邻居家的屋顶上咕咕地叫,或在远远近近的空中悠悠地飞。你不特意去想一想的话你会以为几十年中一直就是那一群,白的,灰的,褐色的,飞着,叫着,活着,一直就是这样,一直都是它们,永远都是那一群,看不出什么不同;可事实上它们已经生死相继了几十次,生死相继了数万年。"事实",这两个字究竟是要表达什么?

那女孩儿问我:你看的什么书?("老爷爷你看的什么书?""不对,不是爷爷是伯伯。""噢,伯伯你看的什么书?")我翻给她看。她看看上面有没有图画。没有。字书,她说,语气像是在提醒我。对,字书。它说什么?不,你还不懂。你这样的年龄不应该懂。那是一本写给老人的书。

那是一个老人写下的书:一个老人衣袖上的灰／是焚烧的玫瑰留下的全部灰烬／尘灰悬在空中／标志着这是一个故事结束的地方。

不不,令我迷惑和激动的不单是死亡与结束,更是生存与开始。没法证明绝对的虚无是存在的,不是吗?没法证明绝对的无可以有,况且这不是人的智力的过错。那么,在一个故事结束的地方,必有其他的故事开始了,开始着,展开着。绝对的虚无片刻也不能存在的。那两个孩子的故事已经开始了,或者正在开始,正在展开。也许就从那个偶然的游戏开始,以仰望那棵死去的老树为开始,借意犹未尽来展开。但无论如何,必有一天他们的故事也要结束,那时候他们也会真正看见孩子,并感受结束和开始的神秘。那时候,在某一处书架或书桌上,在床头,在地球的这面或那面,在自由和不自由的地方,仍然安静而狂热地躺着一本书。那个以"艾略特"命名的老人,他写的书。在秋雨敲着铁皮棚顶的时节,在风雪旋卷过街巷的日子,在晴朗而干旱的早晨而且忘记了今天要干什么,或在一个慵懒的午睡之后听见隐约的琴声,或在寂寥的晚上独自喝着酒,在一年四季,暮鼓晨钟昼夜轮回,它随时可能被翻开被合起,作为结束和开始,成为诸多无法预见的生命早已被预见的迷茫。那个智慧的老人他说:我们叫作开始的往往就是结束／而宣告结束也就是着手开始。／终点是我们出发的地方。那个从童年走过来的老人,他说:如果你到这里来,／不论走哪条路,从哪里出发,／那都是一样／…………／激怒的灵魂从错误走向错误／除非得到炼火的匡救,因为像一个舞蹈家／你必然要随着节拍向那儿"跳去"。这个老人,他一向年轻。是谁想出这种折磨的呢?他说:是爱。这个预言者,在他这样写的时候他看见了什么?在他这样写的时候我的父母还在童年,北京古老的城墙还在,在那老城的边缘,在荒芜的祭坛近旁,这棵老柏树还活着;是不是在这老树的梦中早就有了那个夜晚和那两个孩子?或者它听见了来自远方的预言,于是它坦然赴死,为一个重演的游戏预备下一个必要的开端?那个来自远方的预言:在编织非人力所能解脱的/无法忍受的火焰之衫的那双手后面。/我们只是活着,只是叹息/不是让这样的火就是让那样的火耗去我们的生命……这预言,总在应验。世世代代这预言总在应验总在应验。一轮又一轮这个过程总在重演。

我生于一九五一年一月四日。这是一个传说,不过是一个传说。是我从奶奶那儿,从母亲和父亲那儿,听来的一个传说。

奶奶说:"生你的那天下着大雪,那雪下得叫大,没见过那么大的雪。"

母亲说:"你生下来可真瘦,护士抱给我看,哪来的这么个小东西一层黑皮包着骨头?你是从哪儿来的?生你的时候天快亮了,窗户发白了。"

父亲便翻开日历,教给我:"这是年。这是月。这是日。这一天,对啦,这一天就是你的生日。"

不过,他们要是记错了呢?那实际就是一个谣言。一九五一年一月四日。对我来说那是一片空白,是零,是完全的虚无,是我从虚无中醒来听到的一个传说,或是一个谣言。"在还没有你的时候这个世界已经存在了很久",这不过是在有了我的时候我所听到的一个传说。"在没有了你的时候这个世界还要存在很久",这不过是在还有我的时候我被要求接受的一种猜想。

那么真实是什么呢?真实?究竟是什么?当一个人像我这样,坐在桌前,沉入往事,想在那纷纷纭纭的生命中看出些真实,真实便成为一个严重的问题。真实便随着你的追寻在你的前面破碎、分解、融化……如烟如尘而已。如歌如梦而已。我只能给你讲一讲它给我的印象，如同一个传说，或者一个谣言。

往事，过去的生活，分为两种。一种是未被意识到的，它们都已无影无踪，甚至谈论它们都已不再可能。另一种被意识到的生活才是真正存在的，才被保存下来成为意义的载体。这是不是说仅仅这部分过去的生活才是真实的？不，好像也不，一切被意识到的生活都是被意识改造过的，它们只是作为意义的载体才是真实的，而意义乃是现在的赋予。那么我们真实地占有现在吗？如果占有，是多久？一分钟？一秒钟？百分之一秒抑或万分之一秒？这样下去"现在"岂不是要趋于零了？也许，"现在"仅仅是我们意识到一种意义所必要的时间？但是一切被意识到的生活一旦被意识到就已成为过去，意义一旦成为意义便已走向未来。现在是趋于零的，现在若不与过去和未来连接便是死灭，便是虚空。那么未来呢？未来是真实的吗？噢是的，未来的真实在于它是未来，在于它的不曾到来，在于它仅仅是一个梦。过去在走向未来，意义追随着梦想，在意义与梦想之间，在它们的重叠之处就是现在。我们本不占有现在，我们在占有意义和梦想的时候碰巧占有了现在。我们本没有现在，我们受了一个远古命令的驱动，受了一种未来梦境的召唤，于是在途中，于是在现在。

写作究竟是为什么呢？多少年来我一直没能把这件事想明白。也许写作从来就只是一种机会吧？是上帝给我们的一个机会，使我们能够从真实的苦役中解脱出来，重返梦境。

我走在树林里，那两个孩子已经回家。整整那个秋天，整整那个秋天的每个夜晚，我都在那片树林里踽踽独行。一盏和一盏路灯相距很远，一段段明亮与明亮之间是一段段幽暗与幽暗，我的影子时而在明亮中显现，时而在幽暗中隐没。凭空而来的风一浪一浪地掀动斑斓的落叶，如同掀动着生命的印象。落叶抑或印象，从幽暗中飘转进明亮,从明亮中逃遁进幽暗。我感觉自己就像是那凭空的风,来也空空去也空空,只在脱落下或旋卷起斑斓的印象之时,才捕捉到自己的存在。

重返梦境,重返梦境。真实是你我都不知道的一种事,生命经由一些光怪陆离的梦境得以显现。在这梦中我想:我是什么?

(有一个著名的悖论:下面这句话是对的
　　　　　　上面这句话是错的)

于是我梦见另一个毫不逊色的悖论:
　　　　　我不过是我的梦境的一
　　　　　　　　　　部分
　　　　　而我的全部梦境才是
　　　　　　　　　　我

备忘 二

我想,作为画家,Z的生命应该开始于他九岁时的一天下午,近似于我所经历过的那样一个冬天的下午。开始于一根插在瓷瓶中的羽毛。一根大鸟的羽毛,白色的,素雅,蓬勃,仪态潇洒。开始于融雪的时节,一个寒冷的周末。开始于一间宽绰得甚至有些空旷的屋子,太阳透过落地窗一方一方平整地斜铺在地板上,碰到墙根弯上去竖起来,墙壁是冬日天空一般的浅蓝,阳光在那儿变成空蒙的绿色,然后在即将消失的刹那变成淡淡的紫红。一切都开始于他此生此世头一回独自去找一个朋友,一个同他一般年龄的女孩儿——一个也是九岁的女人。

那是一座我们不曾进过的楼房。三十多年前,那还是一种平民家的孩子所无从想象的房子。在大片大片灰暗陈旧的房群中,小巷如网,积雪在路边收缩融化得丑陋不堪,在上百年的房檐上滴淌得悠闲自得,空气新鲜,空气清冽刺骨,独自一人穿过短短长长的窄巷,独自一人,走过高高矮矮的老房,两手揣在袖筒里,不时焐一焐冻疼的耳朵再把手揣进袖筒里,东拐西弯绕来绕去,仍是绵延不断的窄巷和老房,怀疑到底是走到了哪儿,正要怀疑正在怀疑,豁然入目一座橘黄色的楼房那就是它,不高,但很大,灿烂如同一缕晚晴的夕阳。一座美丽而出乎意料的房子,九岁那年我几乎迷失其中。我以为进了楼门就会找到一条笔直的甬道,就能看见排列两侧的所有房间,但是不,这里甬道出没曲回,厅室琳琅迷布,空间傲慢而奇异地分割。

我从未见过那么多的门,所到之处都是关闭着的门,有时候四周都是门有七八个门有数不清的门,门上也没有窗,我好像走进那个残酷的游戏中去了。(来呀试一试,看看哪个门里是美女哪个门里是猛虎)拉开一个门,里面全是衣服,一排排一层层全是男人的领带和大衣,全是女人的长裙和皮鞋,淡淡的樟脑味。推开一个门,在透明的帷幔后面有一张床,以为是床但不是,幽暗中旋起一股微香,是一只紫红色的浴盆。再推开一个门,里面有一只猫有一万本书,一只酣睡的猫,和一万本排列井然的书。另一个门里又有三个门,有一道淡薄而明亮的光线,有一盆又安静又热烈的花。花旁的门里传出缓缓的钢琴声,敲了敲,没人应,推一推,开了,好大的地方!在一座座沙发的那面,在平坦宽阔的地毯那面,远远地看见一个女人端坐的背影,问她,她什么也不回答,她什么也没听见,她只侧了一下头,散开的长发和散开的琴声遮住了她的脸。不敢再问,撤步出来,惊惶很久迷惑很久,尴尬地站在门旁不知所措,便永远都记住了那个地方。画家 Z 必定也记住了那样一个地方,并在未来把那些门那些窗那些平滑的墙壁那只悠闲的猫和那盆纯洁的花,随意颠倒扭曲交错地展示在他的画布上,就像那琴声的自在与陌生。(那是他画了上百幅之后仍然不能满意的一幅。几十年后我将看到它,并将因此回想起他和我都可能有的一种经历……)如果连出去的门也找不到了,如果又已经九岁又已经不能哭,我只好沿着曲折的甬道走,推开一座座关闭的门我要回家。总能听见那隐约的钢琴曲,走出一道又一道门,我要回家。走出一道又一道门忘记了要找的女孩,一心只要回家。最后走进了那间屋子;最后仿佛也走进过那间屋子。

　　Z九岁时走进了那间屋子,看见了那根大鸟的羽毛。逆光的窗棂呈浅灰色;每一块玻璃上都是耀眼而柔和的水雾和冰凌的光芒。没有人,其他什么都没有,唯那只插了一根羽毛的瓷瓶,以及安放了那瓷瓶的原木色的方台。这可能仅仅是Z多年之后的印象。经历了岁月的剥蚀,那印象已不断地有所改变。在画家Z不知所终的一生中,将无数次试图把那早年的印象画下来,那时他才会发现要把握住那一瞬间的感觉是多么渺茫。没有人,唯独这一个房门敞开着,隐隐的琴声不住地传来,他走进去,以一支梦幻曲般的节奏。除了那个方台那个瓷瓶那根白色的大鸟的羽毛,什么也没有,屋里宽敞而显空旷,他走进去,以一个孩子天赋的神秘像似辨认出了什么。或许这就是命运的指引,所有的房门都关着唯此一扇悠悠地敞开着,Z以一个画家命定的敏觉,发现了满屋冬日光芒中那根美丽孤傲的羽毛。它在窗旁的暗影里,洁白无比,又大又长,上端坚挺峭耸,末端柔软飘逸,安闲却又动荡。迟早都要到来的艺术家的激动引领着Z,慢慢走近或是瞬间就站在了它的近旁,如同久别,如同团聚,如同前世之缘,与它默然相对,忘记了是在哪儿,忘记了回家,忘记了胆怯,呆呆地望着那羽毛,望着它,呆愣着,一时间孤独得到了赞美,忧郁得到了尊崇,一个蕴藏久远的旋律终于有了节拍,仿佛一切都被它的存在湮灭了,一切都黯然失色无足轻重,唯那羽毛,丝丝缕缕在优美而高贵地轻舒漫卷挥洒飘扬,并将永远在他的生命中喧嚣骚动。

　　倘若到此为止,O说过,结果可能会大不一样。
　　O在最后的两年里学会了抽烟。烟雾在她面前飘摇,使我看不清她的脸。

就像那个绝妙的游戏,O说,你推开了这个门而没有推开那个门,要是你推开的不是这个门而是那个门,走进去,结果就会大不一样。

我问:"怎么不一样?"

O说:"不,没人能知道不曾推开的门里是什么,但从两个门会走到两个不同的世界中去,甚至这两个世界永远不会相交。"

我说:"你指谁?"

她故作超然地吹开眼前的烟缕,借机回避了我的目光。

我承认在那一刻我心里有种近乎幸灾乐祸的快意:这是O第一次在谈到Z——那个迷人的Z!——的时候取了回避的态度。

诗人L有一次问O:"Z最近在画什么?"

O说:"他一生一世都在画那个下午。"

那根羽毛?

不,是那个下午。他要画的是那个寒冷的下午。

这有什么不同?

那个下午并不是到那根羽毛为止。

诗人L说:"O相信以后的事更要紧,Z一定还在那儿遇到过什么。"

遇到过什么?

诗人L说:"想必和那羽毛一样,让他终生都无法摆脱的事。"

什么事?哪一类的事?

L说:"除了Z,没人知道。"

L说:"你们注意到了没有?Z到那儿去是为了找一个女孩儿,可他此后再没提起过这件事。"

可能是一个漂亮的女孩儿。她以她的漂亮常常进入一个男孩儿的梦中。如果有一天男孩儿画了一幅画,大人们都夸奖他画得好;如果有一天他画了一匹奔跑的马他相信那是一匹真正的马,他就忽然有了一个激动不已的愿望:让那梦中的女孩儿为之惊讶,先是惊讶地看着那匹马,然后那惊讶的目光慢慢抬起来,对着他。那便是男孩儿最初的激情。不再总是他惊讶地看着那女孩儿——这件事说不定也可以颠倒过来,那便是男孩儿最初去追寻了梦想的时刻。他把那梦想藏在他自己也不曾发现的地方,在一个冬天的下午启程……

也可能那女孩儿并不漂亮。并不是因为漂亮。仅仅是因为她的声音,她唱的一支歌,她唱那支歌时流了泪,和她唱那歌时没能控制的感情。那声音从一个夏夜空静的舞台灯光中一直流进了男孩儿不分昼夜的梦里去。如果是这样。如果他就总在想象那清朗的声音居住的地方,如果对那个地方的想象伴着默默寡欢而迭出不穷,如果那个地方竟逐日变得神奇变得高深莫测,如果连那儿的邻居也成为世上最值得羡慕的人,那便是男孩儿心里的第一场骚动。他懵懂不知那骚动的由来,但每一个清晨到每一个黄昏,日子都变得不再像以往,便是那个男孩儿梦途攸关的起点。总归是要有这一个起点,也可能碰巧就在融雪的季节……

但也许是其他原因。可以是任何原因。倘那季节来临,男孩儿幻想联翩会经任何途径入梦。比如那女孩儿的快乐和开朗,或者是她母亲的温文尔雅;比如那女孩儿举止谈吐的脱俗,或者仅仅是她所居住的那个地方意味着神秘或高贵;比如说那女孩儿的勇敢和正义,她曾在男孩儿受人侮骂和嘲笑的时候护卫过他的尊严,或者仅仅以目光表明她与他站在一起;比如说,那女孩儿细腻而固执的同情心,她曾在男孩儿因为什么事而不敢回家的时候陪他一路回家;比如,那女孩儿天赋的异性魅力,她以简单而坚决的命令便使蛮横的男孩儿不敢妄为。所有这些,还不止这些,都可能使那女孩儿掀起男孩儿势必要到来的骚动,使那个男孩儿在一个寒冷的下午出发,去证实他的梦想。

对画家Z来说,这样的女孩是谁?

Z的那个时节是不是来得太早了?那时他才九岁。

他以一个小小的计谋作为出发的理由,以一个幼稚的借口开始他的男人生涯。灰矮无边的老房群中小巷如网,有一座美丽幽静的房子。那是座出乎意料的房子,我有点怕。那一片空荡的沉重,我有点怕。那是一片深不见底的幽雅与陌生,我有点自惭形秽我想回家。出没无常的走廊不知道都通向哪儿,数不清的门,数不清的关闭着的门,厅室层叠空间奇异地分割,厚重的屋顶和墙壁阻断了声音消解了声音,让人不敢说话。那个女孩儿,那个也是九岁的女人不以为然。她在前面蹦跳着引领着我走,不以为然。　来呀　到我房间去　走哇　来　来吧　"哈!你怎么会来了?"她快乐地说。　这儿是我阿姨住的　别　别去那儿　那儿没人"嗨——!你怎么会来的?"她快乐地说。　那是我哥哥的房间嘘——　咱们别理他　我姐姐住这儿　这会儿她不在她在那边练琴呢　听见了吗她的琴　"你什么时候来的?哎嗨——,你本来要去哪儿?"她快乐地说。　那是我妈妈(温文尔雅,温——文——尔——雅)　嘻嘻　她还没看见你来了呢　我爸爸(一万本书,一万本莫测高深的书)　他就是我爸爸　噢　别打扰他咱们还是到我房间去吧　走　走呀　"噢——,你怎么会来了,你路过这儿吗?"她快乐地说。她的房间。我跟着她走进她的房间。她的房间里要好些,不那么大不那么空旷,不再那么沉重,声音也能如常地流动。她把她的花花绿绿的书都拿了出来,一本一本地翻着,兴奋地讲着书中的故事。给我讲吗?我东张西望,那儿所有的东西都比那些故事更新奇,更具魅力。我没说话。我不知道说什么好。男孩儿忘记了那个小小的计谋。男孩儿有可能并没用上那个筹划已久的借口。我自始至终也没对她说什么。我想不起什么话来。我只是惊奇着,站着,不停地转动着头和眼睛,也坐了,也走到窗台那儿朝外看了一下。那是一段不同寻常的时间。他听凭着那个九岁女人的指挥,她让做什么他就做什么,她问什么他就回答,但那女孩儿都说了什么他却一点也没听懂……

但是。但是如果这时候女孩儿的姐姐来了(冷,而且——美)发现了 Z。发现了 Z 但她不看着 Z,只对女孩儿说:"怎么你把他带来了,嗯?你怎么带他进来?"女孩儿的快乐即告消失,低下头嗫嗫嚅嚅。如果她的姐姐走后她的哥哥又来了(一个沉静的青年,或者是 沉 郁),他只是看了一眼 Z,仔细地看了 Z 一眼,什么也没说便转身离去。待房门在他身后轻轻关上,轻轻地只留下一条窄缝,女孩儿就轻轻说:"要不你回家吧。"女孩儿小声对 Z 说,"好吗?你回家吧。"如果接着外面有个女人的声音在喊她家的阿姨,"阿——姨","阿——姨",(那声音优雅而且郑重,在深深的走廊里平稳地 蔓 延),Z 会想到那是女孩儿的母亲。但是她的母亲并没出现,进来的是她家的阿姨。阿姨浓重的南方口音响了很久。那嘈杂的南方口音响了很久之后,九岁的女孩儿不声不响地走在前头,送九岁的 Z 离开。也许,直到这时 Z 的梦境也还是一片纯净的混沌。但是,如果命运执意要为这样一个男孩儿开启另一道门,如果它挑选了 Z 而放弃了我,Z 就会在走出层叠曲回的厅廊时确凿无疑地听见一种声音(美,而且——冷):她怎么把外面的孩子带了进来……她怎么把他带到家来…… 如果我被放弃我已经走出了那座迷人的房子,但是 Z 却发现母亲给他缝的那双棉手套掉了一只,他回身去找,一缕流动的空气为 Z 的命运推开了另一扇门,那声音便永远地留在了他心里:……她怎么会把这个孩子……外面的孩子……带了进来…… 如果是这样,画家 Z 的梦想就在九岁那一年的回声中碰到了一个方向。

(这就是 O 所说的"要是你推开的不是这个门而是那个门,结果就会大不一样"吗?这就是 O 所说的"从两个门会走到两个不同的世界中去,这两个世界甚至永远不会相交"吧?对那个寒冷的下午,O都知道了些什么呢?已无从对证。)

画家Z以九岁的年纪走在回家的路上,那时太阳已经落了,天就快黑了,天气比来的时候更冷了,沿途老房檐头的融雪又都冻结成了冰凌。

现在,当我以数倍于九岁的年纪,再来伴随着Z走那回家的路时,我看见男孩儿的眼睛里有了第一次动人的迷茫。我听见他的脚步忽而紧急忽而迟缓。Z肯定想起了他的无辜的母亲。我听见他呼吸就像小巷中穿旋的风,渐渐托浮起缕缕凄凉的怨恨。但Z平生的第一次怨恨,很可能是对着自己:他为什么还在回过头去(还在!)眺望那座隐没进黑夜中的美丽的房子。那个寒冷的下午直至黑夜,凄凉的怨恨选中了谁,和放过了谁,那都一样。看起来似乎这并不影响在同一时间的不同地点,有一个温暖的下午和快乐的周末。但命运继续编织下去,就没有什么事是不可能的。

譬如说,那时候O在哪儿?

Z九岁的时候,O大约四岁,O已经存在了。当那根优雅飘蓬的羽毛突然进入Z的视界,那一瞬间O在哪儿?当Z面对那根大鸟的羽毛魂惊魄荡默然无语之际,或者是当后来的事情发生之际,当Z走在回家的路上并且恨着他自己的时候,小姑娘O正在做什么?正在想什么?她会做着会想着一个四岁的小姑娘可能做可能想的一切事,但她不可能知道,一个与她的命运息息相关的事件正在这个世界上发生了。虽然还要过很久,还要过将近三十年,那事件震起的喧嚣才会传到她的身边才会影响她的生活,但就在近三十年前那寒冷的下午,小姑娘O的归宿已不可更改。如果你站在四岁的O的位置瞻望未来,你会说她前途无限,你会说她前途未卜,要是你站在她的终点看这个生命的轨迹你看到的只是 一条　路,你就只能看见一条命定之途。所有的生命都一样,所有的人都是这样。

我们都是这样。

无论我们试图对谁的历史做一点探究,我们都必得就"历史"表明态度。我曾相信历史是不存在的,一切所谓历史都不过是现在对过去(后人对前人)的猜度,根据的是我们自己的处境。我不打算放弃这种理解,我是想把另一种理解调和进来:历史又是存在的,如果我们生来就被规定了一种处境,如果你从虚无中醒来(无以计量的虚无)看见自己已被安置在一团纵纵横横编就的网中,你被编织在一个既定的网结上(看不出条条脉络的由来和去处,这是上帝即兴的编织),那就证明历史确凿存在。这两种针锋相对的理解互相不需要推翻。

那无以计量的虚无结束于什么?结束于"我"。

我醒来,我睁开眼睛,虚无顷刻消散,我看见世界。

虚无从世界为我准备的那个网结上开始消散,世界从虚无由之消散的那个网结上开始拓展,直到现在。

现在我首先记起的是一个礼拜日,从早晨到下午,一直到天色昏暗下去。

那个礼拜日母亲答应带我出去,去哪儿已经记不清了,可能是动物园,也可能是别的什么地方。总之她很久之前就答应了,就在那个礼拜日带我出去玩,这不会错;一个人平生第一次盼一个日子,都不会错。而且就在那天早晨母亲也还是这样答应的:去,当然去。我想到底是让我盼来了。起床,刷牙,吃饭,那是个春天的早晨,阳光明媚。走吗?等一会儿,等一会儿再走。我跑出去,站在街门口,等一会儿就等一会儿,我藏在大门后,藏了很久,我知道不会是那么简单的一会儿,我得不出声地多藏一会儿。母亲出来了,可我忘了吓唬她,她手里提着菜篮。您说了去!等等,买完菜。买完菜就去!买完菜就去吗?嗯。这段时光不好挨。我踏着一块块方砖跳——跳房子,等母亲回来。我看着天看着云彩走,等母亲回来,焦急又兴奋。我蹲在土地上用树枝拨弄着一个蚁穴,爬着去找更多的蚁穴。院儿里就我一个孩子没人跟我玩儿。我蹲在草丛里翻看一本画报,那是一本看了多少回的电影画报,里面有一群比我大的非常漂亮的女孩子。去年的荒草丛里又有了绿色,院子很大,空空落落。母亲买菜回来却又翻箱倒柜忙开了。走吧,您不是说买菜回来就走吗?好啦好啦,没看我正忙着吗?真奇怪,该是我有理的事呀?不是吗,不是本来该我有理的事吗?整个上午我就跟在母亲腿底下,去吗?去吧,走吧,怎么还不走呀?走吧……我就追在母亲的腿底下。我还没有她的腿高,那两条不停顿的腿至今都在我眼前晃动,她们不停下来,她们好几次绊在我身上,我好几次差点绞在她们中间把她们碰倒。下午吧,母亲说,下午,睡醒午觉。去,母亲说,下午,准去。但这次怨我,怨我自己,我把午觉睡过了头。醒来我看见母亲在洗衣服。要是那时就走还不晚。我看看天,还不晚。还去吗?去。走吧?洗完衣服。这一次不能原谅。我不知道那堆衣服要洗多久,可母亲应该知道。我蹲在她身边,看着她洗。我一声不吭,盼着。我想我再不离开半步,再不把觉睡过头,我想衣服一洗完我马上拉起她就走。我看着盆里的衣服和盆外的衣服,我看着太阳,看着光线,我一声不吭,看着盆里揉动的衣服和绽开的泡沫,我感觉到周围的光线渐渐暗下去,渐渐地凉下去沉郁下去,越来越远越来越缥缈,我一声不吭,忽然有点明白了。我现在还能感觉到那光线漫长而急遽的变化,那孤独而惆怅的黄昏到来,并且听得见母亲咔嚓咔嚓搓衣服的声音,那声音永无休止就像时光的脚步。那个礼拜日。就在那天。母亲发现他蹲在那儿一动不动,发现他在哭,在不出声地流泪。我感到母亲惊惶地甩了甩手上的水,把我拉过去拉进她的怀里。我听见母亲在说,一边亲吻着我一边不停地说:"噢对不起,噢,对不起……"那个礼拜日,本该是出去的,去哪儿记不得了。他蹲在那个又大又重的洗衣盆旁,依偎在母亲怀里,闭上眼睛不再看太阳,光线正无可挽回地消逝,一派荒凉。

我平白地相信,这样的记忆也会是 O 的记忆。但她的那个院子更大、更空落,她的那片夕阳也更大、更寂静,她的母亲也如我的母亲一样惊惶地把一个默默垂泪的孩子搂进怀中。不过 O 却一生一世没能从那光线消逝的凄哀中挣脱出来。无论是她死了还是她活着,从世界为我准备的那个网结上看,她都是蹲在春天的荒草丛中,蹲在深深的落日里的 一 个 孤 独 的 孩子。

O 一生一世都没能从那春天的草丛中和那深深的落日里走出来,这便是我与 O 的不同,因故我还活着,而 O 已经从这个世界上离开。Z 呢?在那个冬天的下午直至夜晚,他并没有落泪,也没有人把他搂进怀中,这就是 Z 和 O 的不同。看似微小的这一点点不同,便是命运之神发挥它巨大想象力的起点。

备 忘 三

那个冬天的晚上,九岁的 Z 回到家,母亲正在厨房里忙着晚饭,对儿子情绪的变化一无觉察。Z 在厨房门口站了一会儿,看见母亲做了很多很多馒头。蒸汽腾腾之中母亲的面容模糊而且疲倦,只问了一句:"你这一下午跑到哪儿去了?"Z 本来想问蒸这么多馒头干吗,但没问;厌倦,甚至是绝望,一下子填满在心里。这些馒头,这么多馒头,尤其是没完没了地做它们蒸它们,蒸出满屋满院它们的味儿,心里胃里脑子里都是它们圆鼓呆呆的惨白都是它们庸卑不堪的味儿!Z 掉头走开。走进屋,把屋门关紧。不开灯,趴在床上。感到一阵彻骨的心灰意懒。整个下午的情景仍在他心里纠缠不去,满院子蒸馒头的味儿从门窗的缝隙间钻进来,无望的昏暗中那个 美 而 且 冷 的声音一遍遍雕刻着九岁的心。怨恨和愤懑就像围绕着母亲的蒸汽那样白虚虚地旋转、翻滚、膨胀,但没有温度,也还没有力量。然后他起来,在黑暗中心绪迷乱地坐了一会儿。然后他肯定是本能地把目光投向了——抑或是寻找着——那架老式的留声机。然后肯定是如获救命稻草一般地走近它。然后肯定是急切地抽出唱片,手甚至抖。然后音乐响了。乐曲,要么悠缓,要么铿锵,响起来。可能是《命运》。可能是《悲怆》。可能是《田园》。可能是《月光》。这些高雅庄重的音乐抵挡住了那个美而且冷的声音,这些飞扬神俊的乐曲使那个女孩儿的父母和哥哥姐姐也不敢骄妄,甚至在这样的旋律中九岁的Z不再胆怯,又能坦然向往那个女孩儿居住的地方了——那座美丽得出人意料的房子。借助厨房那边流过来的灯光,他仔细读着唱片套封上的字,可能是:贝多芬、柴可夫斯基、莫扎特、巴赫、圣桑、德沃夏克……那是他的父亲写的字,清隽,遒劲。他抚摸它们。Z把它们端平看它们,抚摸着它们。音乐震响黑暗的冬夜。也可能是勃拉姆斯的《安魂曲》。也许是李斯特的《耶稣基督》。Z想到了死。九岁那年他想到了死,比O想到这件事要早很多年。先是想到了父亲,父亲是不是已经死了?再是想到了母亲,他朝厨房那边看了看,要是母亲死了可怎么办?他有点想哭。最后他想到自己,想到所有的人都要死的,他也要死。要是自己死了是什么样儿?什么都没有了,什么什么都没有了,都没有了。那会是什么情景呢?黑暗,黑暗,黑暗,黑暗得无边无涯,只有一种感觉往那无边无涯的黑暗里飘,再什么都没有。他想哭。但最终他是跑了,仓皇而逃。留那音乐在黑暗中空响,他推开门丢魂丧胆般地跑向厨房,跑到母亲身旁。

母亲说:"你这一下午都上哪儿去了?"

儿子愣着,还没有从恐怖中逃脱似的。

母亲说:"好啦,快吃饭吧。"

儿子才长出一口气,像是从心底里抖出许多抽泣。

母亲心事重重的,一双筷子机械地捡着碗中的饭菜。

馒头,今天甚至还有肉,有胡萝卜半透明的橘红色,有豆腐细嫩颤动的奶白色,酱色的肉汤上浮着又圆又平的油珠儿,油珠儿闪烁、漂移、汇聚,不可抗拒的肉香很快便刺激起一个正在成长的男孩旺盛的食欲。死亡的恐吓敏捷地回避了,躲藏到未来中去等待着。现在呢,男孩大口大口吃起来。平日并不总能吃上这样的饭菜。

儿子问:"干吗蒸这么多馒头?"

"这几天,"母亲停下筷子,"这几天可能没时间再做饭了。"

"怎么啦?"

"明天咱们要搬家了。"

"明天?"儿子盯着母亲看,"搬到哪儿去?"

母亲把目光躲开,再把目光垂下去,低头吃饭。

这工夫儿子又想了一下那座美丽得出人意料的房子,想它在黑夜里是什么样子。是灯火辉煌,还是烛光恬淡?他们也吃馒头吗?住在那座房子里的母亲,一尘不染连说话的声音都一尘不染,难道她也会一锅一锅地蒸馒头吗?儿子悄悄地去看自己的母亲,他一向都认为自己的母亲是世界上最美丽的女人,现在他想重新再看一回。(九岁,他还不懂,照我的理解,他是想排开主观偏见再来看一回。)毫无问题,毫无疑问,穿透母亲脸上的疲惫,剔除母亲心中的憔悴,儿子看到的仍是世界上最美丽的女人。(甚至当母亲老了,那时儿子仍这样看过母亲不知几回。甚至在她艰难地喘息着的弥留之际,儿子仍这样看过她最后一回。结论没有丝毫动摇和改变。)那个九岁的冬天的夜晚,画家Z感到,母亲的疲惫和憔悴乃是自己的罪愆。

母亲说:"你怎么今天吃得不多?"

"妈。"

"快吃吧。再吃点。吃完了我有话对你说。"

"我饱了。真的。妈,你说吧。"

母亲沉了沉,小臂平放在桌面上,双手交叉在一起:"明天咱们要搬家。"

Z已经把这件事忘了。现在他问:"搬到哪儿?"

"搬到……"母亲又把目光躲开,头发垂下来遮住她的眼睛。

"妈,搬到哪儿去?"

这一次母亲飞快地把目光找回来,全都扑在儿子的脸上。"搬到你父亲那儿去。"

"我爸爸?"

母亲的目光都扑在儿子脸上;但不回答。

"我爸爸他在哪儿?"

还是那样,母亲没有回答。

"他回来了? 他住在哪儿?"

"妈,妈,爸爸有信来了吗?"

母亲说:"他就住在离这儿不远的地方。"

Z回头看看,四下里看看,然后看着母亲。

"Z,"母亲叫他的名字,"Z,去,去看看你自己的东西。"

"他怎么不来? 他怎么不来找我们呢?"

"把你自己的东西,把你要的东西,去,都收拾在一起。"

"妈……"

"去吧。明天一早我们就搬过去。"

母亲起身去收拾碗筷了……

Z回到卧室,把几十张唱片都摆开在床上,站在床边看了它们一会儿。他最先想到的就是它们。首先要带的东西就是它们。这些唱片是他最心爱的东西,除此之外这还是父亲留给他的东西,他想,明天应该给父亲看,让父亲知道,他和母亲把它们从南方带到了北方。他抽出一张放在唱机上。依我想,他最喜欢的是鲍罗丁那几首关于北方的作品——关于辽阔、荒茫的北方和它的历史。即便他的父亲更可能远在南方,但他想起父亲总觉得那个男人应该在相反的方向,在天地相连的荒原,在有黑色的森林和有白茫茫冰雪的地方,父亲应该在天高地阔风起水长的地带漂泊。在唱机上缓缓转动着的,我希望正是那张鲍罗丁的歌剧《伊格尔王》。Z对那张唱片的特殊喜爱,想必就是从这个夜晚开始的。……伊格尔王率军远征,抗击波罗维茨人的入侵,战败被俘。波罗维茨可汗赏识他的勇敢、刚强,表示愿意释放他,条件是:他答应不再与波罗维茨人为敌。这条件遭到伊格尔王的拒绝。波罗维茨可汗出于对伊格尔王的敬佩,命令他的臣民为伊格尔王表演歌舞……Z没有见过父亲。他从这音乐中看见父亲。天苍苍,野茫茫,落日如盘,异地风烟……从中他看见父亲。那激荡的歌舞,那近看翩翩,远闻杳杳的歌舞!从中他自恋般地设想着一个男人。但是他还从没见过他的父亲,从落生到现在,父亲,只存在于Z的设想中。

　　一九八八年香港的一份报刊上报道了这样一件事:一对分别了四十年的夫妻在港重逢,分别时他们新婚未足一载,婴儿才过满月,重逢之日夫妻都已年近古稀,儿子也在不惑之年了。一九四八年末的某一天晚上,是从戎的丈夫在家休假的最后一个晚上,也是他们即将分别四十年的最后一个晚上,那个晚上只有在未来的年年月月里才越来越得到重视,越来越变得刻骨铭心。那个晚上,年轻的夫妇因为一件微不足道的小事头一次拌了几句嘴。那样的拌嘴在任何恩爱夫妻的一生中都不知要有多少回。但是这一对夫妻的这一回拌嘴,却要等上四十个年头把他们最美好的年华都等过去才能有和解的机会。那个夜晚之后的早晨,那个年轻的军官,年轻的丈夫和父亲,他没跟妻子打招呼就去了军营,那只是几秒钟的一次任性。丈夫走后妻子抱上孩子回了娘家,也不过是几分钟的一次赌气。但这几秒钟和几分钟不仅使他们在四十年中天各一方,而且等于是为画家Z选择了一生的命运。我想那个尚在襁褓中的孩子就是Z。我见过Z的母亲。我借助Z和Z的母亲想象Z的生身之父,但幻现不定,总是一块边缘模糊的人形空白。在我读到那则报道之后,一个年轻军官走进来才把它勉强填补出一点声色。那个年轻的丈夫和父亲是个飞行员,他到了军营立刻接受了命令:飞台湾。"家属呢?""可以带上。"他回到家,妻、儿都不在,军令如山不能拖延,没时间再去找他们了,"下一次再带上他们吧。"他想,他以为还有下一次。但是没有下一次了。下一次是四十年后在香港…… 或者,对于Z的父母来说,下一次仅仅是我对那篇报道一厢情愿的联想。

Z非常简单地说起过他的生父:"他是一个老报人。"

不过,这话也可能是画家的妻子O说的。

Z的生父不是什么军官,也肯定不会开飞机。Z的生父是四十年代中国报界很有影响的一位人物,一九四八年他乘船去了南洋,再没回来。他最终到了哪儿,Z不知道。先有人说他到了马来西亚和新加坡;后又有人说他死了,从新加坡去台湾的途中轮船触礁沉没他已葬身太平洋;可再后来,又有人说在台北的街道上见过他。Z的母亲问:"你们说话了没有?"回答是:"没有,他坐在车上,我站在路边。"Z的母亲又问:"你肯定那是他吗?"回答是:"至少非常非常像他。"所以,Z的母亲也不知道他最终在哪儿落了脚是死是活。那个年轻军官与Z的生父无关,这是事实。但那年轻军官的妻儿的命运,在四十年中如果不是更糟,有可能与Z和他的母亲相似。

Z的母亲带着Z在南方等了三年,一步也没有离开过Z的父亲走前他们一起住的那所宅院。南方,一般是指长江以南日照充足因而明朗温润的地域。我不可能也没必要去核实那所宅院具体所在的地方了。不管是在哪儿,"南方"二字在Z心中唤起的永远是一缕温存和惆怅的情绪。任何人三岁时滋生的情绪都难免贯穿其一生,尽管它可能被未来的岁月磨损、改变,但有一天他不得不放弃这尘世的一切诱惑从而远离了一切荣辱毁誉,那时他仍会回到生命最初的情绪中去。与这情绪相对应的图景,是密密的芭蕉林掩映中的一座木结构的老屋。雨后的夜晚,一轮清白的月亮,Z能看见一个三岁的男孩蹲在近景。南方夜晚温存的风轻轻吹拂,吹过那男孩,仿佛要把他的魂魄吹离肉体。那男孩,形象不很清晰,但Z知道那是他自己。在空间中我们无法把自己看得完全,但在时间中可以办到。他看见三岁的自己用石子在土地上描画母亲的容颜。他顺着这孩子的目光看,月光照亮老屋的一角飞檐,照亮几片滴水的芭蕉叶子,照着母亲年轻的背影。老屋门窗上的漆皮已经干裂。芭蕉叶子上的水滴聚集,滚落,吧嗒一声敲响另一片叶子。母亲穿着旗袍,头发高高地挽成髻,月光照耀着她白皙的脖颈。那便是南方。或许还有流萤,在四周的黑暗中翩翩飞舞,飞进灯光反倒不见了。"妈——!妈——!"在月光下南方的那块土地上,他想画出母亲美丽的嘴唇,不仅是因为她们常常带着淡淡的清香给他亲吻,还因为他以一个男孩的知觉早就注意到了她的动人。(我有时想,女教师O和Z的母亲有没有什么相似之处?这样一想她们两个人的形象都模糊了。单独去想,每一个都是清晰的,但放在一块想却越来越想不清。)"妈——!""妈——!"但他看不清母亲的脸。母亲窈窕的身影无声地移进老屋,漆黑的老屋里这儿那儿便亮起点点蚊香的火光。母亲想必又在四下飘摇的烟雾中坐下了,烟烟雾雾熏燎她凝滞而焦灼的眼睛。那就是南方。南方的夜和母亲不眠的夜。Z偶尔醒来总看见母亲在沉沉的老屋里走来走去。"噢,睡吧睡吧,妈在呢。"母亲走近来,挨着他坐下或躺下。黎明时香火灭了,屋顶的木椽上、墙上、地板上、家具和垂挂的字画上,浮现一层青幽的光。有一种褐色的蜥蜴总在天亮前冷冷地叫,样子像壁虎但比壁虎大好几倍,贴伏在院墙上或是趴在树干上,翘着尾巴瞪着鼓鼓的小眼睛一动不动,冷不丁"鸣哇——"一声怪叫。"鸣哇——鸣哇——"叫得天不敢亮,昏暗的黎明又冷又长。母亲把Z的耳朵捂住,并且吻他:"不怕不怕。"Z还是怕。Z又恨它。Z以为那就是母亲彻夜不能入睡的原因。那就是南方,全部的南方。那时,料必Z对父亲还一无所知。

Z从未对我说起过他的童年。

南方,全部的南方就是那个温存而惆怅的夜晚,那不过是我生来即见的一幅幻象。我并不清楚,为什么我会以为那可以是Z的童年。这幻象不一定依靠夜梦才能看见,在白天,在喧嚣的街道上走着,在晴朗的海滩上坐着,或是高朋满座热烈地争论什么问题,或是按响门铃去拜访一个朋友,在任何时候任何场合,只要说起南方,我便看到她。轻轻地说"南——方——"那幅幻象就会出现。生来如此。生来我就看见过它:在画面的左边,芭蕉叶子上的水滴透黑晶亮,沿着齐齐楚楚的叶脉滚动、掉落,再左边什么也没有,完全的空无;画面的右边,老屋高挑起飞檐,一扇门开着,一扇窗也开着,暗影里虫鸣唧啾,再往右又是完全的空无;微醺的夜风吹人魂魄,吹散开,再慢慢聚拢,在清白的月光下那块南方的土地上聚拢成一个孩子的模样。除此之外我没有见过南方。除此之外,月光亘古不衰地照耀那年轻女人的背影。最为明晰最为虚缈的就是那婷婷的背影。看不清她的容颜。她可以是但不一定非是Z的母亲不可,也许她是所有可敬可爱的女人的化身。在我生来即见的那幅幻象中而不是在我对Z的母亲的设想中,她可以是我敬慕和爱恋过的所有女人。说不定前生前世我的情感留在了南方,阵阵微醺的夜风里有过我的灵魂。如果生命果真是一次次生灭无极的轮回,可能上一次我是投生在南方的,这一次是流放到北方的。这是可能的。有一次我与女教师O说起过这件事,她说这完全是可能的。"溶溶月色,细雨芭蕉。"她说,"你完全可能到过那儿。""没有,"我说,"直到现在我还没有见过南方。"她说:"我不是指的今生。""你是说,前生?""对。也许来世。"O是在南方降生的,她是从那儿来到北方的,我想她现在一定又回到那儿去了。所有可敬可爱的女人,她们应该来自南方又回到南方,她们由那块魅人的水土生成又化入那块水土的神秘，使北方的男人皓首穷梦翘望终生。我这样想，不知何故。我这样希望，亦不知何故。我大约难免要在这本书中，用我的纸和笔，把那些美丽的可敬可爱的女人最终都送得远远的，送回她们的南方。不知何故。也许只好等到我的心魂途经残疾人C、诗人L、F医生和他的父亲（还有谁，还有谁？）的心路之时，只好等到那时才能明了其中缘由。

母亲带着Z在南方等了三年。第三年，就是这一年，传来了父亲随一艘客轮在太平洋上沉没的消息。母亲怀疑了很久，虽然最终相信那不是真的，但在这一年的末尾她还是带着Z到了北方。

Z第一次看到了雪。牛车、渡轮、火车、汽车，由南向北母子俩走了七天，看见雨渐渐变成了雪。河水浑黄起来，田野荒凉下去，山势刚健雄浑但是山间寂寥冷落了，阳光淡泊凄迷显得无比珍贵。有一条细带在山脊上绵延起伏。Z问："那是什么？"母亲说："长城。""我们到这儿来干什么？"

父亲的老家在北方。那时爷爷还活着。那时Z的爷爷孤身一人在北方。

母亲并没把南方的宅院卖掉。她把那所宅院托付给了一个朋友。她确信父亲并没有死，父亲肯定没在那条船上，父亲当然会回来，有一天他会突然出现在她和Z的面前。那条船肯定是沉入了海底，带这消息来的人还带来了当时香港和新加坡的几份报纸，都在醒目的位置登载了那次海难的消息，白纸黑字："惨绝人寰，数百旅客葬身波涛"，"航海史罕见惨剧，数百人无一生还"。母亲把那几张报纸看了几遍，问："他肯定是在这条船上吗？"回答是："有人说，他是搭乘了那班船。""那个人，亲眼见他上了那条船吗？""这我不知道，但是有人亲眼见他订了那班船的票。"母亲说："把这几份报纸留给我好吗？"母亲仍然不相信父亲已经遇难，不相信会从此见不到他。母亲把那些报纸看了几天几夜，忽然灵机一动，到底为父亲找到了生机:那些报道在几百个遇难的人中,列出了几位在商界、金融界、文化界知名人士的名字,但没有Z的父亲。照理说应该有他。如果他真的在那条船上,那么报纸上尤其应该提到他,Z的父亲在四十年代的中国报界算个有影响的人物,记者们不注意到谁也该注意到他。母亲对自己说:"报纸上不提到谁,也该提到他。"但是没有。偏偏没有他。母亲没日没夜地在那几份报纸上寻找,看遍了每一个字和每一个标点符号,没有,肯定没有父亲的名字。

"如果他死了就该有他的名字,没有他的名字就说明他并不在那条船上。"后来母亲对爷爷这样说。

"谁呀?妈,你说的是谁呀?"三岁的Z在一旁问。

"你父亲。"母亲说,"你的爸爸。"

"我爸爸?"

"对。他活着,你爸爸他肯定还活着。"

"什么是活着?"Z问。

母亲便抱起他,亲吻他。母亲的眼泪流到Z的脸上,仿佛活着倒是一件需要流泪的事情。

爷爷一言不发。

那时Z已经跟随母亲到了北方,和爷爷住在一起。

是Z的爷爷不断写信要他们去。爷爷的信一封一封寄到南方,要Z的母亲带着Z一起到北方来。爷爷说他一个人也孤独寂闷得很,爷爷说"你们母子也一定过得很艰难",爷爷说他老了不想再离开故土,"你们来吧,到北方来我们一起生活"。爷爷的信里说,他已经弃政从农,他决定弃政从农倒主要不是局势所迫,而是这么多年党党派派见得多了,累了,也腻了,且自觉身心俱老,昏聩无能,碍手碍脚的跟不住潮流了。爷爷在信里说,自幼读陶渊明的诗,到了这把年纪方才体会了"采菊东篱下,悠然见南山"的宽坦清静的真境界。爷爷信里说:"大道废,有仁义;智慧出,有大伪。""绝圣弃智,民利百倍。""夫唯不争,故天下莫能与之争。"爷爷说自古及今,兵伐政治,鹿鼎频争,无非是打天下坐天下,朝朝代代,谁不说着天下为公,可天下几时为公过呢?英杰豪勇,伟略雄韬,争为天下君罢了。为天下君何如"为天下谷"?"为天下谷,常德乃足,复归于朴。"爷爷说,思来想去,莫若退隐归耕。爷爷在信里叫Z的母亲带着Z一起来吧,他说他再没有什么亲人了,若能与小孙孙在一起,终日为嬉为戏,也就可以无憾无怨安度晚年了,"含德之厚,比于赤子"。

以后有过一次机会,Z的母亲把这些信拿给Z的叔叔看,想让他知道爷爷的心态。叔叔看罢那些信,劝母亲不必担心。叔叔再把那些信扫视一遍,笑笑说:"他发泄发泄不满罢了,无非说明了一个阶级的穷途末路。"叔叔说,像爷爷这个年纪,真要他脱胎换骨也不可能。叔叔说:"别让孩子受了他的影响,这倒是大事。"

Z的爷爷在国民党政权中做过什么官?不详。他要么是做过很大的官,大到解放军来了也不杀他,杀了反而影响不好;要么就是官职太小,小到不足为患,小到属于团结教育之列。但据其信中"退隐归耕"一节推断,他也可能是起义人员,并在新政权中应邀占一个体面而闲适的职位。

Z的叔叔却是共产党的人,一个老党员,我们常说的老革命。但这个人在我的记忆里毋宁说是个概念。在我从少年直至青年的心目中,他曾是一个肃穆、高贵的概念,崇敬之心赖以牵动的偶像,他高高大大不苟言笑坐落在一片恢弘而苍茫的概念里。然后不知何时,我记得我一如既往地仰望他,他却从那片概念里消失掉,我未及多想,又见他从那消失的地方活脱出来。若使他从一个概念中活脱出来,他就不见得还是他,不见得单纯是Z的叔叔了,我眼前便立刻出现好几个人的形象,并且牵系着很多人支离破碎的故事。我越是想起他,便越是把他同另一些人的事迹弄得混淆不清了,比如女导演 N 的父亲,比如 F 医生的父亲以及母亲,比如 Z 同母异父的弟弟 WH 的老丈人,等等。截止到我想把 Z 的叔叔写进这篇小说的时候,那些人都还在,他们都还活着,有了半个多世纪的党龄,在半个多世纪的时间里变动着心绪和情感,以不同的方式度着晚年。他们当中的一个,随便谁,都让我想起并且决定写下 Z 的叔叔;他们当中的故事,随便谁的故事,都可能是 Z 的叔叔的以往或继续。

Z 的叔叔高中没毕业便离家出走参加了革命。那年他十八九岁,正逢学潮,他不仅参加了而且还是一方学生的领袖,学潮闹了五六个星期,闹到他被开除学籍,闹到他与 Z 的爷爷同时宣布废除他们的父子关系,闹到官府出动警察镇压并通缉捉拿几个闹事的头头儿。通缉捉拿的名单上有 Z 的叔叔。一天他半夜偷偷回到家,在 Z 的父亲协助下隔窗看了一眼病势垂危的母亲。之后,Z 的父亲想办法给他弄了些钱,瞒着家里所有的人送他走了。"到哪儿去?""找共产党去。""他们在哪儿你能知道?""哪儿都有。哥哥咱们一起走吧,你那些报纸那些新闻不过是帮他们欺骗民众罢了。"Z 的父亲再次阐明了自己一个报人的神圣职责和独立立场,兄弟俩于是在午夜的星光下久久相对无言,继而在夜鸟偶尔的啼鸣中手足情深地依依惜别,分道扬镳各奔前程。这情景当然都是我的虚拟,根据我自幼从电影和书刊中对那一代革命者所得的印象。

我们的生命有很大一部分,必不可免是在设想中走过的。在一个偶然但必需的网结上设想,就像隔着多少万光年的距离,看一颗颗星。

几十年后的"文化大革命"中,有人在大字报上揭发出一件事,成为 Z 的叔叔被打倒的重要因素:四八年末,大约与 Z 的父亲离开这块大陆同时,Z 的叔叔在解放军全面胜利的进攻途中,特意绕道回家看过一次 Z 的爷爷。他在家只待了一宿,关起门并且熄了灯,据揭发者说,他和他的反动老子嘁嘁喳喳一直谈到天亮。"对,就是他,就是他!"揭发者后来站在台上继续揭发说,"他现在老了,长得越来越跟他的反动老子一模一样。"造反派愤怒地呼喊口号,一些虔诚的保"皇"派如梦方醒地啼哭,形势跟当年斗争土豪劣绅异曲同工。揭发者受了鼓舞,即兴地写意了:"他和他的反动老子密谈了一宿,然后为了掩人耳目,趁天不亮跳后墙溜跑了。"台下群情激愤,数不清的胳膊和拳头一浪一浪地举起来,把一句反诘语喊出进行曲般的节奏:"中国有八亿人口——!""中国有八亿人口——人口——人口——人口——!""不斗行么——?!""不斗行么——行么——行么——行么——?!"我曾经坐在这样的台下。我曾经挤在这样的人群中,伸长着脖子朝台上望。皮带、木棒、拳头和唾沫,劈头盖脸向着一个老人落下去。我曾经从那样的会场中溜出来,惶惶然想起我和画家Z都可能见过的那座出乎意料的房子,那座美丽的房子和它的主人。但我并没有来得及发现,一个偶像是在哪一刻从他所坐落的那片概念里消失的,抑或是连同那片恢弘而苍茫的概念一同消失的。当他再从他所消失的地方活脱出来的时候,他已经屈服。Z的叔叔承认:四八年,那个深夜,他劝他的反动老子把一切房产、土地都无偿分给穷人。Z的叔叔劝Z的爷爷说:"然后你不如到什么地方去躲一躲,要不,干脆出国找我哥哥去吧。"Z的叔叔说:"坦率讲,凭你当年的所作所为我没必要再来跟你说什么。"Z的叔叔说:"我不是为你,懂吗,我是冲着母亲的在天之灵!"爷爷一声不响。叔叔喊:"你就听我一句吧,先找个什么地方去躲一躲。否则,坐牢、杀头,反正不会有你的好!"这一下爷爷火了,爷爷说:"把房产土地平均分给大家,这行。但是我不逃跑,我没必要逃跑!我没做过伤天害理的事我为什么要跑?谁来了事实也是事实!"爷爷老泪纵横仰天长叹:"天地做证,我自青年时代追随了孙中山先生,几十年中固不敢说赴汤蹈火舍死忘生,但先总理的理想时刻铭记于心,民族、民权、民生不敢须臾有忘,虽德才微浅总也算竭尽绵薄了。我真不懂我们是在哪一步走错了,几十几百几千年来这苦难的民族到底是哪一步走错了呀?如今共产党既顺天意得民心,我辈自愧不如理当让贤。如果他们认为我该杀,那么要杀就杀吧,若共产党能救国救民于水深火热,我一条老命何足为惜?!""文化大革命"中的揭发到此为止。因为台下必定会喊起来:胡说!胡说!这是胡说!这是小骂大帮忙!不许为反动派歌功颂德!——肯定会这样。甚至会把那个得意忘形的揭发者也赶下去,或者也抓起来。

但这只是一个故事的上半部。

断章取义说不定是历史的本性。

十年之后在为Z的叔叔举行的平反大会上,这个故事的下半部才被选入史册。……在爷爷自以为清白、无辜,老泪纵横地慷慨陈词之后,事实上叔叔的立场绝对坚定。叔叔冷笑道:"你说什么,你没做过伤天害理的事?你敢把这话再说一遍吗?"爷爷居然不敢。他们同时想起了叔叔是怎样参加了革命的。叔叔说:"那年闹学潮,你都干了些什么?"叔叔说:"你们口口声声民族、民权、民生,为什么学生抗议营私舞弊,要打倒贪污腐败的官僚卖国贼,你们倒要镇压?"爷爷嗫嚅着说:"我敢说,我的手上没有学生的血。"叔叔说:"那是因为你用不着自己的手!"爷爷说:"不不,我没想到他们会那么干。这由不得我呀!"叔叔说:"但是他们就那样干了,你还不是依然和他们站在一起吗?"爷爷不再说什么。叔叔继续说:"你又有什么资格去叫喊'天下为公'?你有几十间房,你有上百亩地,你凭什么?你无非比那些亲手杀人的人多一点雅兴,吟诗作画舞文弄墨,写一幅'天下为公'挂起来这能骗得了谁?"爷爷无言以对。叔叔继续说:"就在我母亲病重的时候,你又娶了一房小,你仍然可以说你的手上没有血,你可以坦坦荡荡地向所有人说,我的母亲是病死的,但是你心里明白,你心里有她的血!"那时爷爷已是理屈词穷悲悔欲绝了,叔叔站起身凛然离去……平反会开得庄严、肃穆,甚至悲壮,主席台上悬挂着国旗、党旗,悬挂着几个受叔叔牵连而含冤赴死的老人的遗像,周围布设着鲜花。但是不等大会结束 Z 的叔叔就走出了会场。不过他没有再走进那片恢弘和苍茫中去,他就像当年的我——就像一个才入世的少年一般,觉得世界真是太奇怪了。

Z 第一次见到叔叔是在他刚到北方老家不久。自从叔叔十八九岁离开家乡,好多年里爷爷不知道叔叔到了哪儿。自从四八年那次叔叔来去匆匆与爷爷见了一面之后,已经又过了三年,这三年里中国天翻地覆爷爷仍不知叔叔到底在哪儿,在做着什么事。爷爷从来不提起他。爷爷从来不提起叔叔,不说明爷爷已经把他忘记了,恰恰相反,说明他把他记得非常深。

Z 和母亲到了北方不久,夏天,Z 记得是向日葵花盛开的时候,是漫山遍野的葵花开得最自由最漂亮的时节,叔叔回老家来过几天。Z 不认识他。在那之前连 Z 的母亲也没见过他。

叔叔回来得很突然。

有天早晨爷爷对 Z 说:我得带你去看看向日葵,不不,你没见过,你见过的那几棵根本不算。爷孙俩吃罢早饭就上了路。爷爷告诉 Z:"咱们的老家其实不在城里,咱们真正的老家在这城外,在农村。"Z 说,农村?什么是农村?噢,农村嘛,就是有地可种的地方。它很远吗?不,不远,一会儿你就能看见它了。Z 自己走一阵,爷爷抱着他走一阵。街上的店铺正在陆续开门,牌匾分明旗幌招展。铁匠铺的炉火刚刚点燃,呼嗒呼嗒的风箱声催起一股股煤烟。粉坊(或是酱坊、豆腐坊)里的驴高一阵低一阵地叫,走街串巷的小贩长一声短一声地喊。Z 问,还远吗?爷爷说不远了,这不都到城边了?Z 再自己走一阵,爷爷又背上他走一阵。您累了吗爷爷?爷爷吸吸鼻子说,你闻见了没有,向日葵的香味儿?Z 说,您都出汗了,让我下来自己走吧。爷爷说,对,要学会自己走。爷爷说,多大的香味儿呀,刮风似的,你还没闻见? Z 使劲吸着鼻子说,哪儿呀?在哪儿呀?爷爷笑笑,说,别着急,你慢慢儿就会认识这香味儿了。后来还是爷爷背起 Z,出了城,又走了一会儿,然后爬上一道小山岗,小山岗上全是树林,再穿过树林。忽然 Z 在爷爷的背上闻到了那种香味儿,正像爷爷说的那样,刮风似的扑来,一团团,一阵阵,终于分不出界线也分不出方向,把人吸引进去把人吞没在里面。紧跟着,他看见了漫山遍野金黄耀眼的葵花。几千几万,几十万几百万灿烂的花朵顺着地势铺流漫溢,顺着山势起伏摇荡,四面八方都连接起碧透的天空。爷爷说,看吧,这才是咱们的老家。爷爷让 Z 从他的背上下来,爷孙俩并排坐在小山岗的边沿。看看吧,爷爷说,这下你知道它们的香味儿了吧?这下你才能说你见过向日葵了呢。Z 幼小的心确实让那处境震动了,他张着嘴直着眼睛一声不响连大气儿都不敢出,谁也说不清他是激动还是恐惧。那海一样山一样如浪如风无边无际的黄花,开得朴素、明朗,安逸却又疯狂。(我常窃想,画家 Z 他为什么不去画这些辉煌狂放的葵花,而总是要画那根孤寂飘蓬的羽毛呢?这确实是一个有趣的疑问。也许答案会像命运一样复杂。)爷爷说:"咱们的老家就在那儿,咱们的村子就在那儿,它让葵花挡着呢,它就在这葵林里。"爷爷说:"等到秋天,葵花子都收了,你站在这儿就能看见咱们的村子。"爷爷说:"咱们祖祖代代都住在那儿,就种这葵花为生,我正打算再搬回到村子里去呢。"爷爷问 Z:"你愿意吗?你看这儿好不好?" Z 什么都不说,从一见到这铺天盖地的葵花他就什么话都不说了。直到爷爷又抱起他走进向日葵林里去时,Z 仍然连大气都不敢出。向日葵林里很热,没有风,有一条曲曲弯弯的路。那路很窄,看似也很短,随着你不断往前走它才不断地出现。硕大的葵叶密密层层不时刮痛了 Z 的脸。爷爷却揪一张叶子贴在鼻下细细地闻,爷爷揪那叶子时花蕊便洒落下来,就像雨。到处都听见吱吱唧唧嗡嗡嘤嘤的声音,各种虫鸣,听不到边。就在这时

Z看见了叔叔。

一个男人忽然出现在Z和爷爷的眼前,他穿了一身军装,他长得又高又大,他长得确实很魁伟很英武,但他不笑。

他站在几步以外,看着爷爷。他脸上一丝笑意也没有。

Z偎在爷爷怀里感到爷爷从头到脚都抖了一下,再回头看爷爷,爷爷的脸上也没有了笑容。

叔叔和爷爷就这样对望着,站着,也不说话,也不动。

后来还是爷爷先动了,爷爷把Z放下。

那个男人便走过来看看Z,摸摸他的头。

那个男人对Z说:"你应该叫我叔叔。"

那个男人蹲下来,深深地看着Z的脸:"肯定就是你,我是你的亲叔叔。"

Z觉得,他这话实际是说给爷爷听的。

叔叔突然回来了。叔叔回来并不住在爷爷家,不住在城里,他住在真正的老家,就是爷爷说的在向日葵林中的那个小村子。母亲带着Z穿过葵林,到那村子里去过,去看叔叔。叔叔独自住在村边一间小屋里,住了几天就又走了。叔叔住的那间小屋是谁家的呢?叔叔要不是为了看爷爷,他回来看谁呢?这也是些有趣的谜团。这些谜团要到将来才能解开,但并不固定要由Z的叔叔这个角色去解开。

Z只记得,叔叔住的那间小屋前后左右都被向日葵包围着。正是葵花的香气最为清纯最为浓烈的那几天,时而雨骤风疾,时而晴空朗照,蜂鸣蝶舞,葵花轻摇漫摆欢聚得轰然有声,满天飞扬的香气昼夜不息。Z只记得,在那花香熏人欲醉的笼罩中,母亲劝叔叔,叔叔也劝母亲。母亲劝叔叔的事Z完全听不懂,以为是劝叔叔住到爷爷那儿去,但似乎主要不是这件事,中间总牵涉到一个纤柔的名字。然后叔叔劝母亲,劝她不要总到南方去打听父亲的消息。

母亲说:"你哥哥他肯定活着,他肯定活着他就肯定会回来。"

母亲说:"他要是回来了,我怕他找不到我们。他要是托人来看看我们,我怕他不知道我们到哪儿去了。"

叔叔说:"要是他愿意回来,他就无论如何都能找到你们。"

母亲说:"只要他能,他肯定会回来。"

叔叔说:"但是他要是回不来,我劝你就别再总到南方去打听了。这样对你对孩子都不好。"

母亲说:"为什么?我去打听的是我的丈夫,这有什么关系?"

叔叔说:"这很难说清。但是嫂子,你应该听我的,现在的事我比你懂。"

母亲说:"会有什么事,啊?你知道你哥哥的消息了吗?"

叔叔说:"不不。可是嫂子你别生气,你听我说,要是哥哥他不回来他就是,就是敌人,当然我们希望他能回来。"

母亲愣着,看着叔叔,愣了很久。

"你哥哥他总说,你们兄弟俩感情最好。"

"嫂子你别误会,我想念他并不比你想念得轻。我多想他能回来,能够说话的亲人我也只有他了。但他要是不回来,嫂子,你得懂……"

很久很久,母亲流了泪说:"你有你忘不了的情,我也有我的,不是吗?"

叔叔便低下头,不再言语。

母亲不管不顾还是不断到南方去。Z 三到五岁的两年里,母亲又到南方去过四次。Z 哭着喊着不让母亲离开,爷爷抱着他送母亲去上火车,四次,这 Z 记得清楚极了。母亲回来时还是一个人,四次,这 Z 记得清楚极了,因为母亲没有骗他,母亲每次只去三四天就一定会回来。母亲走的时候总显得激动不安,回来时却一点都不高兴,这让 Z 有些伤心。母亲每次回来都要病倒,头痛,呕吐,吃不下饭,吐的全是水,这真让Z心疼所以Z记得清楚极了,在他三到五岁期间母亲到南方去过四次。

生活所迫,母亲第四次到南方去时,把那所老宅院卖了。卖价很便宜,因为她不能太在南方耽搁,因为那时候买得起房的人很少。母亲在本来已经很便宜的卖价中再减去一百元,以此向买主提出一个条件:要是有一个海外归来的男人到这宅院里来找他的妻子和儿子,请买主务必告诉他,他的妻儿都还在,在北方他的老家等着他。母亲说:"让他立刻就来。"母亲说:"要是有人带他的信来,请立刻转寄给我。"母亲说:"要是他托人来看我们,请那个人跟我们通个信儿,我立刻就来。"母亲说:"要是那个人来不及等我,请千万记住把我们的情况告诉他,再请他一定转告孩子的父亲。"母亲单单没说,要是Z的父亲已经不在人间,要是有人来毫不含糊地证实了这一点,那可怎么办?母亲在意识和潜意识里都坚信着,父亲肯定没有死,他肯定不在那条沉没的船上。

所以,Z九岁的那个冬天的晚上(此前四年,Z和母亲已经离开爷爷,从老家来到了北京),当母亲对他说"明天咱们要搬家……搬到你父亲那儿去……他就住在离这儿不远的地方……"时,他认为母亲必定会激动得笑,或者激动得哭。但是母亲却整整一个晚上郁郁寡欢沉默不语,一双失神的眼睛频频地追随而后又慌忙地躲避开儿子的目光,这真让Z迷惑不解。但很快谜底便揭穿了:那个以后Z必须要叫他父亲的人,并不是他的父亲,并不是Z 的 生 身 之 父。第二天他们搬了家,他跟着母亲搬到那个男人住的地方去了。在路上Z问:"他是什么时候回来的?"母亲说:"见了面,你要叫他,你不是早就想叫你的父亲了吗?"谁也没有料到,如此艰深的一个谜,竟被这个只有九岁的孩子轻易猜破,竟被他在见到那个男人的三个小时之后就轻而易举地揭穿。方法很简单:忙乱之中Z瞅准一个机会,把那个男人领到自己的行李跟前,把那些唱片拿给那个男人看,但是那个男人完全不认识它们。那个男人只是摸了摸Z的头,故作亲热地说:"哟哟,你妈妈还给你买了这么多唱片吗?"Z问:"你见过它们吗?"那个男人说:"我曾经在一个英国牧师家里见过这东西。"恰在这时母亲走了过来,母亲正好看见了这一幕,她的脸色立刻变得惨白。

不过我明显犯了一个逻辑错误。如今我远离了Z去猜想当年的情景,我看出我犯了一个技术上的错误,那就是:Z无论如何都应该见过他生父的照片。多年的颠沛流离,母亲丢失了很多东西但她当然要把父亲的照片带在身边。母亲朝思暮想望眼欲穿,她一定会常常把父亲的照片拿出来看,给儿子看,和儿子一起看。不是在南方就是在北方,不是在葵花飘香的老家,就是在车马喧嚣的北京的一个小院里,母亲指着那照片告诉Z:"记住,这就是你的父亲。记住他。"所以,我应该修改这个违背了真实的错误。

但现在诗人L从我的思绪中跑出来对我说:"我倒宁愿你保留着你这个真实的愿望。"诗人说:"你最好不要去写那个母亲是在何时何地和怎样把那次搬家的事实告诉给儿子的。"诗人说:"是的是的,我不愿去设想,在把事实告诉给儿子之前,那个女人是在何时何地为什么竟放弃了她的梦想?"诗人L不愿看到甚至不愿去想,一个美好的女人放弃梦想时的惨状;诗人现在甚至希望:

她魂牵梦系的那个男人确实已经死了,在她放弃她的梦想之前,这个消息已经得到了证实。或者,诗人希望:

在她放弃她的梦想之前,她的梦想已经自行破灭,有确凿无疑的证据表明,那个远在天边的男人能够回来但他并不打算回来。或者,诗人希望:

她的梦想不是被理性放弃的,至少不是被一种现实的利益所放弃的,我宁愿那是被另一个梦想顶替掉的,那样的话梦想就仍然得以继续着。诗人想:我宁愿忍受她已经另有所爱,也不愿意设想这个世界上竟没有一个人能够幸免于从梦想堕落进现实。

但这时 F 医生在我的心里对诗人说:那倒不如没有梦。F 医生希望:

要是一个人不得不放弃他的梦想,上帝应该允许他把那些梦想忘记得干干净净。

诗人反驳道:不　得　不　放弃吗？我看不出有什么事能迫使她这样。

F 医生讥嘲道:那是因为你仅仅是个诗人,更准确地说,你仅仅是一行诗。

我知道,但是我知道 Z 的母亲为什么放弃了她的梦想,九岁的 Z 那时还不可能知道,只有我知道:她是为了儿子的前程。当她带着儿子离开了爷爷的时候,已经证明她终于听懂了叔叔的忠告。她带着儿子到了北京,在一所小学校找到了一份教书的差事做,一做十年,十年中她再没有去过南方。

备 忘 四

我说过了,我生于一九五一年一月四日。我说过,我接受这个传说。多年来我把这个日期——这几个无着无落的数字,几十几百遍填写进各式各样的表格,表示我对一种历史观的屈服。

恰恰就在昨天,我知道了"哥德尔不完全性定理":一个试图知道全体的部分,不可能逃出自我指称的限制。我应该早一点知道它,那样我会获得更多的自由。

我曾经这样写过:要我回答"世界是从什么时候开始的"这样的问题,一个不可逃脱的限制就是,我只能是我。事实上我只能回答,世界对我来说开始于何时。（譬如说,它开始于一九五五年春天某个周末的夜晚,这之后才有了一九五一年冬天的那个早晨,才渐渐地又有了更为虚缈更为久远的过去,过去和未来便以随机的顺序展开。）因为我找不到非我的世界,永远都不可能找到。所以世界不可能不是对我来说的世界。当然,任何人都可以反驳我,甚至利用我的逻辑来向我证明,世界也是对他们来说的世界,因此世界并不只是对我来说的世界。但是我只能是我,这是一个不可逃脱的限制;结果他们的上述意见一旦为我所同意,即刻又成为世界对我来说的一项内容了。他们豁达并且宽厚地一笑,说那就没办法了,反正世界并不单单是　对　你　来　说　的　世界。我也感到确实是没有办法了,世界　对　我　来　说　很可能不单单是对我来说的世界。他们就又想出一条计谋来折磨我,他们说,那么依你的逻辑推论,从来就不存在　一　个　世界,而是——譬如说现在——有五十亿个世界。我知道随之而来的结论会是什么,我确实被迫受了一会儿折磨。但是当我注意到,就在我听着他们的意见之时,我仍旧是无可逃脱地踞于我的角度上,我于是说,对啦五十亿个世界,这是对我来说的这个唯一世界中的一个消息。

我曾经这样写过:我没统计过我与多少个世界发生过关系,我本想借此去看看另外的、非我的世界,结果他们只是给了我一些材料,供我构筑了这个对我来说的世界。正如我曾走过山,走过水,其实只是借助它们走过我的生命;我看着天,看着地,其实只是借助它们确定着我的位置;我爱着她,爱着你,其实只是借助别人实现了我的爱欲。

我真应该早一点知道那个"哥德尔不完全性定理",那样我就能更早地自由,并且更多自信。

我写过一篇题名为《奶奶的星星》的小说。我写道——

　　世界给我的第一个记忆是:我躺在奶奶怀里拼命地哭,打着挺儿,也不知道是为了什么,哭得好伤心。窗外的山墙上剥落了一块灰皮,形状像个难看的老头儿。奶奶搂着我,拍着我,"噢——噢——"地哼着。我倒更觉得委屈起来。"你听!"奶奶忽然说,"你快听,听见了什么?"我愣愣地听,不哭了,听见了一种美妙的声音,飘飘的,缓缓的,是鸽哨?是秋风?是落叶划过屋檐?或者,只是奶奶在轻轻地哼唱?……屋顶上有一片晃动的光影,是水盆里的水反射的光,光影也那么飘飘的,缓缓的,变幻成和平的梦境,我又在奶奶怀里安稳地睡熟……

我从那一刻见到世界,我的感觉从世界的那一幅情景中出生,那才是我的生日。我不知道那是哪年哪月哪天,我分不出哪是感觉哪是世界,那就是我的生日。但我的生日并没有就此结束。

我写过另一篇小说,叫作《一个谜语的几种简单的猜法》。在那篇小说中我写道——

奶奶的声音清清明明地飘在空中:"哟,小人儿,你醒啦?"

奶奶的声音轻轻缓缓地落到近旁:"看什么哪?噢,那是树。你瞧,刮风了吧?"

我说:"树。"

奶奶说:"嗯,不怕。该尿泡尿了。"

我觉得身上微微的一下冷,已有一条透明的弧线蹿了出去,一阵叮嘟嘟的响,随之通体舒服。我说:"树。"

奶奶说:"真好。树,刮风——"

我说:"刮风。"指指窗外,树动个不停。

奶奶说:"可不能出去了,就在床上玩儿。"

脚踩在床上,柔软又暖和。鼻尖碰在玻璃上,又硬又湿又凉。树在动。房子不动。远远近近的树要动全动,远远近近的房子和街道都不动。树一动奶奶就说,听听这风大不大。奶奶坐在昏暗处不知在干什么。树一动得厉害窗户就响。

我说:"树刮风。"

奶奶说:"喝水不呀?"

我说:"树刮风。"

奶奶说:"树。刮风。行了,知道了。"

我说:"树!刮风。"

奶奶说:"行啦,贫不贫?"

我说:"刮风,树?"

奶奶说:"嗯。来,喝点儿水。"

我急起来,直想哭,把水打开。

奶奶看了我一会,又往窗外看,笑了,说:"不是树刮的风,是风把树刮得动活儿了。风一刮,树才动活儿了哪。"

我愣愣地望着窗外,一口一口从奶奶端着的杯子里喝水。奶奶也坐到亮处来,说:"瞧瞧,风把天刮得多干净。"

天。多干净。在所有东西的上头。只是在以后的某一时刻才知道那是蓝,蓝天;那是灰和红,灰色的房顶和红色的房顶;那是黑,树在冬天光是些黑色的枝条。是风把那些黑色的枝条刮得摇摆不定。我接着写道——

奶奶扶着窗台又往外看,说:"瞧瞧,把街上也刮得多干净。"

奶奶说:"你妈,她下了班就从这条街上回来。"

额头和鼻尖又贴在凉凉的玻璃上。那是一条宁静的街。是一条被楼阴遮住的街。是在楼阴遮不到的地方有根电线杆的街。是有个人正从太阳地里走进楼阴中去的街。那是奶奶说过妈妈要从那儿回来的街。玻璃都被我的额头和鼻尖焐温了。

奶奶说:"太阳沉西了,说话要下去了。"

因此后来知道哪是西,夕阳西下。远处一座楼房的顶上有一大片整整齐齐灿烂的光芒,那是妈妈就要回来的征兆,是所有年轻的母亲都必定要回来的征兆。然后是——

奶奶说:"瞧,老鸹都飞回来了。奶奶得做饭去了。"

天上全是鸟,天上全是叫声。

街上人多了,街上全是人。

我独自站在窗前。隔壁起伏着"咯咯咯……"奶奶切菜的声音,又飘转起爆葱花的香味。换一个地方,玻璃又是凉凉的。

后来苍茫了。

再后来,天上有了稀疏的星星,地上有了稀疏的灯光。

那是我的又一个生日。在那一刻我的理性出生,从那一刻开始我的感觉同理性分开;从那情景中还出生了我的盼望,我将知道我的欢愉和我的凄哀,我将知道,我为什么欢愉和我为什么凄哀。而我的另一些生日还没有到来。

我从虚无中出生世界从虚无中出现。我分分秒秒地长大世界分分秒秒地扩展。是我成长着的感觉和理性镶嵌进扩展着的世界之中呢?还是扩展着的世界搅拌在我成长着的感觉和理性之中?反正都一样,相依为命。我的全世界从一间屋子扩展到一个院子,再从一个院子扩展到一条小街、一座城市、一个国度、一颗星球,直到一种无从反驳又无从想象的无限。(我猜想,那正是我的极限的换一种说法;无限是极限的一个狡猾的别名。)

就像有一架摄影机:缓缓摇过天花板,白色已经泛黄的天花板中央有一圈波纹般的雕饰,圈心垂吊下一盏灯。接着下摇:墙上有一幅年画,年画上一个男孩和一个女孩怀里都抱着鸽子;见过那幅画的人都会记起,它的标题是《我们热爱和平》。再横摇:无声地摇过那幅年画,摇过明净的窗,洁白的窗纸和印花的窗帘,窗台上一盆无花的绿叶,再摇过一面空白的墙,便见一张红漆长桌和两只红漆方凳,桌上有一架老座钟,"嘀—嗒—、嘀—嗒—、嘀—嗒—",声音很轻,但很有弹力,"嘀—嗒—、嘀—嗒—、当——",最后一下声音很厚,余音悠长。推进:推向那架老座钟,越来越大越来越清楚的一圈罗马数字,和一长一短两支镂花的指针,镜头在那儿停留也许是一会儿也许是很久;不必考虑到底是几点,两支镂花的指针可以在任何位置。无所谓,具体的时间已经无所谓,不可能记得清了。画面淡出。

据历史记载,有过一场"镇反"运动。可能就是那年。

据历史记载,在朝鲜发生过一场战争。可能就是那几年中的一年。

我记得,那时候奶奶总在学唱一支歌:"嘿啦啦啦—啦——,嘿啦啦—啦——,天空出彩霞呀,地上开红花呀……"

历史在我以外的世界,正不停顿地走着。

另一幅画面淡入:半开着的屋门,露出一隙屋外的世界,明媚诱人。然后,如同镜头拉开:棋盘一般的青砖地,一方一方地铺开铺向远处的屋门,从那儿从半开的门中,倒下来一长条界线分明的阳光,平展展地躺倒在方砖地上。如同摄影机向前移动,朝着屋门,很不平稳地向前移动:青砖地摇摇晃晃地后撤。忽然那条阳光中进来一个影子进来一个声音,奶奶或者妈妈的声音:"慢点儿慢点儿,哎——对啦,慢一点儿。"很不平稳但是继续前移,慢一点儿或者一点儿也不慢,越过那条齐整的阳光,门完全敞开时阳光变宽了,越过门槛,下了台阶,停住。镜头猛地摇起来:猛地满目令人眩晕的灿烂。然后仿佛调整了光圈,眼前慢慢地清晰了,待景物慢慢清晰了却似另一个世界,一个新的　全　世　界,比原来的全世界大了很多倍的又一个全世界。向东横摇一周,再向西横摇一周:还是那些房屋,走廊、门窗、柱梁、屋檐,都还是那么安静着待在那里,却似跟原来看到的不尽相同。现在不是从玻璃后面看它的一幅画面,现在是置身其中,阳光温暖地包围着,流动的空气紧贴着你的周身徐徐地碰着你的皮肤,带着花木的芬芳,带着泥土的湿润,带着太阳照射下的砖墙和石阶的热味儿,带着阴凉的屋檐下和走廊上古老的气息,世界就变了样子。那是不是又一个生日呢?摇向天,天是那么深而且那么大,天上有盛开的花朵;摇向地,地原来并不一定都是青砖铺成的呀,地上有谢落的花瓣。可能是暮春时节。

历史记载,曾有过一次"肃反"运动。也许就是那年。

历史记载,有过"公私合营",有过"三反""五反"以及"扫盲"运动。也许就是那几年。

记得那时爸爸妈妈晚上很晚很晚还不回来。奶奶在灯下读《识字课本》:"……中华民族到了最危险的时候,每个人都被迫着发出最后的吼声……"在《奶奶的星星》那篇小说中我写过,奶奶总是把"吼声"念成"孔声"。

摄影机上摇下摇左右横摇,推进拉开前后移动:视点乱了,目不暇接。就是说,我能跑了。

我能到处跑了。无牵无挂地跑,不知深浅地跑,大喊大笑地跑,但是摔倒时那地面坚硬而且凶狠,心里涌出无限的惊骇和冤屈,如果奶奶或妈妈就在近旁,那冤屈便伴着嚎啕愈加深重。我童年住的那个院子里,有两条十字交叉的甬道。十字甬道与四周房屋的台阶联成一个"田"字。"田"字的四个小方格是四块土地,种了四棵树。一棵梨树,一棵桃树,两棵海棠树;到了春天,白的和粉白的花朵开得满天,白的和粉白的花瓣落下一地。四棵树下种了西番莲、指甲草、牵牛花、夜来香、草茉莉……一天到晚都有花开。我还记得我要仰望西番莲那硕大的花朵,想想那时我才有多高?早晨,数一数牵牛花又开了多少。傍晚,揪一朵草茉莉当作小喇叭吹响。夜来香展开它淡黄色的极为简单的花瓣,我不用蹲下也不用弯腰,走过去鼻子正好就贴近它,确认晚风里那缥缈的清香正是来自于它。想想看,那时我才有多大?还有跟那花香一般缥缈的钟声,一丝一缕悠悠扬扬地不知到底从哪儿传来,早晨、中午、晚上,都听见。直到有一天我走出这个院子,走到街上去,沿着门前那条街走了很远以后,我才能似真似幻地记起一座教堂。但那教堂和那钟声在我的记忆里分隔了很久很久,很多年以后那缥缈难忘的钟声才从我印象的角落里找到那座教堂的钟楼。

我写过一篇小说《钟声》。在那篇小说里,我虚构了一个叫作B的角色。根据我对B的希望,根据我和B对那钟声的希望,我写道——

B寻着那钟声走,走进了一座很大很大的园子。推开沉重的铁栅栏门,是一片小树林,阳光星星点点在一条小路上跳跃。钟声停了,四处静悄悄,B听见自己孤单的脚步,随后又听见了轻缓如自己脚步一般的风琴声。矮的也许是丁香和连翘,早已过了花期。高的后来B知道那是枫树,叶子正红,默默地仿佛心甘情愿燃烧。他朝那琴声走,琴声中又加进了悠然清朗的歌唱。出了小树林,B看见了那座教堂。它很小,有一个很高的尖顶和几间爬满斑斓叶子的矮房;周围环绕着大片大片开放着野花的草地。琴声和歌唱就是从那矮房中散漫出来,荡漾在草地上又飘流进枫林中。教堂尖顶的影子从草地上向B伸来,像一座桥,像一条空灵的路。教堂的门开着,一个白发老人问他:你找什么,孩子?

后来那教堂关闭了,园门紧锁,除了黎明和黄昏时分一群群乌鸦在那儿聒噪着起落,园内一无声息。根据我对B的希望,根据我和B对那钟声的怀念,我写道——

B不仅聪明而且胆大,他能够轻而易举地翻过园墙,独自到园中游逛。雪地上除了乌鸦和麻雀的脚印就是B的脚印。北风在冬日静寂的光线里扬起细雪,如沙如雾,晶莹迷蒙。教堂尖顶的影子又从雪地上向他伸来,像一座桥像一条寂寞的路,他走进去。慢慢地走进那影子又慢慢地走出来,有点怀念往日悠远凝重的钟声。一天,他弄开一扇窗户钻进教堂,教堂里霉味儿扑鼻,成群的老鼠吱吱叽叽地四散而逃把厚而平坦的灰尘糟踏得狼藉不堪。他爬上钟楼,用木棍敲响了锈蚀斑斑的大钟。可惜他的力气还太小。但那微弱得仿佛是风吹响的钟声竟出人意外地温存、忧哀,在空旷的雪地上回旋,在寒冷的阳光里弥漫,飘摇溶解进深远巨大的天空……

后来那钟楼倒塌了。继而那教堂被拆除了,片瓦无存。最后在教堂拆除后的那块空地上建起一座红色的居民大楼。我记得几十年前当听说要盖那座大楼的时候,我家那一带的人们是多么激动。差不多整整一个夏天,人们聚在院子里,聚在大门前,聚在街口的老树下,兴致勃勃地谈论的都是关于那座大楼的事。年轻人给老人们讲,男人给女人们讲,女人们就给孩子们讲,都讲的是那座神奇美妙的大楼里的事。那座大楼里的一切都是公共的,有公共食堂、公共浴室、公共阅览室、公共电话间、公共娱乐厅……在那儿,在不远的将来,不必再分你我,所有人都是兄弟姐妹,是一家人,所有的人都尽自己的能力工作,不计报酬,钱就快要没用了,谁需要什么自己去拿好了,劳动之余大家就在一起尽情欢乐……人们讲得兴奋,废寝忘食,嗓子沙哑了眼睛里也都有血丝,一有空闲就到街口的老树下去,朝那座大楼将要耸起的方向眺望;从白天到晚上,从日落到天黑,到工地上空光芒万丈把月亮也逼得黯淡下去,那老树下一直人群不断,人声和远处塔吊的轰鸣声片刻不息。我奶奶很高兴,她相信谢天谢地从此不用再围着锅台转了。我也很高兴,因为在那样一座大楼里肯定会有很多很多孩子,游戏的队伍将无可怀疑地得到壮大。我不知道别人都是为什么而高兴而激动。但后来又有消息说,那座大楼再大也容不下所有的人,我家那一带的人们并不能住进去。失望的人们就跑到工地上去看去问,便看出那楼确实容不下所有的人,但又听说像这样的大楼要永远不断地盖下去直到所有人都住上,人们才又充满着希望回来。

据历史记载,有过一次"反右"斗争。想必就是那一年。

据历史记载,有过一次"大跃进"运动。想必就是那些年。

外部世界的历史,将要或者已经与我的生命相遇了。就在我对外部世界一无所知,无牵无挂地消磨着我的童年时光,就在那时候,外部世界已由一团混沌千变万化终于使一部有条有理的历史脱颖而出(这样的过程无论需要多久对我来说都是一样);对我来说至关重要的是,它以 其 一 点 等待着我的进入了。当你必然地要从其一点进入,我说过了,你就会发现自己已被安置在一张纵纵横横编就的网中,你被编织在一个既定的网结上,并且看不出条条脉络的由来和去处,那就证明历史确凿存在。

那一年,一九五八年,那是一个确凿的年份。我看见过它。我翻开日历看见了它,黑的、绿的和红色的字:一九五八。我记得有一天它是红色的字,奶奶、妈妈、爸爸都在我面前,为我整理书包、笔、本子和一身崭新的衣裳,他们对我说:你就要上学了。

那所小学的校舍,原是一座老庙,红墙斑驳,坐落在一条小街的中央。两扇又高又厚的木门,晨光中吱呀呀地开启,暮色下吱呀呀地关闭,依旧古刹般地森然威肃。看门并且负责摇铃的,是一个老头,光光的头皮仍像是个剃度的僧人,都说他原就是这里的庙祝。进门是一片空阔的院落,墙根、墙头、甬道的石缝中间蒿草蓬生,说不准是散布着颓败还是生机。有几棵柏树,有一棵巨大的白皮松。那白皮松要三四个孩子拉起手来才能围拢,树皮鳞片似的一块块剥落,剥落处滴出黏黏的松脂。再进一道垂花门,迎面是正殿,两厢是配殿,都已荒残,稍加清理装修就做了教室。昔日的诵经声改为孩子们的读书声而已。

我记得我是个怯懦的孩子,是个过分依赖别人的孩子,可能生性如此,也可能是因为我生来受着奶奶太多的爱护。我想我曾经一定是个畏怯得令人厌倦的孩子。我记得,很多天很多天我还不敢独自去上学,开始的时候我甚至不能让奶奶离开,我坐在教室里,奶奶就坐在教室外面的院子里,奶奶一走我就从教室里跑出来跟着她走，老师的断喝和其他孩子们的嘲笑都不能阻挡我，只要我跑到奶奶身边我想就平安了；后来好一些，但在去上学的路上还是得让奶奶陪着。那条小街上的太阳，那座老庙里的铃声，那棵巨大的白皮松和它浑身滴淌的松脂，以及满院子草木在风中沙啦沙啦地摇响，都让我不安；在学校门前跟奶奶分手时我感到像似被抛进了另一个世界，我知道我必须离开奶奶到那个世界里去，心中无比凄惶。那是一个有着那么多人的陌生的世界。

我说过，我的生日并没有一劳永逸地完成。

也许是我生性胆小，也许那个陌生的世界里原就埋藏着危险。在那儿，在那所小学在那座庙院里，世界的危险将要借助一个可怕的孩子和一些可怕的事向我展现，使我生命中的孤独和恐惧得以实实在在地降生。

我牢牢地记住一个可怕的孩子。我至今没有弄懂，为什么所有的孩子都怕他，都恭维他，都对他唯命是从。现在我唯一明了的是，我之所以怕那棵白皮松，是因为那个可怕的孩子把黏黏的松脂抹在我的头发上，他说否则他就不跟我好。他不跟谁好谁就要孤立，他不跟谁好所有的孩子就都不跟谁好，谁就要倒霉了。他长得又矮又瘦，脸上有一条条那么小的孩子难得的皱纹儿，但他有一种奇怪的(令我如今都感到奇怪的)力量。他只要说他第一跟谁好，谁就会特别高兴；他说他第二跟谁好、第三跟谁好、第四跟谁好、最末跟谁好，所有的孩子就都为自己的位置感到欣慰或者悲伤。他有一种非凡的才能。现在我想，他的才能在于，他准确地感觉到了孩子们之间的强弱差别，因而把他们的位置编排得令人折服；他喜欢利用这一点实现他的才能。但是一个孩子具有这样的才能，真是莫测高深的一种神秘，我现在仍有时战战兢兢地想，那个可怕的孩子和那种可怕的才能，非是上帝必要的一种设计不可。那是天才，那也是天才。

有一天,几十年后的一天,我偶然又从那座庙前走过,那儿已经不是学校了,庙门已被封死不知那老庙又派了什么用处。忽然我望见那棵巨大的白皮松还在,从墙头从殿顶上伸开它茂盛的枝叶。我站下来,心想,我不见它的这么多年里,它一向就在那儿一块块剥落着鳞片似的树皮,滴淌着黏黏的松脂,是吗?那条小街几乎丝毫未改,满街的阳光更是依然如故,老庙里上课的铃声仿佛又响起来,让我想起很多少年时代的往事,同时我又想起那个可怕的孩子。那个可怕的孩子,他像一道阴影停留在我的少年时代,使种种美好的记忆都掺杂着那一道阴暗的威胁。

他把黏黏的松脂抹在我的头发上,那一次我不知深浅地反抗了;他本来长得瘦小,我一拳就把他打得坐倒在地上,但是他并不立刻起来还击,他就坐在那儿不露声色地盯着我。(我现在想,他是本能地在判断着我到底是强还是弱。现在我想,我很可能放过了一个可以让他"第一跟我好"的机会,因为我害怕了,这样他不仅不必"第一跟我好",而且选定我作为他显示才能的对象了。那个可怕的孩子,让我至今都感到神秘、恐怖和不解。)我本来准备好了也挨他一拳,但是完全出乎我意料,他站起来,挨近我,轻轻地但是坚决地对我说"你等着瞧吧",然后他就走开了,立刻走到所有的孩子中间去说说笑笑了,极具分寸地搂一搂这个的头,攀一攀那个的肩,对所有的孩子都表示着加倍的友好,仿佛所有的孩子都站在他一边,都与他亲密无间。他就这样走到孩子们中间去并占据了中心位置,轻而易举就把我置于孤立了,孤立感犹如阴云四合一般在我周周聚拢,等我反应过来,那孤立的处境已经不是一个普通的孩子能够摆脱的了。现在我说起这件事还感到一阵透心的阴冷。他走到孩子们中间去了,我便走不进去了,我只好一个人玩。好几天我都是一个人玩,走来走去像一只被判罚离群的鸟儿。我想要跟谁玩,甚至我一走近谁,那个可怕的孩子就把谁喊过去,就非常亲密地把谁叫到他那边去。我已经输了,我现在才看出所有的孩子都在那一刻输给他了,因为没有哪一个孩子愿意落到我的处境,没有哪一个孩子不害怕孤立。那些天我无论是在学校还是在家,都是郁郁寡欢一个人呆呆地发愣,奶奶摸摸我的头——温度正常,妈妈看看我的作业本——都是5分,"怎么啦你?"我不回答,我不知道怎样回答。但那个可怕的孩子并不就此罢休,他是个天才几十年后我将会懂得世界上确实有这样可怕的天才,他并不想还我一拳也并非只是想孤立我,他是想证明他的力量,让所有的孩子都无可选择地听他的指挥——但愿这不是真的,至少在一个少年身上这不是真的,但这 是 真 的。也许生命到了该懂得屈服的时候了,也许我生命中的卑躬屈膝到了该出生的时候了。那个可怕的孩子,他终于找到一个机会来试验我的软弱也试验他的强大了。这也许是命运所必要的一种试验,上帝把一个扁平的世界转动一下以指出它的立体,它的丰富,从而给我又一个新的但是龌龊的生日。那是在课堂上,当老师背过身去在黑板上写一道题的时候,那个可怕的孩子故意把桌子摇得哐哐响,老师回过头来问:"是谁?"那个可怕的孩子马上指着我说:"是他!"不等老师说话,他就问几个最跟他好的孩子:"是不是他?是不是?"那几个孩子都愣了一下,然后有的高声说是,有的低声说是,有的不说话。老师可能不大相信,就叫起一个孩子问:"是谁?"那是个平时最老实的孩子,但是他看看我,低声说:"我,我没看见。"老师看着我,可竟连我自己都不敢申辩,我又惊又怕满脸通红倒像是被抓住的罪魁祸首一样。我看见那个可怕的孩子此时坐得端端正正,一副遵守纪律的样子。那天放学回到家,我勉强把功课做完,就又呆呆地坐着一声不吭,奶奶过来问我:"你到底是怎么啦?"我哇的一声哭出来。奶奶说:"说,有什么事就说,哭什么呀?"我的屈服、谄媚,谄媚的愿望和谄媚的计谋,就在那一刻出生了。我抽抽咽咽地说:"我想要一个足球。"我竟然说的是:"我想要一个足球。"我竟然那么快地想到了这一点:"我想要一个足球。"奶奶说:"行,不就是一个球吗?"我说:"得是一个真正的足球,不是胶皮的得是牛皮的,我怕我爸我妈不给我买。"奶奶说:"不怕,我让他们给你买。"

因为那个可怕的孩子最喜欢踢足球。因为我记得他说过他是多么渴望踢一回真正的足球。因为我知道他的父母不可能给他买一个足球。

奶奶带我去买了一个儿童足球,虽然比真正的足球小一些,但是和真正的足球一样是牛皮制作的。从商场回来,我不回家,直接就去找那个可怕的孩子了。他出来,看我一眼,这一眼还没看完他已经看见了我手上的足球。我说:"咱们踢吧。"他毕竟是个孩子,他完全被那个真正的足球吸引了忘记了其他,他接过足球时那惊喜的样子至今在我眼前,那全部是孩子的真正的喜出望外,不掺任何杂质的欣喜若狂。他托着那个足球跑去找其他住在附近的孩子:"看哪,足球!"我跟在他身后跑,心里松快极了,我的预谋实现了。"看哪,足球!""看呀,嘿你们看呀,真正的足球!"那个足球忽然把他变得那么真诚可爱,竟使我心中有了一点点不安,可能是惭愧,因为这个足球不是出于真诚而是出于计谋,不是出于友谊而是出于讨好,那时我还不可能清楚地看见这些逻辑,随着住在附近的孩子们都跑来都为我的贡献欢呼雀跃,我心中那一点点不安很快烟消云散了。那个可怕的孩子天生具有组织才能,他把孩子们分成两拨,大家心悦诚服地听凭他的调遣,比赛就开始了。在那条胡同深处有一块空地,在那儿,有很长一段时期,一到傍晚,总有一群放了学的孩子进行足球比赛。那个可怕的孩子确实有着非凡的意志,他的身体甚至可以说是羸弱,但一踢起球来他比谁都勇猛,他做前锋他敢与任何大个子冲撞,他做守门员他敢在满是沙砾的地上扑球,被撞倒了或身上被划破了他一声不吭专心致志在那只球上,仿佛世界上再没有其他东西。他有时是可爱的,有时甚至是可敬的,但更多的时候他依然是可怕的。天黑了孩子们都被喊回家了,他跟我说:"咱们再踢一会儿吧?"完全是央告的语气。我说:"要不,球就先放在你这儿吧,你明天还给我。"他的脸上又出现了那种令人感动的惊喜。他说:"我永远第一跟你好,真的。"我相信那是真的,我相信那一刻我们俩都是真诚的。

但是,使我刻骨铭心的是:这"真诚"的寿命仅仅与那只足球的寿命相等。

终于有一天我要抱着一个破足球回家。

我抱着那只千疮百孔的足球,抱着一个少年阴云密布的心,并且不得不重新抱起这个世界的危险,在一个秋天的晚上,沿一条掌起了灯的小街,回家。秋风不断吹动沿街老墙上的枯草,吹动路上的尘土和败叶,吹动一盏盏街灯和我的影子,我开始张望未来我开始问这一切都是为什么。我想,那就是我写作生涯的开始。

也许,与此同时,画家 Z 也正在一个冬天的晚上从另一条小街上回家;也许那也正是画家 Z 走出那座美丽的房子,把那根白色的羽毛所包含的一切埋进心里,埋下未来的方向,独自回家的时候。

也许那也正是诗人 L,在他少年时的一个夏天的晚上,独自回家的时刻。

每一个人或者每一种情绪,都势必会记得从这个世界上第一次独自回家的时刻。每一个人或者每一种情绪都在那一刻埋下命定的方向,以后,永远,每当从这世界上独自回家,都难免是朝着那个方向。

我写过一篇小说,《礼拜日》。其中有一条线索,写一个老人给一个女孩子讲他少年时的一段经历。那不是我的记忆,不是我的经历,我写那段经历的时候想的是诗人 L,那是我印象中诗人的记忆。当有一天我终于认识了诗人L,我便总在想,诗人是在什么样的时刻诞生的?我和画家Z都找到了各自的生日,那么,诗人的生日是什么呢?我在《礼拜日》中朝诗人生命的尽头望去,我在《礼拜日》中看见一个老人正回首诗人生命的开端。我在《礼拜日》中写道——

"我十岁时就喜欢上一个十岁的小姑娘,"老人对那个女孩子说,"现在我还记得怎么玩'跳房子'呢。"

"我喜欢上她了,"老人对女孩子说,"倒不是因为跳房子,是因为她会唱一支歌。"

女孩子说:"什么歌?您唱一下,看我会不会。"

"头一句是——"老人咳嗽一下,想了想,"当我幼年的时候,母亲教我唱歌,在她慈爱的眼里,隐约闪着泪光……"老人唱得很轻,嗓子稍稍沙哑。

"这歌挺好听。"女孩子说。

老人说:"那大概是在一个什么节日的晚会上,舞台的灯光是浅蓝的,她那么一唱,台下的小男孩都不嚷嚷也不闹了。"

女孩子问:"那些小男孩也包括您吧?"

"在那以前我几乎没注意过她。她是不久前才从其他地方转学到我们这儿的。

"那时候我们都才十岁。晚会完了大伙都往家走,满天星星满地月光。小女孩们把她围在中间,轻声密语的一团走在前头。小男孩们不远不近地落在后头,把脚步声跺出点儿来,然后笑一阵,然后再跺出点儿来,点儿一乱又笑一阵。

"有个叫虎子的说,她是从南方来的。那个叫小不点的说,哟哟哟——,你又知道。虎子说,废话,是不是?小不点说,废话南方地儿大了。小男孩们在后头走成乱七八糟的一团,小女孩都穿着裙子文文静静地在前头走。那时候的路灯没有现在的亮,那时候的街道可比现在的安静。快走到河边了,有个叫和尚的说,她家就住在桥东一拐弯。虎子说5号。小不点说哟哟哟——,你又知道了。虎子说,那你说几号?小不点说,反正不是5号,再说也不是桥东。和尚说,是桥东,不信打什么赌的?小不点说,打什么赌你说吧。和尚说打赌你准输,她家就在桥东一拐弯那个油盐店旁边。小不点又说,哟哟哟——5号哇?和尚说5号是虎子说的,是不是虎子?虎子说,反正是桥东。小女孩都回过头来看,以为我们又要打架了呢。"

听故事的女孩子笑着:"打架了吗,你们?"

老人说:"那年我十岁,她也十岁,我每天每天都想看见她。"

老人说:"那就是我的初恋。"

画家Z去找他的小姑娘时是在冬天,诗人L的初恋是在夏天,我想他们之间的差别并不在于季节的不同,但他们之间的差别与这两个季节的差别很相似。画家Z去找他的小姑娘时是九岁,诗人L的初恋是在十岁,我想他们之间的差别并不在这一岁上,但是他们生日的差别意味着他们从不同的角度进入世界,他们的命运便位于两个不同的初始点上。初始点的微小差异,却可以导致结果的天壤之别。人一生的命运,很可能就像一种叫作"混沌"的新科学所认为的那样,有着"对初始条件的敏感依赖性"。

《礼拜日》中的那个老人,继续给那个女孩子讲他少年时的故事——

老人说:"我每天每天都想着她。"

老人说:"她家确实就在桥东,油盐店旁边,两扇脱了漆皮的小门。小门里总停着一辆婴儿车,站在桥头也能看见。我经常到那桥头上去张望。一天我绕到石桥底下,杂草老高可是不算密。我用石笔在桥墩上写下她的名字,写得工工整整,还画了一个自以为画得挺好看的小姑娘。头发可是费了工夫,画了好半天还是画不像。头发应该是黑的,我就东找西找捡了一块煤来。"

"煤呀?!"听故事的女孩子咯咯地笑。

"有一天我把这个秘密告诉了小不点,我就带他到桥底下去,把那个秘密指给他看。小不点说,你要跟她结婚哪?我说,你可千万别跟别人说。他说行,还说她长得真是好看。我说那当然,她长得比谁都好看。然后我俩就在桥底下玩,玩得非常高兴非常融洽,用树枝划水,像划船那样,划了老半天,又给蚂蚱喂鸡瓜子草喂狗尾巴草,喂各种草,还喂河水,把结婚的事全忘了。"

"后来呢?"女孩子问,严肃起来。

"后来不知道为了什么事,快回家的时候我俩吵了一架,小不点就跑到堤岸上去,说要把我告诉他的秘密告诉虎子去,告诉和尚告诉给所有的人去。'哟哟哟——你没说呀?''哟哟哟——,你再说你没说!那美妞儿谁画的?'他就这么冲着我又笑又喊特别得意。'哟哟哟——,桥墩上的美妞儿谁画的?'说完他就跑了。我站在桥底下可真吓蒙了,一个人在桥底下一直待到天快黑了。"

听故事的女孩子同情地看着老人。

"一个人总有一天会发现自己是孤零零的一个人。"那老人说。

"他告诉给别人了吗?"女孩子小声问。

"我想起应该把桥墩上的字和画都擦掉,一个人总会有一天忽然长大的。拿野草蘸了河水擦,擦成白糊糊的一片。然后沿着河岸回家,手里的蚂蚱全丢了。像所有的傍晚一样,太阳下去了,一路上河水味儿、野草味儿、爆米花和煤烟味儿,慢慢儿地闻见了母亲炒菜的香味儿。一个人早晚会知道,世界上没有比母亲炒菜的香味儿更香的味儿了。"

这应该就是诗人 L 的生日。诗人 L 在我想象的那个夏天里出生,在他初恋的那个夏天里出生。在爱的梦想涌现,同时发现人与人之间的信任是如此脆弱的那个热烈而孤单的夏天里,诗人出生。他从这个角度降生于人世,并且一直以这个角度走向他的暮年。如果世界上总在有人进入暮年,如果他们之中的一个(或一些)终其一生也不能丢弃那个夏天给他的理想,那么他是谁呢?他必定就是诗人,和诗人 L。

以后还会听到诗人的消息。诗人 L 的消息,还会不断传来。

那么,一个必不可免的从政者,生于何时呢?我想象他的生日。我想遍了我的世界,一个从政者的生日总来与我独自回家的那个秋夜重合,也总来与画家 Z 独自回家的那个冬天的傍晚,和诗人 L 独自回家的那个夏日的黄昏重合,挥之不去。像所有的夜晚必然会降临的黑暗一样,那黑暗中必然存在着一个从政者的生日。他的生日,摇摇荡荡,飘忽不定就像一只风筝,当孩子们都已回家,他的生日融汇进夜空难以辨认。但他确凿存在,他飘忽不定的生日必定也牵系在一条掌起了街灯的小路上。或者就牵系在我抱着那只千疮百孔的足球回家的时刻,或者就牵系在画家不能忘怀的怨恨和诗人无法放弃的爱恋之中,或许还摇摇荡荡牵系在所有人的睡梦里。我们使这个从政者的生日成为可能,成为必不可免。

未来的一个从政者,他的名字叫 WR。在童年和少年时代,可能他曾与我、与画家 Z、与诗人 L,以及那个时代里所有的孩子,走在同一条路上。

至少他曾与我有过一段短暂的同行,然后我们性格中小小的差异犹如一块小小的石子,在我们曾一度同行的那条路上把我们绊了一下，或者不知是把我们之中的谁绊了一下，使我们的方向互相产生了一点偏离（世人终必看出，他与画家、与诗人之间产生的偏离，也无非是如此）。因此，几十年后，我以为，我抱着那只破足球回家去的时候就是我写作生涯的开始，而我同样感觉到，那个秋天夜晚的情绪也会是从政者 WR 的生日。几十年后，当我和 WR 走在相距甚远（但能遥遥相望）的两条路上时，F 医生将冥思苦想：我和 WR 最初的那一点性格差异源于什么？F 医生或许还应该想：画家 Z、诗人 L 和我，我们之所以在不同的季节从不同的路上回家，那是出于上帝的一种什么样的考虑？

我曾与 WR 一同张望未来，朝世界透露了危险和疑问的那个方向，张望未来，那时我们都还幼小，我们的脸上必是一样的悲伤和迷茫，谁也看不出我们之间的差别。但我们还要一同走进另一个故事里去。在那所小学在那座荒残的庙院里，另一个故事已经在等待我了，等待我也等待着 WR。那是个愚昧被愚昧所折磨的故事，是仇恨由仇恨所诞生的故事，那个故事将把任何微小的性格差异放大，把两个重合在一起的生日剥离，上帝需要把他们剥离开成为两个泾渭分明的角色，以便将来各行其是。

我曾以"奶奶的星星"为题记录过这个故事。一九五九年，当奶奶一到晚上就要到那座老庙里去开会的时候，这个曾到处流传的故事，在流传了几千年之后，以一个骇人听闻的序幕传进了我的世界：我那慈祥的老祖母，她是地主。这个试图阐述善与恶的故事，曾以大灰狼和小山羊的形式流传，曾以老妖婆和白雪公主的形式流传，曾以黄世仁和白毛女的形式、以周扒皮和"半夜鸡叫"的形式流传，——而这一切都是我那慈祥的老祖母讲给我听的。在北风呼啸的冬天我们坐在火炉旁，在星空深邃的夏夜我们坐在庭院里，老祖母以其鲜明的憎爱，有声有色地把这个善与恶的故事讲给我听。但在一九五九年，这个故事成为现实，它像一个巨大的黑洞，把我的老祖母连同她和蔼亲切的声音一起旋卷进去，然后从那巨大的黑洞深处传出一个不容分说的回声:你的老祖母她是地主,她就是善与恶中那恶的一端,她就是万恶的地主阶级中的一员。我在《奶奶的星星》中写道——

一天晚上,奶奶又要去开会,早早地换上了出门的衣裳,坐在桌边发呆。妈妈把我叫过来,轻声对奶奶说:"今天让他跟您去吧,回来时那老庙里的道儿挺黑。"我高兴地喊起来:"不就是去我们学校吗?让我换您去吧,那条路我熟。""嘘——,喊什么!"妈妈呵斥我,妈妈的表情很严肃。

那老庙有好几层院子。天还没黑,知了在老树上"伏天儿——伏天儿——"地叫个不住。奶奶到尽后院去开会,嘱咐我跟另一些孩子在前院玩。这正合我的心意。好玩的东西都在前院,白天被高年级同学占领的双杠、爬杆、沙坑,这会儿都空着,我们一群孩子玩得好开心。……太阳落了,天黑下来,庙院里到处都是蛐蛐叫,"嘟——嘟嘟——""嘟嘟——嘟嘟嘟——",东边也叫,西边也叫。我们一群孩子撅着屁股扎在草丛里,沿着墙根儿爬。寻着蛐蛐的叫声找到一处墙缝,男孩子就对准了撒一泡尿,让女孩子们又恨又笑,一会儿,蛐蛐就像逃避洪灾似的跳出来,在月光底下看得很清楚。我们抓了好多好多蛐蛐,一群孩子玩得好开心。

月光真亮,透过老树浓黑的枝叶洒在庙院的草地上,斑斑点点。作为教室的殿堂,这会儿黑森森静悄悄的,有点瘆人。星星都出来了,我想起了奶奶。

我走到尽后院。尽后院的房子都亮着灯。我爬上石阶,趴着窗台往里看。教室里坐满了人,所有的人都规规矩矩地坐着一声不响,望着讲台上。讲台上有个人在讲话。我看见奶奶坐在最后一排,两只手放在膝盖上,样子就像个小学生。我冲她招招手,她没看见,她听得可真用心哪。我直想笑。奶奶常说她是多么羡慕我能上学,她说她要是从小就上学,能知道好多事,说不定她早就跑出去参加了革命呢。她说她的一个表妹就是从婆家跑出去,后来进了共产党。奶奶老是讲她那个表妹,说她就是因为上过学,懂得了好多事,不再受婆家的气了,跑出去跑得远远的做了大事。我趴着窗台望着奶奶,我还从未这么远远地望着过她呢。她直了直腰,两只手也没敢离开膝头。我又在心里笑了:这下您可知道上学的味了吧?……就在这时,我忽然听清了讲台上那个人在讲的话:

"你们过去都是地主,对,你们这些人曾经残酷地压迫和剥削劳动人民,在劳动人民的血汗和白骨上建筑起你们往日的天堂,过着寄生虫一样的生活……"

我的脑袋"嗡——"的一下。再听。

"现在反动的旧政权早已被人民推翻了,你们的天堂再也休想恢复了,你们只有老老实实地接受人民的专政,你们的出路只有一条,那就是规规矩矩地接受改造……"

我赶紧离开那儿,走下台阶,不知该干什么。月光满地,但到处浮动起一团团一块块的昏黑,互相纠缠着从静寂的四周围拢而来……

一九五九年,那年我几岁?但那些话我都听懂了。我在那台阶下站了一会儿,然后飞跑,偷偷的不敢惊动谁但是飞快地跑,跑过一层层院子,躲开那群仍然快乐着的孩子,跑出老庙,跑上小街,喘吁吁地在一盏路灯下站住,环望四周,懵懵然不知往日是假的,还是现在是假的……

那时候 WR 在哪儿?他是不是也在那群孩子中间?未来的从政者 WR,他的父亲或者母亲(他的反动的家庭出身),是否就坐在我的祖母身旁?

和我一起逮过蛐蛐的那群孩子,他们和我一样,在那个喜出望外的夜晚跟着他们的父亲或母亲,跟着他们的祖父或祖母,一路蹦蹦跳跳着到那座庙院里去,对星空下那片自由的草丛怀着快乐的梦想,但他们早晚也要像我一样听见一个可怕的消息,听到这个故事。但在这个并非虚构的故事里,善与恶,爱与恨,不再是招之即来的心灵体操,也不再是挥之即去的感情游戏,它要每一个人以及每一个孩子都进入角色,或善或恶,或爱或恨,它甚至以出身的名义把每一个孩子都安排在剧情发展所需要的位置上。那群快乐的孩子,注定要在某一时刻某一地点 发 现 他们不幸的 出 身,无可选择地接受这个位置,以此为一个全新的起点,在未来长久的日子里,以麻木要么以谋略去赎清他们的"罪孽"。如果其中的一个不同寻常,在其少年时代便不甘忍受这 出 身 二字所带来的歧视,并以一个少年的率真说破这个流传了几千年的故事的荒谬,那么他,那么这个少年,就是 WR。

我并没见过少年 WR。我上了中学,少年 WR 已经高中毕业。我走进中学课堂,少年 WR 已不知去向。对我来说,以及对我的若干同龄人来说,WR 这个名字只是老师们谆谆教导中的一个警告,是一间间明亮温暖的教室里所隐藏着的一片灭顶的泥沼,是少年们不可怀疑的一条危险的歧途。

"虽然他的高考成绩优异。"老师说,沉痛地看着我们。

"但是我们的大学不能录取这样的孩子。"老师说,严肃地看着我们。

"为什么?"少年们问,信赖地望着老师。

"因为……"老师垂下眼睛,很久。

"因为,"老师真诚而且激动地说,"因为大学没有录取他,他就说……"

"他说什么?"少年们问。

老师不再回答。

就在 WR 说破这个故事的荒谬之时,我与他分路而行。在少年 WR 消失的地方,我决心做一个好孩子。我暗自祈祷:让我做一个好孩子。但是我每时每刻都感到,那座庙院夜晚里的可怕消息从过去躲进了未来,出身——它不在过去而在未来,我看不见它在哪儿我不知道它什么时候出现,但只要我不可避免地长大我知道我就非与它遭遇不可。它就像死亡一样躲在未来,我只有闭上眼。闭上眼睛,让又一个生日降临,让一颗简单的心走出少年。

1991 年 10 月

别　人

　　失恋的日子，与平常的日子，没有多少不同。区别也许仅仅在于：它正途经我，尚未到达你。

　　推开窗。雨，密密匝匝地在树上响作一团。雨必定是一滴一滴地敲响树叶，正如时间一秒一秒地到达。但每一秒，和每一滴雨，都抓不住，雨或者时间响作一团连绵不断。未来总战胜现在，以及现在总败于过去。烟在肺里停留一会儿，在嘴里经过，缓缓飘向雨中，消失。一切无非如此。

　　雨和烟那样的日子比比皆是，只不过没有一个具体的失恋作为标志。

　　那标志，必定是在某一滴雨敲响某一片树叶时到达我的，这符合逻辑。我有时想，要是我能阻止那一滴雨敲响那一片树叶，失恋会不会就绕过我，也许就永远放弃了我呢？我知道这不合逻辑。

　　那标志，可能是一封信："我想我必须告诉你，我已经爱上了别人。"也可能是一个电话："无论如何我总是得告诉你，我已经爱上了，别人。"也可能是面对面，酒杯与酒杯轻轻地相碰之后，那一滴雨敲响了那一片树叶："我不想骗你也不想骗我自己我已经爱上了别人，不，不为什么，这既是原因也是结果。"但也可能是其他，不必认真于具体方式。可能就这样，也可能是那样，其他的方式。比如别人转达的一个口信："她已经爱上了别人。"总之，每一个字都很平常。每一个字都早已存在，当某一滴雨敲响某一片树叶之时它们连成了一个意思响作一团。每一个字所具有的声音都不陌生,现在它们以一种不曾有过的次序到达了我,响作一团连绵不断。

电视里正播放一场跳水比赛。十米跳台,背景是炽烈的阳光下的一座城市,浩如烟海的屋顶,山峦叠嶂般的楼群。年轻纤秀的女跳水者,胸部和臀部都还没长大,走上高高的跳台,每一步送掉一段光阴。背景中,阳光飞扬得到处都是,红色的屋顶上,橘黄色和白色的楼墙上,树上,花花绿绿的遮阳棚上,各种颜色都被点燃了似的,烁烁刺目。一排排一摞摞密密麻麻的窗口张开在那儿一动不动一声不响,真假难辨。为什么那肯定不是(比如说舞台上或摄影棚里的)一道布景呢?

若不是一辆列车开过,很难发现那背景中还有一座高架铁路桥。女跳水者沉着地走向跳台前沿时,那铁路桥上正有一辆蓝色的列车与她同向而行。列车飞驰,一个一个车窗在她迈动的双腿后面闪闪而过,因而她就像是在原地踏步,甚至像在后退。但逻辑告诉我,她实际在向前走,实际上她正走向跳台的前沿。因而逻辑又告诉我,那背景是一座真实的城市。列车开出了画面,女跳水者站住,低头看一下,舒一口气,抬起目光。背景中林立错落的建筑,甚至让人想起有一天被太阳晒干了的海底,所有的窗口一如既往,不动不响忧喜不惊的样子。但逻辑告诉我,每一个窗口里都活着一个故事,一排排一摞摞的窗口里,是很多很多种愿望的栖息之地。

从那背景中找一个窗口注意看,随便哪一个,注意看它。它应该有内容,没问题,肯定有。你不知道它里面有一个什么故事,但它里面肯定有一个活生生的故事。

不要管其他的房屋,和其他的窗口,只凝视一个。比如,最远的那座楼房。最远的,对,在它后面再看不到别的房子了,在它上面是一线蓝天,它很远很小(沧海一粟),但能看出那是一座大屋顶的楼房。屋顶是红色的,红得耀眼,看不到它总共有几层,只能看见大屋顶下面的第一排窗口,再往下被它前面的房子挡住了。那排窗口,正中间的那个,看它。一二三四五六七八九,那么是第五个,无论从哪边数都是第五个,那窗口里必定有一些什么事在进行,必定有一个什么故事正在发展。它的左边是一座更大的楼房,楼墙又宽又高仿佛一面悬崖峭壁,在它右边不远有一根不算太高的烟囱。

等以后再想其他。再联想一切房屋和一切窗口里的故事。

现在只看选定的那一个,其他的故事都不存在,其他的屋顶、墙壁和窗口都只是形状和色彩。

只看那一个。它不会是平白无故地待在那儿,里面必定有一些事(一些由欲望发动的快乐或者痛苦,一些由快乐和痛苦连接起来的时间),除非它是布景。那屋顶,处在那跳水者的额前。跳水者很年轻,沉稳一下,展臂、屈膝、腾空,那灿烂的屋顶降落在她身下,那窗口只是一方阴影但此时此刻其中必有什么事情发生,有什么事在进行,有什么事情临近和有什么事情已经过去了。

遥远的一些树上,遥远的不为人知的山里、旷野里、树上,雨也在响。此时此刻,逻辑告诉我这颗星球上不可能只是我的窗外有雨,这肯定。

此时此刻,那窗口里:阳光爬上桌面。一束花,寂静地开放,其中的一朵正扑啦一下展开。

可能。

或者:一对恋人在亲吻,翻来覆去,正欢畅地相互依偎、呼唤、爱抚。

完全可能。

或者:正做爱。

为什么不可能?可能。

但也许是:一次谋杀。一桩谋杀案正在发生,筹划多年的复仇正在实现。

可能性小些,或者很小,但不是不可能。

也许是:自杀。自杀者正越过可以被抢救的极限,灵魂正从肉体脱离,扑啦一下猝不及防的变化,就像那朵花的开放。

也许非常非常的和平:两三个孩子在游戏。"锤子、剪子、布——"在阳光和蝉声里,从这屋跑到那屋,从床上滚到地上。"锤子、剪子、布!锤子、剪子、布——"在阳光的安静和城市的喧嚣里,再从那屋跑到这屋,从椅子上跳到桌子上,"锤子、剪子、布……"

或者:一个刚刚出生不久的婴儿正被命名。他(她)的父母正从几个名字之中为他(她)选定了一个。

都可能。都是可能的:

一个老人在看报,看见一条消息,看见一个似乎熟悉的名字,报纸在手里簌簌地抖,再看一遍,猜疑那是他少年时的朋友。

少女,在寝室里化妆。第一次化妆,掌握不好唇膏的用量。尤其是腕上的一只小巧的表在催促她,更让她发慌。

少年在沙发上做梦。梦中第一次有了男人的体验,在挺不起眼的那张沙发上没想到做了那样一场好梦。

都是可能的。

也可能没人,并没有人。一间空屋,偶尔讲述老鼠的故事。

也可能门开了,主人重归故里,在门前伫望,孤身一人或结伴还乡。屋中的一切都没有变,但陌生,但又熟悉。轻轻拈一下镜面上的尘灰,自己的面容也是又熟悉又陌生。"这儿?""对,就这儿。"

也可能是破裂,分道扬镳。男人走了,或者女人走了。门关上。四壁和门窗之间,男人或者女人,独自留在那儿。

什么都可能,但只是一种。

女跳水者转体两周翻腾三周半,降落,降落,降落,屋顶呀阳光呀窗口呀那背景像一张卡片从上方被抽走。又换上一张:湛蓝的水面撞开浪花。又换上一张：女跳水者像一只鱼鹰扎向水底，身后搅起丰富的气泡。女跳水者从池底浮升、浮升、浮升，这一回卡片从下面被抽走。再换上一张：女跳水者爬上岸，向观众鞠躬，转身走过一道玻璃门，走过一道道玻璃门，很多从未见过（而且从此以后再不会见到）的面孔转向她、注视她，她穿过人群走进摄像机追拍不到的地方。很可能，她将就此永远在我的世界里消失。从理论上讲，她存在于别处。从理论上讲，还会有一些星球上有空气，有氧和氢，有水，有生命。从理论上讲，宇宙中应该有一些黑洞。从理论上讲，在我出生之前这个世界已经存在亿万年，在我死亡之后这个世界还要存在亿万年。从实际讲，理论是逻辑体操不过是逻辑体操。

日子总在过去，成为一张张作废的卡片。失恋，是一团烟雨，心灵的一道陌生又熟悉的布景。

如果那山峦一样的房屋也是一道巨大的布景，那些窗口实际是一道布景上的一块块油彩，情况又有什么不同？是，或者不是，有什么不同呢对逻辑体操来说？那布景上的油彩抑或那楼壁上的窗口，对凝望来说以及对猜想来说有什么不同呢？对它们的猜想并不为过，并不见得比以往更愚蠢。

雨停了，走出房间，走到楼下，走出楼门。

楼群之中，月色降临。

楼很高，看不见月亮在哪儿，从高楼的影子判断月亮的存在。又是逻辑。从一面面楼墙上那光辉的宁静、均匀与辽阔判断，从影子的角度之一致上判断，月在东天。

因而舞台设计者掌握一些技术（最先进的科学技术），在人的视觉上造成（模仿）同样的效果，惟妙惟肖。舞台设计者并不出面，导演、美工、灯光师和音响师（上帝，造物主）并不出面。逻辑出面。

人都藏在哪儿？从理论上讲有千百万人，正共度这雨后凉爽的月夜。树丛中有虫鸣，不止一处，此起彼落。偶尔的人语。间断的顽童的笑闹，笑声朗朗……人都在哪儿？在哪儿，在干什么？婴儿啼哭。远处建筑工地上的哨子。什么地方一声急刹车，司机必是吓了一跳，有人嚷，嚷了好一会儿，渐渐安静下来。时隐时现地有一把萨克斯吹着，有一条沙哑的嗓子唱着，唱着远方或者唱着从前……为什么不相信这是录音师的作为呢？为什么这一切肯定不是导演、美工、灯光师和音响师的作为呢？

因为没有一排排椅子，没有帷幕，不见舞台。因为，伸出手就可以摸到路边的丁香和月季的枝叶，手指上获得凉凉的被称为夜露的东西所传达的概念。逻辑出面：这不是戏剧，这是真实的日子。逻辑出面：不是夜露，那还是白天的雨。逻辑继续出面：那封信或者那个电话，是真的。

是真的。因而是真的有千百万人正共度这雨后凉爽的月夜。

但真的，是指什么？"真的"二字，说的是什么？

一大片厚厚的乌云涌来，遮住了月亮。有一种观点，说"你没有看到月亮的时候，月亮就不存在"。这似乎不合逻辑。那是因为你看见过它，人类早已发现了月亮，因而当它隐藏进乌云之时，逻辑告诉你它依然存在，它在乌云后面一如刚才，一如它平素的明朗、安详、盈亏反复在离我们三十六万三千至四十万六千公里的地方走着它从古到今的路。但是如果我们没有发现它呢？如果人类从未发现它呢我们怎么说？我们就会说它不存在。在人类发现冥王星之前，太阳系只有八颗行星，不存在第九颗。现在如果有人说太阳系有十颗行星，你就会告诉他说："错了先生，只有九颗，没有第十颗。"现在，不存在太阳系的第十颗行星，正如一九三〇年以前不存在冥王星。那么我们通常所说的"不存在"是指什么？是指"未发现"而已。因而未发现的，即是不存在的（否则，便无"不存在"可言），这道理其实多么简单。复杂的问题是：那个藏进乌云的月亮,真的是一如既往么?(失恋中的你和热恋着的你是同一个人么?)不,记忆中的那个月亮与藏在乌云中的那个月亮并不是同一个月亮,它已经变化,原来的那个已经死去,新生的这一个未被发现。更为复杂的问题是:什么是发现?仅仅是看到?是听说?是逻辑和猜想?那么什么是幻景呢?

再伸手到高处,摸摸夜合欢的叶子吧,摸摸它的树干,摸摸它的枝杈。叶子合拢着,枝干都是坚实的。那是真的。最能证明真实的是触觉。(现代人有能力制造乱真的假象,立体音响,立体电影,还有全息摄影等等。全息摄影是真正的幻景,你能够穿过一堵墙,穿过一棵树或一个人;比如说你能够看到一张床真真确确近在咫尺但你不能摸到它,如果你扑向它你就会穿过它像个傻瓜一样扑倒在冰冷的地上如梦方醒。现代的科学技术能够做到这一点。)别无他法,唯一能够证明那不是布景不是幻景的,是触觉。也许这就是人们渴望接触、渴望亲吻、肌肤相依、抚摸和渴望做爱的原因吧?渴望证明:那不是幻景,那是真的。

对面七层楼上的一个窗口,因而也能被证明是真的吗?

那窗口通宵通宵地亮着灯,一直这样,夜夜如此。夜里,醒了,就看见它亮着。零点、零点四十三、一点一刻、一点五十四,醒来就看见它亮着。三点,月光已经转移,那窗口还亮着。在干吗?夜夜如此,通宵达旦,不大像是做爱。

做爱,这个词很好。那意思是:并非一定为了繁殖。

最能证明真实的是触觉,是起伏和陷落的肌肤,是有弹性有温度甚至某一处有着疤痕的肌肤,是肌肤下滑动的骨尖儿,是呼吸,一刻不停如暴风般吹拂的呼吸,是茂密泼洒、柔软或挺拔的毛发,是热热的泪水是跟着睫毛的眨动而滴落而破碎的泪珠,是身体全部地袒露、赐予、贴紧、颤抖……那才能表明另一个灵魂的确凿,呼唤和诉说的确凿,不是布景不是幻景。不因为别的因为其他都可以模仿。

天光大亮忽然七点。那窗口和其他窗口一样,在明媚的朝阳里不露声色。灯光不知什么时候熄灭的。

看来,昨夜里有一个人死了。早晨,楼群中的小路上停着一辆蒙了黑纱的汽车。从一个楼门里出来七八个人左臂都戴着黑纱,楼门前站着四五个人左臂都戴着黑纱,那汽车里还坐着几个人左臂也都戴了黑纱。就是说,有一个男人死了。有个小伙子左臂戴着黑纱,黑纱上缀了一个小红布球。所以肯定,那楼里的一个老年男人死了。

昨夜,有很多人死了。现在也一样,有很多人正在死去。过一会儿也一样,有很多人将要死去。

两个左臂戴着黑纱的人把一只花圈送上汽车,花圈的一条缎带上写着:金水先生千古。这个叫金水的男人,从出生,到恋爱,到失恋,到结婚,到快乐和到哭泣,到死,都在别处。直到他死了我才知道他,知道他曾经存在。我也许见过他,在市场上,在公共汽车上,在路上,在街头,在剧场里或者在舞台上,我也许见过他。我见过很多人,其中可能有他。我见过的人里,有些已经死了,有些还活着但不知活得怎样活在何方。

我很想现在去看看这位死者,这位名叫金水的人。但这是不合逻辑不合情理的,那些左臂上戴了黑纱的人会问我:"你是谁?你是他的什么人?和他有什么关系?"我说:"因为我也是一个人,我曾出生、恋爱、失恋、快乐和哭泣,有一天也会死。"但那样的话他们会把我当成一个疯子把我赶走,或者喊警察来把我送去疯人院。

我问自己:我敢不敢被人当成一个疯子?我回答自己:不。我见过疯人院,见过疯人院里的疯子,一群男人坐在太阳底下一动不动一声不响看着自己的手指或看着很远很远的天空,一个女人旁若无人脱得一丝不挂一刻不停地跟自己说话……

我走出楼群时才想起我为什么要离开家——我想去找到那座跳台,对,昨天举行过跳水比赛的那座游泳场里的那座跳台。我不是要去找那个女跳水者(当然如果她还在那儿我愿意顺便看看她),我是要找那跳台背景中的那座大屋顶的楼房,找最上一层正中间的那个窗口,我要找到当时摄影机所在的那个位置,从那个角度看看那座楼房和那个窗口的方位。我想确定一下那背景不是布景不是幻景而是真实的存在,我想到那座楼里去看看,可能的话也许我就敲敲最上一层正中间的那个门,证实在我认为其中必有一个故事的时候,里面果真有一个故事。我不把自己当疯子就行了。我不把这想法对别人说,而我自己又不把自己当疯子。我只是想证实我多年来的一种猜想,解除我多年来的一种疑虑。

这样的话我就应该先去电视台是吧?先去问问,昨天举行跳水比赛的那座游泳馆在哪儿?是哪个城市?

出了楼群,路面渐渐降低,因而可以看出很远去。上班的人流浩浩荡荡行色匆匆。昨夜他们都在哪儿呢,现在都钻出来了?那把萨克斯是谁吹的那沙哑的歌喉是谁("远方啊……在从前……")?

在车站上我问一个老头:"去电视台,怎么坐车?"老头说:"电视台在哪儿?"我摇摇头说不知道。另一个等车的人告诉我:"电视台吗?在太平桥。不能坐这趟车,你得到前边去坐3路,换7路再换9路。"那个老头拿出地图给我看(他做得对,这城市太大了而且日新月异,出门应该带上地图),食指在图面上走:"看,这儿,3路,这儿,这儿7路,9路呢……"那食指看上去十分真实,皱纹一圈圈缠绕在上面,内侧被烟熏得焦黄,"9路,看这不是9路?"那食指继续擦着图面走,投下无可置疑的影子,"看,看,看,哦太平桥!"指尖在某一平方厘米的图面上戳点,哗哗地把纸戳得直响,

"就这儿,到那儿再打听吧。""谢谢,谢谢您。""谢什么?甭谢。"老头又点上一支烟。

我站在那儿半天没动。太平桥,是我出生的地方。那儿的一条小巷里有一家不大但是很老的医院,我记得它有高高的拱门,青砖墙上爬满枝藤,院子里有几棵老槐树,三层的小楼,楼道里昏昏暗暗永远开着灯,楼梯是木制的,很窄很陡,踏上去发出嗵嗵的响声。将近三十年前我就落生在那儿。奶奶曾指着老槐树下的一个窗口对我说,"看,就是这儿,就这里头,你就是在这间屋子里出生的。""您怎么知道?""我怎么知道?那时我就站在这棵树下等着你,听着,听你是不是来了。""然后呢?""然后你就来了,哇的一声,你就来了。""从哪儿来的?"奶奶笑笑:"你不知道吗?"我摇摇头。"那,谁还能知道?"

"怎么还不去呀,小伙子?"那老头说,幸福地抽着烟。

"谢谢您啦。"

"快去吧,错不了,这地图才买的。"

电视台的一个中年妇女说,昨天没有转播体育比赛。

"跳水,"我说,"跳台跳水。"

她问:"你到底想知道什么?"

"那场比赛是在哪儿进行的。就是说,是哪个城市的哪个游泳场?"

"你要知道这个干吗?公安局的吗?"

"不不。嗯……是这样,噢对了,我从那场实况转播的画面上认出了一个人,我的一个老朋友,失散多年的老朋友。"

"那,你找到那个游泳场就能找到他吗?比赛不是已经结束了吗?"

说得有理。我稍微想了一下。"哦,是这样,我见他和一个女跳水者在一起,那个女跳水者想必应该知道他现在在哪儿。"

"什么,女跳水者?你是说一个女运动员是吗?"

"对,对对,女运动员,我想……"

"我看你不如到体委去打听,游泳场的人也未必知道她们都住在哪儿呀?"

这话更有道理。但是我想知道的只是那个游泳场在哪儿,在哪个城市,从某个角度是不是真的可以看到那座大屋顶的楼房,和它的最上面的一排窗口。也许就再跑一趟体委?

这时过来一个年轻小伙子:"什么事?"

"他问昨天转播的那场跳水比赛是在哪儿举行的。"

"昨天?"

"对,"我赶忙说,"昨天,昨天下午。"

"下雨的时候?"

"对对对,雨还没停,差不多三点,要不四点。"

"噢,那不是实况转播,是录像,重播。"

"在哪儿?请问,是在哪个城市?"

"你现在在哪个城市?对,就这儿。你问这个干吗?"

"他在电视里看见了一个失散多年的朋友,"那个中午妇女显出同情的样子,"我说他不如到体委去问问。"

"在哪个游泳场?"

"你问体委?"

"他没问体委。是我让他不如到体委问问。"

"怎么这么乱。那个游泳场是吗?就那么一个游泳场。露天的,有看台,对不对?就那么一个。"

我谢过他们。

离那家小医院已经很近了,我想先去看看它,看看我的出生地。

很久没来这儿了。太平桥是两条横竖交叉的大街(并没有桥,据说很久以前是有的),从前很冷清,现在很热闹。若非很多商店的标牌上都写着太平桥("太平桥副食品商场""太平桥商业大厦""太平桥饭店"" ××综合开发总公司太平桥分公司"等等),我会以为自己是在另一座城市的随便哪一条繁华的街道上。街上的人几乎是排着队走,像是游行,当然并不喊口号。只有警察一个人喊:"嘿,你干吗呢你?对,就是你!甭看别人,说的就是你!"但至少有好几十人都左顾右盼地看别人。阳光漂浮在人群上,跳动在形形色色的头上、背上和汗上。我先后踩掉了两个人的鞋,一个是布鞋,一个是凉鞋,布鞋冲我嚷"你瞎啦是怎的",凉鞋却对我说"哟哟,对不起",仿佛是布鞋和凉鞋之间的事与我无关。随后我遭了报应,一只漂亮的白色高跟鞋踩了我的凉鞋,钉子一样的高跟险些钉进了我的脚背,在我尚未想好是说"你瞎啦"还是说"对不起"的当儿,我听见那高跟鞋"咯咯咯"地一路笑着藏进了人群。我在一只果皮箱上靠着揉脚,唯一的想法是:那漂亮的白色高跟鞋是真的(这么硬这么尖锐),昨夜的月光曾照耀它,它并拢着摆在一张床下静静地等待,几十或十几个小时之后它出了门,咯咯咯地下了台阶,咯咯咯咯,很漂亮地走了很远的路来踩到了我。

在两座装饰华丽的餐馆之间找到了那条小巷。小巷里也比过去喧闹。从前在这个时间(上午十点多)它总是非常非常安静,很少行人,阳光在它的地上,在它的墙上、屋檐上,在它非常非常安静的风里,阳光中有我的哭声和奶奶的哄劝声——"不哭啦不哭啦,不哭,不,不打针,光是让大夫瞧瞧,瞧瞧我们是不是已经好了,要是好了我们就再也不来啦。"小巷几乎没变什么样子,但那哭声和哄劝声已经消失。那时我总生病,奶奶抱着我或拎着我,常在这小巷里走,走去又走来;作为挨一针的酬劳,奶奶在一个小摊上给我买两支棒棒糖。那祖孙俩哪儿去了呢?不存在了吗?太阳曾经照耀着那祖孙俩,因而你能看见他们。阳光投在他们身上反射过来,他们的影像反射到你眼睛里(视网膜上),因而你看见了他们(发现了他们),因而他们存在(就像月亮)。然后,那影像以每秒钟三十万公里的速度飞离,飞向无边的太空,他们便不见了,他们便不存在了。可是不,不,那影像还在(否则我们怎么能看到星星呢),实际上他们只是离开了,以每秒钟三十万公里的速度离开了,存在于离我们二十多光年的地方。设若我能到那儿去(从理论上讲),并且有一架倍数足够大的望远镜,二十多年前的那情景(那影像)就又能反射到我眼睛里(映在我的视网膜上),那祖孙俩就依然存在,依然在小巷中走着,我就又能看见奶奶了,像我当年隔着一米的距离看她一样,又能看见她把两支棒棒糖递到我手里了。是的是的,太阳其实是十分钟前的太阳,星星其实是许多年前的星星,一米的距离和二十多光年的距离是一样的,对凝望而言是一样的。就凝望而言,一米和两米有什么不同?一米和一公里(加上望远镜)有什么不同?一米和二十多光年(加上天文望远镜)有什么不同呢?唯一的不同是:隔着二十多光年我不能一伸手就摸到奶奶,不能一张开双臂就扑进她的怀里了。因而一种叫做真实,一种形同幻景。最后判定真实的,是触觉。(宇宙飞船就是因此而出发的吧?去触摸月亮和星星。)那么我们不能触到的东西我们怎么能够最后判定它们是真的呢?

我不认为我是疯子,但有可能是个傻瓜,全世界第一傻。

那家小医院还在,但那座三层的小楼已无影无踪,代之以一座雪白耀眼的五层新楼。那几棵老槐树也还在。奶奶的声音(画外音):"看,就是这儿,就在这里面,你就是在这间屋子里出生的。"我找到了那棵老槐树和离它最近的那个窗口,但那儿已经不是产房,也不是诊室了,那儿出售鲜花。

我走上楼,找到产科,在一群年轻的(紧张又兴奋的)准父亲之中坐了一会儿。一个准父亲问我:"怎么样,还正常吧?"我吓了一跳,以为他是在说我("你精神还正常吧?"),我赶紧说:"还行。你呢,男孩儿还是女孩儿?"所有的准父亲都看我(天哪,他们等的就是这个),我赶忙改口:"我是说您希望是个男孩儿还是……?"这时候护士出来喊了一个名字(想必是里面那位刚刚转正的母亲的名字),对一位慌慌地起立的马上就要转正的父亲说:"你的,儿子!"(奶奶当年就是这样听说我来了的吧——"您的,孙子!")我很想等着看看那个孩子,想真诚地吻他一下,但是我知道这儿很方便说不定会马上把我拉到一个地方给我一针镇静剂。

我下了楼,在那鲜花店里买了一束玫瑰。"白的还是红的?""都要。"我把它放在奶奶曾站在那儿等我来的那棵老槐树下,献给我的出生地。一个幼稚的童音(画外音):"我是从哪儿来的?"奶奶的声音(画外音):"你自己也不知道吗?那,谁还能知道?"

游泳场里有几个少女在训练,一个漂亮的女教练坐在看台上不断地朝少女们喊。

我爬到看台的最高处,绕着看台走了两圈。十米跳台的背景中,炽烈的阳光飞扬得到处都是,红色的屋顶上,橘黄色和白色的楼墙上,树上,花花绿绿的遮阳棚上,各种颜色都被点燃了似的烁烁刺目。一排排一摞摞密密麻麻的窗口张开在那儿一动不动忧喜不惊。但,还有什么理由怀疑那是布景呢?除非我是疯子(精神病患者)。那座高架铁路桥帮了我的忙,以它作为一个标度,我终于找到了那个角度。这时候没有列车开过。少女们一个个走上跳台,每一步送掉一段光阴。我的目光与她们的腿和那座铁路桥排成一条直线(三点一线,像射击那样。我开过枪,真枪),然后从她们额头的背景中找那座大屋顶的楼房。

一个清洁工老大妈走过来:"你是哪儿的?"

我指指下面漂亮的女教练,又指指自己的胸脯:"朋友。"

"你这是?"

"啊,您看,"我指着远处那座大屋顶的楼房问,"那是哪儿?"

"嗬,你这一指半拉城,到底是哪儿呀?"

"在那个小姑娘脑门儿后面,最远的那座楼房。最远的,对,在它后面再看不到别的房子了,在它上面是一线蓝天,对,很远很小,但能看出那是一座大屋顶的楼房。屋顶是红色的,看见了吗?看不到它总共有几层,只能看见大屋顶下面的第一排窗口,再往下就被它前面的房子挡住了。那排窗口,一二三四五六七八九,对,九个窗口,看清了吗?不要管它多少个窗口了吧……对,对对,它左边是一座更大的楼房,右边不远有一根不算太高的烟囱。"

"那谁说得准?总归是城西,偏北。问这干吗?"

"嗯……我的一个朋友就住在那儿。"

"你的朋友可不算少。"老大妈划动着扫帚走开。她心里肯定有一句话没说出来——"半疯儿!"

我走下看台,站在漂亮的女教练背后看女孩子们跳水。坦白说,我的目光更多地是在漂亮的女教练身上。她穿着泳装。她真是漂亮,也纤秀,又丰满,被阳光晒成褐色的背上有一颗黑痦子。

她发觉了我,扭转头来问:"你,有事吗?"

"不,看看,我喜欢跳水。"

"你是哪儿的?"(画外音:"我是从哪儿来的?""你也不知道吗?那谁还能知道?")

我指指远处那位清洁工老大妈,又指指自己的胸口说:"朋友。"

漂亮的女教练扭转头去,看样子对我以及对那位清洁工老大妈都很不满。

少女们一个个往下跳。展臂,屈体,起跳,转体两周翻腾三周半,入水。"好极了!"漂亮的女教练喊,站起来又坐回去,泳装的边缝里闪出一缕动人的雪白,那是太阳照不到的领域。我离她只有一米,从理论上讲我一伸手就能摸到她,就可以感到她的起伏和陷落,感到她的弹性和温度,证明那美丽肌肤的真实,证明那是一个确凿的灵魂。但必然的逻辑是:她马上会喊起来,要不了多久我就以流氓的身份在公安局的某张桌子上签名画押了。不敢和不能和不可能,完全等效。所以一米的距离与二十多光年的距离没什么两样(我不能一伸手就摸到星星,以及我不敢一伸手就摸到这个漂亮的女教练)。

我走出游泳场的时候,清洁工老大妈和漂亮的女教练在一起。我远远地听她们说,"他不是你的朋友吗?""怎么成了我的,他说是你的呀?""哟,那他到底是哪儿来的是什么人?"

我朝城西走,稍稍偏北的方向。迎着夕阳,朝那座大屋顶的楼房走,以它左边的那座更高更大的楼房和它右边不远处的那根烟囱为标志。那窗口看来是真的,但它真的是真的么?里面果真有一个故事么?太阳正在那根大烟囱顶上,差不多五点多钟。

太阳掉到那烟囱右面半腰上时,路面渐渐升高,爬坡。我没乘车,怕错了方向。下班的人流像是游行归来,队伍有些疲惫,或者是有些松懈,骑车的和走路的头上都是汗,但对不久就要到来的夜晚抱着期望。没人能想到我这是要去哪儿,我敢说没有谁能想到这人流中有一个看样子挺正常的家伙是要去证实某一个窗口的确凿,证实这里面确凿有一个故事。我也不知道别人都是要到哪儿去,总之等到天完全黑了的时候,等到午夜,大家就都不见了,都不知道藏到什么地方去了。那时就只有逻辑出面:他们在那一排排一摞摞的窗口里面,在床上,做爱,或做梦。我注视着迎面而来以及背身而往的一张张脸和一个个头,不同的表情和不同的姿势,那里面有不同的故事。每一个人就像每一个窗口,里面肯定有一个故事,不知道是什么,但肯定有。肯定,毫无疑问。就是说,街上走着很多故事。我只知道我自己的故事(其中一个片段是,昨天,当这世界上的某一滴雨敲响某一片树叶的时候,失恋不期而至)。我很想随便抓过一个人来,听听他(她)的故事,握住他(她)的手感觉到他(她)的真实并且听听他(她)的故事。我也很想随便抓过一个人来向他(她)说说我的故事,甚至握住他(她)的手甚至张开双臂扑在他(她)怀里感觉到他(她)是真的,感到他(她)真的在听我的故事。可我既不敢被人叫做疯子,又不敢被人称为流氓。所以,我与别人与所有的别人的距离,应以光年计算。把各自的阳光反射到对方的视网膜上,但中间隔着若干光年。

道路渐渐地有些熟悉。楼群中的小路旁,丁香早已无花,月季开得正旺,夜合欢的叶子正合并起来。我或者是疯子,或者是全世界第一傻(失恋者总归是这样吧),直到走到那座大屋顶的楼房前我还没认出这其实是我的家。

直到我爬上楼我还没认出其实这是我的家。

直到我(一二三四五)找到中间的那个门时还没认出其实这是我的家。

我敲敲门,没人应。我想一个敲错门的客人不应该被认为是疯子或者流氓。再敲一敲,还是没人应。

过来一个人问我:"怎么着哥们儿,钥匙丢啦?"

这样我才恍然大悟,这就是我的家。

我站在门旁向屋里看了一会儿,仿佛重归故里(是孤身一人不是结伴还乡,因为那滴雨敲响了那片叶子)。屋里和我离开时一样:一张床,一张书桌,两只书柜,一只小衣柜,小衣柜上有一台电视,书桌上有一束花,红色和白色的玫瑰在我离开的时候绽开了一朵(扑啦一下猝不及防肯定是那样)。

我在桌前坐下,想,那场跳水比赛是在哪一天进行的呢?那时这个窗口里正有一个什么故事呢?总之,那时,这个窗口里,失恋尚未到达,那时失恋正途经别人尚未到达我。坐了一会儿,但月光从窗外照进来照耀着桌上那束花,所以(逻辑告诉我)实际上我已经在那儿枯坐了很久。远处那把萨克斯又吹响了,沙哑的歌喉唱着远方唱着从前。我抚摸那束花,红色的和白色的玫瑰,我能够抚摸它,它不认为我是疯子或者流氓。我祈祷,人间的科学技术千万不要有一天发展到也能够模仿触觉。

1993年7月12日

关于一部以电影作舞台背景的戏剧之设想

一　前言

酗酒者 A 临终前寄出了一封信,信上的字密密麻麻龙飞凤舞相互叠盖,多不可辨认。可以认清的,唯这样几句:

……每个人都是孤零零地在舞台上演戏,周围的人群却全是电影——你能看见他们,听见他们,甚至偶尔跟他们交谈,但是你不能贴近他们,不能真切地触摸到他们……当他们的影像消失,什么还能证明他们依然存在呢?唯有你的盼望和你的恐惧……

A 的话,使我设想一种以电影为舞台背景的戏剧:

1. 舞台的背景是一幅宽阔的银幕。放映机位于银幕背后。

2. 银幕前的舞台上演出戏剧。真正的剧中人只有一个——酗酒者 A。

3. 其余的人多在银幕上,在电影里,或 A 的台词中——他们对于 A 以及对观众来说,都仅仅是幻影、梦境或消息。但不必拘泥于此,影中人亦可根据需要走上舞台,但那对于 A 正如对于观众——仍是不可贴近和触摸的,仍然只是幻影、梦境或消息而已。

4. 背景银幕上根据剧情需要放映电影,就是说,情节与 A 的视界、梦景、臆想、幻觉等等对应或相关。

5. 只有少量道具。有一个白发黑衣的老人负责搬运道具。

6. 如有可能按此设想排演和拍摄,剧名即为:《一部以电影作舞台背景的戏剧》。不要改动这剧名,更不要更换,也不要更换之后而把现有的剧名变作副标题。现有的剧名是唯一恰当的剧名,为了纪念已故的酗酒者 A,这剧名是再完美不过了。

二 夜梦

剧场灯息,舞台漆黑如夜,背景银幕上渐显 A 的梦境。

城市外景,白天。一条宽直的大街,一眼望不到头,两旁的楼房高低错落但显得过于规整。街上空无一人,沿街的阳台上也看不见一个人,人都哪儿去了呢?所有的窗户都关着并且都拉紧窗帘。那情景有点令人担忧,令人怀疑,所有的景物都像是电脑做出来的,有几分虚假。A 的主观镜头沿街前行。阳光蒙眬,天色灰白,有微风,浓密的树冠不停地摇动但没有声音,什么声音也没有。

一尘不染的路面上,A 的影子停住,似乎犹豫,但只好还是缓缓前移。

画外,A 的梦中呓语,如吟如叹非常清晰:"我死了七天才被发现。他们发现我时,我已经臭了。"

如同回应,不知从哪儿传出一阵阵男女混杂的笑声——就像人们聚会时爆发的笑声,很正常,但很突然。

随之画面乱起来,一会儿天,一会儿地,一会儿是楼顶、楼顶上苍白的太阳,一会儿是无人的窗口、窗口上晃动的树阴、玻璃反射的淡薄的阳光——A 的主观镜头在上下左右地寻找。镜头最终一百八十度急转,画面稳定住:某一个胡同口上,露出一堆人呆望的脸。笑声戛然而止(又是什么声音都没有了),那些人都像被惊呆了似的,脸上毫无表情,只是睁大眼睛看着镜头、看着 A。

镜头推向那群脸,直至叠摞的一团脸占满整个银幕。就是说,A向他们走近。

但是一眨眼间,稍不留神,那群脸全都消失,只剩下空空落落的那个胡同口。那些人呢,可能都躲进那条胡同里去了吧?

镜头很快地推到那胡同口。但是又细又长的那条胡同里一个人都不见,甚至连一个院门也没有,唯两道绵长的老墙夹着一条窄巷。非常奇怪,窄巷里种满了花,花朵丰满,或鲜红或雪白,一朵挨一朵蓬勃烂漫仿佛一条花的河流。顺着这花的河流举目远眺,胡同尽处豁然开朗,灿烂的阳光下是花的海洋,鲜花遍野直铺天际。

花浪随风摇荡。A的影子在浪面上起伏、扭动,仿佛漂移。渐渐响起嗡嗡的声音,先是细如虫鸣,继而密如急雨,越来越强大、辽阔,终于听出是人声,是城市的惯有的喧嚣……A的主观镜头再次转动一百八十度,缓缓转向大街:怎么了?所有的阳台上都站着人,所有的窗帘都拉开了,所有的窗口都探出毫无表情的脸,睁大眼睛朝街上望,好像出了什么事……

A看见:有一个人,赤身裸体地在街上跑,左顾右盼,看样子是想找个地方藏起来。但街道空阔、规整,没有藏身之处。他是谁?面目不清。他想躲在一棵大树后面,但是大树后面的窗口里正有几张严肃的脸在注视他。他故作镇静地走开,去推路旁的一扇门,门锁着,他使劲推使劲敲使劲撞,但那门纹丝不动。这时,不仅所有的阳台上都站满了人,连所有的楼顶上也都是人,所有的人都是衣冠齐整表情严肃。人们都在看他,因为大街上除了这个赤身裸体的人再没有什么可看的,再没有什么值得人们这样惊奇甚或是恼怒,嗡嗡的喧嚣声正是出于人们对他的议论。他是谁?仍然看不清他的脸。他又敲了两个门,都锁着。他又去大街的另一侧,连着敲了几个门,都不开。就是说没有人愿意他进去。他看见一座门楼上垂挂下一面大旗,便去拽那面旗,想把它拽下来裹住自己。但那面旗发出金属声,原来是一块铁板焊成的旗。窗口里、阳台上、楼顶上的人都哄笑起来。看来只有逃跑,可往哪儿逃呢?他只好沿街跑起来,在光天化日之下众目睽睽之下,在沿街不断的哄笑声中赤身裸体地跑。但是这样跑,更等于是展览——他必是意识到了这一点,停住步,站在一面高大的玻璃橱窗旁绝望地喘息着。这时,我们从橱窗的玻璃上得以仔细地看看他了:一丝不挂,瘦骨嶙峋,形态委琐,苍白的身体瑟瑟发抖……

橱窗的玻璃渐渐占满整个银幕。那个赤裸丑陋的形体渐渐占满整个银幕。响起城市醒来的声音,人的吵嚷声、自行车声、汽车声、无病呻吟的流行歌曲声……很正常,也许很动人,正是城市的白天应该有的那些声音。他慢慢转过脸……

画外忽然一声大喊——A的喊声,声嘶力竭凄惨无比。随之我们从橱窗的玻璃上看清了那张惊恐的脸——A,那个人就是A。

A:原来那就是你自己!

喊声中,A朝那面玻璃一拳打去,玻璃无声地粉碎,银幕和舞台上一片漆黑。

三 在家

舞台灯光渐亮,黎明室内的亮度。背景银幕被黑色的帷幕遮挡住三分之二,另外的三分之一上映出一面拉着窗帘的小窗,晨光在窗帘上飘动,窗棂、房檐、树枝的影子随之飘动。上一节城市醒来的声音延入此节。

A裹着毛巾被躺在台上,刚刚惊醒的样子,懵懵懂懂看一下四周,蜷着身子半天不敢动。

白发黑衣的老人推着运送道具的小车上台,车上一筐空酒瓶,再无其他。他像幽灵一样动作轻捷,把筐放在一个角落,把几个空酒瓶横倒竖卧地布放在A周围,推着空车下台。整个过程一无声响。

街上的声音有所变化,主要是掺进了此起彼落的各种叫卖声。

A 慢慢坐起来,看着一道漏进室内的阳光发呆。

A:"妈的,又天亮了。"

说罢他又躺倒,双手垫在脑后,跷起二郎腿,一声不响地看着天花板。

他伸手摸到一个酒瓶,摇一摇,空的,扔到一边。又摸到一个,还是空的。他坐起来东找西找,但所有的酒瓶都是空的。他叹了口气,继而哈欠连天。

一个哈欠打到一半他忽然不动了,手举在半空慢慢扭过身子,望着一个角落。

A:"啊,来啦伙计?来吧来吧,没事儿,干吗老那么鬼鬼祟祟的。"

他原地坐着转了九十度,饶有兴致地看着那个角落。

A:"甭怕,有什么不好意思的?自信点,你也是主人,还得我老这么强调吗?我住这儿,你也住这儿,家里外头总之这个地球上,你们耗子是第二主人。那没错儿,论数量论本事你们都是老二。说不定你们比我们还多呢,你们够不够一百亿?一个人平均两只耗子我看差不离。喂喂,别走哇老弟?对,回来,对对,甭客气。"

他站起来,摸出烟想点一支,但又揣回兜里,可能是怕惊跑了那只耗子。他面向那个角落,晃晃悠悠地来回踱步。

A:"邪了,现在的耗子一点儿都不怕人,你怎么盯着它,它怎么盯着你,好像它还有一肚子委屈呢。嘿,听我说,人比你们强的也就剩下能说话了。你说,你们还有哪点儿不如我们?我们吃什么你们吃什么,我们住什么你们也住什么,我们下饭馆、逛商店,你们不也照办?我们卡拉OK,可你们一宿一宿地在我床底下折腾也够卡拉够OK的。我们骄傲得不行,说是占领了整个地球,可我们到哪儿你们不是跟到哪儿?人老想消灭你们,是呀是呀,可指不定谁消灭谁呢。我看咱们是一路货,什么时候你们消灭了,估摸我们也就他妈的死绝了。你说什么,整天提心吊胆的怕这怕那?可你们以为人不怕吗……"

他忽然不说了,像是想起了什么,呆愣着。

背景银幕上又闪现几下他刚才的梦境:无人的大街,过于规整的楼房,寂静,虚假,令人生疑……

梦景消失。A 站在舞台中央,呆愣良久。

A(自言自语):"老是这个梦,老是它。老是那句话,我死了七天才被发现……他妈的!"

A 摇摇仍然有些发懵的头,缓缓蹲下,面对角落里的那只耗子。

A(声音比刚才柔和了些,或者低沉了些):"别走哇伙计,别忙着走。陪陪我,这世界上离我最近的就是你了,要说朝夕相伴,咱们才正格的是朝夕相伴呢。夜里你嗑我的床腿,我埋怨了一句没有?那回你偷我的酒喝,醉得爬不回窝,我做了什么对不起你的事儿没有?可我最烦你老那么客气,客气其实最他妈虚伪。"

A 蹲在地上,慢慢向那角落挪近。

A:"甭怕,咱俩谁也不知道谁的底细,这挺好,谁也就不会出卖谁,谁也用不着担心被谁出卖,谁也甭嘲笑谁、看不起谁,因为……因为谁也没拿住谁的短儿。我看过一个电影——是呀是呀,这点你也不如我。不过这没什么可羡慕的,那么一层布,上头五光十色地亲呀爱呀、哭哇笑哇跟真的似的,可你千万别过去摸,一摸保险特没劲——就那么一层布,里头什么也没有。有几回,听报告的时候,我挺想过去摸摸讲台上那个人,他讲得真是不错……可说真的伙计,我不敢……我怕……怕又摸到那么一层布……一层布后头什么也没有……"

A 坐下,搓搓疲倦的脸,侧目看着身旁那只耗子。

A:"那电影,说的是两个人,谁也不认识谁,在火车站上偶然碰上了,你一言我一语倒是都说了好些真心话……你想想那是为什么?你慢慢想想吧伙计,因为什么?就他妈的因为他们俩谁也不知道谁的底细。所以……所以咱俩也可以说说真心话。说什么呢?说真的,我是愿意你知道一点我的底细,你要是愿意听,我可以把我的底细全告诉你。其实,我也没有多少秘密,我是个没出息的人,我知道别人都是怎么说我的,酒徒,醉鬼,没有自制力,一事无成,不可救药……他们说的也许不错,可是伙计,这跟酒没关系。我只能跟你说,我有病,大夫也闹不清是什么病,一种罕见的病,搞得我总是一点力气都没有,脑瓜子老跟一辆汽车那么大,发动机在里头整天'轰隆隆、轰隆隆',可是打不着火……不不,这跟酒一点关系都没有。当然酒我得少喝,这点自制力我是有的。少喝点酒对人有好处。不过我这病跟酒没关系,我得休息,得休息一阵子,然后他妈的你们瞧着吧,我会证明我比谁都不差……哥们儿,这我不是吹,我从小的功课就老是全年级第一……伙计,我知道你不会看不起我,因为我也没看不起你,再说咱俩谁也不想弄清谁的底细……"

A伸手想抚摸那只耗子,但是手悬停在半空。必是那耗子跑了。A呆滞的目光一直追随着那只溜走的耗子,直到它销声匿迹。A垂下头,半空中的手跌落下来。

A:"唉,我早就知道,我早就知道全都是电影,全都是幻景,你摸不到谁,你甭想能摸到谁,你要是想看见他们你最好就别靠近他们,你要是想靠近他们,最……最好就别想去碰他们,最好跟他们保持一点距离,使他们不至于逃跑的距离,别把他们当真。可是……可是那你干吗不直接去看电影呢?妈的我又不是买不起电影票。问题是,问题是什么是真的……"

A沉默着,很久,掏出烟来点上,脸上表情僵滞。一缕缕青烟飘摇,飞散……忽然他抽抽咽咽地哭起来。

A:"杨花儿也走了,毫无疑问我在离婚书上签了字,他妈的我签了字呀……不过,不过我不怨杨花儿,真的,我还是爱她,我也不怨她变了心……我知道,我明白,我自己对自己也是这么说——我哪点配她爱?她是个好人,杨花儿,她是这个世界上最好的人,是最对我好的人,是最理解我的人,只是……只是我这病让我对不起她……"

他止住哭泣,忽然想起了什么事的样子,又像是专心地听着窗外的鸟叫。窗外的鸟儿声声啼啭,天已大亮。

A:"不过我还有点事得跟杨花儿说……可我说过我不再缠着她了……但要是真有事,总还是可以去找她的吧?"

A站起来,在台上快速走一圈,似乎也是这样快速地思索了一圈。

A:"对,我得找她。杨花说过,要是真的有事是可以去找她的。我并不缠着她没完,我不是那种缠着人没完的人,我从来说话算话,我可不是那种娘们儿叽叽的人。"

A在台上转圈,速度放慢,似乎思索也跟着放慢了。

A:"可是别人会怎么想,杨花她们家的人会怎么说?我见了她说什么?……对了,有件事我必须得跟她说。我就说我忽然想起有件事……对了,我确实是有件事非得跟她说不可。可是……什么事呢?"

他站住,不动,紧皱眉头全力回忆。

白发黑衣的老人推车上台,把地上的空酒瓶收进筐中,把筐放在车上,又推车悄然下台,一点也不惊动A。

与此同时,画外或幕后响起第二节梦中的那句近乎谶语的话,很轻,如同叹息:"我死了七天才被发现……我死了七天才被发现……我死了七天才被发现……"

A环望室内。

A:"对了,得把这个家留给杨花儿,房门的钥匙得交给她。"

他从兜里掏出一串钥匙,抛起来,接住,转身下台。背景银幕上的画面渐隐，舞台灯熄。

四　在小公园

　　舞台灯光大亮，白天室外的亮度。城市的喧嚣声骤然强大辽阔，在远处隆隆不息。背景银幕上映出现实中的城市外景。近景是一个公园的围墙内：一道爬满了藤藤蔓蔓的老墙隔离出这一处清静的地方，鸟语声声，蝉鸣此起彼落，老墙下是茂密的草地，黄色和蓝色的野花星星点点。远景是浩瀚无边的城市：越过老墙，满目林立的高楼、饭店、商厦、电视塔、吊车转动的长臂、阳台上飘扬的被单、楼顶上的各色广告牌……甚至可以看见立交桥上连成串飞驶的汽车。引人注目的是最近处的一座淡绿色小楼——在老墙头上露出四个不完全的金色大字，但仍可认出是"少年之家"。（舞台灯光的亮度，以不影响背景电影为限，若能做到与背景电影融为一体当然是最好不过了。）

　　A上台，慢慢踱步若有所思。

　　运道具的老人尾随A上台，从车上卸下一条石凳，用衣袖把石凳掸一掸，把一瓶酒、一只酒杯、一个破旧的挎包摆在石凳上，然后推车下台。

　　A走到石凳旁，面对石凳席地而坐，仰望天空。一阵鸽哨声由远而近，渐渐又远去。他斟满一杯酒，一饮而尽，自言自语起来——好像他对面还有一个人。

　　A："我不喜欢对着瓶子喝，真的，什么都得讲究形式，喝酒也一样。真的真的我不蒙你，醉翁之意不在酒，在喝，在喝这种形式。不是有茶道吗？也有酒道。可以简陋，但不可以粗俗，你说是吗？酒可以低劣，但不能影响人的高贵。有一回我喝醉了——真正喝酒的人是不忌讳说醉的，真正喝酒的人承认酒的威力，承认它敬畏它，爱它。爱它可并不等于仅仅是喜欢它，什么好东西你都会喜欢,但并不是什么好东西你都能爱它。爱它就是……就是……怎么说呢?就是……好吧我一会儿再告诉你。那回我真是喝醉了,坐在马路边吐得一塌糊涂,半夜,又下着雨,我一个人就那么吐了又吐,那叫难受,那叫痛快,我想我这回是他妈的死定了……这时候有个人从我身边骑车过去,过去了又回来,下了车问我怎么样?我说操他妈喝醉了,没事儿,走你的。那个人不走,也在马路边坐下,说是陪陪我。我说哥们儿不用,走你的吧哥们儿。他把雨衣给我盖上,又把我拖到一处房檐底下。我说这就行了,你走吧,歇会儿我也走。他背对着我抽烟,看雨,我看不大清他的脸。半天,迷迷瞪瞪的我又说,这么晚了,赶紧回家吧你。你们猜他怎么回答?你们不大能猜得出他怎么说,他说……他说……(A的声音有些颤抖)他说哥们儿你说什么呢?咱们都是喝酒的人。"

A 擤鼻涕,忍着眼泪,同时连连点头,深深地点头,动作有些过分。呆愣了片刻,又斟满一杯酒,一口喝光。

A:"我顶看不上一小口儿一小口儿抿酒的那帮家伙,抠抠唆唆小里小气娘们儿叽叽。要不就甭喝,喝就喝得像个爷们儿样。我见过一个小子,个不高块儿也不奘,可那小子行,喝起酒来是块料,一个搪瓷把儿缸子差不多装半斤,一仰脖儿完了!抹抹嘴该干吗干吗去。我最烦那帮人,弄二两酒在酒馆里穷泡,喝三唬四地滥吹牛……噢我想起来了,爱它就是……总之爱它可不是借着它无病呻吟、装疯卖傻,爱它就是……就是得懂得它,崇拜它,甚至甘愿屈服于它把自己交给它!"

A 站起来,绕着石凳转圈,被自己刚才的话感动、激励得一副志得意满的样子。然后他盘腿端坐在石凳前,挪开酒瓶和酒杯,从挎包里掏出笔和本,飞快地写了些什么。接着,他侧耳细听,站起来,倒退着步朝老墙外张望。

A:"哎?杨花儿她们少年宫里今儿是怎么了,怎么这半天一点响动都没有?今天不是礼拜日吧?"

他站到石凳上去张望,一脸疑惑的神情。

A:"弄不好今儿真他妈的是礼拜日吧?"

他慢慢蹲在石凳上,点一支烟,就势再成坐姿,良久无言,望着墙外发愣。出人意料,他的思路忽然跑到一个与刚才的情绪不大搭界的地方去了。

A:"我真怀疑那些房子里到底有没有人。这么多房子,这么多窗户,这么多空调,好像是说那些房子里都住着人。可是,你怎么能知道都住着人?"

背景银幕上,固定的画面开始随着A的视点有所变动。镜头横摇:从一片高楼到另一片高楼。镜头推近:一个个窗口的特写,有的敞开着,有的紧闭着,有的窗帘轻轻飘动着。

A:"好吧,我同意你说那里边都有人,可你怎么证明?谁能证明?谁他妈的证明过?你能到所有的房子里都确证一下吗?你不能。那是一件不可能的事。你不能证明,你凭什么说有人?关键是,你说有人可你又不能证明,那对你来说跟没人有什么两样?我说没人,对,我说没有!不错,我也不能证明,可这正说明我说对了。说没人,可以因为不能证明,而说有人就必须得能证明。我胡搅蛮缠?倒他娘的是我胡搅蛮缠?好吧好吧,那我问你,地球以外这一大片宇宙里还有人吗?你不敢说有,因为你无法证明,但是你可以说没有,虽然你还是无法证明。因为无法证明就等于是没有。因为不管它有人没人,对我来说都是没人,有人也与我无关,就跟没人一样,与我无关。反正与你无关,你一定要说有人那可真是比放屁还没用的一件事,那可真是比当众放屁还麻烦的一件事。"

背景银幕上的画面又稳定下来,繁华喧嚣如初。因为刚才的宏论,A又显出洋洋自得的神气。再喝一杯酒,从挎包里抽出一条黄瓜清脆地嚼,仰卧在草地上。

A:"我在报纸上见过一条奇闻,说是有一个新娘,在婚礼上当众放了个极其响亮的屁,惹得哄堂大笑,结果她羞愧得一下子脑溢血了要不就是心肌梗塞了,总之一命呜呼。还听说有个总统,在就职演说的时候放了个屁,马上就职演说就改成了辞职报告。总统就不说他了,他本来就不必去当那个总统。可是那个新娘碍着你们哪儿了?况且那是人家自己的婚礼,自己的婚礼自己却因放屁而死。唉,可怜的人,真是可怜的人,再没有比她更可同情的人了。那条消息好多人看了都他妈的笑个不停,笑个狗!我真想把那些笑的人掐死。你们就不想想那是个多么不幸的人。你们就不想想你们他妈的也保不准会在你们的婚礼上溜出个屁来。你们就不想想,她绝不是放屁放死的,毫无疑问她正是让你们这些乌龟王八蛋笑死的!人人都要放屁,这是科学,是我们宝贵的功能和权利,可是人人却都嗤笑那个可怜的新娘。这就像人人都有一肚子真心话想说,可你要是真说了,一百次有九十九次你要遭到耻笑。唉,这个世界就这样儿,真诚永远是一个弱者,不信打赌,永远和到处,真诚都是一个弱者,就像一个乞丐,一个因为被剥夺而后被轻蔑的人。不是有人说吗,真诚压根儿就是弱者渴望的依靠,是强者偶尔送给弱者的一块干粮。这小子说得在行。真诚的逻辑和放屁的逻辑是一样的,你当众放出真诚和当众放出响屁那效果是一样的,你马上觉得需要请求原谅、请求宽容,可你要是憋住了不放——不管是屁还是真诚——那你就可以选择原谅或不原谅别人。唉,那个可怜的新娘,你何必这么在意别人呢?你是一个可爱的女人,你是一个会放屁的美妙的新娘,你是一个真实的人……要不是我还爱着杨花儿,要不是我还想杨花儿她能回来,我会追求你的,要是你那个新郎因此抛弃你看不起你那你就到我这儿来……唉唉,你干吗要死呢?换了我,我会再放一个给他们听听,妈的这帮畜生你们没听过吗?不过……不过说真的我也不敢,我虽然这么说可是轮到我我也得憋着,不管是屁还是什么,如果那可能引得众人笑你你就只有憋着……杨花儿说过我,说我是个屁包,说我光说不练……杨花儿说得全对,杨花儿她哪样都好就是不能理解酒,其实我喝的又不太多……唉，要让我说那个新娘应该算烈士，是一个壮烈赴死的英雄，全人类都应该纪念她……反正我不敢，我只敢憋着，也许屁我还敢放一点，但是很多比屁更重要的东西我只敢憋着。上帝保佑，像那样的事最好别落到我头上，我有时害怕我会憋不住……恐高症的人有时候会不由自主从高处跳下来，我也许他妈的得了恐放症。有一回我有幸见了一个名人，我请他在我的本子上签名，他低头签名的时候我忽然有一种强烈的欲望——把本子夺回来然后对着他那张洋洋自得的脸说'孙子，千万可别把你那龟名字写在我的本子上'。谢天谢地我忍住了，终于成功地憋住了，我恭恭敬敬接过本子热泪盈眶地跟那家伙握手，那家伙一定以为我是感动涕零了，其实我心里清楚，我是哭我自己呢，我他娘的才是个不折不扣的龟孙子！不过老天保佑我没惹乱子……"

他在胸前画着十字，又双手合十默望苍天，那样子有点魔魔道道的。然后他猛地一个鲤鱼打挺坐起来，再次眺望远处阳光下浩瀚的楼群。

A："也不知道那些房子里到底有没有人？那些窗户里，门里，墙后面？……你可以说没人，可毕竟你不能真正相信那儿没人，毕竟你得小心，即使离得这么远你还是得小心那些窗口里的眼睛。就算那儿真的没人，你敢怎样呢？问题是你总觉得那儿有人，有很多人，很多眼睛盯着你，在品评你，在挑剔你，褒贬你，轻蔑你要不谴责你。要是你总归得防备，那儿有人没人其实还不是一样吗？所以我要说那儿有人！关键是你不敢真正认为那儿没人，你不敢放松警惕，你不敢放松警惕这一点证明了那儿有人。有人没人，其实用不着去现场核实，用你是否需要警惕就能证明……是呀是呀，只有他妈的把自己关进一个封闭而且不透明的六面体里去，也许你才能稍稍放心一点儿，只有那样你才敢说周围没人……而在太阳底下，其实你找不到一个没人的地方，只要你走在光天化日之下就到处都是人……"

他侧耳细听。隐隐地有钢琴声,很轻。他站起来,随着琴声的节奏缓缓踱步。

A:"看我说对了没有?少年宫里有人在弹琴。"

接着有一个童声随着钢琴唱起来,是电影《英俊少年》中的一首插曲,大意是日子过得很快,小小少年长大了,因此一天比一天多了烦恼。

A(低头自语):"是杨花儿,是她,是她在弹琴,她的琴声我一听就能听出来,一听就听出来……"声音有些颤抖、哽咽,"一听……就……就听出来。"

背景银幕上,叠印杨花儿弹琴的特写镜头:一个年轻、安静、文雅、纤弱的年轻女子。琴声很久,歌声如梦如幻。杨花儿弹琴的特写占满银幕,城市的喧嚣声渐隐,只有琴声和歌声,琴声清朗跳跃,歌声纯净无邪。

琴声和歌声中,A一杯接一杯地喝酒,步履渐渐不稳。

琴声和歌声骤止,银幕上杨花儿的影像随即消失。

A僵滞的手,颤巍巍地摸索到石凳,坐下来。他摇摇手里的酒瓶,空了,甩到墙根的草丛里去。酒杯塞进挎包,他双手捧头,浑身抖动着啜泣不止。

A:"没什么说的,真……真的,没什么可说的,是我对……对不起杨花儿,杨花儿你走得对,我觉着我要还算是个男人我就应该答应你离婚,可是……可是杨花儿,我离不了你呀,我一直不相信你就能这么一甩手走了……"

刚才的酒喝得太猛,他有点支撑不住了,便在石凳上躺下,揪过挎包来枕着。

A:"杨花儿,杨花儿你知道吗,你就在那边弹琴,我……我就在这边听着,我们就隔一道墙,咱们其实离得多……多……多近哪。杨花儿,你怎么不弹了?弹哪,再弹一首,我听……听……听着哪,听着你的琴声,我好像……好像就……就觉得安……安全了点儿,就觉得安全……安全了……点儿……"

背景银幕渐暗,画面渐隐。A 酣然入睡。他翻了一个身,扑通一声翻下石凳,但他一无知觉,仍在黑甜之乡,躺在石凳下的草地上鼾声如雷。舞台灯光熄灭。

五　白日梦游

舞台上,一束灯光慢慢亮起来,但不要太亮,如同唯在梦中才有的那种微明。灯光在舞台上画出一块小小的圆区,中心是依然沉睡的 A 和那条石凳,四周更趋幽暗。层层帷幕垂挂在幽暗中,时而微微摆动。黑色帷幕从两侧向中间合拢,直到把背景银幕遮挡得只剩下二分之一。

轻轻地、朗朗地又响起钢琴声,弹奏的是舒伯特的一首儿童曲。有童声集体无字的哼唱,似来自很远的地方。

一群十三四岁的女孩子先后蹦蹦跳跳地上台,一律白色的衣裙。她们好像偶然到这草地上来玩耍的,一个招呼另一个,两三个引来了四五个,一共七八个。她们四处采摘野花,或者只是张望、寻找着什么,偶尔有一两个闯进灯光画出的圆区,但多数时间她们都在四周的幽暗中游逛,衣裙尤其显得雪白甚至闪亮。猜想她们必是有说有笑,但听不见她们的声音,舞台上仍是深睡般的静寂。只从遥远的地方,或者是从天上,传来童声的合唱;慢慢可以听出歌词了,大意是:五月,一起到河边去,看紫罗兰开放。歌声清彻明朗、悠扬淡远。

女孩子们采了野花,编成花环戴在头上。然后她们手拉手,以那块圆形的灯光为中心,拉成一个圈,跳起舞来。她们轻盈地跳着,围着 A 转着圈跳,一会儿顺时针转,一会儿逆时针转……却好像根本没有发现 A 的存在。于是琴声和歌声更真切了,更欢快更热烈了。

A 坐起来,愣愣地看着她们。

A:"喂,你们是……是谁呀?喂,我问你们呢,你们是从少年宫里来吗?"

女孩子们不理他。

A:"那,你们那儿是不是有……有个老师姓杨?你们认不认识一个叫杨花儿的老……老师?"

女孩子们不答。她们只管跳,旁若无人,完全沉浸在纯洁美妙的歌舞中。

A 只好看着,看一个个轻捷、窈窕的身影从他眼前转过去。A 看得入迷,不由得也跟着哼那支歌。

A:"喂,我说,这歌我也……也会唱。"

没人理他。女孩子们根本连看都不看他一眼,那意思似乎是说:我们是来跳舞的,与你何干?你会唱就会唱呗,与我们何干?

A 尴尬地笑笑,站起身,厚着脸皮走近女孩子。

A:"喂,也带我一……一块跳好不好?我不见得不行,小时候我也进过少年宫的舞蹈队,只是这么多年有点生疏了。喂,行不行你们倒是说……说话呀?"

情形毫无变化,女孩子们踢腿、抖肩、扭腰,只顾自己享受欢乐,只顾欣赏自己的青春和美丽。A 急得团团转,无计可施。

A(自言自语):"你说这可怎么好?她们光是跳,光……光是跳,光顾了自己跳,跳得什么也听不见。要是无论你说什么她们都听……听不见,这事就不好办。"

A 蹲在地上,继而跪在地上,抱着头撅着屁股,苦苦思索的样子。很久,他忽然抬起头,仿佛心生一计。

A(大喊一声):"嘿!——"

这一计果然奏效,女孩子们都停下来不跳了,一动不动地站着。琴声和歌声也随之停止。

A 喜出望外,站起身,走近女孩子们,挨个端详她们。女孩子们的脸上却都没有表情——美丽,但不真实。

A:"喂,我说,你们干吗一下子都……都这么严肃?"

A的话音未落,琴声和歌声又响起来,女孩子们又跳起舞来,跟刚才一样,欢快、热烈。A看看这个,又看看那个,茫然无措。

A(急中生智,又大喊一声):"嘿!——"

音乐停止,女孩子们又都站住,一动不动。

A:"我只想说一……一句话,我只求你们带……带我一块玩儿。"

气死人了——音乐又响起来,女孩子们又跳起来。但A这回没有慌,反倒笑了。

A:"我懂了,她们这是说……说你要来跳你就来……来跳吧,一个人在那儿瞎……瞎嚷嚷什么?"

A便走上前去,试图拉住其中两个女孩子的手插进队中。

这一下可坏了,女孩子们四散而逃,逃上了背景银幕——当女孩子们逃到层层垂挂的黑色帷幕后面时,背景银幕上开始出现她们继续跳舞的画面。这一次音乐并不中断,但又变得遥远了,似有回声,仿佛从天上传来。舞蹈依然如故,只是从舞台上挪到银幕上去了,舞台上的真人变成了银幕上的影像。银幕上光线微明,背景幽暗,女孩子们认真、投入、自由且欢快地跳着。

A有些后悔,叹口气,就像不小心把什么东西弄坏了那样很是惋惜。他看看自己的手,心里大约是说:我干了什么?什么也没干呀?怎么刚一碰她们就弄成这样了呢?A怏怏地退回到石凳旁,坐下。

可是,他刚一坐下,银幕上的女孩子们又都下来了——随着背景银幕上的画面消失,那群女孩子又都从帷幕后面跑出来,依旧手拉手围着A跳舞。音乐又近了。

A高兴地跳到石凳上,蹲着,转着圈看她们。

A:"喂,刚才怎么回事?我还以为你们都生……生气了呢。"

我想也不……不至于嘛。你们应该看得出来,我没什么歹意,我只是想跟你们一起跳。你们互相拉着手跳,我要参加进去,你们想,是不是我也得跟……跟你们拉着手?好吧好吧,刚才不算,咱们重……重新来。我可没有一点怪你们的意思啊,我这人浑……浑身是问题,是缺点,也许只有一个优点,就是我从来不怪罪谁,因为……因为你们想啊,谁心里都挺孤单的,都活得挺累,挺苦,挺……挺不容易的。好啦,咱们重新来吧。"

A从石凳上跳下来,走近女孩子们,小心翼翼地去拉她们的手。得!又跟刚才一样,她们四散而逃,又都逃到银幕上去了。音乐声远了,女孩子们在银幕上若无其事地跳着,一切都是刚才的重演。

如是者再三。

A傻了一样地站着,看着银幕。他"吭吭"地哭起来,又"哧哧"地笑。又哭又笑了一阵子,他毫无缘由地觉得那条石凳碍眼、可恨,对那石凳又踢又踹,仍不解恨,便用尽全力去掀那石凳,不可思议——那石凳居然被他掀翻了。掀翻了,又怎样呢?好像一切都更无聊了。他转身再去看银幕,女孩子们还在跳。

A(大喊):"回来!你们都……都……都回来!好像我是个坏……坏人似的,好像我是个臭……臭流氓,好像我是个不能靠近的人。下来,下……下来呀!你们下来,下来和我一……一起跳就不……不行吗?!"

他跟跟跄跄地扑向背景银幕,试图去捉住那些女孩子。就在他迎头撞上银幕的时候,只听得一声女人惊恐的尖叫,随之舞台灯光大亮,银幕上的女孩子们无影无踪,层层垂挂的帷幕拉开,银幕上恢复到第四节的画面——仍是那面挂满了攀爬植物的老墙,和墙外浩如烟海的楼群,时近正午,骄阳下的城市喧嚣不息。

A颓然摔倒。

白发黑衣的老人上台,运来一把椅子,把椅子摆在舞台右侧,把掉落在地上的酒瓶、酒杯收进挎包,把挎包挂在椅背上,再把那条掀倒的石凳运走。随即舞台灯光熄灭,背景影片中断。

六　在派出所

右二分之一背景银幕被黑色的帷幕遮挡住。左二分之一背景银幕上映出一扇大玻璃窗,窗门敞开着,一个老警察坐在窗边的办公桌前,由于玻璃窗的衬照,老警察的侧影显得昏暗、朦胧,眉目不清。窗外仍可见刚才那些高层住宅楼、饭店的大字招牌、电视塔等等——只是换了个角度。

舞台上是白天室内的亮度。A 坐在舞台右侧(即以黑色帷幕为背景的一侧)的那把椅子上,与银幕上的警察遥遥相对。

老警察:"嘿,明白点了没有?这儿是派出所。"

A:"派出所?我上这儿来干……干吗?"

老警察:"干吗?先问你自己,今天喝了多少?"

A:"哎?您的问题不大好理解,喝……喝酒跟……跟派出所有什么牵连?"

老警察:"但是你又喝醉了。"

A:"您真爱开玩笑。再……再……再喝半斤也不见得就……就能怎么样。"

老警察:"拉倒吧老兄。知道你刚才都干了什么吗?"

A 歪着头想了一会儿,想不大清楚,心神仍有些恍惚。

A:"干了什么?是好像发生了点什……什么事。您不见得是说跳……跳舞什么的吧?"

老警察:"要我告诉你吗?第一,你破坏公共设施;第二,就算你不是调戏妇女,你也是恐吓妇女。"

A 吓得站起来,跟跟跄跄几步蹿到警察跟前(舞台右侧),连连摇头、摆手。

A:"喂喂喂,这话可不是随……随便说的,您不能乘我睡……睡着了一会儿就……就给我栽赃。"

老警察:"栽赃?推倒的石凳还在那儿呢,要不要看看去?你又喝多啦!你喝多了,然后就睡了,然后就做梦,然后就梦游,然后就把公园的石凳推翻了,你的劲儿可真不小,你梦见什么了那么大劲儿?然后你又拉着一个老太太的胳膊,冲人家一个劲儿喊'下来,下来',那老太太得过中风你知道不?那老太太正在那儿练气功呢你知道不?那老太太要是让你给吓犯了病,你知道你得负什么责任不?唉,你呀,要不是我知道你的底细,真应该让你坐几天牢。"

A好像终于想起了一些刚才发生的事,面对警察,呆愣着,打嗝儿。

老警察:"回去回去,别凑到我跟前来,酒气醺醺的呛人,到你的座位上去。"

A慢慢朝椅子那边走,一路打着酒嗝儿,若有所思。走到椅子跟前,忽然浑身一激灵,酒醒了一大半,猛转回身。

A:"您说什么,要不是知道我的底……底细?您都知……知道什么?"

老警察:"什么我都知道。"

A慢慢坐在椅子上,心惊胆战地看着银幕上的老警察。

老警察:"你喝酒喝出了名!喝得单位把你开除了,喝得杨花儿也跟你离了婚,喝得你老爹不让你进家门,你老娘提起你就掉眼泪,喝得你哥哥、妹妹谁都不搭理你,我说的不错吧?"

A(松了一口气似的):"噢——闹了半天您是说……说这个,不错不错。这么说您对我们家挺熟悉?当然当然,我们家有俩名人,著……著名的老演员,对不对?也叫著名的艺……艺术家,谁……谁能不知道他们呢?可我……我这么跟您说得了,我爹我娘除了是演…演员之外什……什么都不是。我这么跟您说得了,我……我顶烦台上台下满不是一回事的那种人！当……当然了，他们是我亲爹亲娘，照理说我不该跟别人说他们的坏话，可我实在是不……不欣赏他们。不欣赏他们这总可……可以吧？"

A站起来，显得有些兴奋或者激动，一个趔趄，连忙抓住椅背。他就这么扶住椅背，以椅背为圆心，像推磨那样，脚底下磕磕绊绊地踱步，嘴里滔滔不绝。

A:"不过我真说不好,他们俩谁更是表演天……天才。因为我妈是在台上演戏,我爸到了台下才……才开始演戏。也……也就是说,我妈到了台下变回她自己,可我爸呢,一上台才变成他……他自己。我爸总演些铁……铁腕人物,什么不可一世的皇……皇上啦,统领千……千军万马的将军啦,或……或者万众拥戴的领……领袖什么的,问题是他怎么会演得那么好,那么出……出神入化？我告诉您吧,那才是他的本……本性！他骨子里就是个帝王,要人服从他、恭维他,你要是不赞成他,他就说你是愚昧、庸俗、小人、狗屁,再不就说你喝……喝多了,不配跟他这个那个的。我跟您说得了,很多人都有这种帝王本性,很多人骨……骨子里都是这样,不信您就留……留神看着,只要有俩人,肯定就有一个强者,只要有仨人就……就出一个领……领袖。但要是几千几万几亿人不……不巧都到这地球上来……来了呢,那可就不……不见得人人都有当……当领袖的机会,所以我爸只好到……到舞台上去满……满足他做帝王的快乐。那他当……当然演得好喽,他骨子里就这样他……他能演得不……不像吗？但……但那不是表演那是他的本性,他真正精彩的表演是……是在台……台下,在……在家里。我还不知道他吗？我一生下来就看着他,看了三……三十多年了,你……你以为！一下台他可就满嘴的另一套台词,一天到晚什么谦虚吧、谨慎吧、自己多么渺小吧,群众才是了……了不起的吧,不管到哪儿都要跟群……群众打成一片吧,屁！演……演戏！你是谁？群众本来就是一片,你要打进来你……你是谁？你这么渺小你凭……凭什么混到了不起的群……群众里来？要是每一个群众都跟你似的渺……渺小，搁一块儿怎……怎么就了……了不起了呢？跟您说我实……实在是受够了，要……要不谁会这么说自个儿的亲……亲爹？"

A一不小心摔倒，椅子翻了，挎包掉在地上，他就势把挎包垫在屁股底下坐在那儿不起来。可能是头疼，他使劲掐着太阳穴，很久一声不吭，一动不动，可能是头疼得厉害。

白发黑衣的老人上台，把椅子运走。背景银幕上的画面渐隐。舞台灯光熄灭。

七　在动物园

舞台上轰然大亮，中午室外最强烈的光照度。黑色帷幕完全拉开，背景银幕上是动物园小湖旁的景象，游人络绎不绝，各种水禽在水面上、湖心岛上争相引颈高歌，一片欢腾。

A坐在空荡荡的舞台中央（即小湖旁的草地上），仍是上一场的姿势，屁股底下垫着那只破挎包。过了一会儿，可能是那阵剧烈的头疼过去了，他从挎包里掏出纸和笔，飞快地写，走笔之声清晰可闻。写罢，又开始喃喃自语起来。

A："我教……教您一个诀窍儿，识别一个人是不是在演戏的诀窍儿。比如说，一个人总说自己机灵，机灵机灵机灵，那……那他就是演戏，他在表演机灵其实他弱……弱智。要是一个人总说自己傻呢，我真傻我真笨我净他妈的吃……吃亏，他也是演戏，其实他什……什……什么亏也不吃。什么话说……说多了都难免是演戏。我妈总说我爸爱她，逢人就说我爸是多么多么爱她，他们俩互相是多么多么恩爱、亲密无间，坦率说我……我可看不出来。我妈她老想跟她舞台上扮演的那些角色比。她这辈子演的都是什么热恋的情人哪、幸……幸福的妻子呀，度尽苦难终于破……破镜重圆的恋人啦,要不就是殉情的烈女、冲破什么什么去投奔自由爱情的女性……总的来说她演……演得不错。说她演(!)得不错,就是说看得出来她是……是在使劲演,她不可能像我爸那样没有表演痕迹,因为她没有那样的体验,或者说她根……根本就不是那种人。她实在只不过是我爸的应……应声虫!"

背景银幕上,来往的游人开始注意到草地上(即舞台上)的A。男女老幼走过这里都扭过脸来,露出惊奇的神色,然后朝草地(舞台)这边走近。渐渐地,很多条腿占满银幕,很多条腿之间有一张小男孩儿天真的脸。小男孩儿索性蹲下来,津津有味地吮着雪糕,同样津津有味地看着A。

旁若无人,A顾自说着。

A:"只配我爸跟她打……打……打成一片。她下了台还是想演戏,可她不行,不行就是不行,演着演着就演不下去,不像我爸台上台下都演得比她自信。演戏你得有信心,坚持到底就……就能骗人,我妈她一到裉节儿上就跑戏,就像做着做着梦忽……忽然醒了,演戏演戏你可醒什么呀?得,于是乎回到现实里来,哭着喊着问我爸到……到底是不是爱……爱她?这一下儿观众还不看出破绽来?看出我爸其实是我妈……妈的主人、领导、皇上!可……可我妈她并不是皇后,皇后得容得下三宫六院七十二妃,我妈她行吗?她哪儿行……行啊!"

背景银幕上,人越聚越多,各式的裤子、裙子、丝袜、皮鞋和凉鞋,围得不见天日。一片嘈杂,听不出人们都在说什么,或者干脆就不像人发出的声音,噪音!(效果师或录音师注意:只要是噪音,嗡嗡嘤嘤、喊喊嚓嚓、叽里咕噜、轰轰隆隆……只要是噪音就行,只要是噪音像什么都合适,并不太强,但是很辽阔。)噪音中,唯那男孩儿的问话声清晰、明朗:"妈妈,这是什么呀,这不是人吗有什么可看?"但听不到他妈妈的回答。

A:"听我大姨说,我爸压根儿就挺性……性解放的,打二十来岁起就拈花惹草的一辈子也没断了,不敢说七十二个,可二十七个总……总是够的。其实你解……解放就解放吧可你别骗人哪,我多几个同父异母的兄弟姐妹没什么不好,说实在这年头多几个亲人只会有……有好处?可你不能骗我妈那样的人,你不能连你的应声虫都一起骗,你不能总是演戏,世界虽说是个大舞台也……也总得有个地方是用……用不着演戏的呀。唉,我也看不上我妈,真的,我看不上她。没人的时候她自个儿哭,一来人就歌颂我爸,歌颂得连自个儿都被感动,但是你注意她的眼睛,她的眼……眼睛总是溜着我爸,就像笨蛋学生总……总是溜着老……老师的脸色那样。唉,您说我妈她就一定是爱我爸吗?屁,演戏!她其实是怕我爸,我真不明白你可怕……怕……怕他什么?他不顶多说你是愚昧、是无知、是喝……喝……喝多了,不让你在家里待吗?有……有什么了不起,值得你老是演戏,演不好还老演?这其实也是我妈的本性,人是有这种本……本性的,不信您留神着看,只要有俩人,就有一个弱者,只要有仨人就有俩群众互相争风吃醋,要是几千几万几十亿人不……不巧都跑到这球……球面上来了,结果大家就都恨皇上又都怕皇上,结果就谁也不敢说真话,生……生怕有谁告密给皇上,把你杀了把你砍了把你发了把你弄得人不人鬼不鬼,怕他的结果您猜是什么?是一……一起唱颂……颂歌!您没猜对吧?那就一……一起唱……唱颂歌吧,万岁万岁万万岁。您以为醉……醉鬼又是什么呢?醉鬼恰恰就是被人告……告了密,被人告了密又被皇上发……发配出去的倒霉蛋,然后墙倒众人推,大伙就一块说他是无……无能之……之辈,没志气,没有自……自制力,一事无成,说他这……这也不对,那……那也不行,是,社会的累……累赘……"

背景银幕上,那个小男孩儿站起来,可能是觉得这一切毫无趣味,转身挤出人群——费了好大劲才从栅栏一样密立的腿群间钻出去。

A："不演戏的只有杨花儿，只……只有她和我，我和杨花儿在一起什么戏都不……不用演，谁也不会看不起谁，谁也用不着歌颂谁，我们的身体全……全在这儿呢，我们的灵……灵魂也全……全在这儿呢，我们的胆怯和我们的欲……欲望全在这儿呢，我们的可悲可怜可敬可爱我们的平庸和高贵我们的怯懦和勇敢我们的凡俗和神圣我们的无能和伟大全……全都在这儿呢，用……用不着他妈的演……演戏！这就是酒，我告诉你们吧，这就是酒……酒的意……意义！什么是爱？爱就是不演戏！把你的一切都敞……敞开，把你愿意敞开的和不……不愿意敞……敞开的都敞开吧，像对待酒一样地对……对待它们，敬畏它们，服……服从它们，迷恋它们，狂饮它们，被它们醉……醉倒，打倒，烂……烂醉如泥，烂醉如泥又……又他妈的有什么关系？那时候你就是酒，酒就……就是你，没有界线，没有边际，灵魂和肉体互……互相歌颂，就像天和地互相盼望，那时候我们和你们，你……你们和他们，互相崇拜，互相爱惜，就像天和地互……互相呼……呼唤着。我知道爱就是这样的，我体会过，她就是这……这样的，爱和酒是一样的，用……用不着装……装孙子，谁要是不知道这个谁，就是根……根本没有爱过……"

A呆愣着，大约是说累了，也可能是沉入到某些回忆里去了，两眼直勾勾的好一阵子。

这时白发黑衣的老人推着一条绿色的长椅上台。他把长椅放在舞台左边，觉得不合适又改放在右边，仍然觉不大合适。他像个影子似的在台上走了一圈，看看背景银幕上的图景，又看看A的神态，发现这一件道具送来得太早了，便摇摇头，抱歉地笑笑，又推着长椅下台。（诸如此类的情况，导演可以即兴添加、发挥，不必拘泥，因为命运之神有时候也难免出点儿差错。但你不能怪他，你无权怪罪命运之神——这一点是由其身份决定的。）

A："我得去找杨花儿，我还是得把她找回来，否……否则你就不得不演戏。当然我不会缠她,我不是那种赖里巴唧的人,杨花儿就是不懂酒,不懂得我们喝酒的人其实都……都是体面的人,我说了我不会缠她那……那就是说我一定不会缠她,很少有人能懂得喝……喝酒的人都是最说话算数的人。不过我还是得找到杨花儿,有些事我还是得跟……跟她说一下……什么来着?啊对了,钥匙。"

A蹲起来,捡起那只破挎包拍拍上面的土,环顾四周,忽然面露惊讶之色。

A:"哎?这是在哪儿呀?我不是在……在一间屋子里的吗?怎么是在……在这儿呢?本来是在一间屋子里,没错儿,好像还有一个警……警察什么的呀?"

周围一片哄笑。

A仰脸看背景银幕(即看周围的人群)。镜头拉起来,从密立的腿拉到拥挤的身体,再拉到排列不齐的脸。摇拍一圈:不同年龄、不同性别的脸,高高低低一张挨着一张,但表情却是一律地严肃,不露声色,都低头看着A。

A有些发毛,站起来,怯怯地走近背景银幕(即走近围观的人群),从银幕的一边慢慢走到另一边,仔细看那些人。

银幕上的人表情毫无变化,像行注目礼那样看着A,目光紧跟着他。

忽然,A望着背景银幕呆若木鸡。

银幕上的一张张脸在变形(通过电脑技术使之变形),变得光滑、规整、缺乏生气。镜头拉开,整个画面都变了,变成第二节中A的梦景;那些脸都是拥挤在一个个窗口间的,那些人都是默立在一个个阳台上的,所有的人都低头朝大街上望着……宽直的大街上,两旁楼舍错落,也都像是电脑制作的图景,树叶摇动得缓慢且无声,有些虚假,令人担忧令人怀疑……一个裸体的男人孤零零地在大街上走着,跑着,东躲西藏……

画外音,如吟如叹:"我死了七天才被发现。那时,我已经发霉了。"

A抓起他的破挎包,抱头鼠窜——他先往左,又往右,再往左,再往右,在银幕上的一片笑声中跑下舞台(即逃离围观的人群)。

八　单纯电影

空空的舞台。只剩下背景银幕上的电影:

黑熊在峭壁围困的池底仰望游人,无可奈何地站立起来作揖,用嘴灵巧地接住人们投来的食物,憨态可掬。

大象在铁栏里前摇后晃,重复着单调的动作,目中无人,像在练气功。

金钱豹趴在干枯的树杈上,懒洋洋地睡着,偶尔半睁开眼睛看看吵闹得过分的游人。

猴子们在假山石上乱蹦乱跳,在秋千上悠来荡去,抓住笼壁上下攀援,但终逃不出"如来佛的手心",或者是像人一样参透了:既然一切不过是游戏,那还有什么可发愁的?

公孔雀耐不住寂寞,不失时机地炫耀其美丽的装扮,享受异类的赞叹。而同类异性呢,则被冷落在一旁因而萎靡不振。

秃鹫蹲在接近笼顶的地方,眺望长空。

长颈鹿以慈悲的目光俯视一眼人间,然后两袖清风,转身走开。

野驴独自发情,不知羞耻地意淫。

虎,雄风已败,咆哮之后获得的不过是一只雪白的来亨鸡。

狼已经像狗。有个小姑娘的声音:"哎呀妈妈,这只狗好难看哟!"

热带鱼悠闲自得地漂游、浮沉,没有天敌只有食物的生活是惬意的,故乡早扔在脑后。

蛇"咝咝"地吐着信子,一副兜售禁果的阴险嘴脸。

两只小羊乖乖地站在羊栏里,在哪儿也是逆来顺受。

紧挨着羊栏是马厩,一匹野马在那儿甩着尾巴轰苍蝇,眼睛一眨不眨地看着面前的栅栏,仿佛百思而未得其解。

镜头固定在羊栏的马厩前。

九　幻觉

舞台上以及背景银幕上的光线,都不像刚才那样强烈了,在放映上述影片的过程中,光线渐渐变得柔和了些,是午后两三点钟的样子了。远处虎啸猿啼狼嚎鹤唳狗吠人喧,这儿相对安静些,或者是冷落,没有什么人关心羊和马。

白发黑衣的老人再次推着那条长椅上台,把长椅安放在舞台偏左的地方,看一下银幕,这次对了,转身下台,与A擦肩而过。

A拎着拎包气喘喘地上台,一屁股坐在长椅上。拎包里沉甸甸的,是酒。

A:"哎哟妈呀,可算找着块清静地方了。这是什么鬼地方呀,到处是穿着衣裳和不穿衣裳的动物,这地方还真……真他娘的大,怎么走也走不出去了,出了一个门是'动物凶猛不可靠近',进了一个门是'动物珍贵不可靠近',干脆直说哪儿都不可靠近不就得了吗,真啰嗦。"

他从拎包里摸出酒瓶和酒杯,端端正正摆在地上,想想不好,又把酒瓶和酒杯摆在长椅上,自己坐在地上,端详一会,贪馋又兴奋的样子。

A:"不不,我不会过分,绝不会。我讨厌那帮一喝酒就像发了情似的家伙,好像进了红灯区,互相迫害然后又互相抛弃。酒,你得尊敬它,你得欣……欣赏它,得像对待艺术品那样对待它,你得这么一点儿一点儿地理解它……"

他谦恭又谨慎地斟了半杯酒,轻轻地抿了一小口,闭上眼睛体会着。

A:"你得能跟它沟通,人们不是常说吗——理解,理解万岁。是这样。你不能糟蹋它,你糟蹋它难免它也就要糟蹋你,理解是互相的,因此宽容也必……必……必须是互相的。咕咚咕咚猛灌那叫什么?畜生!"

他被自己的妙语逗笑了,又抿了一口酒。

A:"不不,也用不着什么酒菜,鱼呀肉哇的,不不不,你那倒是解馋呢还是喝酒哇?岂有此理岂有此理,岂有此理。"

他连连摇头,难于克制的兴奋,再喝一口。

A:"事实上一般人不理解酒也正在于此,他们总以为这是解馋,不懂得这是交流,是沟通,是贴……贴近,倾心,无私地给予,是毫不见外地接受,是……啊对了,那些笼子里的东西为什么是低等动物呢?那些低等动物为什么掉到笼子里去了呢?并没有什么深……深奥的理由,就是因为他们不会喝酒!不会喝酒也不理解酒,就为这个!所以它们总是铁着个脸谁也不知道谁在想什么,谁也不看重谁的困……困苦,于是互相隔膜、怨恨、防备、争夺、厮杀……"

他一口喝干杯里的酒,再斟一杯。这回却已不像开始时那么谦恭谨慎了。

A:"人要是总不能理解酒,早早晚晚也得是这个下……下场。历史书上不是说吗,人是怎么变成猿的?怎么变的?就这么变的——劳动和……和不喝酒!劳动和不会喝酒创造了猿。不会喝酒,当然也就不会造酒,当然也就不用再劳动,所以猿再也就变不回人来了。可人呢,光会劳动就叫人……人……人吗?大错而特错。光会劳动的叫作驴!会劳动也会喝酒的才是人。人,懂不懂?会喝酒因而会交流的那种动……动物才能叫人。"

他举杯一饮而尽,潇洒又豪爽。再斟一杯。

A:"酒为什么能使人交……交流呢？我告诉你们，首先，它能让人走进过……过去。你们不信是不是？我原来也不信，可是有一回我走进去了，就是靠……靠……靠酒走回到童年去了，真的，我没必要骗你们，就是靠这么一杯酒，呵不，两……两杯。那回也是像现在这样的天气，这样晴朗的午……午后，我躺下想睡一会儿，可总是不大睡得安稳，正这会儿就听见过去悄悄地来了，我是说过去，悄悄地到了窗外，到了窗外就停下了，不……不肯进来，在窗帘上飘呀飘呀的就是不……不肯进来。过去，没错儿我听见就是它来了，在窗外叫卖，在窗外走动，在窗外的树上啼……啼叫，在窗外的屋檐上吹拂，在窗外的小街上踢足球，又喊又笑，球踢在墙上砰砰地响我就知道过……过……过去来了，过去它来了但是它不肯进来，它只是在窗帘上飘呀飘呀没……没有酒就不肯进来。我爬起来想出去找它，但……但是我知道，我一出去它就会走开，我只要一出去找它它就没……没了，这是肯定的，毫无疑问它就会消失得一点儿都不剩，又都变成现在。这时候我真是急……急中生……生智，一下子就懂了，得有酒，必须得有酒，只要一杯酒……啊不不，只要喝上两大杯酒，过去就会在窗外原原本本地等我了，就不……不会那么无情无义地消……消失，它就会还是像原来那样儿不……不躲也不……不藏跟我亲密无……无间。所以我就喝了两大杯酒，走出屋，一下子就走到过去里去了。就这样，其实多……多么简单哪，就又回到我的童年去了。小街上有一块宽阔的空场，我跟小时候的那群朋……朋友就在过去里踢球，把两棵树当球门，踢完了就到小街口上去买玉米花儿，一边吃……吃着玉米花儿一边看天……天上的风筝，风筝飞得又高又，因……因为过去就……就是这样。有个孩子还买了一条小金鱼，有个卖小金鱼的老头儿总是吆喝'卖小~哎~小金鱼嘞……'他总是这么吆喝，声音传得很……很远，传遍了过……过……过去，充满了过去，因为过去就是这样……"

他再尽一杯。背景银幕上,来了个小男孩,扒着栅栏看那匹野马。从服装上可以认出,他就是刚才挤出人群的那个男孩。

A:"这样说你们可……可能还是不信,我也并没要求你们一定得信,但是你们信不信也没……没什么了不起,事实总……总归是事……事实。而且酒不仅能让你走进过去,还能让你走……走进未来。未来是什么样你们一定很感兴趣,是呀是呀,你们不喝酒所以你们不知道,其实未……未……未来就在你们身边,真正会喝酒的人都知道,走进未来其……其实比……比走进过去还……还要容易得多呢,只不过我们喝酒的人不大愿意走进未来,因为那可不是什么好……好玩儿的事……"

他连着又喝了两杯。

背景银幕上的那个男孩儿转过身来,看着舞台上的A,愣愣地看了一会儿之后向A走近(出画)。与此同时,小男孩儿走上舞台(穿戴、相貌都跟银幕上的一模一样),走近A,在A身旁蹲下,好奇地看着A,听A独自喋喋不休。

A:"走进未来可不像走进过去那……那么好玩儿。当然,未来之后还有未来,未来之未来也还有未来,但是我跟你们老……老实说吧,都不好玩儿,你会看见一些很……很让你不愉……愉快的情景。比……比如说,有一次我走进了一座被抛弃的城市,大街还是铺……铺……铺在那儿,楼房也还……还是竖在那儿,可是没有人了,一个人都没有了,人都走光了,都走到哪儿去了可……可是不……不大好说,为什么走……走……走了也他妈的闹不大清楚,反正你走到那些楼里去,什么都有就是没有人,电……电视机也还……还在那儿,但是没电,水龙头也拧不出一……一滴水,什么英雄呀好汉呀了不起的大名……名……名人呀他们的雕……雕像也还都气宇轩昂地站在那儿,可是轻轻一碰就稀里哗啦地碎掉了,什么理论呀主义呀思想呀也都一摞一摞地码放在书……书……书架上,可是轻轻一摸就都像灰烬似的飞……飞起来,就像是弄破了一个鸭绒枕头,漫天飞舞,飞得倒是很……很……很好看,很潇洒。走上阳台往下看,河早干了,风正把一堆……——一堆的沙子搬到河道里去,搬到马路上,搬……搬到楼门里去,搬到窗户里来,把你的脚都……都埋起来,不知道哪儿来的那么多沙……沙……沙子。所以我跟你说那可并……并不怎么好玩。未来的未来呢,就更……更不让你愉快,在那儿我……我碰见了三……三个人,真不好意思,是三个赤身露体的女……女人。我说真不好意思我不是故……故意要……要在你们这副模样的时候到你们跟……跟前来,她们说没关系。她们说现……现在什么关系也没有了,因为全世界上就剩了我们仨了。您应该懂得这……这是什么局……局面,您应该想得出,要是全世界只剩了三个人而这三个人又都是女……女的,那会怎样,那会有什么后果。我问,男人呢,他们跑到哪儿去了?三个女人说,没了,全没了,他……他们老是打……打仗,老是打、打、打的,互相憎恨,互相咒骂,互相指……指责,互相轻蔑,没完没了地打仗,结果不巧,点……点……点着了一个大火球就全没了,只剩下我们三个。为什么打仗呢?鬼知道为……为什么,可能是争着要上天……天……天堂。那怎么你们仨活了下来?因为我们仨那会儿刚……刚巧在地……地狱里。那三个女人要我留下来,她们说那……那样的话咱们的人就还可以再多……多起来,就可能不断地再多起来。可是我的酒劲儿就快过了,我说那可是办……办不到,我是过去的人,我不能不回……回……回到过去去呀……"

那个男孩站起来,走到 A 跟前,坐在长椅的一端。

男孩:"你是谁呀?"

A 也站起来,坐到长椅的另一端,捧起酒杯饶有兴致地看着那个男孩。

A:"这就怪了,我没问你是谁,你倒问起我……我是谁了。你叫什么名字?"

男孩:"我叫 B。"

A 惊得跳起来。

A:"神了,我小时候也叫 B,我来到这……这个世界上先……先叫 B,后来长大了才改叫 A 的。说不定我又……又走进过去了吧? 喂,小家伙我问你,你父母呢,他们在……在哪儿?"

男孩:"他们去演出了。"

A:"什么? 他们是演……演员吗?"

男孩点点头。

A:"我说什么来着,我说什么来着? 我又走到过去里……里去了。不过嘛,嗯……不过也许是他走进未……未来里来了?"

A:"小兄弟,我再问你一件事,你喝……喝酒了吗?"

男孩:"哦,我喝过,好难喝好难喝哟,辣死了,就像嘴里着了火。"

A 深深地点头,仿佛先知似的围着长椅昂首阔步。男孩的脸跟着 A 转。

A:"这么说,你就是我。"

男孩笑起来:"叔叔你真逗,我为什么是你呢?"

A:"不是你走进了未……未来,就是我走……走进了过去,总而言之,你就是我的过去,我呢,就是你的未来。"

男孩:"叔叔我有点儿喜欢你了,你说话跟别人不一样。叔叔你叫什么呀?"

A:"我叫 A。哦,等你再长大一点儿,那……那时你也会改……改名叫 A 的。"

男孩:"为什么?"

A:"因为我们就是在比你更大一点儿的时候,改……改名叫……叫 A 的。"

男孩:"是不是所有的人,到那时候都要叫 A?"

A:"不不不,别人随便他们叫……叫什么吧,只有我叫 A。"

男孩:"可你说我也要叫 A 的呀?"

A:"你就是我。"

男孩:"叔叔,我不太懂你的话。不过,不过你说的挺好玩儿。"

A:"嗷,可不见得那……那么好玩儿……"

A 又在长椅一端坐下,仰天默望,喝酒。男孩离开长椅,蹲到 A 对面去看这个言行奇怪的人。

A:"B,我建议你做……做事要小……小心些,无论什么事都要谨慎些,考虑得周……周……周到些,那样你才可能永远都是 B,不……不至于走到 A 的这……这一步。"

男孩:"什么事呀,叔叔?"

A:"别叫我叔叔,叫我 A,我不过是 A 呀,是你……你……你的未来,是 B 的未……未来。"

男孩:"A?"

A:"对,这就对了。B,你要耐心些,听……听我跟你说,我已经走到 A 了而你幸好还……还没有,所以我的话对……对……对你是有益的,你要耐……耐心一点儿听,好吗?啊,是这样,当……当你还是 B 的时候,当然这个世界会是挺……挺……挺好玩儿的,一切都是亲切的,都是亲……亲近的,真实的,你一伸……伸手就……就可以摸到你的母亲、你的父亲,摸到你的兄弟姐妹,你的朋……朋友,到处都似乎是可……可以信……信赖的,是安全的,在你还是 B 的时候,你可以哭,也可以闹,可以肆……肆无忌惮地笑,可以说你想……想说的话,做你想做的梦,因为那时你还……还……还是 B 呀。可是,可是你要是一味地这样毫……毫无顾……顾忌,毫无防备,不会掩饰你心……心里的愿望,那你可就要倒霉了,你就难……难免要有一天成为 A 了。"

这时幕后(或画外)又响起了第五节中的音乐,继之歌声,唱的还是那个小小少年,他渐渐长大了,原来没有的烦恼现在有了,原来不知烦恼可现在烦恼越来越多了,一天天长大着烦恼就一天天地多起来。歌声缥缥缈缈,同时背景银幕上的画面渐渐模糊、消逝,然后又渐渐清晰,变成一片夕阳下的草地,没有远景,一片孤零零的草地,周围的幽暗仿佛是无边的宇宙,只这一片草地似被绚丽的晚霞映照。

男孩:"A,你是说什么事呀,要我小心?"

A不语,俯身于膝,双手捧面。

银幕上的草地愈加灿烂,从四周的幽暗中跑来了七八个十三四岁少女——就是第五节中的那群小姑娘,白衣秀发,身姿窈窕又蓬勃。她们在那片草地上,在夕阳的辉映下,又随着音乐跳起舞来。

男孩:"A,你怎么啦?累了吗?"

A不答,也不动。

银幕上,那群少女中间,夹进了相同数目少男。音乐变得欢快,清朗的童声合唱着:五月,我们一起到河边去,看紫罗兰开放……于是草地上青岚缭绕,紫雾飘飞,野花盛开,蜂飞蝶舞,幽暗的地方出现一条小河,水草茂盛,波流潺潺,在夕阳下泛着金光。少男们和少女们跳着集体舞,轮流为伴,跳得热烈、优美……

男孩:"A,你睡着了吗?你这样睡着了会不会感冒呢?"

A:"B,你要耐心些,耐……耐心些好吗?"

银幕上,舞蹈的速度放慢(高速摄影),音乐和歌声的节奏也随之轻缓悠长。少男中有一个很像A,他尤其跳得投入,他痴迷地看着每一个舞伴,每一个都很美丽。一个个美丽动人的少女的脸庞(特写镜头),川流不息地在镜头前旋转而过,秀发飘扬,目光流盼……

男孩:"什么事呀A?你干吗老是说要耐心些呢?"

A:"因……因为,你爱她们你……你就不要那么鲁……鲁……鲁莽,B,你要记住这一点,因为你就快要爱上她们了,你迟……迟早要爱上她们的,但是你不要着急,不然的话,你就会走……走……走到 A 里去,那时就糟了,一切就都来……来不及了,那时你再……再懂得这个世界的……规矩就……就……就有些晚了……"

银幕上,那个很像 A 的少男情不自禁搂住一个少女,吻了她,并且继续热烈地不顾一切地吻着她。于是舞蹈停止了,音乐和歌声都停止了,其余的少男少女愕然呆立。一团尖利嘈杂的噪音响起来,如同闹市中不断有急刹车的声音,如同不规则的心跳声被放大千倍万倍,如同噩梦纷纭夹杂着声声惊叫,由弱渐强,由稀而密,直到人的耳鼓难以承受时戛然而止,画面亦随之消失。银幕上先是一片幽暗,渐渐地幽暗中又浮现出那个很像 A 的少年,在他周围,河流没了,草地没了,晚霞也没有了,唯有他赤裸着的青春荡漾的身体——仿佛已没有了灵魂,头垂伏在膝头,孤零零地坐在无边无际的幽暗与沉寂中,就像旋转着漂流在浩瀚宇宙中的一粒尘埃。

A 猛地从长椅上跳起来,蹿到男孩跟前,气喘吁吁地跪下,想去抱住那男孩,但是他扑了一个空。男孩后退着,躲开他。

男孩:"叔叔,你怎么了?"

A:"B,你知道吗,我就是从那次之后改名叫……叫……叫了 A 的。当……当然你还不可能知道,但是,你将来就是要这样变……变成 A 的呀。你不得不变成 A,因……因为否则不管你走到哪儿,别人都知……知……知道你就是 B,你就是那个坏孩子,那个心……心灵不……不干净的人……"

男孩:"我有点儿害怕。"

A:"B,不要怕,我来保……保护你,不……不要怕他们,没啥了不起的,我来保护你,我和你,我……我们会互相保……保护的,你说是吗?"

男孩:"A 叔叔,我得走了,我想去找我妈妈了。"

A:"不,你不要走,千万不要走……走……走进 A 里去,趁……趁着你还小,趁你还是 B 还没有做出什么丢人的事,你要听……听我说,听我告诉你,你要做一个安分的孩子,愿望不……不太多的孩子,宁可让人们说你傻也不……不……不要让人说你坏,要像你的父母那样,学会演……演戏。是呀,你要爱我们的父母,不要不……不理……理解他们,因为那是没有办法的事,这世界上有很多没有办法的事,这世界上的事差……差不多都没有什么办……办……办法可想。但即便是这样你也不能老是喝……喝酒,你不要走进 A 里去,千万不要,因为那是走进去就回……回不来的呀。你只能偶尔回……回去一下,就象征……征战在外偶尔去探……探一回亲,然后匆匆忙忙地又得跑回到 A 里去,更多的时候你喝……喝酒也他妈的不……不见得管用。最好的办法是你压根儿就不要变成 A,永远都……都是 B,都是一个无忧无虑讨……讨……讨人喜欢的孩子……"

男孩:"A 叔叔,求求你让我走吧,我真的想去找……找我妈妈了。"

A:"怎么,你哭了?跟你的未……未来在……在一起你也不快活吗?那好吧。不过,你能不能让我摸……摸你一下?不不,我不是坏人,我向你保证我绝没有恶意。我只是有一种感觉,总是摆……摆脱不掉一种感觉,觉得每个人都……都是孤零零地在舞台上演……演戏,周围的人群却全是电影——你能看……看见他们,听见他们,甚至偶尔跟……跟他们交谈,但是你不能贴近他们,不能真……真……真切地触摸到他们,在见不到他……他们的日子里你只能猜想他们依……依然存在,但这猜想永远无……无……无法证实。你能不能给我证……证实呢,B?让我相信你是真实的,让我摸到你而相信那不只是一种影像,不只是一层布和一……一片光影其实后面什……什么都没有,你能吗 B?你毕竟是我……我的过去呀,我毕竟是你的未来。"

A 要挨近男孩。男孩倒退着、倒退着,猛地转身,惊惶地逃上了银幕。背景银幕上,画面恢复到马厩前,暮色浓重。男孩在马厩旁的小路上找到了他的妈妈,牵着他妈妈的裙裾,一步一回头地走去,慢慢走远了(出画)。

舞台上的光线也沉暗下来。A 颓然走回到长椅前,摇摇酒瓶,空了,他甩掉空酒瓶,就势趴在长椅上,不声不响,一动不动。

舞台灯光越来越暗,越来越暗,直至一片漆黑。

背景银幕上却慢慢亮了起来,野马躁动不安起来,咴咴嘶叫,在栅栏里又踢又跳……忽然它纵身一跃,跳出了栅栏。

黑暗的舞台上,响起 A 的呕吐声。

背景银幕上,野马奔跑起来,跑上小路,跑过草地和假山,跑过小湖和树丛,在游人中横冲直撞,但没有声音。它跑出园门跑上马路,闹市中的人群惊叫着四散躲避,但没有声音。它跑过十字路口,警察按亮了所有的红灯,所有的车辆都停下来给它让路,路旁的人、阳台上的人、窗口里的人惊慌地望着它,但没有一点儿声音。它跑过商店,跑过楼群,跑出城市……

只有舞台上 A 的呕吐声不停,没有其他声音。

银幕上,野马跑向旷野,跑向山林。音乐声起,辉煌畅朗如江河一泻千里。

舞台上,A 的呕吐声一会儿比一会儿剧烈。

银幕上,皑皑的雪山顶上太阳缓缓升起,照亮着雪山下的森林和森林边缘的溪水。野马在溪水旁畅饮,举头嘶鸣,声震山林。音乐变得悠扬、深稳、旷远。

舞台上,A 的呕吐声令人揪心。

银幕上,野马悠闲地走进开满鲜花的原野。像第二节中 A 的梦境:蓝天下,一片花的海洋,鲜红或雪白的花硕大丰满,开得蓬勃烂漫,一团团一片片在微风中轻摇曼舞起伏如浪,在灿烂的阳光下直铺天际。音乐变得飞扬而隆重。

舞台上,A 的呕吐声渐渐有所缓解。

银幕上,日光曚昽乱云飞渡,野马孤独地走向无边的草原。草原似有不祥的消息,野马驻步张望。茂盛的草丛中蹲着狮子,埋伏着狼群。秃鹫贴着云层盘旋,云的影子和秃鹫的影子在草地上游弋。音乐低沉忧郁,且时时跳动着警醒的梆音。

舞台上,A的呕吐声停止,代之以急促的喘息声。

银幕上,长河落日,大漠孤烟,彳亍于荒原的野马忽然望见了地平线上的野马群。它长嘶不止,抖擞鬃毛,向马群跑去。音乐又如一开始时那样昂然流畅了。

舞台上,A的呕吐声却又猛地高亢起来,干呕,那声音简直就像一辆发动不起来的破摩托车。

银幕上,孤独的野马终于跑回了马群。马群优哉游哉,一心一意啃着青草,甩着尾巴,打着响鼻。音乐温馨、安详。

舞台上,A的干呕声中加进痛苦的呻吟,同时断断续续地响起那句近乎谶语的话:我死了七天才被发现……被人发现时……我已经臭了……

银幕上,一些马跑起来,另一些马也跟着跑起来,于是几百匹几千匹上万匹一齐跑起来,先是缓跑继而急奔,马蹄声惊天动地隆隆不息,淹没了A的呕吐声。

白发黑衣的老人上台来,在黑暗中把绿色长椅和躺在长椅上的A一起推下台。

背景银幕上,画面渐隐。画面消失后,暴风雨般的马蹄声延续很久,直至渐渐远去,消失。

十 童声合唱队的演出

马蹄声消失后,响起童声的合唱,歌声虚幻、轻缓,可以是任何一首儿童歌曲,譬如:《听妈妈讲那过去的事情》《送别》《卖报歌》《让我们荡起双桨》《小白船》。

舞台灯光大亮。背景银幕上映出一条红色横幅:少年宫童声合唱团音乐会。

这是一场真实的音乐会:三四十个男女少年精神焕发地走上台,三个一群,五个一组,或站,或坐,或蹲,或跪,找好自己的位置。一架钢琴位于舞台左侧,钢琴伴奏者是一位女教师——我们慢慢会认出她就是杨花儿。指挥者上台,向观众鞠躬,转过身去,看了看孩子们,举起指挥棒。这一次歌声真切、嘹亮,朗朗童音令人神往;可以是任何一首少年儿童歌曲,中国的外国的都可以,只要是孩子们的歌就肯定是恰当的。(甚至,《一部以电影作舞台背景的戏剧》的每一次公演,此场所选用的歌曲都不相同。当然了,可以不同也可以相同——自由,是其要义。)

几首歌之后,剧场中响起 A 的声音,轻虚如梦呓,飘忽似醉语:"杨花儿,我找了你一整天了,不不,好……好……好几天了,啊不,我找……找了你一……一辈子了!你却不回来,你却不……不回家,你就坐在这儿管……管别人家的孩子……"

A 的声音既非来自台上,亦非来自幕后。台下的观众势必四下里张望、寻找。这时一束灯光打向剧场入口处:A 背着那只破挎包走进来,步履不稳,扶墙而立。

台上的演出照常进行。譬如剧场里闯进来一个醉汉,演员们要镇定,不受其干扰。随便观众都站起来看 A,舞台上又一首歌开始,唱的是:五月,我们一起到河边去,看紫罗兰开放……

A 试图找到自己的座位,但一低头就要摔倒,连忙又靠在墙上。剧场服务员走到他跟前,轻声问了他一句什么。

A 的声音很大:"我找……找杨花儿,就是那个弹钢琴的,对,没……没错儿,她的琴声我一听就……就能听……听出来。"

服务员先是轻声制止他的大声喧哗,又对他说了些什么。

A 的声音略小一些:"好……好吧,那我就看……看演出,反正哪儿都一……一样,都是演……演……演戏。票?呵,我有。"

服务员打亮手电筒,看他的票,然后带领他走向舞台。那一束灯光一直跟随着他们。

与此同时,白发黑衣的老人在舞台最前沿布置了一把椅子——跟剧场中的椅子一模一样——椅子背对观众,椅背上的号码是:0排0号。

服务员带领A上台时,A与正要下台的白发黑衣老人撞个满怀,老人退闪。服务员指指0排0号,让A坐下。

舞台上的孩子们变换了队形,排列整齐。又唱起了那首关于一个小小少年正在长大的歌。

A一声不响地听完了这首歌。歌声一停,他开始喊杨花儿,双手在嘴边做成喇叭形。

A:"杨花儿!喂,杨花儿——唉,她听……听不见。喂杨花儿,是……是我,这儿,我在这……这儿哪——唉,她光顾着照看那孩子了。"

杨花儿毫无反应,专心致志地弹琴。歌声又起,唱的(比如说)是一首外国儿童歌曲《照镜子》:妈妈她到林里去了,我在家里闷得发慌,镜子镜子请你下来,快快照照我的模样……

A:"杨花儿,你看……看不见我,听……听不见我,也想……想……想不起我了吗?唉,人可真是不……不可思……思议呀,我们曾经离……离得那么近可现在又……又离得这么远,我们曾经离得很远却从人山人海中互……互相找……找到了,现在离得这么近却……却又互相丢……丢失了……"

他伸开双手在眼前摸索,僵硬的手指像是触摸着一面玻璃。

A:"这中间肯……肯定有一道墙,你摸不到它但你可……可以感……感觉到它。几千里几……几万里那中间可以没……没……没有墙,但是几十米、几米、几……几公分,中……中间却可能是一道墙。要是有……有一道墙,你就毫……毫无办法可想,哪怕只是一毫米厚,又坚固又光滑,又高又……又长你爬不过去也走不到头,那……那就算完了,对你来说,墙那边就等于什……什么也没有,你就最好死……死……死了那条心吧……"

服务员走到他的座位旁边,低声劝他不要说话,不要影响其他观众。

A沉默了一会儿。

这时候台上唱的是《小白船》:蓝蓝的天上银河里,有只小白船,船上有棵桂花树,白兔在游玩,桨儿桨儿看不见,船上也没帆,漂呀,漂呀,漂向西天……

A:"是呀是呀,什么也……也没有,飘向西天也没有。杨花儿,我找你找得走遍了天……天涯海角,你知道吗?我找你,找得差不多走……走……走完了一辈子,你该回……回来了吧?我知道,我知道你喜欢孩子,你喜……喜欢跟孩子们在……在一起,我何……何尝不……不是这样呢?可是杨花儿,你应该懂呀,我为……为什么不……不想帮你生……生个孩子?你是懂的呀!我是怕我们又让一个人、一个可……可爱的孩子来这世界上受……受孤独,一个凭白无……无辜的灵魂来……来受人间的讥笑,一颗满怀希……希……希望的心到这儿来遭人抛弃呀,杨花儿你……你说,他要来他是要干……干吗来?他是要……要找我们,找你们……"

他站起身转向观众。歌声和伴奏忽然都低下去(关掉麦克风),是一个女孩的独唱,和其他孩子们无字的伴唱。仍然是那首歌:漂呀漂呀,漂向天边……

A:"找咱们大家呀!可……可咱们未必能容得他,未必能不……不让他灰……灰心失望。不是有一首歌唱吗——'千年等一回,千年等……等一回'?他在那边忍受了一千年的寂……寂寞,所以他要来,来跟我们一起快快乐……乐乐地唱啊跳……跳哇来跟我们一起相……相亲相爱,来跟我们说……说说憋了一千年的心……心里话。可咱们,可咱们这儿早……早就立下了不知多少规矩,他哪儿知道呀,他刚来,那么小,那么天真那么任……任性,他还不可能懂得那……那么多规矩,他只以……以为这儿就……就是家呀……"

服务员又走到他身旁,轻声劝告他几句。他坐下来老实了一会儿。等服务员走开了,不见了,他又站起身面向观众滔滔不绝地说起来,先是小声说,如同耳语,但他根本管不住自己,越说声音越大。

A:"他漂呀漂……漂呀漂向天边为了什么?就是为……为了回家,可是他一来他就知……知道了,家也不过是这……这样,到处都是墙,到……到处都是,大家不过是都在墙与墙之间整……整天乱……乱撞,被各种墙分……分割着,隔离着。空气的墙,阳……阳光的墙,目光,语……语言墙,还有笑容、咳……咳……咳嗽、摇头、长……长出气、眨眼、撇……撇嘴,捂鼻子,吐……吐唾沫,多啦,都是墙。就是挤在公……公共汽车上挤……挤得喘不过气儿来,其实谁跟谁也……也没有更……更近些,就是在澡堂子里大家都……都是一丝不挂,其实也……也还是相隔千里万……万里,那些墙一……一点儿不比钢筋水……水泥的墙好……好对付,撞在上面岂止是头破血流哇,简……简直就……就……唉,那你让他干吗来?让他来受罪?来演……演戏?来……来学习伪装?是的是的,毫无疑问,他们会的,他……他们终于会变……变得跟我们一样,不……不……不得不学会傲慢、威……威严、潇洒、轻视别……别人、仇恨、掩饰、欺……欺骗、讨好、躲闪、指……指桑骂……骂槐、旁敲侧……侧击,结果互相隔膜、抛弃、人人都免不了孤……孤独,四周都是墙,很薄,发着金……金……金属的闪光和金……金属的声音,很薄可是很重很……很……很结实能压死你,你信……信不信?再没有说说真心话的地方了,没……没有,没有了,否则人们就……就要骂你是醉……醉鬼,没出息,没能耐,没……没长大。是呀酒,酒,酒这坏东西,所有的坏……坏东西加……加在一块酿……酿出的这东西,难道让孩子们从那边到……到这边来就是为了来喝……喝这玩意儿的吗?还是别让他们来吧,酒这东西有……有一种强……强大的诱惑力,不是谁想不喝就……就能不……不喝的,实际上并……并不见得是你喝它,更可能是它喝……喝……喝你,它魅力无穷,因为它是所有那些坏……坏东西酿……酿成的,所有那些坏……坏东西都是魅……魅力无穷的,加在一块儿还了……了得吗?啊,不过话虽是这……这么说,该喝还……还是要喝的,否则怎么办呢,你既……既然来了?"

他又从挎包里摸出酒瓶,仰脖喝了一大口。正要再说什么,服务员再次走到他跟前,服务员身后还跟着两个保安人员。服务员向Ａ说了几句什么,Ａ大吵大叫起来。

Ａ:"小姐们先……先生们,我有票哇,我……我是有……有票的呀!为什么?为……为什么要我出去?不不,我没有义……义务出……出去,恰恰相反我有权利听孩子们唱……唱歌!难道有谁比我更有权利听他们唱歌吗?岂有此理!而……而且我认识杨……杨花儿呀,我们虽然离……离了婚但……我们仍……仍然是朋友哇,仍然是这……这个世界上最……最亲近的人呀……"

钢琴旁,杨花儿站起来,她终于发现了Ａ。她惊讶地看着Ａ,呆立不动,面色如土,然后慢慢坐下,呆呆地坐着,不知所措。

两个保安人员一人架起Ａ的一条胳膊,把Ａ往剧场外拖。Ａ一路喊着杨花儿。

Ａ:"杨花儿你回……回来吧,我给你送……送咱们家的钥……钥……钥匙来了,我知道你没有自己的房子,咱们那……那个家永……永远都是你的,只要你回来,那间房子就……就……就是你的家。我可以住……住到别……别处去,随便哪儿,只要你回……回来,回来吧杨花儿,快回来吧,今晚上弹……弹完琴就……就回来好吗?你要还是讨……讨厌我,我可以走开,只要有……有一点儿酒,我是可以睡……睡……睡在街上的,是的我睡过,哪儿都……都行,我冻不着,因……因为有……有酒哇。你们放开我,放……放开我——一会儿,让我把家……家里的钥匙给杨花儿,放开我……"

他猛地挣脱开两个保安人员,发疯似的往舞台上跑。

他跑上台,跑到杨花儿跟前,掏出一串钥匙在空中晃了一下,那动作近乎优美,又近乎荒唐、滑稽。

杨花儿面如死灰。

A一步一步接近杨花儿,就在他把钥匙交到杨花儿手中就要触到杨花儿的一瞬间,舞台灯光刷地熄灭。

背景银幕上唯有那条红色横幅微微飘动。舞台上,依稀可见演员们(唱歌的孩子们,杨花儿被裹挟于其中)慌慌忙忙地下场,脚步声、咳嗽声、低语声清晰可闻——在此过程中,背景银幕前的黑色帷幕缓缓收拢,那条红色横幅亦隐没不见。舞台上一团漆黑、寂静。

十一 城市夜景

舞台灯光昏昏暗暗,是街道一角。黑色帷幕拉开,背景银幕上映出城市夜景,万家灯火,车流如潮仿佛条条闪耀的龙蛇游走,霓虹灯在夜空中变幻出种种五彩图形,以致星月为之暗淡失色。

A踉踉跄跄走上舞台,边走边哼哼叽叽地唱,举着酒瓶滥饮。

白发黑衣老人推上来一盏高高的路灯,舞台上比刚才亮堂了些。老人又推上来一只绿色的邮筒,安置在灯杆下。

A走到路灯下,靠着邮筒站稳。

A:"人们都……都说酒是坏东西,可是,你们干吗不……不听听酒是怎么说?酒说,人才是最坏的东西。又不信是不是?好好,那……那我问你,酒看不起人了吗?酒把人分成三……三六九等了吗？酒不让你说你想说的话了吗？酒搞过什么他妈的阴……阴……阴谋诡计吗？没有！可……可人呢，人怎么样？好，我再问你，酒把河……河流给弄干了吗？把草原弄……弄成沙……沙漠了吗？把很多很多动物都弄绝种了吗？把臭氧层弄出一个大……大窟窿了吗？那好，我再问你，酒说假话吗？可是人说！人说我们是平……平等的，可我们什么时候平等过？人说我们是自由的，可……可我们什么时候自……自……自由过？人说我们是伟大的民族，那么请……请……请问，哪一个民族是……是渺小的？人说我们是光……光荣的，再……再请问，谁又是耻辱的呢？我们是神圣的，好好好，那……那……那谁是庸俗的你最……最好先告诉我。动物？植物？石头？云……云彩？风？还是别人？是的，只能是别人！可所有的别人也都……都说……说他们是光荣的、神……神……神圣的。问题是，谁都可以自称我们，可是谁又都逃……逃脱不了被称为别……别人，结果大家都是说着屁……屁话。放屁并不要紧，我赞成放……放……放屁自由。但是屁话来回说，这里面就必定有点儿不……不……不可告人的玩意儿了……"

他把酒瓶放在地上，自己也坐在地上，歪着头想，啃着指甲想，大约终于想不出那究竟是什么玩意儿。然后他从挎包中掏出纸和笔，久久地埋头疾书。最后，他把那张纸叠好，居然又从挎包中摸出个信封，把那张写满了字的纸装进去，左顾右盼找不到胶水或糨糊一类有黏性的东西，便吐口唾沫好歹把信封粘好。他把粘好的信封放在一旁，长长地舒了口气，好像完成了一件什么大事似的。

A："人是唯……唯一会说话的动物吗？不，人其实是唯一会说瞎……瞎……瞎话的动物。比如吧，人们赞美爱、颂扬爱、说他们最渴望的就是爱，可实……实际上呢？倒是战争越来越多，武器越来越精良，掠夺和复……复……复仇的手段也越来越高明越残忍，这你怎……怎么解释？难道渴望东，结果必定要跑到西……西边去吗？再比如，十个人有八个会对你说，他们看重的绝不……不是物质和金钱，而是精……精神的富……富有，可是，到富……富庶之地去的人很少回来，到穷乡僻壤去……去的呢，倒是保证待……待不住。莫非物质的富有和精……精神的富……富有一定是成正比的吗？要是那样当……当然好，可要是那样还……还用你来废话说……说……说什么你更看重精神的富……富有吗？再比如，你去问孩子，问……问……问他们是创造好，还……还是享乐好？他们肯定会告诉你，是创……创造好，可是你给他们一道难……难题和……和一桌美味，你看他们挑哪样吧。还有，谁都会说自己爱劳动，可……可快……快乐的节日是啥意思？连小学生也能告诉你，首先是不……不用去上……上学了。还有，老虎可怕不可怕？我这辈子头一回听说老……虎，就是听说老虎要……要吃人，可现在呢——人说瞎话真……真是说得精彩极了——人就快要把老虎吃……吃光了！当……当然了，人有时候也说漏嘴，一方面说诚实是可贵的，另一方面又……又说物以稀为贵，那么可贵的诚实是很……很多呢还……还是很少？他们绝不会承认是很少，你要是说很少，他……他们就会愤……愤怒，我估计现在就有人愤怒了。是呀是呀，总是这样，人的骨……骨子里就倾向于自……自欺欺人。可是人为什么要这样？我告诉你们吧，我活了很……很久了我可以告诉你们了，我说不定很快就……就要死了，我没有什么再害怕的了，所……所以我可以告……告诉你们了。第……第一，凡是人们提……提倡的，其实就正……正是人们的本性难……难以做到的；第二，人都想当……当一个被颂……颂扬的人，比如让别人称赞你是舍己为人呀，是坦……坦诚待人的人呀，是没有一点儿贪……贪欲的人呀，等等等等，但他们又知道，他们未……未必能做成那样的事；第三，他们希望别人做成那……那样的事，而自己可以不必，可这样又怕让别人看……看不起；第四，他们未必不希望自己是……是坦诚的，可又怕别人并……并不坦……坦诚,结果自己反而要吃亏;第五,他们希望所有的人都是相……相亲相爱的,可他们知道,那仅仅是一种希……希望,那不过是一种梦想罢了,因为他们自……自己就恨着别……别的什么人;第六,要么干脆就别去抱着这样的梦……梦想了,随便人们去互……互相欺瞒、互相猜疑、互相算……算计、互相防备、互相看不起又互……互相硬着头皮充……充好汉吧,可那样的话这个世界又太……太可怕了,实在是受……受……受不了;第七第八第……第九……总而言之人是互相依恋又互相害……害怕的,这真是一件奇怪的事,就好像注定了南……南辕北辙,就好像喝酒,你越是对自己说别……别再喝了别再喝了别……别……别他妈再喝了,你越是喝!"

他叹口气,继续大口大口地喝酒,望着远远近近的高楼,望着一排排一摞摞亮着灯光的窗口。

A自言自语地说:"我还是不能确……确定,那些窗口里是……是不是真有人。灯倒是亮着,那意思好像是说有人。但是星……星星也亮着,难道就能说……说明那儿也……也有人吗?唉,我早说过了,人是一……一种会说瞎话的动……动物,他们称赞透……透明的心,可是他们要用不……不……不透明的墙把心都遮住。"

他扶着灯杆晃晃悠悠地站起来,忽然冲着近处的那座高楼大喊。

A:"嗨!嗨——让那些墙也变……变成透……透明的吧!嗨!嗨嗨——听见没有?让墙也……也变得透明吧!!"

背景银幕上映出A的幻觉——那座楼的墙壁开始一点一点地变得透明起来。

A:"对,对了,就是这样!全都变成透明的吧!你们不是赞……赞美透明的心吗?那就不……不要让不透明的东……东西把我们遮挡住、隔……隔离开吧。"

背景银幕上继续映出 A 的幻觉——那座楼全部变成透明的了,远远望去就像一只巨大的鸽笼,一个个格子中都有人在活动。

A 挥舞酒瓶,在那盏路灯下手舞足蹈,大笑着,大叫着。

A:"好哇,好哇,就应……应该这样,本来就应……应该是这……这样的!"

背景银幕上的一个个格子中间,人们各自做着自己的事情,互不相干,互不理会:有的高朋满座,有的对影成双,有的在引吭高歌,有的在默然独泣,有的在拥抱亲吻、情语缠绵,有的在大吵大闹、呼天抢地,有的在沐浴,有的在喝茶,有的在看电视,有的在拉肚子,有的在炒菜,有的在读书,有的在下棋,有的在报警,有的在喊喊密谈,有的在呷呷梦语,有的刚刚出生,有的就要死去,有的在为新生者祝福,有的在为将逝者祈祷……

A:"不,不光是这样,还应……应该让他们互相都……都看得见,让他们互……互相都能触……触摸得到!应该让他们不受那些格……格……格子的限制,应该把所……所有的墙都拆掉!哈哈,对啦,拆掉,统统拆掉!让那些墙都消失!应该让……让他们看看,大家其……其实都……都是一样的!"

于是,背景银幕上,所有的楼墙都像融化了似的消失了,所有的格子都像蒸发了一样,不见了。

A:"哈,棒极了,就这样就……就要这样,妙透了!这样他们就能从……从一个格子走……走到所有的格……格子里去了,这样他们就能从一颗心里走到所有的心……心里去了,这样他们就会知道了,每一个人都是平凡的,每一个人也都是高……高贵的,每一个人都是可爱的、可亲的,每一个人也……也都难免有……有时候是丑陋的、可……可笑的,其实每一个人都是孤独的、软弱的,他们在梦……梦里都是要想……想念别人的,要依……依靠别……别人的,也都是想给别人一点儿依……依靠的,可是他们平时都不说,他们害怕,不好意思,怕人笑话,好像那倒是可……可耻的,现在让他们互相看看吧,互……互相了……了解吧,让他们在没有墙的地方坦白吧,承……承认吧,承认互相害……害怕才是多么丑陋多么可……可笑的吧,害怕互相贴近才……才……才是多么可耻的吧!让他们互相坦白,他们其……其实是没日没夜地互相思……思念的呀!他们平时装……装得多么傲慢,多……多么冷静,一副不需要别人的样子,一副多……多么强悍的样子,一副多么自……自以为是的样子,一副不……不能触……触动的样子,不识人……人间烟火的样子,屁!妈的狗屁!全是假装的。其实只要把那墙都……都拆掉,你就明……明白了,他们都跟我一——一样,爱……爱别人,又……又怕别人,想要别人爱,可又怕被别人看不起,所以就喝酒,喝……喝酒,因为他……他们想走回到过去,想……想走进到未……未来,因为那样总……总比呆在墙里好……好过些,所以他……他们就喝酒,对,喝……喝酒,因为他们想……想让那……那些墙都消……消失,所以他们就都喝……喝了酒,喝了很多酒,因为酒确……确实是一种好……好东西,所……所以墙就都消……消失了,他们互相就看见了,互相就能触……触摸到了,就不……不会再互……互相猜疑、害怕,和……和看……看不起了。"

A忽然呆愣着不动了。他发现背景银幕上的墙虽然已经没了,但是悬在半空中的人们依然各行其是,互不相干,互不理会:高朋满座的依然高朋满座,对影成双的还是对影成双,引吭高歌的尚未疲惫,默然独泣的已经泣不成声……刚刚出生的已在嚎啕,行将就木的也眼含泪水……如是等等,并不为他的期待提供佐证。

他两眼发直,浑身发抖。

A自言自语:"怎么了这……这是?出了什……什么事?"

他看看酒杯,晃晃酒瓶,又干一杯,再干一杯。但背景银幕上的情况并未有任何改观。

A自言自语:"见鬼,这是怎么了?"

他又干一杯,再干一杯。背景银幕上的情况反而变本加厉。

A自言自语:"不行,不,不行,我……我得去看看了,我得亲……亲自去……去看看了。"

这时,远远地但不知是哪儿,管风琴奏响了《婚礼进行曲》。

A挣扎着离开路灯下,趔趔趄趄走,走了一圈,又回到那盏路灯下。他发现了遗忘在那儿的那封信,捡起来看看。

A:"啊,一封信。"

他看见了那只邮筒,笑了。

A:"谁这……这么马虎,把信塞……塞……塞到了邮筒外头了?"

他认真地把那封信塞进了邮筒。

他继续跟跟跄跄地往前走,却依然是绕着圈子,如同鬼打墙。走了好一阵子,终于两腿拌蒜,摔倒。

舞台灯熄。同时,背景银幕上的画面恢复正常,仍是万家灯火的城市夜景,仍是林立的高楼,仍是铺天盖地的墙壁,和被墙壁遮挡、隔断的万千心魂——唯在墙与墙之间来回碰撞的种种噪音,或可证明他们的存在。《婚礼进行曲》庄严隆重,渐渐压倒了城市的喧嚣声。

十二 时间漫游

《婚礼进行曲》响着,节奏始终如一,仿佛在空阔的穹顶下回旋,有嗡嗡的回声。

黑衣白发的老人上台来,把所有的道具都运下去。

舞台幽暗,空无一物。A慢慢爬起来,在舞台上顺时针绕行。

背景银幕上是A的主观镜头:晃晃悠悠地走进了刚才那座楼的门厅,磕磕绊绊地上楼梯,摸索着走过又长又暗的楼道。《婚礼进行曲》响着,似乎总在近旁。

A 在舞台上机械地转着圈(形同哑剧)。他偶尔停下来喘口气,这时背景银幕上的画面也随之停下来。

银幕上出现一个门。

A 停住脚步,敲门(哑剧的动作)。

银幕上门开了。开门的是一个老太太。

老太太:"您找谁?"

A:"啊,对……对不起,我……我……我……"

老太太:"啊,没什么,走错门儿也是常有的事。您要是不嫌弃,就请进来坐一会儿好吗?"

老太太身后跳出好几只猫来,"喵喵"地叫着,仰起头看着 A,那眼神简直跟老太太的一样。

老太太:"我们家没别人,就我跟这群猫,一共九只,算上我正好十口。"

A:"我只是想……想问问,是谁在结……结婚呢?"

老太太侧耳听一会儿。《婚礼进行曲》依旧。

老太太:"那谁知道?听说,现在几秒钟就有一个孩子出生。照这么说,岂不是每分钟都有人结婚?你怎么能知道,他们是谁呢……"

忽然,老太太愣住了,惊愕地看着 A。

老太太:"请问,您是……"

A:"我叫 A。我曾……曾经叫 B,但后……后……后来叫了 A。"

老太太盯着 A,半响无言,突然痛哭失声。

老太太:"你是 A 吗?你还活着?你是怎么回来的?……那年你死后,咱爸和咱妈都伤心坏了,得了病,一病不起。可难道,难道你并没有死吗?A,你回来了吗?真的是你吗?啊,好,好哇,你回来了就好。你要知道,我们都是爱你的。父亲母亲、弟弟和我,我们都是爱你的呀。"

A:"大……大妈,您是谁?"

老太太:"你怎么了,A?你叫我什么?我是你的妹妹呀!怎么,你认不出我了吗?"

A:"妹……妹妹?"

老太太:"是我呀,A,仔细看看我,是呀是呀,我已经老了。"

A自言自语:"噢,天哪!我怎么又走到未……未……未来里去了……"

老太太:"那年你死了,七天后才被发现。"

A:"可你还……还说你们是爱……爱我的。"

老太太:"可你那时候整天就是喝酒,我们劝你也没用,一天到晚喝得醉醺醺的,弄得我们之间连话都说不成。"

A:"是呀,我……我是个酒鬼,一个不……不可救药的人。"

老太太:"A,别伤心,你到底是回来了,回来了就比什么都好。可是,我们发现你时你已经死了七天了呀,怎么你又……"

老太太仔细端详着A,端详很久,惊喜之色慢慢收敛,代之以满脸迷惑。

老太太:"咦?怎么回事,怎么你一点儿也不见老呢?你怎么还是跟很多年前一样,跟你死的时候一模一样?你这是怎么回事……"

老太太的表情由迷惑转为惊恐,惊恐之状不断加剧。

老太太:"啊!怎么回事?你是谁?你是什么呀?!走开!你不是A。A已经死了很多年了。你到底是什么呀?你走开!走开——"

老太太声嘶色变浑身发抖,退步回身,"砰"地把门关上。

A想了一下,转身走开。他身后的那扇门还在"嘚嘚"颤抖,那九只猫高一声低一声地叫着。

A 继续在舞台上顺时针转着圈走。背景银幕上的画面随之移动,变换。《婚礼进行曲》仍然不远不近地奏响着。

银幕上又出现一个门。门开着,但是屋里好像没人,到处都是书,书架林立,一层层接到天花板。

A 走到那个门前。

A:"请……请问,屋里有……有人吗?"

不知从哪儿,传出一个孱弱的声音:"啊,当然得算有人,我还有口气。"

A 的主观镜头进屋,在布设得近乎迷宫般的书架间寻找那个声音。镜头沿着书架间狭窄的通道推进,颠簸晃动,偶尔在某些书上停留一下,几次撞在书架上碰落了几本书。《婚礼进行曲》有条不紊。终于,在昏暗的墙角处出现了一个老头。老头秃顶而且没牙,半坐半卧在床上,浑浊的目光看着 A。

老头:"什么事,年轻人?"

A:"我只……只想问……问一下,是谁在结……结婚?"

老头一激灵坐起来,看着 A,看了很久。

A:"对不起,也……也许我不该打扰您,不……不该就这么闯……闯进来。"

老头:"啊,不不不。A,这是你的家呀!A,不是你吗?我一直在等着你来呀。看看我,看看我是谁?"

A:"你是……是……"

老头:"认不出来了吗?是呀,我们都老了,只有你永远年轻。"

A:"你是……是我弟弟?"

老头:"是我呀,A,我已经快八十岁了,我知道你会来的。"

A:"你……你怎么知……知道我会来?"

老头:"因为你活着的时候说过,说是两大杯酒一下肚你就可以走进未来。后来你死了,死了七天我们才知道,那时我就想,要是你早已经走进过未来,那么未来,我就还能有机会再见到你,还能有机会告诉你……"

A:"告诉我什……什……什么?"

老头:"你过去说的很多醉话,也许说得都不错。"

A:"什么话?啊,我不过是信……信……信口开河,不过是酒给人的那么一点点儿自……自由,你不……不要往心里去。"

老头:"你说,当别人的影像消失,什么还能证明别人依然存在呢?唯有你的盼望和你的恐惧。"

A:"是吗?我这么说……说过吗?我倒……倒是忘了。"

老头:"你要是不喝酒,也许你本来是可以做成一个哲学家的。"

A:"哲学家?笑话,我只是喜……喜欢喝一点儿酒罢……罢了。啊,我只是想来问问,是谁在结……结婚,你没听见《婚……婚……婚礼进行曲》吗?"

A再次入神地听着那辉煌的音乐。老头笑了,点着头,笑了很久。

老头:"那么,你能否告诉我,人为什么要结婚?爱情!对对,你不用说我也知道,是因为爱情!大家都是这么说的。可是,爱情呢,爱情是什么?不不,不用回答,我知道你回答不了,我知道你就是因为回答不了才那么没完没了地喝酒的。可既然这样,是谁在结婚又值得你这么操心吗?你看我,我都快八十岁了,还就是一个人。因为什么?啊,因为我从来就没有见过爱情。你看看,这么多书,差不多每一本上都有'爱情'两个字,可是有哪一本说清楚了爱情是什么?现在我懂了,快八十岁了我终于懂了,这个世界上根本就没有什么爱情。"

A:"弟弟,你别这样,别……别这样。我觉得,我觉……觉得我是爱……爱你的,我从来都……都是爱……爱你们的。爱你,爱妹妹,也爱妈和爸。我爱杨花儿,我还是爱……爱……爱着杨花儿的,我相信是有……有爱……爱情的。因……因……因为那是不能没有的,爱情,如果她不在这儿她一……一……一定在别的什么地……地方,因为爱情是不可能没……没……没有的啊……"

老头:"她在哪儿?指给我看。"

A呆愣着,不断地拍拍额头。

老头哧哧地暗笑着。

A:"可那……那也许不是能寻找到……到……到的,因为她本身很……很可能就是寻……寻找。你甚至不……不能知道她到底是什……什么,因为她可能永……永……永远是一个问题。"

老头哈哈大笑,满脸嘲讽的神情。

老头:"你知道你自己是什么吗?知道因此人们把你叫什么吗?醉鬼,笨蛋,可怜虫!哈哈哈……"

老头大笑不止。

A呆愣着,默默地看了那老头一会儿,转身走开。在他身后,老头的笑声渐渐被咳痰声、擤鼻涕声取代,最后变成孤苦无告的叹息声和啜泣声。

A站在舞台中央,连连摇头。

A自言自语:"也……也许我还是应该走回到过……过去,说不定还是过去更……更……更有意思。"

他蹲下,双手捧头,很久一声不吭。忽然,他拍了一下额头站起来。

A自言自语:"就是说,我应该逆……逆时针走,那样就能走进过……过去了。"

他开始在舞台上逆时针绕行。

背景银幕上,画面亦随之改变移动的方向,移动的速度越来越快,画面让人看不清楚,并发出录像机倒带的声音。

倒带声止。银幕上又出现一个门，门开着。

A停住脚步，朝门里张望。

A的主观镜头进门，屋里的陈设很简单。镜头在书桌前停留一下，书桌上有一摞小学生的课本和作业本，树影在平滑的玻璃板上无声地移动，玻璃板下压着稚拙的图画。镜头摇起来，停留在阳台的门上，纱帘飘动，门被风轻轻推开了。镜头推向阳台，越过阳台的栏杆推向远处的风景：并没有那么多高楼，青山历历，远树如烟，落霞暮鸟，夕阳晚钟。镜头转回室内，又在一面雪白的墙前停下，夕阳的一线红光照耀着墙上悬挂的一张照片，照片中是年轻的父母和三个孩子，中间最大的男孩就是A——准确说，是B（即在前面动物园里出现过的那个小男孩）。《婚礼进行曲》一直不间断。镜头停在大衣柜前，衣柜的镜子里映出A的影像。

舞台上的A望着银幕上的A。

这时，银幕上，从A背后走出一个男孩子——B。镜头转向B。银幕上的B惊喜地看着舞台上的A。

B："A，你怎么来了？"

A："啊，这……这回不是你走……走进了未来，是我走进了过……过去。是A来看看B，也……也就……就是说我来看看你，看看我……我们的童年。"

B笑笑："什么A呀B呀的，你来了我真高兴。要不要我去告诉我的妹妹和弟弟？"

A："啊不，不不。"

B："那，我去告诉爸爸和妈妈？"

A："不，也……也不要告……告诉他们。"

B："可我还小，我不知道怎么招待你呀？"

A："不，不用什……什么招待，我们自己用……用不着跟自己来……来这一套。"

B："你为什么说我就是你呢？"

A:"这个嘛,你还小,还不……不可能懂,我们还……还是 B 的时候我们都……都不会懂。"

B:"那你愿意看看我画的画吗?"

A:"啊,不用看,我早……早都看过。是呀,都是些非……非常美的图……图画。但是 B,你最好从……从现在就有些心理准备,未来的日……日子并不都是那么美的。还有,如果它们并不……不……不是那么美的,你也不要总……总去喝酒,好吗?"

B:"为什么?"

A:"听我的吧,我不……不会骗你。"

B:"那,你喝酒吗?"

舞台上,A 转过身,面对观众。

A 自言自语:"是呀,这可怎……怎……怎么办?如果 A 是喝……喝酒的,那么 B 将来也就一……一定要喝……喝酒的,他会跟我一样,什么都看得明白,可是却什么用……用处也没有,醉鬼,庸才,傻瓜,笨蛋,整天都……都在做梦,除了做梦还是做……做梦,还有什么?什么都没有,偶……偶尔从梦里孤零零地走……走出来,还不是在这舞……舞台上演……演戏?看着四周的电影,还是一场噩……噩……噩梦……"

A 呆站着。

B:"A,你在想什么?"

A:"也许唯一的办法,B,就是你不要长……长……长大。"

B:"为什么?不,我要长大,我多么想快点儿长大呀。"

A 慢慢蹲下,苦思冥想状。

A:"是呀,我们还是 B 的时……时候,我们都是这样想的。况且,我已经长……长大了,那就是说,你也一……一定要长大,一定要经历我所经历的一……一切。"

B:"什么经历,能告诉我吗?也许你跟我说说,你就不会这么难过了呢。"

《婚礼进行曲》,越来越隆重、盛大。

A:"啊,必须得有个另……另外的办法才……才行,啊,我得好好想……想一想,你让……让我好好想一想,得有一个最……最根……根本的办法,我们才能躲开那些可……可怕的经历……"

舞台上,A慢慢地欠起身,不由自主地、以戏剧的方式做出(罗丹的)"思想者"的姿势,那样子非常滑稽——一手托腮,浑身绷紧,唯屁股是悬空的。

银幕上的B先是一愣,继而哈哈大笑。

B:"A,你这是在干吗?你可真逗。A,这就是你的经历?哈哈哈……A,你这样子可真丑哇!"

在《婚礼进行曲》声和B的嘲笑声中,A慢慢站直身体。

A:"我知道了,我必……必须要走进更……更远的过……过去才行。"

A又在舞台上逆时针转着圈走起来。

背景银幕上,B的影像消失,景物随之更快地移动、变化,又出现类似录像机倒带的声音。

倒带声停止。背景银幕上又出现一个门。舞台上,A停住脚步。

镜头推进门。室内有一张带栏杆的小木床,床上睡着一个两三岁的男孩。中午阳光很安静,照耀着孩子熟睡的小脸,照耀着床栏上五颜六色的玩具,照耀着墙上的一幅照片。照片上是年轻的母亲抱着刚刚满月的孩子。镜头停留很久,可以认出这幅照片上的母亲与前面那幅照片上的母亲是同一位母亲。

镜头移动,画面继续飞快地变化,伴以录像机倒带的声音。

舞台上,A仍旧逆时针往前走。

倒带声停。银幕上再出现一个门。A驻步。

镜头推进屋。这是医院产房的婴儿室,刚刚出生不久的婴儿,一个紧挨一个躺成一排,相貌相差不多。早晨的太阳照进来,摇动的树影落在孩子们身上,轻起慢伏仿佛是孩子们的呼吸,或是他们的梦境。

倒带声。画面飞快变化。A继续逆时针前行。

倒带声停。银幕上出现一群孕妇。A驻步。

盛开的藤萝架下,孕妇们骄傲地挺着大肚皮,或散步,或闲谈,或为未来的儿女织着毛衣。摄像机逐一地辨认她们。其中一个,与前面照片上的母亲一模一样,镜头从她满足的脸上下降,降落到她高高隆起的、伟大的、可歌可泣的肚腹。《婚礼进行曲》声愈加高昂。

倒带声。画面飞快变化。A继续逆时针前行。

倒带声停。背景银幕上出现了婚礼的场面,一间宽敞的大厅里,张灯结彩,觥筹交错,喧声鼎沸。A驻步观望。

镜头越过众人推向新郎和新娘,他们穿着结婚礼服,正在饮交杯酒。当他们饮罢酒,抬起头来时,我们和A一起看清了他们的相貌——正是前面那幅照片上的父亲和母亲,只是要年轻得多。

舞台上A情不自禁地叫出声。

A:"爸,妈。"

银幕上的新郎新娘微微一愣,相互笑笑,相信那是自己的幻听。

A:"爸,妈,是我呀,我在这儿!"

银幕上,新郎新娘诧异地四下张望,但并没有发现什么。

A:"听我说,爸,妈,你……你们听……听我说,我只问……问你们,你们真的相……相爱吗?你们可……可知道,什……什么是爱……爱情吗?"

《婚礼进行曲》戛然而止,所有的声音都沉落下去,仿佛万籁俱寂。背景银幕上,大厅、鲜花、灯火和人群……一齐骤然消失,一片幽暗,幽暗的背景前只剩了新郎和新娘。新郎、新娘终于发现了舞台上的A,他们惊讶地看着这个素不相识的人。

A:"我从遥……遥远的未来来,所以我知……知道你们还……还不知道的事,这是一场悲……悲剧,因为你们并……并不懂得什……什么是爱情,你们不光要制……制造你们自……自己的悲剧,还要制造我的悲……悲剧。"

新郎新娘:"我们?我们跟你有什么关系?"

A:"你们将会看……看重我的弟弟,而轻视我。你们将……将会看重我的妹妹,而忽……忽……忽视我。那只是因为,他们更……更符合这……这个世界的要求,因为他们更会学你们的样儿去演……演……演戏罢了。"

新郎和新娘很久不说话,表情慢慢显出惊惧之色。然后,他们互相看看,转身,携手,向深处的幽暗走去,白色的婚纱飘飘扬扬。

舞台上,A慢慢跟随(以哑剧的方式,原地行走)。

幽暗中出现了一个贴着大红"囍"字门。新郎新娘走到了门前。

舞台上A大喊:"爸,妈,不……不要进去,你……你们不……不要进去。"

银幕上,新郎新娘转回身。

新郎:"你是什么人?你到底是什么人?"

A:"我是A呀!我曾……曾经叫B,后……后来叫……叫A,我是你们未……未……未来的儿子呀!"

新郎:"你这个人,是不是喝多了呀?你要是再这么胡说八道,我们可要喊警察了。"

新娘:"你,为什么不让我们进去呢?"

A:"如果妈只是一……一味地崇拜你,服……服从你,怕你,爸你……你说,这是爱吗？如果爸只是喜……喜欢你对他的颂……颂扬、阿谀,还有什么奉……奉……奉献,妈你说,这是爱……爱情吗？"

新郎:"滚,你这个醉鬼！滚！快滚——！"

新郎新娘臂挽臂,走进洞房,房门"砰"地关上。

A跪倒在那门前(银幕前),绝望地喊着。

A:"我只求你们一……一件事,不要让我出生！我只求你们这一件事,千万不要在没……没有爱的时间里把我生……生……生出来！"

影片中止,背景银幕一片黑暗。舞台上一片黑暗。黑暗中又响起A的呕吐声,一阵强似一阵。

十三　回家

A的呕吐声延入此节。

舞台灯光渐亮,深夜,室内,景同第三节。银幕被黑色帷幕遮挡住三分之二,另外的三分之一上映出一面小窗。窗帘收拢在小窗一侧,窗外已是灯火稀疏,夜阑人静,树枝的暗影间有几点星光。

A躺在台上(与第三节同样的位置),时而翻过身,趴着,狂呕滥吐一阵。

白发黑衣的老人推着运送道具的小车上台,车上一筐空酒瓶,再无其他。他像幽灵一样动作轻捷,把筐放在一个角落,把几个空酒瓶横倒竖卧地布放在A周围,推着空车下台。整个过程一无声响。

A喘息着坐起来,呆望着窗外的星光和树影。

A:"妈的,天又黑了。"

说罢他又呕吐起来。呕吐稍息,他惊讶地看着手中的手帕——白色的手帕染红了一大片。

A:"妈的,这好……好像是……是血呀。"

白发黑衣的老人上台,又推来一筐空酒瓶,布放在 A 周围——全部动作与前一回分毫不差。

A 吭吭哧哧地笑起来。

A:"你们还……还别他妈的拿死来吓……吓唬我。别人是什……什么都不怕就……就怕死,我可不是那么回事,我是什么都……都怕,就是不……不……不怕死。"

他伸手摸到一个酒瓶,摇一摇,空的,扔到一边。又摸到一个,还是空的。他坐起来东找西找,但所有的酒瓶都是空的。他叹了口气,继而哈欠连天。一个哈欠打到一半他忽然不动了,手举在半空慢慢扭过身子,望着一个角落。

A:"啊,你又……又来啦伙计?来吧,来……吧,没事儿,说你多少回了,别老……老是这么鬼鬼祟祟的行……行不行?"

他原地坐着转了九十度,饶有兴致地看着那个角落。

A:"伙计,这一整天你都干……干吗来着?我不在家,你闷得够……够呛是吧?唉,有时候我顾……顾不上你。我好歹还算个人不是?比不得你们那……那么逍……逍遥自……自在,我们得出去奔命去。其实也弄……弄不大清都是奔……奔的什么,无非是去说废话,赔……赔笑脸,干……干傻事,忙活半天,末了儿跟……跟你们耗子也差不了太多。唯独比你们多……多喝点儿酒。唯独喝……喝点儿酒还……还算是件正经事。怎么着伙计,你是不是也来……来……来上一杯?"

他又在一堆堆酒瓶中翻找起来,但酒瓶都是空的。

A:"酒,酒!快来酒!酒在哪儿?"

白发黑衣老人再次上台,这回推来一筐包装精美的酒,布放在 A 周围。

A 捡起一瓶酒,豪饮。

A:"我想问……问你一个问……问题,伙计,你们也怕……怕死吗?噢噢,我懂你的意……意思,怕!为什么?"

他一边喝酒,一边笑眯眯、洋洋自得地看着那只耗子。

A:"什么什么,不怕?好,说说看,那……那又是为……为什么?"

白发黑衣老人继续一筐一筐地往舞台上运酒,一瓶瓶色彩浓艳的美酒,渐渐摆满舞台。

A:"怎么样伙……伙计,想不大明白是不?所以你还得甘……甘心做你的耗……耗子,别他妈不……不服气。我告诉你,其实非常简单,活着是什么?对,活着就……就是一个人孤……孤……孤零零地在这舞台上演……演戏。那么死呢,是什么?还是想……想不出?你可真他妈笨!死就是回……回到后台去歇……歇一会儿,然后再……再来,所以死并……并没有什么可怕。不光不……不……不可怕,而且那时你就有……有机会换一个角……角色干干了。你甚至可以选择一个更……更可心的世界,比……比如说,在那儿用不着说废话,用不着赔……赔笑脸,用不着干你不……不想干的事。你到了后台看……看看前台,保险你得笑,你能看见谁在说真……真话,谁在装……装孙子,你一眼就能看……看得明……明白。伙计,那时候你还可以修……修改一下剧……剧本,让这个舞台更可心些。你说要有光,就……就……就有了光。你说要有真……真诚,就有了真……真诚。你说不要有差别,好,就没……没有了差别。不要有歧视,就没有歧……歧视,就没有谁看……看不起谁那一回事了。你说要……要有酒,就有了酒。你说但……但是不要喝……喝得太多,好了,你就不会喝得太……太多。你说杨花儿你不要离……离开我,于是杨花儿她……她就回来了,就不……不再离开你了。懂吗伙计?死就是这么一种改……改正错误的机……机会。现在你告……告诉我,你还怕死吗?"

A越说越激动,爬起来晃晃悠悠地走,踩在一个空酒瓶上,酒瓶滚动,A一跤摔进酒瓶堆中。

半天没有动静,半天不见A起来。

白发黑衣老人仍旧不停地往舞台上运酒,酒瓶、酒罐、酒坛大小不一,小不盈尺,大可容人,五彩纷呈琳琅满目,几乎把A埋在其中。

这时,黑色帷幕渐渐拉开,随之背景银幕上的画面忽然变化,如同第二节中A的梦境:蓝天下,一片花的海洋,鲜红的或雪白的花朵,硕大丰满,开得蓬勃烂漫,一团团一片片在风中轻摇曼舞起伏如浪,在灿烂的阳光下直铺天际。在辽阔的花海中,出现了杨花儿的身影,她从遥远的天边慢慢走来。

舞台上,A从酒瓶堆中缓缓坐起,痴呆呆地望着银幕,望着花海中的杨花儿。

银幕上,杨花儿继续走近,直到她微笑的脸部特写占满银幕。

杨花儿:"A,不要再喝酒了,好吗?"

A:"杨花儿,你回……回来了,我知道你一……一定会回……回来的。"

杨花儿:"不,我还是要走的。"

A:"走?到……到哪儿去?不不,你别走,要走也……也是我应该走。我知道你没……没有家,这个家永……永远都是你的,我可以住到随……随便什么地……地方去的。杨花儿,你回来吧。我去找……找你,找了你一整天,不不,找了你好……好多年了,就……就是为了把房门的钥……钥……钥匙留给你,我知道你没有别……别的地方住,别的地方都住……住满了人,他们不会让你住……住下来的。"

杨花儿:"不,我来,是想带你一起走的。"

A:"带我一起走,真……真的?"

杨花儿:"当然真的。"

A:"那,咱们去……去哪儿呢?"

杨花儿:"去你最想去的地方,去你好多次在梦中对我说起过的那个地方。"

背景银幕上再次映出辽阔的蓝天、花海。有哒哒的马嘶声,但不见马。

A 慢慢站起来,走向银幕。

杨花儿:"但是有一个条件。"

A:"什么?"

杨花儿:"不要带酒,扔掉你的酒,全都扔掉。"

A 看看满台的美酒,有些舍不得。

A:"杨花儿,让我少带一……一点儿行……行不行?你知道吗,当你不……不在我身边的日……日子里,是它们陪……陪着我的呀,现在我要到那么好……好的地方去,我怎么能甩……甩下它们呢?"

杨花儿:"不,要么你跟我走,要么你跟它们在一起。"

A:"杨花儿,你听……听我说……"

银幕上,杨花儿已经背转身去。

A:"好好,杨花儿,我……我跟你走。"

杨花儿又转回身。这时银幕上出现了第二个 A——就是说,我们同时看到了两个 A,一个在舞台上,另一个走上了银幕。

银幕上的 A 走到杨花儿跟前,非常简单非常轻易地就拉住了杨花儿的手。

杨花儿:"A,你的手怎么这么凉呀?"

舞台上的 A:"啊,没……没什么,杨花儿,我到……到底是又摸到你了。你的手这……这么暖和,这么真实。我真怕你忽……忽然又……又变成电影。"

杨花儿:"变成电影?"

银幕上的 A 使劲攥着杨花儿的手,摩挲着。

舞台上的 A:"是呀,有好……好多回,我刚要碰……碰到你,你就变……变成了电……电影,我只摸到了一层布,布后面什……什么也……也没有。"

杨花儿:"现在呢?是真的了吗?"

银幕上的 A 激动得热泪盈眶。

舞台上的 A:"是,是……是真……真的了,这……这回总算是……是真的了。"

杨花儿:"那咱们走吧。"

舞台上的 A:"我梦里对……对你说的那个地方,你找……找到了?"

银幕上的 A 向远处张望。

杨花儿:"不,你在这儿看不见,在地平线的那边,在你看不见的地方。"

银幕上的 A 和杨花儿挽起手,走进花海,走向天边。

舞台上的 A:"喂,杨花儿,你等一等,怎么回……回事?我呢?我……我在哪儿?这是怎……怎么回事?怎么我跟你走了,可我却还……还……还在这儿?!"

A 在银幕上摸索着,好像要找到一个门——可以进到电影里去的门。银幕随之晃动起来。

银幕上的 A 和杨花儿却只管朝天边走去,不顾到舞台上的 A 的叫喊。

舞台上的 A:"杨花儿,那不是我,那个我可……可能不……不是我,杨花儿,我在这儿,我进不去,那个我进……进去了,可这……这个我怎么还……还在这儿呀……"

银幕上的 A 和杨花儿已经走远,好像根本听不到舞台上 A 的叫喊。

舞台上的 A:"杨花儿!回来,回来呀——你是说要带……带我走的呀,可我怎么还……还是在这儿呢?杨花儿,快……快回……回来吧……"

银幕上的 A 和杨花儿越走越远,蓝天花海中他们相依相伴,飘动的衣裙和跃动的身影渐渐隐没在地平线那边。

舞台上,A 呆若木鸡。

呆愣良久,他忽然又呕吐起来,吐的完全是血。他冲着银幕干咳,呕吐,银幕上也溅上了鲜红的血,与盛开的鲜花混淆难辨。

他小心翼翼地摸摸幕布,然后捻动手指,体会着手指上的感觉。

A:"妈的,好……好像还……还是一层布哇?"

他再摸摸幕布,继而揪一揪、拉一拉,幕布大幅度地晃动起来。

A:"是,是,还是他妈的一……一层布!"

他扑向银幕,又踢又打,又喊又叫。

A:"杨花儿回……回来,回来!回来呀——!你为什么总……总是抛……抛下我?那边是什么?告诉我,那……那……那边到底是什么?"

他抓住幕布,又撕又扯,又揪又拽……终于力气用尽了,生命到了尽头,他摔倒了,一声不响地倒下去。但他抓住幕布的手并未松开,随着他摔倒在地,银幕轰然坠落。

我们看见了后台:空阔,昏暗,杂乱,所有刚才用过的以及刚才并未用过的道具都堆放在那儿。比如说,我们可以从中认出一张石凳、一只邮筒、一盏路灯,以及运送道具的那辆小推车。更多的是我们不曾见过的道具,堆积如山。

昏暗中有什么东西动了一下,原来是那位白发黑衣的老人,他独自坐在道具堆中,正平静地饮酒、抒髯,饮得很慢,很有节奏,动作沉稳,神色泰然。

老人就这么旁若无人地自斟自饮,很久。

直到台下的观众有些耐不住了,烦了,起疑了,老人才慢慢站起身。老人打开那只邮筒,从中掏出一封信——就是第十一节中

A 扔进邮筒的那一封。然后他朝前台走来，走到 A 的尸体前，漫不经心地看了看，绕开，走到舞台前沿，向观众展示那封信。

那是一个没有写地址也没有写姓名的信封，雪白的信封上一个字也没有。

老人随即谢幕。老人不断地鞠躬，鞠躬……

当性急的观众起身退场时，老人低头看看 A，说了一句话。

白发黑衣的老人："这要等到七天之后，才会被人发现。"

十四　后记

我相信，这东西不大可能实际排演和拍摄，所以它最好甘于寂寞在小说里。

难于排演和拍摄的直接原因，可能是资金及一些技术性问题。

但难于排演和拍摄的根本原因在于：这样的戏剧很可能是上帝的一项娱乐，而我们作为上帝之娱乐的一部分，不大可能再现上帝之娱乐的全部。上帝喜欢复杂，而且不容忍结束，正如我们玩起电子游戏来会上瘾。

1996 年 3 月 25 日

老屋小记

一 年龄的算术

年龄的算术，通常用加法，自落生之日计，逾年加一；这样算我今年是四十五岁。不过这其实也就是减法，活一年扣除一年，无论长寿或短命，总归是标记着接近终点；据我的情况看，扣除的一定是多于保留的了。孩子仰望，是因为生命之囤满得冒着尖；老人弯腰，是看囤中已经见底。也可以用除法，记不清是哪位先哲说过：人为什么会觉得一年比一年过得快呢？是因为，比如说，一岁之年是你生命的全部，而第四十五年只是你生命的四十五分之一。还可以是乘法，你走过的每一年都存在于你此后所有的日子里，在那儿不断地被重新发现、重新理解，不断地改变模样，比如二十三岁，你对它有多少新的发现和理解你就有多少个二十三岁。

二十三岁时我曾到一家街道生产组去做工，做了七年——这话没有什么毛病：我是我，生产组是生产组，我走进那儿，做工，七年。但这是加法或减法。若用除法乘法呢，就不一样。我更迷恋乘法，于是便划不清哪是我，哪是那个生产组，就像划不清哪是我哪是我的心情。那个小小的生产组已经没有了，那七年也已消逝，留下来的是我逐年改变着的心情，和由此而不断再生的那几间老屋，那些年月以及那些人和事。

二 到老屋去

那是两间破旧的老屋,和后来用碎砖垒成的几间新房,挤在密如罗网的小巷深处,与条条小巷的颜色一致,芜杂灰暗,使天空显得更蓝,使得飞起来的鸽子更洁白。那儿曾处老城边缘,荒寂的护城河水在那儿从东拐向南流;如今,城市不断扩大,那儿差不多是市中心了。总之,那个地方,在这辽阔的球面上必定有其准确的经纬度,但这不重要,它只是在我的心情里存在、生长,一个很大的世界对它和对我都不过是一个悠久的传说。

我想去那儿,是因为我想回到那个很大的世界里去。那时我刚在轮椅上坐了一年多,二十三岁,要是活下去的话,料必还是有很长久的岁月等着我。V告诉我有那么个地方,我说我想去。V和我在一条街上住,也是刚从插队的地方转回来,想等一份称心的工作,暂时在那生产组干着。我说我去,就怕人家不要。V说不会,又不是什么正式工厂,再说那儿的老太太们心眼儿都挺好。父亲不大乐意我去,但闷闷地说不出什么,那意思我懂:他宁可养我一辈子。但是"一辈子"这种东西,是要自己养的,就像一条狗,给别人养了就是别人的。所有正式的招工单位见了我的轮椅都害怕,我想万万不可就这么关在家里并且活着。

我摇着轮椅,V领我在小巷里东拐西弯,印象中,街上的人比现在少十倍,鸽哨声在天上时紧时慢让人心神不定。每一条小巷都熟悉,是我上小学时常走的路,后来上了中学,后来又去"串联"又去"插队"又去住医院……不走这些路已经很久。过了一棵半朽的老槐树是一家有汽车房的大宅院,过了大宅院是一个小煤厂,过了小煤厂是一个杂货店,过了杂货店是一座老庙,很长很长的红墙,跟着红墙再往前去,我记得有一所著名的监狱。V停了步,说到了。

我便头一回看见那两间老屋:尘灰满面。屋门前有一块不大的空场,就是日后盖起那几间新房的地方,秋光明媚,满地落叶金黄,一群老太太正在屋前的太阳地里劳作,她们大约很盼望发生点儿什么格外的事,纷纷停了手里的活儿,直起腰,从老花镜的上缘挑起眼睛看我。V"大妈,大婶"地叫了一圈儿,又仰头叫了一声"B大爷"。房顶上还蹲着一个老头,正在给漏雨的屋顶铺沥青。

"怎么着爷们儿?来吧!甭老一个人在家里憋闷着……"B大爷笑着说,露出一嘴残牙。他是说我。

三　D的歌

应该有一首平缓、深稳又简单的曲子,来配那两间老屋里的时光,来配它终日沉暗的光线,来配它时而的喧闹与时而的疲倦。或者也可以有一句歌词,一句最为平白的话,不紧不慢地唱,反反复复地唱,便可呈现那老屋里的生活,闻见它清晨的煤烟味,听见它傍晚关灯和锁门的轻响。

我们七八个年轻人占住老屋的一角,常常一边干活儿一边唱歌。七年中都唱过些什么,记不住也数不清。如今回想,会唱的歌中,却找不出哪一句能与我印象中那老屋里缓缓流动的情绪符合。能够符合它的只应当是一句平白的话,平白得甚至不要有起伏,唯颤动的一条直线,短短的,不断地连续。这样一句话似乎就在我耳边,或者心里,可一旦去找它却又飘散。

到这儿来的年轻人,有些是像V那样等着分配更好的工作的,有些则跟我一样,或轻或重地有着一份残疾。健康的一拨一拨地来了又一拨一拨地走了,残疾的每次招工都报名,但报名与落榜的次数相等。

D的嗓音并不亮,但音域宽,乐感好,唱什么是什么。D只是一条腿有点瘸,但除了跑不快,上树上房都不慢。"文革"已到后期,电影院里开始放映一些外国影片了,那里面的音乐和插曲让 D 着迷。《桥》哇,《流浪者》呀,《瓦尔特保卫萨拉热窝》,还有后来的《追捕》《人证》,D 一律都看八九遍。《拉兹之歌》《丽达之歌》《草帽歌》,D 都能用"外语"唱,嘀里嘟噜咿咿呜呜——D 说:保证没错儿,不信咱再去看一遍。小 T 就笑。小 T 一边梳辫子一边说:"哇老天,您这可是哪国语呀,什么意思知道不?"D 一脸不屑:"操心操心,你管他什么意思干吗?"小 T 说:"不知道什么意思就瞎唱!"D 故作惊讶状:"嘿,我说小 T,你平时可不笨,长得也挺好,咋不懂音乐呢?音乐!用不着他妈的什么意思。"小 T 红了脸:"音乐就音乐,你管我长得好不好呢?"小 T 的话里露出几分满足。

小 T 长得漂亮,自己知道,也知道别人知道。小 T 也爱打扮,不过在那年月里也真可谓"英雄无用武之地",无非是把毛衣拆了织、织了拆,变出些大同小异的花样,或者刻意让衬衫的领子从工作服上面鲜艳夺目地翻出来。但那在翻滚着灰色和蓝色的老屋里和小街上,毕竟是一点新意。

D 不光能唱,那些外国电影中的台词他差不多都能背诵。碰上哪天心里不痛快,早晨一来他就开戏,谁也不理,从台词到音乐一直到声响效果,全本儿的戏,不定哪一出。"空气在颤抖,仿佛天空在燃烧……"(语出《瓦尔特保卫萨拉热窝》)"看呀,天空多么蓝啊,往前走,对,往前走不要朝两边看……"(语出《追捕》)"那儿就你一个人吗?""不,还有它。""谁?""死神。"(语出《爆炸》)"俄罗斯是农民的国家,没有城市也能活……""啊,你描绘了一幅多么可怕的图画……"(语出《列宁在一九一八》)可惜我记不住那么多了。

组长 L 大妈冲 D 喊:"你整天这么演电影儿可不行,还干活儿不干?"

"你瞧我手底下闲着了吗?革命生产两不误嘛。"

"你影响别人!"

"谁？死神吗？"

"滚，没人跟你贫嘴！想干就干，不想干回家！"

"啊，您描绘了一幅多么可怕的图画……"D 把画笔往 L 大妈跟前一拍，"中国是人民的国家，不画这些臭画儿也能活！"

"好小子，有种的你走！你怎么不走呀？"

D 跷起二郎腿，闭起眼睛唱歌："妈妈～，杜哟瑞曼巴～得噢斯绰哈特～哟～给喂突密～？"(Mama, do you remember, the old straw hat you gave to me?)

L 大妈冲大伙喊："都干活儿，谁也甭理他！"

老屋里静下来，只有 D 的歌声："……我看这世界像沙漠，四处空旷无人烟，我和任何人都没来往，都没来往……"轻轻地有些窃笑。有几个老太太忍不住笑出声，劝 D："算了吧，别怄气，都挺不容易的，干吗呀这是？快，快干活儿。"D 说一声"别打岔"，歌声依旧，一首又一首唱得陶醉，仿佛是他的独唱音乐会。L 大妈脸上红一阵白一阵。天窗上漏下一道阳光，在昏暗的老屋里变换着角度走，灿烂的光柱里飘动着浮尘和 D 悠缓的歌声……阳光渐渐移在 D 的身上，柔和宁静，仿佛舞台灯光，应该再有一阵阵掌声才像话。

近午歌声才停。D 走到 L 大妈跟前，拿过画笔，坐回到自己桌前干活。

L 大妈追过来："这就完啦？你算人不算？"

D 不抬头："好男不跟女斗。"

"什么？小兔崽子，你说什么？!"L 大妈气昏。

D 慌忙起立，赔笑道："不不不，我是说，法律不承认良心，良心也不承认法律。"(语出《流浪者》)

L 大妈把画笔摔得满地，坐在门槛上一把鼻涕一把泪地哭诉，说她这可是图的什么？每月总共多拿两块钱，操心劳神还挨骂，可真是犯不上。如是等等。"是我不愿意你们青年人都分配上个好工作吗？跟我闹脾气顶他娘个屁用！不信你们就问问去,哪回招工的来了我不是挨个儿给你们说好话……"

四　外汇

老太太们盼望着这个小生产组能够发达,发展成正式工厂,有公费医疗,一旦干不动了也能算退休,儿孙成群终不如自己有一份退休金可靠。她们大多不识字,五六十岁才出家门,大半辈子都在家里伺候丈夫和儿女。

我们干的活倒很文雅:在仿古的大漆家具上描绘仕女佳人,花鸟树木,山水亭台……然后在漆面上雕刻出它们的轮廓、衣纹、发丝、叶脉……再上金打蜡,金碧辉煌地送去出口,换外汇。

"要人家外国钱干吗呢,能用？"A老太太很有些明知故问的意思,扫视一周,等待呼应。

"给你没用,国家有用。"G大婶搭腔,"想买外国东西,就得用外国钱。"

"外国钱就外国钱吧,怎么叫外汇？"

"干你的活儿呗老太太！知道那么多再累着。"

"我划算,外汇真要是那么难得,国家兴许还能接收咱这厂子……"

老太太们沉默一会儿,料必心神都被吸引到极乐世界般的一幅图景中去了。

"哎,对了,U师傅,您应当见过外汇？"

于是,最安静的一个角落里响起一个轻柔的声音:"外汇是吗？哦,那可有很多种哪,美元、日元、英镑、法郎、马克……我也并不都见过。"这声音一板一眼字正腔圆,在简陋的老屋里优雅地漂浮,怪怪的,很不和谐,就像芜杂的窄巷中忽然闪现一座精致的洋房,连灰尘都要退避。"对呀对呀,纸币,跟人民币差不多……对呀,是很难得,国家需要外汇。"

这回沉默的时间要长些,希望和信心都在增长。

可是 A 老太太又琢磨出问题了:"咱们买外国东西用外国钱,外国买咱的东西不是也得用中国钱吗?那您说,咱这东西可怎么换回外汇来呢?"

"不,"U 师傅细声地笑一下,"外国人买咱们的东西要付外汇。"

"那就不对了,都用他们的钱,合着咱的钱没用?"

U 师傅光是笑,不再言语。

很多年以后,我在一家五星级饭店里看见了那样几件大漆的仿古陈设:一张条案、几只绣墩、一堂四扇屏风。它们摆布在幽静的厅廊里,几株花草围伴,很少有人在它们跟前驻足,唯独我一阵他乡遇故知般的欣喜。走近细看,不错,正是那朴拙的彩绘和雕刻,一刀一笔都似认得。我左顾右盼,很想对谁讲讲它们,但马上明白,这儿不会有人懂得它们,不会有人关心它们的来历,不会再有谁能听见那一刀一笔中的希望与岑寂。我摸摸那屏风纤尘不染的漆面,心想它们未必就是出自那两间老屋,但谁知道呢,也许这正是我们当年的作品。

五 三子

冬天的末尾。冻土融化,变得温润松软时,B 大爷在门前那块空场上画好一条条白线,砖瓦木料也都预备齐全,老屋里洋溢着欢快的气氛。但阵阵笑声不单是因为新屋就要破土动工,还因为 B 大爷带来的"基建队"中有个傻子。

"嘿,三子,什么风把你刮来了?"

"你们这儿不是要盖房吗?"

"嗬,几天不见长出息了怎的,你能盖得了房?"

三子愧怍地笑笑:"这不是有 B 大爷吗?"

三子?这名儿好耳熟。我正这么想着,他已经站到我跟前,并且叫着我的名字了。"喂,还认得我吗?"他的目光迟滞又迷离。

"噢……"我想起来了,这是我的小学同学,可怎么这样老了呢?驼背,而且满脸皱纹,"你是王……"

"王……王……王海龙。"他一脸严肃,甚至是紧张。

又有人笑他了:"就说'三子'多省事!方圆十里八里的谁不知道三子?未必有谁能懂得'王海龙'是什么东西。"

三子的脸红到耳根,有些喘,想争辩,但终于还是笑,一脸严肃又变成一脸愧怍,笑声只在喉咙里"哼哼"地闷响。

我连忙打岔:"多少年了呀,你还记得我?"

"那我还能不记得?你是咱班功课最棒的。"

众人又插嘴说:"那,最孬的是谁呢?""小学上了十一年也没毕业的,是谁呢?""俩腿穿到一条裤腿里满教室跳,把新来的女老师吓得不敢进门,是谁?"

"我×!妈了个×的!"三子猛喊一声,但怒容只一闪,便又在脸上化作歉疚的笑,随即举臂护头做招架的姿势。

果然有巴掌打来,虚虚实实落在三子头上。

"能耐你不长,骂人你倒学得快!"

"这儿都是你大妈大婶,轮得上你骂人?"

"三子,对象又见了几个啦?"

"几个哪儿够,几打了吧?"

"不行。"三子说。

"喂喂——说明白了,人家不行还是咱们不行?"

"三子!"B 大爷喊,"还不快跟我干活儿去?这群老'半边天'一个顶一个精,你惹得起谁?"

B 大爷领着三子走了,甩下老屋里的一片笑骂。

B 大爷领着三子和 V 去挖地基,还有个叫老 E 的四十多岁的男人。三子一边挖土一边念念叨叨地为我叹息:"谁承想他会瘫了呢?唉,这下他不是也完了?这辈子我跟他都算完了……"

V听了就呲得三子:"你他妈完了就完了吧,人家怎么完了?再胡说留神我抽你!"

三子便半天不吭声,拄着锹把低头站着。B大爷叫他,他也不动,B大爷去拽他,他慌忙抹了一把泪,脸上还是歉意的笑——这些都是后来B大爷告诉我的。

六 春天

三子的话刺痛了我。

那个二十三岁、两腿残废的男人,正在恋爱。他爱上了一个健康、漂亮又善良的姑娘。健康,漂亮,善良——这几个词太陈旧,也太普通了,但我没有别的词给她。别的词对于她都嫌雕琢。别的词,矫饰,浮华,难免在长久的时光中一点点磨损掉。而健康,漂亮,善良,这几个词经历了千百年。

属于那个年轻的恋爱者的,只有一个词:折磨。

残疾已无法更改,他相信他不应该爱上她,但是却爱上了,不可抗拒,也无法逃避,就像头上的天空和脚下的土地。因而就只有这一个词属于他:折磨。并不仅因为痛苦,更因为幸福,否则也就没有痛苦也就没有折磨。正是这爱情的到来,让他想活下去,想走进很大的那个世界去活上一百年。

他坐在轮椅上吻了她,她允许了,上帝也允许了。他感到了活下去的必要,就这样就这样,就这样一百年也还是短。那时他想,必须努力去做些事,那样,或许有一天就能配得上她,无愧于上帝的允许。偷偷地但是热烈地亲吻,在很多晴朗或阴郁的时刻如同团聚,折磨得到了报答,哪怕再多点儿折磨这报答也是够的。

但是总有一块巨大的阴影,抑或巨大的黑洞——看不清它在哪儿,但必定等在未来。

三子的话,又在我心里灌满了惶恐和绝望。一个傻人的话最可能是真的。

杨树的枝条枯长、弯曲,在春天最先吐出了花穗,摇摇荡荡在灰白的天上。我摇着轮椅,毫无目的地走。街上车水马龙人流如潮,却没有声音——我茫然而听不到任何声音,耳边和心里都是空荒的岑寂。我常常一个人这样走,一无所思,让路途填塞时间。劳累有时候能让心里舒畅、平静,或者是麻木。这一天,我沿着一条大道不停地摇着轮椅,不停地摇着,不管去向何方,也许我想看看我到底有多少力气,也许我想知道,就这么摇下去,能走到哪儿。

夕阳西坠时,看见了农田,看见了河渠、荒冈和远山,看见了旷野上的农舍炊烟。这是我两腿瘫痪后第一次到了城市的边缘。绿色还很少,很薄,裸露的泥土占了太重的比例,落霞把料峭的春风也浸染成金黄,空幻而辽阔地吹拂。我停下车,喝口水,歇一会儿。闭上眼睛,世界慢慢才有了声音:鸟儿此起彼落的啼鸣……

农家少年的叫喊或者是歌唱……远行的列车偶尔的汽笛声……身后的城市"隆隆"地轰响着,和近处无比的寂静……但是,我完了吗?如果连三子都这样说,如果爱情就被这身后的喧嚣湮灭,就被这近前的寂静囚禁,这个世界又与你何干?

睁开眼,风还是风,不知所来与所去,浪人一样居无定所。身上的汗凉了,有些冷。我继续往前摇,也许我想:摇死吧,看看能不能走出这个很大的世界……

然后,暮色苍茫中,我碰上了一个年轻的长跑者。

一个天才的长跑家——K。K在我身旁收住脚步,愕然地看着我,问我这是要到哪儿去?我说回家。他说,你干吗去了?我说随便走走。他说你可知道这是哪儿吗?我摇摇头。他便推起我,默默地跑,朝着那座"隆隆"轰响的城市,那团灯火密聚的方向……

七　长跑者

想起未开放的年代，一定会想起 K，想起他在喧嚣或寂静的街道上默默奔跑的形象。也许是因为，那个年代，恰可以这孤独的长跑为象征、为记忆、为诉说吧。

K 因为在"文革"中出言不慎，未及成年就被送去劳改，三年后改造好了回来，却总不能像其他同龄人一样有一份正式工作。所谓"改造好了"，不过是标明"那是被改造过的"（就像是"盗版"的），以免与"从来就好的"相混淆。这样，K 就在街道生产组蹬板车。蹬板车之所得，刚刚填平蹬板车之所需。力气变成钱，钱变成粮食，粮食再变成力气，这样周而复始。我和 K 都曾怀疑上帝这是什么意图。K 便开始了长跑，以期那严密而简单的循环能有一个漏洞，给梦想留下一点可能。K 以为只要跑出好成绩，他就可以真正与别人平等，或者得一份正式工作，或者再奢侈些——被哪个专业田径队选中。

K 推着我跑，灯火越来越密，车辆行人越来越多……K 推着我跑，屋顶上的月亮越来越高，越来越小，星光越来越亮越来越辽阔……K 推着我跑，"隆隆"的喧嚣慢慢平息着，城市一会儿比一会儿安静……万籁俱寂，只有 K 的脚步声和我的车轮声如同空谷回音……K 推着我跑，在我的印象中一直就没有停下，一直就那样沉默着跑，夜风扑面，四周的景物如鬼影幢幢……也许，恰恰我俩是鬼（没有"版权"而擅自"出版"了），穿游在午夜的城市，穿游在这午夜的千万种梦境里……

K 是个天才长跑家。他从未受过正规训练，只靠两样天赋的东西去跑：身体和梦想。他每天都跑两三万米，每天还要拉上六七百斤的货物蹬几十公里路，其间分三次吃掉两斤粮食而已。生产组的人都把多余的粮票送给他。谈不上什么营养，只临近大赛的那一个月,他才每天喝一瓶牛奶,然后便去与众多营养充足、训练有素的专业运动员比赛。年年的"春节环城赛"我都摇着轮椅去看他跑。年年他都捧一个奖杯或奖状回来,但仅此而已,梦想还是梦想。多少年后我和K才懂了那未必不是上帝的好意相告:梦想就是梦想,不是别的。

有个十三四岁的男孩要跟K学长跑,从未得到过任何教练指点的K便当起了教练。

后来,这男孩的姐姐认识了K,爱上了K,并且成了K的妻子——那时K仍然在拉板车,在跑,在盼望得到一份正式工作,或被哪个专业田径队选中。

热恋中的K曾对我说过一句话。他说他很久以来就想跟我说这句话了。他说:"你也应该有爱情,你为什么不应该有呢?"我不回答,也不想让他说下去。但是他又说:"这么多年,我最想跟你说的就是这句话了。"我很想告诉他我有,我有爱情,但我还是没有告诉他,我很怕去看这爱情的未来。那时候我还没能听懂上帝的那一项启示:梦想如果终于还是梦想,那也是好的,正如爱情只要还是爱情,便是你的福。

八　U师傅

U师傅有什么梦想吗?U师傅会有怎样的梦想呢?

U师傅的脚落在地上从来没有声音,走在深深的小巷里形单影只,从不结群。U师傅走进老屋里来工作,就像一个影子,几乎不被人发现。"U师傅来了吗?"——如果有人问起,大家才往她的座位上望,看见一个满头乌发身材颀长的老女人。

跟着听见一声如少女般细声细气的回答——"来了呀。"

我初来老屋之时,听说她已经有五十岁——除非细看其容颜,否则绝不能信。她的身段保持得很好,举手投足之间会令人去想:

她必相信可以留住往昔,或者不信不能守望住流去的岁月。无论冬夏,她都套一身工作服,领口和袖口的扣子都扣紧。她绝不在公用的水盆中洗手,从不把早点拿来老屋吃。她来了,干活;下班了,她走。实在可笑的事她轻声地笑,问到她头上的话她轻声回答,回答不了的她说"真抱歉,我也说不好",令她惊讶的事物她也只说一声"哟,是吗"。

"U师傅,您给大伙说两句外国话听听行不行?"

"不行呀,"她说,"都快忘光了。"

小T说:"U师傅,您听D唱的那些嘀里嘟噜的是外语吗?"

她笑笑,说:"我听不懂那是什么语。"

小T便喊D:"嘿,你听见没有,连U师傅都听不懂,你那叫外语呀?"

D走到U师傅跟前,客客气气地弓身道:"有阿尔巴尼亚语,有南斯拉夫语,有朝鲜语,还有印度语。"

"哟,是吗?"U师傅笑。

"U师傅,我早就想请教您了,您说'杜哟瑞曼巴'是什么意思?"

"你说的大概是 do you remember,意思是,'你还记得吗'。"

"哎哟喂,神了。"D挠挠头,再问,"那'得噢斯绰哈特'呢?"

U师傅认真地听,但是摇头。

"一个草帽,是吗?"

"草帽?噢,大概是 the old straw hat,'那个旧草帽',是吗?"

"'哟给喂突密'呢?"

"You gave to me,就是'你给我'。哦,这整句话的意思应该是,'妈妈,你还记不记得你给我的那个旧草帽。'"

D点头咋舌,竖着大拇指在老屋里走一圈,回到自己的座位上去。

小T快乐得手舞足蹈:"哇,老天,D哥们儿这回栽了吧?"

D不理小T,说:"U师傅,我真不明白,您这么大学问可跟我们一块儿混什么?"

L大妈的目光敏觉地投向U师傅,在那张阻挡不住地要走向老年的脸上停留一下,又及时移开:"D,干你的活儿吧,说话别这么没大没小的!"

听说U师傅毕业于一所名牌大学的西语系,听说U师傅曾经有过很好的工作,后来生了一场大病,病了很多年工作也就没了。听说U师傅没结过婚,听说不管谁给她介绍对象她都婉言谢绝。

U师傅绝对是一个谜。老屋里寂寞的时刻,我偶尔偷眼望她,不经意地猜想一回她的故事。我想,在那五十几年的生命里面必定埋藏着一个非凡的梦想,在那优雅、平静的音容后面必定有一个牵魂动魄的故事。但是她的故事守口如瓶,就连老屋里的大妈大婶们也分毫不知,否则肯定会传扬开去。

应该是一个爱情故事,一个悲剧。应该是一份不能随风消散、不能任岁月冲淡的梦想,否则也就谈不上悲剧。应该并不只是对于一个离去的人,而是对于一份不容轻掷的心血,否则那个人已经离开了你,你又是甘心地守望着什么呢?等待他回来?我宁愿不是这样一个通俗的故事。如果他不回来(或不可能再回来),守望,就一定是荒唐的吗?不应该单单去猜测一种现实——何况她已经优雅而平静地接受了别人无法剥夺的:爱情本身。她优雅、平静但却不能接受的是:往日的随风消散。是呀,那是你的不能消散的心的重量,不能删减的魂的复杂,不能诉说的语言绝境,不能忘记的梦之神坛或大道。

到底是怎样一个故事并不重要。

有一次小T去U师傅家回来(小T是老屋唯一去过U师傅家的人),跟我们说:"哇,老天!告诉你们都不信,U师傅家真叫讲究喂,净是老东西。"

D说:"有比L大妈还老的东西?"

小T说:"我是说艺术品,字画,瓷器,还有太师椅呢。"

D说:"太湿,怎么坐?"

小T说:"你们猜U师傅在家里穿什么?旗袍!哇,老天,缎子的,漂亮死了!头发挽成髻,旗袍外面套一件开身绣花的毛坎肩,哇,老天,她可真敢穿!屋里屋外还养了好多好多花……"U师傅的梦想具体是什么,也不重要。

九 B 大爷

B大爷七十多岁了。砌砖和泥、立柱架梁、攀墙上房,他都还做得。察领导之言、观同僚之色,他都老练。审潮流之时、度朝政之势,他都自信有过人之见——无非是"女人祸国"的歪论、"君侧当清"的老调。B大爷当过兵打过仗,枪林弹雨里走过来,竟奇迹般没留下一点伤残。不过他当的既非红军,亦非八路,也不是解放军。他说他跟"毛先生"打过仗。

"哪个毛先生?"

"毛主席呀,怎么了?"

"哎哟喂B大爷了!毛主席就是毛主席,能瞎叫别的?"

"不懂装懂不是?'先生'是尊称,我服气他才这么叫他。当年我们追得毛先生满山跑,好家伙,陈诚的总指挥,飞机大炮的那叫狂,可追来追去谁知道追的是师傅哇?论打仗,毛先生是师傅,教你们几招人家还未准有工夫呢,你们倒他妈不依不饶地追着人家打?作死!师傅就是先生,'先生'是尊称,懂不?"

"满山跑?什么山?"

"井冈山呀!怎么着,这你们又比我懂?"

"哪里哪里,你是师傅,啊不,先生。"

"噢嚄,不敢当,不敢当。"B大爷露出一嘴残牙笑。

他当过段祺瑞的兵,当过阎锡山的兵,当过傅作义的兵,当过陈诚的兵。

"那会儿不懂不是?"B大爷说,"心想当兵吃粮呗,给谁当还不一样?就看枪子儿找不找你的麻烦。饥荒来了,就出去当两天兵,还能帮助家里几个钱。年景好了就溜回来,种地,家里还有老娘在呢。唉,早要是明白不就去当红军了?"

"您当兵,也抢过老百姓?"

"苍天在上,可不敢。冲锋陷阵,闹着玩的?缺德一点儿枪子儿也找你。都说枪子儿不长眼,瞎说,枪子儿可是长眼。当官儿的后头督着,让你冲,你他妈还能想什么?你就得想咱一点儿昧良心的事儿没有,冲吧您哪。不亏心,没事儿,也甭躲,枪子儿知道朝哪儿走。电影里那都是瞎说。要是心虚,躲枪子儿,哪能躲得过来?咣当,挺壮实的一条汉子转眼就完了。我四周躺下过多少呀!当了几回兵,哪回我娘也没料着我能囫囵着回来。我说,娘,你就信吧,人把心眼儿搁正了,枪子儿绕着你走。"

"B先生,枪子儿会拐弯儿吗?"

"会,会拐弯儿。"

你惊讶地看着B大爷,想笑。B大爷平静地看着你,让你无由可笑。B大爷仿佛在回忆:某个枪子儿是怎样在他眼前漂漂亮亮地拐了弯儿的。

"这辈子我就信这个,许人家对不起你,不许你对不起人家。"

在基建队,B大爷随时护着三子,不让他受人欺侮。

晚上,三子独自东转西转,无聊了,就还是去B大爷那儿坐坐。

生产组的新车间盖好了,B大爷搬去那两间老屋里住,兼做守卫。木床一张,铺盖一卷,几件换洗的衣裳,最简单的炊具和餐具,一只不离身的小收音机——B大爷说:"这辈子就挣下这几样儿东西,不信上家里瞅瞅去,就剩一个贼都折腾不动的水缸。"

三子到B大爷那儿去,有时醉醺醺的。B大爷说:"甭喝那玩意儿,什么好东西?"

三子说:"您不也喝?"B大爷说:"我什么时候死都不蚀本儿啦!喝敌敌畏都行。"三子说:"我也想喝敌敌畏。"B大爷喊他:"瞎说,什么日子你也得把它活下来,死也甭愁活也甭怕才叫有种!"三子便愣着,撕手上的老茧,看目光可以到达的地方。

B大爷对旁人说:"三子呀,人可是一点儿不傻,只不过脑子不好使。"

脑子不好使而人并不傻,真是非凡之见。这很可能要涉及艰深的哲学或神学问题。比如说,你演算不出这非凡之见的正确,却能感受到它的美妙。

十　浪与水

从老屋往北,再往东,穿过芜杂简陋的大片民居,再向北,就是护城河了。老城尚未大规模扩展的年代,河两岸的土堤上柽柳浓荫、茂草藏人,很是荒芜。河很窄,水流弱小、混浊,河上的小木桥踩上去嘎嘎作响,除去冰封雪冻的季节,总有人耐心地向河心撒网,一网一网下去很少有收获;小桥上的行人驻足观望一阵,笑笑,然后各奔前途。

夏天的傍晚,我把轮椅摇过小桥,沿河"漫步",看那撒网者的执着。烈日晒了一整天的河水疲乏得几乎不动,没有浪,浪都像是死了。草木的叶子蔫垂着,摸上去也是热的。太阳落进河的尽头。蜻蜓小心地寻找露宿地点,看好一根枝条,叩门似的轻触几回方肯落下,再警惕着听一阵子,翅膀微垂时才是睡了。知了的狂叫连绵不断。我盼望我的恋人这时能来找我——如果她去家里找我不见,她会想到我在这儿。这盼望有时候实现,更多的时候落空,但实现与落空都在意料之内,都在意料之内并不是说都在盼望之中。

若是大雨过后,河水涨大几倍,浪也活了,浪涌浪落,那才更像一条地地道道的河了。

这样的时候,更要到河边去,任心情一如既往有盼望也有意料,但无论盼望还是意料,便都浪一样是活的。

长久地看那一浪推一浪的河水,你会觉得那就是神秘,其中必定有什么启示。"逝者如斯夫"?是,但不全是。"你不能两次踏进同一条河"?也不全是。似乎是这样一个问题:浪与水,它们的区别是什么呢?浪是水,浪消失了水却还在,浪是什么呢?浪是水的形式,是水的信息,是水的欲望和表达。浪活着,是水,浪死了,还是水,水是什么?水是浪的根据,是浪的归宿,是浪的无穷与永恒吧。

那两间老屋便是一个浪,是我的七年之浪。我也是一个浪,谁知道会是光阴之水的几十年之浪?这人间,是多少盼望之浪与意料之浪呢?

就在这样的时候,这样的河边,K 跑来告诉我:三子死了。

"怎么回事?"

"就在这河里。"

雨最大的时候,三子走进了这条河里——在河的下游。

"不能救了?"

我和 K 默坐河边。

河上正是浪涌浪落,但水是不死的。水知道每一个死去的浪的愿望——因为那是水要它们去作的表达。可惜浪并不知道水的意图,浪不知道水的无穷无尽的梦想与安排。

"你说三子,他要是傻他怎么会去死呢?"

没人知道他怎么想。甚至没有人想到过:一个傻子也会想,也是生命之水的盼望与意料之浪。

也许只有 B 大爷知道:三子,人可不比谁傻,不过是脑子跟众人的不一样。

河上飘缭的暮霭,丝丝缕缕融进晚风,扯断,飞散,那也是水呀。只有知道了水的梦想,浪和云和雾,才可能互相知道吧?

老屋里的歌。应该是这样一句简单的歌词,不紧不慢反反复复地唱:不管浪活着,还是浪死了,都是水的梦想……

死 国 幻 记

　　黑暗从四周围拢,涌荡,喧哗,甚至嚣张。光明变得朦胧、孱弱,慢慢缩小,像糖在黑色的水中融化。也许是风,把一切都吹起来,四处飘扬,一切都似尘埃。
　　风中挟裹着啜泣,从何而来?此前似乎还有过一阵阵悲恐的呼叫,叫我吗?
　　太阳很高,没有一丝云,但是太阳一会儿比一会儿暗淡。这景象前所未有。有点像戏幕拉开之前剧场里的灯光缓缓熄灭,随后想必所有的嘈杂都会平息。
　　果然,风声停了,啜泣或者还有呼叫都随之消失。所有的声音一下子都被吸干了似的,万籁俱寂。同时,很快,快得让人来不及想,寂静中黑暗已经合拢。黑暗漫布得均匀辽阔,无边无际。
　　光明与黑暗之间几乎没有停顿。不是几乎,是根本没有。朦胧仍然还是光明,就像弥留并不是死。光明与黑暗之间,或者生与死之间,没有过渡,没有哪怕一分一秒的迟疑。但我心里一直很清楚,后来据死灵们说这是一个奇迹。在黑暗中还能记起光明,那些死灵们说这真是一件不可思议的事。"你没有经过忘川?"我想我必是漏网的一个。
　　我只能把他们叫做死灵,包括我自己,也已经是死灵。"死灵"或者"死命",姑妄称之。这并不是黑暗中的语言,是因为我记得在光明那边普遍有"生灵"和"生命"这样的表达。

我在黑暗中浮游，任意东西，仿佛乘风飘荡。开始还见些星光，一团团或者一块块，流萤般飞走。慢慢地我飘进深不见底的黑暗，没有一丁点儿光亮，没有阻力，没有颠簸，身轻如流如空完全没有了重量，只剩下思想。黑暗，消弭了方向，消弭了空间，令人昏眩。时间呢？这时我开始想到，那不过是思想的速度，是意义所需的过程……

然后慢下来，开始降落，轻飘飘地飘落，像尘埃……啊不，像思想，像思想终于找到了根据，找到了表达，或者也可以说是灵魂嵌入了另一种存在。

我的死命就这样开始，并不阻挡什么，清澈的黑暗，如同深夜。

我夜里依然清晰地思想。山川历历，芳草萋萋，林木葳蕤，流水潺潺——这些形容都是可以用的，这些感受都是有的，但仍不过是姑妄称之。黑暗并不阻挡什么，就像墙壁挡不住思想。

懵懵然之中我听到（不，不是"听"到，是感觉到，或者接收到）一个声音说（也算不上是"声音"和"说"，只是一种消息的传布）："啊，他来了。"

随之有很多人围拢过来，飘浮在我的四周，喊喊嚓嚓地交谈。不，只是交流，并没有声音。我感觉他们的心情喜忧参半。

然后我周身一阵彻骨的寒冷，是他们之中的一个拥抱了我，拥抱着我为我祈祷："可怜的灵啊，你已经圆满。你来了，在这无苦无忧的世界里，愿魔鬼保佑你，给你足够的耐心去忍受这恒常的寂寞，或者给你欲望，走出这无边的黑暗吧……"

但是忽然他停止了祈祷，放开我，后退，惊讶地喊道："怎么回事？他是温热的！他怎么会是温热的？"

所有在场的人都来触摸我，慌作一团，飘动不已。

"不错，他全身都是温热的！"

"温热的？啊，可从来没有过这样的事！"

"不可能。魔鬼保佑,不是在闹人吧?"

我笑了:"闹人?"

这一笑吓得他们纷纷飘离,只剩下刚才为我祈祷的那个家伙还留在我身边。我问他:"你们说些什么呀,乱七八糟的?"

他看着我,迷茫地飘动,像夜风中的一面旗。

我坐起来我想坐起来,但其实是飘起来,说:"我这是在哪儿?"

飘离的人们又都飘回来,与我保持着一定的距离。他们面面相觑,对我的话仍然没有反应。但我能懂他们的话。他们在互相问:"他这是要干什么?"他们在互相说:"他这样子可真像是神魂附体呀。"

我便以他们的方式传布(黑暗使我毫不费力地掌握了这种传布的规则):"你们是谁?你们是什么人?"

这一回他们懂了,惊呆了,停止飘动,仿佛风也凝滞了。

他们呆愣了好半天才说:"我们不是人呀。"

这一下轮到我被惊呆了。大概我惊恐的样子很令他们同情,他们便又都飘拢过来,冷气袭人地抚摸我,可能是要给我安慰。

我说:"那,不是人你们是什么呢?"

"你呢?你是什么?"他们说,声音和飘动都变得无比柔和,"你是什么我们就是什么呀,不是吗?"

好像是这样,可是……我想了好一会儿说:"可是我有点糊涂。对不起,你们能不能提醒我一下?这是怎么回事,你们,还有我,都是什么?"

就是这时候,他们说了(传布了)一个词。这个词不能写,这个词没有形象,这个词只能以他们的方式传布,在生之中没有与其对应的声音和文字,这个词的意思大致上就是"死灵",就是死之中的存在,死之中"灵"的体现。就像人,是生之中"灵"的形态。

他们镶嵌在黑暗里,遍布于无限中。唯思想的呼唤使他们显现。他们的形象略显灰白,近似于光明中的照片底板,但无定形,就像变幻的云,就像深夜的梦,甚至像沉思,像猜想,像忧虑,像意识的流动不可以固定,但可以捕捉。他们随心所欲有着自己的形态,各具风流。

"死灵。"我把那个词翻译成光明那边的语言。

"死灵?"他们模仿着说,不解地看着我。

"因为在那边,"我说,"叫生灵,或者,叫生命。"

"生灵,或者生命。那边?那边是什么?"

"是生。是光明。是人间。"

我感到他们又都有些惊慌。

"怎么了,你们怕什么?"

"你总说'人'。'人'是传说中的一种炽热、明朗、恐怖的东西。"

我问:"是不是相当于那边所说的'鬼'呢?"

"不不,'鬼'虽然也是传说,但那是我们所崇敬的。魔鬼,冷峻幽暗,可以保佑我们……"

"我懂了,'鬼'相当于那边所敬仰的'神'。"

他们又笑起来:"不不不,'神'是多么平庸!你可不要随便乱说谁是神,那是对死灵的轻蔑。"

我有点迷惑,不再说什么。

他们却似乎快活,飘飘荡荡地互相交流。

一个说:"太奇妙了,这真是一件从未有过的事。"

另一个说:"看来真有另一种存在,死之前,灵魂已经存在。"

我心里暗笑:你们可真会说废话。

又一个说:"是的,否则无法解释。也许,死之前,灵魂就已经在一种强大的光明之中了,在那儿也有一个世界。所以……所以他的身体还是温热的。"

一个说:"他从那儿来吗?我们,是不是都曾经在那儿呢?"

另一个说:"会不会就是我们猜测的那种'白洞'呢?有强大的发散力,使任何东西都不能回归,一切都在发散、扩展、飘离、飞逝,时间在那儿永远朝着一个方向,不可逆返……他会不会就是从那儿来呢?"

他们兴奋得手舞足蹈,在我身边飘来飘去。

"要是那样的话,他,"他们指着我说,"他也许是有欲望的吧?"

他们更加激动了,上下翻飞,浪一样起伏涌动。

很久他们才稍稍平静了些。一个死灵对我说:"你是不是要睡一会儿?"

"是呀,"我说,"你们把我搞得好累呀。"

"他累了。""他说他累了。""他说他要睡一会儿了。""那就是说,他还没有圆满。""就是说,有可能他还残存着欲望。"……他们好像互相传布着一个可喜可贺的消息,按捺不住心中的惊喜。

"那就让他睡吧,"他们压低声音说,"我们走。"

"好了,你睡吧。"他们轻声对我说。

我很疲惫,很快就睡着了。没有梦,一点儿梦都不来,无知无觉一片空无,什么都没有。

一点梦都没有,一点感觉都没有,醒来我觉得好像并不曾睡。并不曾睡却又怎么知道是醒来了呢?我坐在那儿呆想,才发现那是因为刚才和现在的感觉衔接不上,当中似有一个间断,有过一段感觉空白,这空白延续了多久呢?无从判断。只有在感觉又恢复了之后,才能推断刚才我是睡了,而那一段空白永远地丢失了。

这有点像生和死的逻辑。我记得活着的时候我就想过这个问题:如果我睡了不再醒来,我怎么能知道我是睡了呢?如果我死了就是无穷无尽的虚无,又怎么能证明死是有的呢?我坐在那儿呆呆地想了很久,忽然明白:虚无是由存在证明的,死是由生证明的,就像睡是由醒证明的。

空无渐渐退去,四周随着思想的清晰而清晰起来。我发现我睡的地方一无遮拦,而且我是赤身裸体,没有铺盖也没有衣服。我慌得跳起来,找衣服。这时死灵们又飘来了,我赶紧躲到一棵树后。但是没用,透过树我可以看见他们,他们也一样看见了我——是的,正如墙壁不能遮挡思想。

"喂,你干吗这么一副躲躲藏藏的样子?"他们问,"我们已经认识了,我们已经是朋友了不是吗?"

"可我的衣服,"我说,"我的衣服不见了,找不到了。"

"衣服? 衣服是什么?"

"我总不能光着身子呀?"

"不能光着身子? 那你要怎样?"

"衣服! 衬衫,还有裤子!"我向他们比画,但他们完全不懂。

一个神色更为沉稳的死灵拨开众死灵,飘近我,郑重地问:"你是不是想要遮挡住自己?"

我点点头:"至少我得有一条裤子呀,这么光着算什么?"

"是不是,在那边,赤裸是一件很不得当的事?"

我说是的。我说:"在那边,这也是对别人的不恭敬。"

"就为这个吗?"众死灵大笑起来,"就为这个,他一副失魂落魄的样子!"

神色沉稳的死灵对我说:"别找了,白费力气,在死国你找不到什么东西可以遮挡。在死国没有什么可以遮挡,也没有什么可以被遮挡。"

"你看看我们,"众死灵说,"我们不都是这样吗?"

不错,他们都是一丝不挂。男死灵和女死灵都坦然地赤裸着,纤毫毕露,楚楚动人。

"这又怎样呢?"他们一边说,一边扭动、展示着十分性感的身体,或者说是展示着十分性感的飘动。"我们有什么不一样吗?""我们应该藏到哪儿去呢?""是要玩捉迷藏吗?把自己藏起来,再把自己找到,我们就不知道我们是什么样子了吗?把自己藏起?""真有意思,相互看不见就是相互恭敬吗?""再说,我们可有什么办法能藏起来吗?"他们轻松地飘转,咻咻地笑个不停。

那个神色沉稳的死灵,由于他以后的言行,我觉得他有点像牧师,但在死国并没有这样的称谓,所以我暗自叫他作 MS。MS 对众死灵说:"笑什么笑!别让他太受惊吓。他跟我们不一样,他并未圆满他还保留着欲望!是啊,欲望,这正是我们期待的,这样的机会千载难……"

我看见 MS 望着无边的黑暗,朝向黑暗的极点或源头一动不动,仿佛双手合十,念念有词:"愿魔鬼引领我们走出这寂寞之海。感谢它给我们送来了欲望的使者。"

我看见 MS 这样念诵之后,死灵们纷纷跪倒,肃然无声。我看见,不知何时,黑暗中聚拢了难以计数的死灵,飘飘漫漫铺天盖地,其实并无天地之分,那无边的黑暗就是由他们组成,他们就是无边的黑暗。

我完全不明白他们为什么要这样,但我记得在光明那边也有类似的情景,所以我在心里把那位神色沉稳的死灵叫做 MS,这称呼未必恰当。众死灵跟随 MS 默默祷告的时候,我只好在他们中间飘来荡去。有一件事让 MS 说对了,我还保留着欲望,是的,保留着欲望——那些匍匐在地的美妙身体,让我兴奋,兴奋得想入非非……

以后的时光中,我大半和 MS 在一起,他领我漫游死国。

当然用不着车,也用不着走,用"飘"来形容也很勉强。在死国没有空间和时间之分,空间即是时间,距离不过是思想的过程,距离的长短决定于思想的复杂程度。MS常常要停下来等我,我的思路跟不上他,死国的很多事我都还陌生。MS无所不知,唯光明是他的界线。在黑暗中他轻车熟路毫无阻碍,一不留神就离开了我,让我左顾右盼寻他不见,等他再回头找我时,见我还在原地冥思苦想寸步难移。这很像在光明世界里的考试,愚钝的孩子刚答出一半考题,聪颖的孩子早已交了卷跑去河里游泳了。也像一对谈不拢的夫妻,貌合神离,同床异梦,梦中的两个世界相距何止千里万里!但在死国神貌合一,神离即是形离。

但光明是MS的界线。光明,是死灵思之不及的地方。光明之于死灵,正如死域之于人间吧。

尤其欲望,让MS着迷,让他百思不解。

"总有些事,你想做可一时又做不到吧?"我提醒他。

"想做又做不到?"他愣愣地看我,"什么意思?"

"比如说,你想有很多钱,可你没有……"

"什么是钱?"

"钱可以换来你想要的东西。有了钱,你想要什么就可以买来什么。"

"换?买?什么是东西?"

"比如说你饿了,想吃点什么,你怎么办呢?"

"饿是怎么回事?什么是吃?"

"你难道没有饿过?你没有过饿得浑身没有力气的感觉吗?"

"没有。我想你是说补充能量吧?那你补充就是了,只要你有补充能量的意念能量就已经补充了。你到死国这么久了,这一点还没有发现吗?"

是呀,自从我死后我还从未有过饿的感觉。

"可我还是不知道什么是钱,"他说,"什么是换和买,什么是饿。还有,浑身没有力气是怎么回事呢?"

"就像生病了似的。你生过病吗?"

"生病?"他抱歉地笑笑,看着我。

我明白了,死国是不会生病的,病极也就是个死,死当然就再无病可生。

"那好吧,再比如,你们是不是也都想有个家呢?"

"对不起,家?你最好再解释一下。"

"简单说吧,有一处封闭的地方,一座房子,四壁围拢起来的一处空间,你和你的亲人住在里面,其他死灵不得侵犯,不能随便进来,偷听和偷看也都是违法的,在那里面你可以自由自在地生活,做你想做的任何事……怎么,这你还听不懂?你不是有点弱智吧?直说了吧,假如你和你妻子做爱,你们总不能在大庭广众面前在众目睽睽之下吧?"

我这话音一落,MS 忽然不见。我想过一会儿他会回来找我的,可是等了很久仍不见他的踪影。这时我感觉周围蒙蒙地有些的亮色,不知从哪儿又传来风声,传来悲伤的啜泣,有人在叫喊,叫喊着我光明中的名字,有金属器械轻轻地碰响……随着那蒙蒙的亮色越来越大,我感到身体越来越沉重,胸口憋闷,一阵温暖袭来……这感觉很熟悉,这感觉非常熟悉啊——噢,大概那边正有人在抢救我回去吧?但我此时好像并不太想回去,好不容易才摆脱了那份肉体的沉重我真是不想再回去,至少我不应该就这么与 MS 不辞而别……啊哈我知道了,我懂了,这一回是我飘离了 MS!我的思想走到他不能走到的地方了,他不能到这儿来,他不能接近这蒙蒙亮色,正如他不能理解欲望。他还在黑暗深处。可我怎么回去找他呢?在死国,思想的差别就是形体的距离,是呀,一定是我刚才的话把他搞昏了,什么封闭呀,四壁围拢呀,亲人呀,还有侵犯、偷听偷看、违法、大庭广众和众目睽睽……这些他都不可能懂,他一定还在大感不解中团团转,寸步难移。我必须循着死国的思路,才能回到他身边……这样一想,蒙蒙的亮色渐渐消退。我再想,死国是没有房子的,在死国是无处躲藏的,连山川和树木也都是黑暗透明的,一切都是无遮无拦,当然那也就无所谓自由和不自由……我这样想着,便回到了黑暗深处,看见 MS 就在近旁。果然不出所料,他还在那儿冥思苦想呆若木鸡。

"请你给我解释一下,众目睽睽到底是什么?"

"就是别的死灵都看着你。"

"他们看着我难道不好吗?"

"我是说,比如当你和你的女死灵交欢的时候。"

"我的女死灵?好吧,就算是我的,那又怎样?不让他们看就是欲望了吗?"

"那倒也不是。可是,那样的时候难道可以让别的死灵看吗?"

"当然,要是他们愿意。再说他们为什么一定要看?"

是呀,为什么?我真是从来没想过这个问题。

"因为那是怕人看的。"我说,"那样子有些丑,虽然丑但还是有很多人想看。也有人说那其实很美,但是说美的人还是要躲藏起来做爱。"

MS 说:"你说——爱!是吗?这个词我知道,这在历史上有过记载,在远古时代的死国曾经存在过爱,可现在早已经没有了。现在的死国,最多也只有交欢。"

"仅仅是为了繁衍吗?"我想到了光明世界中的鹿群,在秋天的山野里,在丰沛的河流两岸,像节日一样聚众交欢。

"不不,那只是为了抵挡一下寂寞,死国并不需要繁衍。死灵据说都是从光明突然来到黑暗,只不过在途经忘川时洗净了一切记忆。"

"我好像不是这样嘛!"

"你是个例外,很可能你躲过了忘川,所以还保留着欲望。这样的事在死国的全部历史上也是寥若晨星。所以我说过这很难得,千载难逢。好了,话说回来,我还要请教:做爱,为什么要害怕众目睽睽呢?"

"很可能……因为……哦,大概是这样,那是一个人最软弱的时候,一个人要求于他人的时候,一个人和另一个人自由敞开心魂的时候,但又绝不是能被所有的人都理解的时候。所以,所以你和你的爱人走进自由的时候你们同时要小心众人的目光。"

"为什么?"

"因为软弱。软弱,多么可笑。"

"可笑?你是说软弱可笑?不不,那是最珍贵的呀,求之不得的。当你感到软弱、孤独,你才能真正体会爱,真正享受到爱,尘封的史书上有过这样的解释,只可惜我们能够读懂,却已无能进入那样的境界了。死国世风日下,一切都已圆满,软弱和孤独一去不再。我们只能到戏剧中去模仿那样的境界。"

我的思路跟不上他,MS又飘离了。

过了一会儿他回来,神色严峻地对我说:"请跟上我的思路,跟上我——圆满并不意味着无缺。对,这样想,圆满并不是无缺,请你重复我的话。"

瞬间我们来到一处湖边。湖波荡漾,山林环绕,溪流像一匹黑色绸缎蜿蜒林间,潺潺注入湖中。湖岸上,树林里,若干对男女或相拥而卧,或嬉笑追逐……如在光明中的婚床,肆意交欢。他们变幻的形体风雨般任意飘摇,相互融合,相互吸吮,浪一样相互拍打、冲撞……舒腰鼓臀叠胸交股,无拘无束,炫耀其千姿百态,鼓动其万种风情……他们互相并不规避,甚至相互坦然观望。

我想起了光明中的荒野,秋风,和鹿群赴死般的交欢。

"啊,多么自由!"

但MS说:"可你没看出什么问题吗?"

"无所顾忌,随心所欲。在光明那边这是无法想象的。"

"啊,我不知道你说的自由是什么,可这仅仅是戏剧。"

"戏剧?"

"是呀,寂寞之极的戏剧。他们只是用形体在模仿那传说中的相互敞开和相互依恋,但其实办不到,无论如何也办不到了。我们已经没有什么可以敞开,形体早已无遮无蔽,心魂也早已没有秘密可言了。"

"为什么?"

"因为死灵们都已圆满,没有阻碍,没有困苦,没有罪恶,没有疑问。死灵们心心相通,无我无他。我们甚至可以在时间中任意来去,因为思想的速度远远快过时间,想象便到未来,回忆即是过去。"

"可你刚才不是还说'圆满并不是无缺'吗?"

"是呀是呀,可是圆满……"MS叹道,"它让我们丢失了欲望。欲望!"

沉默了一会儿他又说:"慢慢你会懂的,你会明白,那是怎样的寂寞。寂寞得就像似被嵌进了岩石,就像似被铸进了均匀的时间,寂寞得快要让整个死国都发疯了呀……所以,所以我们指望戏剧,我们模仿软弱,模仿孤独,模仿激情,模仿着相互敞开心扉的感动。但只是模仿,只能是模仿。你看呀,你看死灵们的动作多么机械,标准,规范,多么呆板,因为那都是事先设计好的呀!毫无办法。他们已经尽力了,他们在尽力摆脱成规,但是摆脱成规如果成为目的,一切又都成了刻意的安排,刻意安排还能有什么惊喜和快乐?还能有什么新奇的发现?心魂就像被做成了一个环,圆满,绝没有缺口。寂寞,永远的寂寞。因为,真正的创造需要的是欲望!欲望啊,你懂吗?可他们没有,早已经没有了,没有欲望,没有惊奇,没有激情……"

"怎么会呢?"

"因为没有什么是他们做不到的。因为圆满。因为我们与这黑暗毫无差别。我们就是黑暗,就是这无边无际。没有神秘,没有未知,下一个动作是什么他们早已看见,下一分钟是什么,明天怎样,我们了如指掌。"

我再看那些交欢的死灵。确实,他们的动作总是显得僵硬,虽然叠胸交股却似按部就班,虽然相互冲撞但没有颤抖,呻吟只是发自喉咙,仿佛一句规定的咏叹。所谓千姿百态风情万种也都像服从着某种预定的程序,让我想起光明中士兵的操练。

"你们干吗不回到过去呢,回到死国有欲望的时代?"我带了几分讥嘲地问,"你不是说你们已经无所不能,能够在时间中任意来去了吗?"

MS叹一口气:"你应该已经懂了呀,在死国所思即所行,不可思议就是寸步难移。丧失了欲望,可怎么回到欲望的时代?"

"那是从什么时候?"

MS呆愣着,呆愣了好一会儿,神情中渐渐显出沮丧、颓唐,或者还有自嘲。

"那可能是因为一次伟大的成功。"他说,"在死国历史上的某一时刻,神降福于死国,死灵们的千古梦想忽然实现,我们走进了极乐,所有的死灵都在那一刻超度了苦难,洗净了心灵,断灭了贪念和恨怨。我们身轻如风,行走如思,水复山隔都不存在,天涯海角霎时便在眼前,正如你看到的,在黑暗中我们无所不能。我们甚至无需语言,只靠思想便已相知相通,互相毫无隔膜……我们仰谢神恩,感谢他伟大的馈赠,举国庆祝,多少天多少夜不停地狂欢,是呀,我们疯狂地享受欢乐,周游八方,奇思妙想无不可及,正像你说的,随心所欲……"

"然后呢?"

"是呀,你问得好,然后呢?可我们已经没有然后了呀!一切都停止了,一切,都停止在圆满上……不错,我们饱享了一阵无苦无忧的时光,可是然后!然后慢慢地,慢慢地寂寞降临了,寂寞就像在一个环中流动周而复始,寂寞就像这黑暗一样充满了我们的视野、我们的心魂,毫无遗漏,密不透风……一次伟大的成功一次旷古的神恩把我们送进了永无休止的圆满,和寂寞。就这样。就是这样。死灵们再不可能有困苦,再不可能有好奇,再也不可能有激动和兴奋了。开始我们还以为这是一时的,不足为虑,谁知漫长的时间从此只剩了重复。对无所不能来说,一切都是陈旧的,再没有过去和未来之分。我们意识到事态的严重,试图粉碎这神恩。所以他们告诉过你,在死国,神被看做是一种平庸的东西。平庸至极!它使我们无所不能吗?不,其实它使我们寸步难移!但是……但是粉碎圆满是可能的吗?麻烦就出在这儿,圆满是无懈可击的呀,无懈可击!所以我们呼唤魔鬼,重新给我们残缺吧……"

"可这就是欲望啊,MS!"我紧紧抓住他,仿佛要摇醒他似的喊,"这不就是欲望吗,MS?你可真是骑着驴找驴。"

"但这是一个悖论。"MS 凄苦地一笑,"欲望着欲望,恰恰是因为没有欲望。"

"但是你也可以这样想,欲望着欲望,恰恰也就有了欲望。"

这一回轮到 MS 紧紧地抓住我了:"是吗?告诉我,我们怎么办?"

我迷惑地摇摇头。

MS 却像似有了一点希望:"现在你来了,死国终于吹来了一点新奇的风。你温热的身体还保留着欲望,你要保护好它,切莫被圆满所诱惑,切莫也掉进这恒常的寂寞中去。啊,你不要不以为然,神恩实际上是最富诱惑的呀,还有什么比无苦无忧全知全能更具诱惑的吗?"

远处,湖岸上的戏剧已近尾声。死灵们相继停止了动作,既无疲惫也无欣喜,唯一脸徒劳无功的沮丧,就像一个乏味的笑话讲完了,或者一个浅薄的幽默刚一开始就露了底。草地上,树林边,他们默坐呆望,不知在等待什么。

MS 说:"有时候,我们甚至渴望罪恶,盼望魔鬼重新降临死国,兴风作浪,捣毁这腻烦的平静,把圆满打开一个缺口,让欲望回来,让神秘和未知回来,让每个死灵心中的秘密都回来吧,让时空的阻碍,让灵与灵之间的隔膜统统回来!"

无边的黑暗中响彻 MS 的哀告,风一样散布开去,又风一样被湮灭掉。

"也许,MS,我就是魔鬼遣来死国的使者。"

MS 半晌不语,似有所思。

我望着湖岸上的死灵,心旌摇动。女死灵们个个妖艳,我不信她们会不善风情。

可 MS 叹道:"只是,只是我又怕满足会把你的欲望磨光。"

"怎么会呢?"我雄心勃勃,跃跃欲试,"你放心吧,那不可能。"

MS 思忖良久,目光一闪终于下了决心:"那么就拜托了。愿你的欲火能够燃遍死国,那样的话,所有的死灵都会铭记你的英名。"

我有点临危受命的感觉,甚至是慷慨赴义的凛然。但是说真的,我可没有那么纯洁。

随后在湖岸上发生的事令人难于启齿。其实不说也罢,光明中的人们不说也懂——"柔情似水,佳期如梦""金风玉露一相逢,便胜却人间无数"。可是黑暗中的死灵啊,唉唉,完全两回事,跟他们说什么也没用,他们压根儿就不懂。你怎么教,他们也是笨手笨脚毫无灵感。话说回来,那样的事能教吗?那不是一门技术啊。他们倒都谦虚好学,一副求知若渴的样子,你要他们怎么干他们就怎么干,一丝不苟。他们一边抬眼看着你,一边在身下模仿着干他们自己的事,老天爷呀这是怎么了,猪都不至于这么笨!植物都不至于这么笨!不错不错,他们确实聪明,教什么会什么,但一律都像盗版,我的奇思妙想在他们那儿立刻变为成规,我的放浪不羁在他们那儿立刻被处理成程序。

我冲他们喊:"你们他妈的就不能有点儿自己的想法?"

他们齐声问:"我们他妈的应该有点什么想法呀?"

"我怎么知道你们想什么?这不是钻井采油,用不着狗日的万众一心。"

"那,狗日的你在想什么呢?"

一群傻帽,连语气都在模仿我。

我说:"我想什么关你们屁事!这事要靠你们自己的想象。"

他们又一齐问:"想象?想象是什么呀?"

"是一群猪,要么就是一堆木头!"我气急了。

他们可倒乖:"到底是猪,还是木头呢?"

完了完了,这样令人哭笑不得的场面弄得我意趣全消,激情荡尽。我停下来,坐在草地中央气喘如牛,满心沮丧。

MS在远处紧张地望着我,我想起了他的重托。

"各位,"我说,"请不要把这事当儿戏,这可是关系到死国的未来,关系到死灵们的前途,关系到你们能不能走出无边的寂寞。"

我这话音一落,死灵们纷纷飘拢过来,满天满地的严肃,全部黑暗都仿佛凝滞了,那情景就像光明中的万千信徒走向神坛,怀着敬畏聆听圣言。

说真的,那一刻我被感动了,我想说不定我就是死国的救世主吧?我不应该再有什么保留,解救死国的重任已经落在我的肩上。

我喘够了气,择去沾在身上的树枝和草叶,重新抖擞一下精神说:"你们问我在想什么是吗?好吧,我就告诉你们。很简单,我一心要在这自由的时刻违反常规,和我的爱人一起,蔑视一切尘世的规矩,践踏所有虚伪的礼节。我要让我的爱人真正地看见我,看见我的心愿、我的梦想,我的软弱和我的狂放,看见我肉体深处的心魂,我们要互相真正地相见,一同揭去平日的遮蔽。我们借助身体的放浪互相诉说,倾听,靠那崭新的语言领我们走入禁地,走入无限的可能,打烂众目睽睽所圈定的囚笼,粉碎流言蜚语竖立的坚壁,在无遮无拦的天地间团聚。在自然里,在旷野上,在风雨中,做我们爱的祭祀,实现悠久的梦想。你们要知道,那也就是苦难的祭祀,感谢它,感谢苦难给我们的机会,领受爱的恩典。苦难不是别的,苦难正是心魂的相互遮蔽。我们生来就是残缺,我们相互隔离、防备、猜忌、甚至相互仇恨、攻击,但是现在,在神的圣名面前,在亘古至今的梦想中,我们随心所欲地表达我们相互的期求……"

但是忽然我又飘离了,MS 和所有的死灵立刻都无影无踪。慢慢地,我又看见了一丝光亮,听见金属器械轻轻碰撞的声音,还有呼喊和风声……这一次我不再惊慌,我知道,只要我向着透出光亮的那个方向挣扎,我就可以重返人间。

但是,我想回去吗?

我犹豫了好一会儿。然后慢慢地,心里有点明白,心里仿佛荡开一股暖流,亲切和热情,像远行游子的思乡那样,思念光明。

这时,意想不到的事发生了——MS 来到了我身边,来到了接近光明的地方。

"你怎么来了?"

MS 愤愤地嚷着:"你对他们说的可都是些什么呀先生!什么苦难呀、梦想呀、残缺呀……死国没有这些玩意儿,没有一个死灵能听懂你的话!别忘了这儿是死国,恰恰是圆满,是至善至美把死国拖进了无边的寂寞……"

"MS 你等等,"我打断他说,"可是你听懂了呀!"

"我?"

"你听懂了,所以你来到了这儿。不是吗?"

MS一下子呆住了,愣愣地盯着我。

我说:"你看呀,你看见了什么?光明,那边,对,你已经接近了光明!"

远处的光亮越来越大,风声越来越响,光明正冲淡着黑暗,风声搅乱着寂静。MS呆呆地望着光明膨胀的方向。他的肉体也正从黑暗中脱颖而出——似乎由抽象凝为具体,从无限画出边缘。他不再飘动,稳稳地站立。他的样子仿佛有些冷,有些惊讶,有些迷茫,但又似摆脱了浑浊之后的清朗、兴奋、生气勃勃,让人想起那副著名的画——波提切利的"维纳斯的诞生"。果然,就有一片无花果叶子飞来,遮住了他,遮住了他的丑陋或者竟是他的美妙,遮住了他的欲望……

光明大片大片地吞噬着黑暗,风声扫荡寂静。我的身体沉重起来,越来越沉重,有什么东西压得我喘不过气来,我拼命挣扎,挣扎……挣扎的过程中我甚至有些后悔了,也许我还是应该留在那寂寞之中不要回来。所有光明的记忆又都回到了我的心里了,我是不是值得回去?我想问一问MS,他是不是后悔了,是不是已经领教了欲望的沉重?但是我看不见他,不知道他在哪儿……

"啊老天爷,你可算醒过来了!"我听见有人说。

"别动别动,你还不能动呀。"

"你要不要喝点水?"

"或者,吃点儿什么不?"

夕阳的光芒,一大片,血红明亮地映在白色的墙上。风,渐渐疲软下去,有一搭无一搭地喘息着。

"这是哪儿?"我问。

"这是医院,手术室。"

"手术室?为什么是手术室?"

"你是从死里回来呀!知道吗?"

"好了好了先别问了,你总算是活过来了,这就好。"

这时,忽然有一阵强劲的婴儿的啼哭传来。

"那是谁?谁在哭?"

"是隔壁,大概是隔壁有个孩子刚刚出生。"

"啊,他来了。"

"谁?你说是谁来了?"

我想,是 MS。当然,他即将有一个尘世的姓名。

1998 年 12 月 29 日完稿

两 个 故 事

有一年秋天,我在地坛公园遇见一个老人。

柏籽随风摇落,银杏的叶子开始泛黄,我在那园子东南角的树林里无聊地坐着,翻开书,其实也不看,只是想季节真是神秘,万物都在它的掌握之中。

这时候我看见夕阳里走来一个老人。我想等他走过去,然后点支烟继续享受这秋日黄昏的宁静;有些老人总对抽烟的年轻人抱有偏见。我把烟捏在手里,等着,看一条长长的影子向我游近。那影子在草地上起伏、变形,快要爬上对面的一棵树干时停下来。"借个火,小老弟。"一顶旧草帽和草帽下一张堆笑的脸已经凑到我跟前。我给他把烟点上,自己也点上。他没有要离开的意思,挎包扔在地上,蹲下来看我的轮椅,对轮椅的结构提出很内行的批评。见我并不热情,他站起来,绕着我走圈儿,没话找话跟我搭讪:今年的气候不正常呀,你有多大年纪呀,尝尝我这烟吧这烟如何如何的好,以及这么年轻你怎么就把腿弄成这样,用没用过云南白药和看没看过藏医,等等。我想不宜再对他冷淡,也该对他有所关心才好。

"您呢,"我说,"这是上哪儿去?"

他脸上的皱纹于是松开,笑容淡下去,不断地眺望树梢和树梢以上的天空。"天上浮云似白衣,斯须改变如苍狗",从来如此,并无异常。唯夕阳灿烂,久视令人目眩。

"依你说呢小老弟,最后我们都是上哪儿去?"

我疑惑地看他,表情中必已流露了对他的重视。

"别这样小老弟,所有的话都不过是说着玩玩儿。"

他坐下,掀去草帽,掸他满头的白发,不停地掸,于是乎很久他不再言语。我敢说那是一种空前的景象:头皮屑飘落如雪,纷纷扬扬总有一刻钟之久才见稀疏。

"小老弟,要不要我讲个故事给你听?"

仿佛雪住了,云开天青他再次露出笑脸。我心里挺不高兴,这老半天莫非倒是我在等你讲什么故事?我心说,你要是不走我可要走了,但我却随口应道:"什么故事?"人有时候就这么言不由衷。

"关于我的。不过到最后,还有一个比我更不走运的人。"

以下是他讲的故事。

我是个叛徒。不,我是说真的。铁案如山。是呀,现在真正是铁案如山了。现在,这件事,只有我自己可以不信了。再过几年,等我一死,就没人不信了。

其实一样,单我自己不信管什么?什么事都一样,要是没人作证,多大的事也等于零。这些日子我老想:要是你压根儿就是一个人活在孤岛上没人知道,你跟死了有什么不一样?

我的故事差不多就是这么回事。我知道我是怎么一个人,可是我没有证据。我没有证据倒不是说这事本来就没有证据,是说我拿不到证据。拿不到,也不是说还没拿到,对,曾经是还没拿到,现在不是了,现在是肯定拿不到了。肯定拿不到跟从来没有其实一样。

你是不是看我有点儿精神不大正常?好,你觉得没有就好,听我说。

刚才你问我上哪儿去,我现在是哪儿也不用去了,只剩下最后一个大家谁也跑不了都要去的地方了。"条条大路通罗马",我看压根儿就是指的那地方。可这之前我一直在东奔西走,差不多半辈子,我都在找一个人,几十年里只要有一点他的线索我也不放过,哪怕是地角天边我也要去查看个究竟。因为……因为这个世界上总共就两个人知道我不是叛徒,除了我就只有他。

他叫刘国华。

也许你在电影里见过,过去,敌后工作,经常是单线联系。就是说,一个人只与一个人联系,一个人只受一个人领导,张三领导李四,李四领导王五,但是张三并不领导王五,张三也不知道王五在干吗,甚至压根儿不知道有王五这么个人。要不就是张三领导李四,也领导王五,但李四和王五互相谁也不知道谁。为什么?啊,你真是年轻。这么说吧,除了张三,不管是谁叛变了,都只可能再出卖一个,不至于破坏整个组织。张三也是只与他的一个上级联系,要是他叛变了,他能出卖的人也就不会太多。什么,你说这是对朋友的不信任?嘿呀小老弟,你真是太天真了,刚才我远远地瞧见你,我就想,这个年轻人,以后的日子有他受的。现实!懂吗,小老弟?它跟希望不一样,它要不是跟希望越差越远就很不错了。好了,我不跟你争,这事你不懂也许倒好。

你还想不想听我的故事?好,慢慢儿听,没准儿不白听。

总之我是单线联系的最后一环,我只听从我唯一的上级的指示,至于他听从谁的指示我管不着,至于他还领导谁我也不问,也没想过要问,问也白问,再问就是犯纪律。

我的上级就是刘国华,老刘。最后一次,他指示我打入敌人内部,以叛变的方式打进到敌人内部去。当然是为了搞情报。简单说吧,我干成了,并且取得了敌人的信任。实际当然不会像我说的这么简单,实际是经历了很多很多危险的,比如说……唉,不说了吧,那些事更是只有我自己知道。

电影?电影毕竟是电影,不过我不反对你按照电影里那样去想象。

可是,就在我好不容易打入敌人内部之后不久,我们胜利了。就是说我打入了敌人内部可是我还没来得及干什么我们就全面胜利了,就是说我什么都没干就不需要我再干什么了。这真让人窝火,让人觉着委屈,一切一切不都白费了吗?不不,麻烦并不在这儿,胜利了怎么说都是好的,这我想得通,一切还不都是为了胜利吗?麻烦的是,胜利之后我却再也找不到刘国华了。

老刘,对,找不到了。问谁谁也不知道。不知道,多简单,可我呢,怎么办?只有老刘知道我是谁,是怎么回事,只有他能证明我其实并不是叛徒,只有他知道我的叛变其实是为了什么。可是找不到刘国华你说什么也没用,没人知道你。可老刘他无影无踪,就是找不到。

就这么,我找了他几十年。

全中国有多少刘国华呀!几十年里我见的刘国华有一百多个,男的女的,东北的,西南的,活着的和死了的,可都不是我要找的那个刘国华。

我没有放弃希望。几十年我一直坚定着一个信心:除非我死了我不信我就找不到他,不信这笔糊涂账就说不清楚。我是叛徒?笑话!那是因为我还没找到老刘,等我找着老刘你们再后悔吧,再看看你们是不是把一个英雄给冤枉了吧!

我也想过,莫非老刘他已经死了?我宁可不这么想,在没找到老刘的尸首或者他确实已经死了的证据之前,我必须得找他,这是我唯一的希望啊。这几十年我能活过来,还不就因为这个?

老刘他真要是死了那也就什么都甭说了。

老刘他要是个没良心的人,那,我也就认命了。

我四十岁上才成家。有个女人跟了我,她说她信我不是瞎说,她说不是瞎说一瞧就知道,用不着什么证据。也有些人对我的话将信将疑,可是你说了半天一点儿证据也拿不出来这算怎么回事?有谁会说自己是坏蛋吗?平心而论是这么个理。说到底我得找到老刘。我老婆心甘情愿跟了我,打一过门就跟我一起找这个刘国华。什么英雄不英雄的,老也老了我早不在乎那玩意了,我只是想不能让我老婆白信任我一回,不能让她总这么跟我受这份糊涂罪。依着她早就不找了,她说不如赶紧生个孩子过咱们的日子吧。她是真喜欢孩子,可我总想把事情弄清楚了再要也不晚。就这么弄来弄去有一天我看见她悄悄掉眼泪,我问她怎么了?她说完了,甭生了,已经绝经了。现在想想,我倒真也算得上是英明,要了又怎么着?叛徒的儿子,长大了也得埋怨我。

总之,那时候我一门心思非找到刘国华不可。

除了台湾,我一点儿不夸张,全国二十多个省我都走到了,所有的市、县我都托人或者写信去打听过了。直到不久前,又听人说起有个叫刘国华的,在南方,一个小镇子上,有个曾经化名刘国华在敌后工作过的老同志。哎哟我想这回有门儿,连我老婆都说这回八成错不了啦。我立刻就去了。在那个小镇子上,一个青砖红瓦的小院儿里,果然,是他,是老刘,是我要找的那个刘国华。当然他是老多了,不过错不了,这么多年他的模样总在我眼前晃,再怎么老我还能认不出他?

可他已经不能算是活人了。

他活倒是还活着,可对我来说,他其实已经是死了。

他的家人把我迎进门,把我领到老刘的床前。我说:"哎哟老刘喂我可算找着你喽!你还认得我不?"我泣不成声,哭得站也站不稳,一下子跪倒在他床前,可他瞪着俩大眼珠子什么表情也没有。你猜怎么着?他是植物人了。

他家里人说,刚刚胜利没两天他就躺下了,中风不语。开始还明白点儿事,整天"啊……啊……啊"地躺在床上干着急,话也不会说字也不会写,过了几天干脆人事不知了。领导把他送回家,组织关系转到县上,生活、医疗倒都不用愁,家里人照顾他还有一份护理费。"是呀,能吃能喝就是不省人事,"他家里人说,"连我们是谁他也不认得,整天就这么一个人盯着天花板。""可不是吗二十多年啦,"他老伴说,"倒也没什么麻烦的,给他翻翻身,伺候他吃喝屙撒呗。"

我还能说什么呢?

我从他家里出来,心想这回行了,不用再找他了,不用再绕世界跑了,也不用逢人就问您认识的人里有没有个叫刘国华的了。一切都结束了。你别说,这么一想倒觉着从头到脚都轻松了。可是我一下子就走不动了,扶着墙左右瞧瞧,那墙头上垂挂下来一串花,红的白的开得正旺,艳得让人害怕,让人不敢看。前面有家小饭馆,我就进去,要了碗面,其实不想吃,就为歇歇,喘口气。老刘的家里人后来还说了好些老刘的事,可说的都是什么我一点儿没听清,心里光记着那句话——"开始他还明白点儿事,整天啊……啊……啊地躺在床上干着急。"我想老刘这一定是放心不下我,没问题他是想着我呢,想把我的事给领导上托付托付。老刘毕竟还是老刘哇,我心里挺感动,他没把我忘了,没扔下我不管,行啊我这心里头挺知足。不单知足,倒觉着对不住老刘了,我怨过他,骂过他,恨过他,我怎么也没想到是这么回事哟。中风不语!老刘啊老刘,得什么病不行啊你?

我坐在那个小饭馆里愣了老半天,最后想:唉,得了,反正该受的我也都受了,什么都甭说了,不如赶紧回家陪陪老婆去吧。毕竟我那老伴是相信我的。我想起她的眼神,那里面纯净得让人想哭,让人想走进去再也不出来,那里面好像通着另外的什么地方,看不见的地方,也许是另一个世界,在那儿,什么事都是清楚的,就像我老婆说的:用不着证据。

老人收住话头,又那么一心一意地眺望树梢,眺望天空。太阳掉到了远处的楼群后面,在那儿闪烁着最后的光芒。

"还有一个人呢?您不是说,还有一个比您更不走运的人吗?"

老人侧目望望我,再把目光放回到天上。

以下是他讲的第二个故事。

我是在那个小饭馆里碰上这个人的。到现在我也不知道他是谁,叫什么,打哪儿来,不知道他到底有什么冤仇。

我在那小饭馆里坐着一直坐到差不多这个时候,这个人来了。他要了酒,站在柜台前一口连一口地喝,两眼直勾勾的。喝了一阵子,他端着酒坐到我对面来。"谁让我最后碰上您了呢,"他说,"您不能不答应陪我一块儿喝几杯。"我没有太推辞。看他一副神不守舍的样子,我猜他是做买卖做赔了,要不就是赌钱赌输了。他说不是,都不是,他说这地方他是头一次来,是来找老三的。

他管他那个仇人叫老三,也不知道他们是什么关系。

总之,他到处找了报仇。他找了好几十年,找了大半辈子,这倒是有点儿像我,不过我可不是找什么仇人,我没有仇人。

他不一样,他是要报仇。他说非得亲手杀了老三不可,不然他这一辈子就活得太窝囊了。他说,几十年了,他没有一天不想着杀了那老东西,大不了一命顶一命呗,那也得杀了他。他说死也得出出这口气,几十年了他说就为这个他才活下来。他要面对面,一对一地把老三杀了,让那老东西明白明白他就是跑到天边去事情也不能算完。他说他做梦都梦见老三死在他面前的样子,梦见那个不可一世的老东西跪地求饶。那也不行,跪地求饶也不行,"我非杀了他不可!"

他说他什么都想好了,这些年他没有一天不在盘算这件事,所有的可能他都想到了,所有的细节都想好了。当然,老三也绝不是个容易摆弄的,"这小子老奸巨猾心毒手狠,不是我杀了他就是他杀了我",他说那也行,怎么都行,谁杀了谁都行反正一回事。

他不停地喝酒,一口气地说着,差不多是喊,听得我心里发毛。

慢慢儿地他口齿不大利索了,喝高了,把这些话来来回回地说。小老板站在柜台里动也不敢动。

终于,他的声音低下来。"可到底还是有件事,我怎么也没想到。"他说。

简单说吧,几天前他找到了老三。找了几十年终于让他打探到了,老三就在这个镇子上,他立刻就来了。他悄悄跟踪了老三好几天,打听老三的情况,老三竟然一点儿没发现。听起来老三并不像他说得那么老谋深算。老三现在是孤身一人,老了,这些年哪儿也不去,也不跟任何人交往,一日三餐之外就是去河边钓钓鱼。

他心说行啊老东西,你他妈的倒自在,你这一辈子造的孽你以为就算没事儿了?

那天他跟着老三到了河边,太阳还没出来,四周没人,他从草丛里跳出来,跳到老三跟前问老三还认不认得他。这一刻他盼了多少年呀,梦也不知梦见多少回了,他有点兴奋过度。老三看看他,冲他点点头,仿佛还笑了笑,老三正要说什么还没说出来他已经扑上去一刀把老三给杀了。

老三一声没吭就倒在河滩上,血咕嘟咕嘟地流出来,流进河里,把河水染红了一大片。他有点后悔事情办得未免太简单了,不像梦里那么有声有色。

这个人没有立刻就走,他说总觉得事情不大对劲儿,不是那么个意思。哪儿出了什么毛病吗?他在尸首旁边坐了一会儿,心想,其实也就只能这么简单吧,还能怎样呢?河上的雾气慢慢地薄了,阳光在河滩上铺开,爬上老三的脸,他看见那张脸上的笑还没有消失干净。他又在心窝那儿补了一刀。可他心里还是嘀咕,还是觉着不对劲儿。这么着,他去翻老三身上,从老三贴身的衣兜里翻出一样东西。

"知道这是什么吗?"他拿出一个小玻璃瓶给我看。

小玻璃瓶里有些褐色的粉末。

"河豚的血！没错儿我问过人了,是河豚的血焙干了碾成的粉。"

我听说过这东西,毒得厉害,一丁点儿就能要了人的命。

"什么意思?"我听见我的声音在颤抖。

"什么意思,你还问什么意思?老三!原来老三他早就想着去死了！"

他举着那个小瓶,眯缝着眼睛翻来覆去地看:"这老东西,他天天到那河里去钓鱼,其实是为了这玩意儿！这玩意儿河里已经不多了,一年两年也未准钓得着一条。这老东西可真他妈的有耐性啊,这点儿玩意儿够他钓多少年的你说?你说,老三他是不是早就不想着活了?"

我能说什么呢?吓也吓坏了。

"喂,小老板你过来！你是这地方人,你看看。"

小老板也是早吓坏了,面色如土。

"你看看,是不是河豚的血?"

小老板从柜台里走出来,躲在我身后哆嗦。

"老哥你说说,老三他攒这东西干吗?他要不是打算去死他攒这玩意儿有什么用?老哥你说说,可他攒了这么多为什么还不去死呢?这么多,死三遍都够了,我猜,他是自个儿下不了自个儿的手……"

我和小老板互相靠着,也弄不清是谁在抖。直到警车来了。

警灯在外面闪,随后进来几个警察。

这个人忽然笑起来,说:"幸亏我来得早,要不让老三就这么自个儿死了,我还报的什么仇?"

警察站在门口,几支枪对着这个人。

他冲警察喊:"我不跑！要跑我早跑了。我在这儿等着,告诉你们老三是我杀的,没错儿他是我杀的,我一个人杀的！"

警察看着他,也不催他。

这个人又哭起来,问我,问小老板,甚至问警察:"可你们倒是说说呀,老三他攒这些毒药到底是要干吗呀？是不是他早就想死了只不过自个儿下不了自个儿的手哇？是不是？是——不——是！"
　　警察说:"你,跟我们走。"

2000 年 2 月 18 日

往　事

　　童年,某个除夕的下午,我独自站在街上。除夕的下午,这不会错,因为我一直想着马上就要过年了。玩一会儿我就要想一下:过年了,将有三天爸和妈都放假在家,不用去上班了;将有三天我都没有作业,光是玩;三天里爸和妈都可能带我出去、逛公园、串亲戚;三天,家里随时会有客人来,送给我礼物,给我压岁钱;这三天顿顿都有鱼有肉,还有其他好吃的东西……三天是够长的了,而且现在还没开始,三天是要从明天算起的。每这么想一遍心里就有说不出的快乐。所以我从家里跑出来,在街上玩,好像这样可以使即将到来的好日子更确凿,可以把它们保护得更牢固,更完整。

　　我独自在街上玩。就是我家门前那条细长的街。站在街心朝两端望,两端都是一眼望不到头——灰白的天,和灰白的天下雪掩的房屋。

　　从早晨开始下雪,中午时停了。不过天仍然阴着,说不定还会有更大的雪,可能一宿都不停,可能明天一早起来就见那雪还在纷纷扬扬地下,到处一片洁白。那可真是太棒了!我喜欢雪,喜欢大雪带来的安谧,尤其那安谧之中又漫布着过年的喜庆。我独自在街上跳。天并不冷,一点儿都不冷,空气湿润、新鲜、干净。空气中偶尔飘来炸鱼和炖肉的香味儿,使人想到家家户户当前的情景——忙碌、欢快,齐心协力准备着年夜饭。是呀,过年了。鞭炮声东一下西一下地响,闻得见丝丝缕缕的火药味儿,但看不见放鞭炮的人。街上人迹已稀,都在家里了,唯偶尔一两个因为什么事耽搁了的人,正提着满篮的年货急匆匆埋头赶路。

其实街上并没什么好玩的。我只是在雪地里跳,用木棍敲落树上的雪,把路边的积雪捅得千疮百孔,等候时间一点儿点儿去,接近年宵。我不急着回家,反正一连串的好日子就要来了。我一点儿都不急着回家,让那幸福的年夜在看不见的地方积聚得更浓厚些吧。别让它来得太快,也走得太快。不如在这温润的空气里多待一会儿,在等待的快乐里多待一会儿。我希望暮色慢慢降临时母亲会出来找我,她走到街上,左右张望,然后冲我喊:喂,还不回家吗?过年啦——

我蹲在一根电线杆下这样想着,忽见路当中站着一只猫。不知它是从哪儿跳出来的,一身雪白,唯耳朵和尾巴是黑的。它远远地看了我一会儿,便在一座座雪堆之间跳来跳去,看见撒落在白雪上的红色爆竹屑,它就闻,就刨,就"喵喵"地叫,好像也有着不同寻常的快乐感受。我追它,它便在雪堆后面藏起来。靠着它的黑耳朵和黑尾巴我有时能看到它,它若把头埋下去把尾巴收起来,你简直就分不出哪是雪堆哪是它。我在雪堆之间绕来绕去追它。这猫似有些灵性,我走到这边,它就在那边露出两只黑耳朵,我跑到那边,它又在这边露出一条黑尾巴,我却看不出它是怎么从这边跑到那边的。它不远不近地总跟我保持着五六米距离。我追累了,它就从雪堆上露出头,转动着两只黑耳朵看我,或者是笑我。当然它不笑,这东西好像很有幽默感。这猫有点儿神秘。我想我得认真对付它了。我正想着得怎样对付它,它却忽然消失不见。我低着头东找西找,却又听见高处有它的叫声,抬头看时,只见它在某一座屋顶上舒舒服服地抱成团,两眼甚至半睁半闭。等我跑到那屋檐下,它好像又不在那儿了,紧跟着,另一个方向又响起它甜甜的叫声。我急转身,就见五六米外的一处台阶上正有一只白猫懒洋洋地躺在那儿理毛。妈的,到底有几只猫呢!我恼了,挥着木棍冲向那台阶。它泰然自若地看着我,一动不动,见我冲到它跟前了,才"噌"的一下跳开。这不算气人。气人的是它跳开之后并不跑远,仍与我保持五六米距离,在那儿悠然地游戏,闻地上的爆竹屑,在雪堆之间跳来跳去,轻声轻气地叫,看我。我想算了,这东西!甭理它吧。可我这样一想它好像也随之变了主意,不跳也不叫,静静地藏在雪堆后面,只露出两只黑耳朵,好像故意让我看到它。我气喘吁吁地坐在台阶上。它见我不再追它,或者是相信我屈服了,终于承认了失败,它便大摇大摆地走出来,然后,仿佛横刀立马一般站在街心盯着我。我知道,只要我一动,它就又会溜走,跳上树,跳上墙,或者随便藏到哪儿去,所以我也不动,我也毫不含糊地盯着它。我跟那白猫四目相对,互相看着,好一会儿,它开始搔首弄姿,开始看天,耸鼻子,支起耳朵听。天色越来越暗,鞭炮声越来越密。大约确信我是个不堪一击的家伙,这猫轻蔑地叫了两声,转身走开。它走几步一回头,走几步就站住回头看我一眼,我便鬼使神差地跟着它。我觉着我跟着它走了很久,走过了很多人家,最后天黑了,只见它雪白的身影倏忽消失在我家的院门中。我跟着它走进院门。我跟着它进去但是院子里空空如也,没有房子,没有人,没有声音,也没有家,只有灰白的天,只有灰白的天空中落着纷纷扬扬的大雪。家呢?我大声喊:"妈——"我大声喊:"妈!不是要过年了吗?"

    醒了。是个梦。我听见妻子也醒了。她翻了个身,齉齉地说:"你最近老做噩梦。"天还黑着,黑得透彻,估计也就是半夜两三点钟。我想了一会儿那个梦,但能记起的已经很少,本来要复杂得多。我叹一口气。妻子又翻身,问:"梦见什么?""大雪。还有,快过年了。""你老是梦见大雪。""不知道,我也不知道怎么回事。""你说你是在大雪中生的。""可能。不过我这一生,很多重要的事都发生在大雪天。""还有什么事?""还有,我第一次得到你的照片的那天……"

我听见妻子不断地翻身。

"那天也是下着大雪,也是快过年了,我一个人在学校的操场上跑步。那是很多年以前了,那时的空气要比现在干净得多,好像也深厚得多,张开嘴使劲呼吸,它就清清楚楚一直往你的深处走。那时的鞭炮也没有现在这么响,也不像现在这么密,稀稀落落的东一声西一声倒比现在的有味道,过年的气氛也更浓。那时候的人好像更有耐心,更会等待。我在操场上一圈一圈地跑,一点儿不觉得累,也许是年轻,也许是因为马上要过年了心里有一种盼望。其实,那时候心里天天都有着盼望,莫名的盼望,并不因为什么具体的事,可以完全没有原因但心里总是觉着有什么好事就要发生了。我就那么跑着,浑身舒畅,那感觉现在早都没有了。我就那么跑着,不想停下来,快乐好像关不住似的从里面往外流……

"这时候我看见你从教学楼里走出来。你的衣裳又肥又大,可不像现在的女孩儿们穿得那么讲究。我猜那身衣裳没准儿是你姐姐穿剩下的,已经洗得发白。不过我看你穿那身衣裳真是美,比现在的名牌服装还漂亮。你从教学楼里出来骑上车就走了。你滑行了几步,飞身上车,那姿势特别潇洒。"

"我可是不记得了。"

"你当然不会记得。你骑上车就走了。你骑得快极了,在雪地里也不减速,就见你的蓝围巾一点儿点儿变小,像一缕蓝色的水彩眼瞧着在水里融化。"

"那是什么时候?"

"上学的时候,某一个除夕的下午。"

"我完全记不得了。"

"你不可能记得。我本来想跟你打个招呼,可我正好跑在操场的另一边,离教学楼最远的那边。等我跑到这边,你已经走远了。"

"那会儿你就注意我了?"

"然后我也离开操场,跟着你的车轮印儿跑。不,那时还不懂是怎么回事,只觉得经常都有的那种盼望一下子强烈起来,但到底盼望什么当时也说不清。大雪扑面,我跟着你的车轮印儿使劲跑,我想也许能追上你。可是追上你又怎么样呢?心里一犹豫脚下就没劲儿了。我站在路边歇一歇,这时候就见雪地上有个小塑料夹,捡起一看是个游泳证,上面的照片是你。我心里一亮,心说真是天赐良机——追上你把它还给你岂不顺理成章?我就又顺着你的车轮印儿追。可刚跑了几步,张流来了,他骑着自行车在背后喊我,问我是不是吃多了这会儿还跑的什么步快过年了也不回家?我赶紧把那个游泳证收起来。我本想哪天还给你的,可后来我看这游泳证反正也过期了,就把它留下了。当然,我是想留下你的照片。"

"你一直都留着?"

"留着。"

"在哪儿?"

我的脑子里"轰"的一下,是呀,那张照片呢?随之我心里一阵疼——我明白,那照片已经丢了。可是,怎么丢的呢?什么时候丢的呢?怎么会丢呢?

我又醒了。梦。还是梦。伸手摸摸床那边,空的,妻子通常睡着的地方没有人,那块床面也是冰凉凉的。她已经不在那儿了。她已经走了。她有好些日子不来住了。她说还是离婚吧我真是受不了你了……

天蒙蒙亮了,窗外果然下着大雪。我想起来了,我和妻子说好了今天去办离婚手续的。娘的,离就离吧!还说什么她受不了我?这世界什么笑话都有。我忍气吞声,我卑躬屈膝,我忙死忙活,我累得像头驴回来还得给她赔不是,她说往东,好,往东!她说往西,行啊,往西……到头来怎么着,倒是她受不了我?说笑话也得沾点边儿吧?行啦,我没让她给弄疯了就算是我的造化了。走吧。

雪真是大,纷纷扬扬连对面的楼都看不清楚。一旦走进雪里,心情就好多了。雪有一种魔力,好像能让所有的喧嚣都停下来,回忆一下往事,回忆一下童年,想一想原本我们是来干吗。

在事先约好的地方,她已经在那儿等候了。我们互相看了一眼,谁都没说什么,就朝法院的方向齐步走。慢慢地我走在了前面,我听见我们的脚步依然整齐,踩着雪,咯吱,咯吱……我开始有些难过,心里一阵阵地疼。雪让世界安静,让人回忆。雪让人变得软弱,让你看见事物的细部。细部都是柔软的,温和的,令人依恋的。雪让人想家,想家中的火炉,火炉上的水壶突突地冒着蒸汽,水雾在窗上结成冰花。雪让人想起无家的人在东奔西走,在寒冷和苍茫之中无所适从。雪的安静,让人听得遥远,不单是空间的遥远,还有心灵,心灵从来都不止于此地。雪的细腻,让人忽略那些粗糙的争吵……

我猛地站住,转身,我想问问她:我们是不是应该再想一想?但我看见她早已站住不走,在我身后五六米的地方她仰着头闭着眼睛,让雪花落在脸上。我慢慢走近她,我看见泪水在她的脸上流,使雪花一落上去便纷纷融化。

我搂住她,她不动。我摇她,她也不动。我摸摸她的脸,冰一样凉。我喊她,她不应。我害怕了,推她,就像推一棵树。我喊:"冬雨!冬雨——"

是呀,还是梦。我仍然在家里,独自躺在床上。天完全亮了,窗帘上满是灿烂的阳光。我点开电视,新闻刚完,正播天气预报:今天白天,晴,最高气温三十九度……这么说是夏天?是夏天,拉开窗帘,外面一片葱茏。

但这会不会又是梦呢?我掐了一下腿,有感觉,使劲掐,疼。看来冬雨真是走了。看来婚是非离不行了。看来……娘的离就离吧,甭尿。我起床,上厕所,刷牙,洗脸……吃什么?冰箱坏了,里面的东西臭了一堆。街上吃去吧。

三十九度?我看不止,刚八点半就跟下火似的了。所有的树叶都不动。所有的窗户都关着。所有的空调都在滴水。

我买了个煎饼。卖煎饼的老太太说:"算了,差两毛差两毛吧,反正您常来,算我优惠。"我问她:"今儿几号?""七号。""肯定?""要不您问别人去。"

问谁去?问谁谁也会告诉你是七号,可这就能证明不是梦吗?七号,上午九点,法院门口见,老婆将在那儿变成前妻。问题比想象的严重。要是使劲喊一声怎么样,会不会就醒了?路上人太多,别再吓着谁。现在的大街上一天到晚都像游行,哪儿来的这么多人?也许就喊他一嗓子?管他谁是谁呢!可是,就算你又醒了,你敢说你就不是在另一个梦里?不断的噩梦真快把我弄疯了。不过,要是现在,真的醒了,发现冬雨就在身旁,发现离婚不过是一场梦,那就好了。要是这会儿冬雨一边推我一边叫我"嘿,醒醒,醒醒",那就好了。"又做什么噩梦了?""我梦见你要跟我离婚。""你还怕这个?""冬雨,现在不是梦吧?""不是。""肯定?""行啦行啦,还不快起来?早点都凉了……"

但我分明是走在街上。不是梦,也醒不了。我什么时候变得这么窝囊,离就离呗?好在她有她的房子,我有我的房子。存款嘛,我说我一分都不要,她也说一分都不要。行,都他妈是君子。幸亏没孩子,要是孩子也都不要那才热闹呢。

我一路走一路想:也许,当初我把那张照片给了吴夜就不是个好兆?

那是在"大串联"的路上,我们七八个同学一起徒步去延安,走到黄河边吴夜病了,又下着大雪,我们就在一个小村子里住下了。晚上,我和张流看护着吴夜。那窑洞很深,一盏小油灯鬼火似的。我在灯下翻看那些捡来的传单。张流躺在一边睡得跟死了一样。吴夜嘴里一直不停,叽里咕噜说着胡话,我不断摸他的头,烧得厉害。抗菌素也吃过了退烧药也吃过了,这穷乡僻壤的还能怎么办?只好就那么看着他。张流指不上,这会儿就是把他打起来他也是站着睡。外面起了风,风中裹挟着一阵阵凄厉的狼嚎。我从窗缝往外看,雪停了,月下一片银亮。

"冬雨。冬雨。"有个声音在叫冬雨。

谁呢?侧耳细听,那声音又没了。

冬雨和另两个女生住在别的窑洞。那时冬雨只是我的同学,若干年后才是我的妻子。

"冬雨,喂,冬雨……"

谁叫她呢?深更半夜的这声音真有点儿瘆人。

"谁?谁叫冬雨?"

"我,是我呀。"这声音好像不在外面。

我转身寻找。噢,是吴夜,原来是吴夜,是他在说梦话。

我下意识地接了一句:"什么事?"

没想到吴夜竟接着说下去:"其实也……也没什么事。"

我忽然想恶作剧,学着冬雨的腔调问:"那你叫我干吗?"

"我想,咱们能不能一起……一起去串联?"

"行呀,去哪儿?"

"你说吧,只要跟……跟你在一起,哪儿都行。"

"什么意思?"

"冬……冬雨,你觉得我……我这个人怎么样?"

"我看你挺可爱的。"

"真的?你真的这……这么觉得?"

"当然真的。"

"那……那咱们能不能永远都在一起?"

我差点儿笑出来了。我使劲推张流。张流翻了个身,又继续睡。

"那……那你能……能不能送……送给我一张你的照片?"

于是我就把冬雨那张照片拿出来,塞在吴夜手里。吴夜呢,他竟然在梦里坐起来,把那照片夹进笔记本,又塞进书包,再把书包垫在枕下,倒头又睡。这一回他睡得非常安稳,再没有一句胡话。

我愣愣地看着他睡,有些后悔了,我怎么稀里糊涂把那张得之不易的照片给了他呢?我想不如趁他睡着,赶紧再把那张照片拿回来吧,可这时候张流醒了。

"吴夜没事吧?"

"哦,没事。"

"行,那你也睡会儿吧,我看着他。"

我知道完了,甭想再把那张照片要回来了。怎么要呢?以什么理由去要呢?

而且这不是梦。

我走在街上,踢踢某个邮筒,踹踹某个电线杆,不是梦。想起前天张流打来的那个电话,不是梦的证据便尤其确凿。

"喂,吴夜回来了。"

"吴夜?"

"十几年了这小子音信全无,昨天他忽然冒出来了。"

"真的?这么多年他都在哪儿?"

"在国外。这小子行,现在是终身教授了。过去咱老说他是书呆子,这下可呆出水平来了,年薪七万美元!"

"行,回头狠狠宰他一顿。"

"那还用说?十顿对他也是小菜儿。你猜他回来干吗?"

"凭他那呆劲儿,我已经有点儿预感了……"

"这小子是回来找冬雨的。"张流说。

我的预感不错。那个窑洞之夜以后,吴夜从未提起过那张照片的事,我就猜他一定是把那个梦当真了。我也不便问他,怎么问?"冬雨的照片呢?""你怎么知道?""其实是我给你的,没冬雨什么事,是你做梦的时候我给你的。""做梦的时候?我做梦还是你做梦?再说你怎么会有她的照片?"这呆子,能这样。

"找冬雨?"我问,"找冬雨干吗?"

"我说出来你别生气。咳,其实也无所谓,反正你跟冬雨也要散了。吴夜这小子一直都没结婚你知道不?"

我的预感分毫不差。

"这小子真有点儿呆劲儿,他一直还想着冬雨呢!他说这些年黑眼睛的蓝眼睛的不知有多少姑娘向他表示过那个意思,可是不行,都不行,他说跟冬雨一比全完蛋,整个没戏。也不知他从哪儿听说你跟冬雨要离婚了,这小子当即就买了机票,收拾收拾赶紧就跑回来了……哥们儿你没事儿吧?"

"哦,没事。"

"嘿,哥们儿,别这样。许你们散,就不许人家……"

"孙子!我说什么了?我他妈的不许人家什么了?"

"得得,就说到这儿吧。我不过是想让你有点准备……"

"我是说,嗯……我当然希望他们成,可就怕冬雨她未必……"

"他说,冬雨早就说过,觉得他挺可爱的。他手里还有冬雨的信物呢。"

"什么信物,那是梦!你告诉他,那是梦,是……"

"算了算了,赖我,后几句话我不该说。不过兄弟劝你一句,吴夜当年可是够君子的,听说你爱上了冬雨,人家一转身就出了国。"

"这跟我有什么关系?那是梦!不骗你真的是梦,大串联的时候……"

"得,就这么着。哥们儿你好自为之。"

我多么希望这会儿能醒啊！我多么希望这会儿一激灵,醒了,什么大串联,什么窑洞之夜,全是梦。但你真想醒的时候却不见得能醒。可说不定什么时候,你过得好好的,忽然又醒了。这个世界你不服不行。

街上是依旧的阳光灿烂,依旧的喧嚣,依旧的形势大好。每一个商摊都是一个智力检验站,或是一个赌局。"这西服怎么卖？""您给多少？""你要多少？""七百。""说什么呢哥们儿？""您要真想要,可以商量。""三百。""三百连本儿都不够。""不行拉倒。""哎哎您回来,三百五怎么样？""三百。我忙着呢。""得！算我赔本儿,谁让这身儿衣裳您穿着这么合适呢？""赔本儿？至少你还能赚一半儿。""说的！"究竟谁赢了,鬼知道。

九点,约定的地方没有冬雨。九点半,仍不见她的影子。太阳晒死人。十点,我有点儿担心了,她从来是守时的呀？十一点,我给她打了个电话,没人接。也许她正往这儿赶呢。十一点半,我想我得去看看她了,从她家到这儿最多二十分钟。

我撒腿往冬雨家跑。我没叫出租车,我怕那样会错过她,她是个节约模范,上哪儿都是骑车。我一路跑,累得上气不接下气。真是今非昔比,当年我在学校的操场上跑,十几圈都不至于这样儿。不过那时候是期待梦想成真,现在呢？现在刚好相反,但愿现实是梦。娘的,这就是老了吧？你不能不佩服吴夜,他是从地球那边往这边跑呀,他已经跑了几十年！不过我忽然明白了一件事:我还是爱着冬雨,否则我干吗为她担心？干吗我这么急切地想见到她？我开始跑得有些轻松了,就像某个除夕我跟着她的车轮印儿跑想追上她一样。我很高兴那样的心情又回来了,至少我期待着那样的心情能回来。我想:得了,我就再屈服一回吧,给冬雨赔个不是,听她一顿骂,像电影里常说的那样——再给我一次机会。我想:只要你还能受得了就再受一受看,以后我绝不会再让她受不了了。

你说吧,受不了什么? 你受不了什么我就不干什么还不行? 我想这我应该是办得到的……现在的问题是吴夜,吴夜怎么办? 或者是,我拿吴夜怎么办? 那个呆子!

冬雨家到了。楼前围了很多人。听说是电梯出了事,有个人从一层掉到地下二层去了。听说急救中心的救助车刚走,那个人生命垂危。

"男的还是女的?"

"男的。"

"肯定?"

"哥们儿,男的女的都是人!"

"对对。我不是那个意思。"

哪个意思? 不是女的就好,不是冬雨就好,虽然都是人。我往十三楼跑,冬雨家的门牌是1301。

在楼梯上碰见了张流。

"你怎么来了?"我问。

"出事了。"

"哦,我知道。冬雨在家吗?"

"已经去医院了。"

"去医院了? 不是个男的吗?"

"吴夜。是吴夜。"

"吴夜? 怎么回事?"

"吴夜来找冬雨,一脚踏进电梯,直接就掉下去了。"

"怎么会?"

"电梯没下来,可是门开了,里面是空的。"

我的脑子里一片空白。张流陪我在楼梯上待了一会儿。

"冬雨呢,在医院陪着他?"

"对,陪着他,在医院的太平间。"

"你他妈胡说!"

"冷静点儿,你冷静点儿吧。"

"这是梦!这是梦对不对?"

"直接害死他的是我,是我给了他冬雨的地址。他等了冬雨差不多三十年。你知道那张照片冬雨是什么时候给他的吗?大串联的路上。你算算吧。"

"我知道,黄河边,下大雪的那天晚上。"

"你怎么知道?吴夜说他没跟任何人说过。"

"以后我再告诉你。"

"他等了几十年,走了几万里路,费尽周折终于走到了这儿,走到了离冬雨只差一步的地方。只差一步,可这一步竟是这样……听说那电梯从没出过什么毛病。行了,我也得去医院了。你呢?"

在去医院的路上,我问张流:"要是一个人做梦,到死都没醒,你说,这梦还能算梦吗?"

"什么意思?"

2000 年 9 月 23 日

史铁生